光文社文庫

長編刑事小説

氷舞

新宿鮫VI

大沢在昌《ありまさ》

氷《こおり》舞《まい》　新宿鮫《しんじゅくざめ》Ⅵ

解説　西《にし》上《がみ》心《しん》太《た》

1

暗闇《くらやみ》の中にその顔が浮かんだとき、鮫島《さめじま》はマネキン人形がおかれているのだと思った。短い髪がぴったりと額やこめかみに張りついている。つんとした鼻筋と驚いたようにみひらかれた目は、マネキン人形の人工的な美しさを思わせるほど整っていた。

あたりは物音ひとつしなかった。闇の中にぽつんと浮かんだ顔を、誰《だれ》もが息を殺し見つめている。

どこかで弦のかき鳴らされる音がした。それは琴でもなく琵琶《びわ》でもなく、といってギターやチェロのような西洋的な楽器の音色ともちがっていた。ひどく耳障りで、しかも神経をひやりとさせるような暴力的な響きを伴っていた。

空中を横顔が動いた。闇はただの闇ではなく、今は濃密なうねりで満たされていた。ぴんと反《そ》った白い指がそのうねりのひだを奏でるように揺れ動く。

今度はやさしい弦の音を、鮫島の耳は聞いた。

「それが近づいてきたとき、私たちの誰もが、言葉にだしてはっきりとはいいませんでしたが、くるものの正体をわかっていました。

たとえるならば、それは季節の訪れと似ています。日々の暮らしの中で、確実に歩みを止めることなくやってくるもの。そしてそれは決して立ち止まることもせず、私たちを呑《の》みこみ、やがておきざりにしていく。

あの長く苦しい戦役ののち、一族の多くの命が失われ、不自由な体となり、しかし決して忘れることもあきらめることもせず、待っていたときでした」

鮫島はそっと息を吐いた。声は凜《りん》としていて、空気を裂くように伝わってくる。しかし言葉の内容よりも、空間とそこにある姿が、ひとつの幻を形づくっている。紡《つむ》ぎだされる言葉も、台詞《せりふ》として聞くのではなく、全体をつくりあげる装置のひとつとして選ばれているのだ。

「長老たちは毎朝顔をあわせるたびに、安心の表情を浮かべているのでした。もうすぐやってくる。すぐ近くまでやってきていると、感じとっていたのだと思います。

私たちの住む谷の東側に、大きな山があったことは先ほどお話ししました。陽が昇ると、その山の向こうから、それはもう突然に金色の光が射しかけてくるのです。その光が、冷たく暗い夜を吹きはらい、谷の生き物たちに呼びかけます。

目覚めよ！　目覚めよ！」

まばゆいばかりの金色の光に、鮫島は目を閉じた。溶けるようにその光の中に呑みこまれたシルエットから言葉だけが吐きだされた。

「私たちの目的は、生きること、そのものでした。畑をたがやし山羊《やぎ》の世話をして、水を汲《く》み、機《はた》を織る。太陽が西側の山に隠れるまでは、毎日毎日、畑をたがやし山羊の世話をして、水を汲み、機を織る……」

金色の光は序々に強まり、やがて朱色を帯び、そして薄れていった。鮫島の目は強烈な残像を留《とど》めたまま、暗黒に向けられる結果になった。

闇の中から声がいった。

「働く？　私たちは働いているとは思わなかった。なぜならそれは生きることそのものだから。止《や》めれば明日の糧《かて》が得られない。苦しいとかつらいとか、そんな気持をもつのは、誰かがそうしなさい、それが勤めなのだから、と呼びかけたとき。私たちは生きていたのです。何も考えることはありませんでした。退屈なんて言葉は知らない。だってそうでしょう？　私たちは生きることしか知らないのですもの――」

不意に、ごくわずかだが、その声に悪意の翳《かげ》りが加わるのを鮫島は感じとった。声は、聞く者の胸に宿った疑念を、確かに気づいている。

「そう。こんなことがありました。長老たちはきっと、私たちよりはるかに、訪れるものを待ち焦がれていたのでしょう。ある晩のこと、村の真ん中にある松明《たいまつ》の広場に集まっていたのです。

松明の広場には火が点《とも》っています。その火は、陽が西側の山に消え、そして東側の山の向こうから金色の光がやってくるまでは、決して消してはならないことになっていました。松明の番をするのは、長老の役割でした。年老いた長老は、眠ったり起きたり、眠ったり起きたりしては、松明が決して消えることのないよう薪《たきぎ》をくべているのです。長老たちときたら、昼間でも、眠ったり起きたり、眠ったり起きたり……。それに私たちとちがって、夜の奥からやってくるものを恐がらない。

だから松明の番は、長老の役割と決まっていたのです」

かたわらでかすかに身じろぎする気配があった。鮫島がそちらに目を向けようとしたそのとき、ぽっと赤い光が正面に点った。暖かな、やさしい光だった。

「その夜、松明の広場には三人の長老が集まっていました。陽が沈む前に夕食を終えてしまうと、ふだんなら眠くて眠くてたまらなくなる私たちなのですが、その夜だけは、長老が集まっているのを見て、何かがある、と感じていました。

松明を中心に長老たちがすわり、そしてそれを囲むように、ひとり、またひとりと、村の人たちが集まってきます。誰も何もいわないのに、その夜だけはいつもとちがうような気が、していたのです」

炎の向こう側に浮かぶ顔があたりを見回した。期待と、未知の何かに対する興奮がうかがわれた。

「気がつくと、村人のほとんどが、松明の広場に集まっていました。

いつもとちがうこと。生きることだけではない何か。それともこれも生きることのひとつ？でもこんなことは知らなかった。こんな気持を味わったのは初めて。私たちは、私たちより少し年上の、お兄さんやお姉さんの足もとにすわり、長老の顔と松明と、それからふり返ってお兄さんやお姉さんの顔と松明とを、かわりばんこに見て、胸がどきどきするのはなぜなのだろうと考えていました」

弦が鳴った。それは別の物語の幕開きを意味するもののように聞こえた。

赤い光の向こうに浮かんでいた、少年のような顔がおぼろになった。ゆっくりとした、これまでとはちがう口調が語りかけた。

「森の奥からやってくるものを知っておるか。それも夜の森の奥からやってくるものだ。それが見えぬときは注意せねばならん。小さくてすばしこく、気がつくとお前たち誰の肩にもぶら下がろうとする。奴《やつ》らは言葉も喋《しゃべ》らず、ものを食おうともせん。姿はまっ黒で、小さな頭に細長い手足をもっとるんだ。多いときは何十という数になって、森の奥からやってくる。その姿は、まるで踊っておるように見えるもんだ……」

ひんやりとした空気が背中からうなじにかけて這《は》いあがってくるのを鮫島は感じた。

「踊っておるように見えるのは、奴らが飛んだり跳ねたりして、黒い森のすきまから駆けだしてくるときだ。まるで森の外にでられるのが嬉《うれ》しくてたまらないように見える。

だが奴らが本当に喜んでおるのは、わしらの誰かの背にぶら下がったときだ。まるで湧《わ》きでるように森の奥からやってきて、わしらの間を跳ね回り、そしてすきを見て、肩に両方の手をかけてぶら下がるのだ。ぶら下がられるのは、奴らの姿が見えているものばかりとは限らん。したがって、背中にまっ黒い奴らの一匹がぶら下がっているにもかかわらず、何も気がつかん者もおる。

それがどういうことだかわかるかな。自分では何も気づかず、明るくふるまっておる。だが自分の姿を見た者たちは皆、顔を青ざめさせ、息を呑み、そして憐《あわ》れみの表情を浮かべるのだ……。自分だけがそれには気づいておらなんだのだ。

そして気がつく！」

突然、怪鳥のような鋭い啼《な》き声が闇をひき裂いた。不意を突かれ、はっと全員が息を呑み、そしてそれが演出であったと気づくと、照れたような笑いが小さなさざ波となって広がった。やがてさざ波が消えた。

「かわいそうに、狂ったように暴れだす。背中を叩《たた》き、転げ回り、それでも足りず、飛んだり跳ねたり……。そのさまは、まさに森の奥からやってきたときの奴らとそっくりだ。

そして――。

夜が明けると、奴らも消え、奴らにぶら下がられた者の姿も消えておる。いつのまにか、まるで最初からそんな者などおらなかったように……」

再び赤い炎の向こうに小さな白い美しい顔が浮かびあがった。

「それは恐しい話でした。でも、私たちはもっと話して、と長老にせがみました。なぜなら、そんな話を聞くのは初めてだったからです。森の奥からやってくるもの――それが何か邪悪で恐しいものだということは、私たちは生まれたときから薄々気がついてはいました。

でも、はっきりとそれの話を聞いたのは初めてでした。

もっと話して。

私たちは長老にいいました。すると……別の長老が、松明に薪を足し、話を始めました」

鮫島は腕時計を見た。すでに一時間が経過していた。不思議なパフォーマンスだった。ひとり語りの芝居、とでもいうべきなのだろうか。誘われたとき、興味を感じつつも、噴飯《ふんぱん》物《もの》の幼稚な舞台であったらと抱いた懸念は失せていた。

すべての演出と台本がたったひとりの人物によって作られ、そして演じられている。

晶《しょう》がこられればよかったのに、ふとそう思い、胸の奥に痛みとはいえないほどの刺激が生まれた。

本来ならいっしょにくる筈《はず》だった。だが晶は今、テレビ局のスタジオにいる。売れっ子かもしれないが、それ以外は何の取り柄もないタレントが自分の仕事の都合で、司会する番組のスタジオ入りを遅らせたのだ。その結果、番組で歌い、そしてその男との「お喋りを楽しむ」予定のフーズ・ハニイがスタジオに縛りつけられている。

その考えは、子供っぽくて被害者意識が強すぎる、鮫島は自分にいい聞かせた。

張りこみが長びいたり、尾行の延長で、自分は晶を待たせたことはなかったか。デートの最中に突然思いついた考えのウラをとるために、晶を帰したこともある。

晶はどんなときだって、怒ったふりをしつつ、最後は必ず鮫島を許した。それは、鮫島が何者かであるより前に刑事だという鮫島の信念を理解しているからだ。

晶だって、何者かであるより前にシンガーなのだ。晶は、鮫島に、何者かであるより前に、自分の男であることを願い、それをあきらめてもいる。ならば自分も、何者かであるより前に自分の女であることを晶に望んではならない。

苦痛は平等であるべきだ。それを否定したら、関係は壊れてしまう。

だが自分が望んでいるのは、ただいっしょにいたいという原始的な欲望の充足ではない。このパフォーマンスを晶にも見せ、どう感じたかを晶なりの言葉で聞いてみたいのだ。

晶との経験の共有。意見の交換。そして、興奮と快感を与えあう。そこに心が向かうと、はっきりと痛みを感じた。もう、ひと月近く、晶を抱いていない。

晶のせいじゃない。鮫島は深呼吸し、舞台を見つめた。気持を見えるものに集中した。

「――こうして三人めの長老の話が終わりました。私たちの顔は松明にあぶられ、火照《ほて》っていました。いえ、それだけでなく、興奮し、心をざわめかせていました。

初めての経験でした。その夜、私たちの多くは、寝つくことができず、寝いっても、夢を見ては叫び、目を覚ましました。

森の奥からやってくるもの、山の向こうで立ち昇っている赤い霧、大地を揺らして駆け抜け、木々を倒すほどのはばたきで空の彼方へ消えていった羽のある騎士たち……。

そしてさらにその夜まで見たことも聞いたこともなかった、さまざまなものが私たちの夢に現われました。

それは恐しいできごとでした。恐しかったのは、森の奥からやってくるものでも、赤い霧でも、羽のある騎士たちでもありませんでした。

生きるということ。日の出とともに目覚め、畑をたがやし山羊の世話をし、水を汲んで機を織る――それがすべてだと思っていた私たちは、生きるとはそれだけではない、と気づいてしまったのです。

物語という名の魔物が、私たちの毎日にとりつきました。

くる夜もくる夜も、私たちは松明の広場に集まっては、長老たちに物語をせがみました。物語が私たちの心を飢えさせていたのです。

未知の世界――森の奥、山の向こう、そしてさらなる地の果てへ、私たちの心を連れていこうとするのです。

それは長いあいだ封印されていた扉を開いたのと同じでした。あってはいけないことだった——自分たちの犯した罪の大きさに気づいた長老が、それからしばらくして、そういいました。

しかしもう、誰にも止めることはできなかったのです。それが近づき、ただの予感でしかなかったものが、物語に触れたことで私たちの心の中では、さまざまな形をとり始めていました。しかたがなかったのです。あの戦役が何のために起こったのか。その頃は、長老たちですら忘れかけていたのですから。

生存することと生きることのちがい。物語の封印は、それまでのただ生きていた私たちの姿をこそ、究極の幸福だと信じた人たちによって生みだされたものでした。望まなければ失望もなく、得なければ失うこともない。

ただあるがまま、そこに生まれ、生き、死んでいく。望まず、得ず、そして夢も見ないで。夢を知らなければ、それが不幸だと誰が思うでしょう。

たぶん戦いを始めた人たちは知っていたのだと今は、私も思います。人の心の飢えは、どれほど多くのものを得ようと充たされることはない。

ひとたび飢えを知った心は、限りなく飢えつづける。だからこそ、心には飢えなどない、と思わせるために物語は封印されたのでした。

正しかったのか、正しくなかったのか。私にはわからないのです。

人は心の飢えのために何かを成そうとする。でも心の飢えは、決して充たされることがない……。

知らなければ平和のまま。留まれば静かなまま。心の飢えに限りがないことを気づいたとき、人は物語に触れなければよかったと思うのです」

舞台が闇に沈んだ。旋律をもつことでひどくありきたりに思えてしまうBGMが流れだし、観客席を現実にひき戻した。照明が点った。呪縛が解ける一瞬だった。

まばらな拍手がやがて観客席すべてを呑む拍手にかわった。

かたわらでは目をしばたたきながら、藪《やぶ》の拍手する姿があった。その向こうの席は空いている。

「どんなもんだ？」

手を叩きながら藪が訊《たず》ねた。

「不思議だな。夢を見ているみたいだった」

鮫島は答えた。

「だろう。見た人間にしかこれはわからん。たぶんあの声が原因だと思うんだ」

「マイクを通しているのか」

「いや。肉声さ」

拍手はつづいていた。西新宿《にししんじゅく》に一年半ほど前に作られた新たな劇場だった。大・中・小と三つの劇場でひとつの建物になっており、鮫島らがいるのは、そのうちの最も小さな箱だった。百二十名収容で、ステージが最下段にある階段状の構造をなしている。

降りていた緞帳《どんちょう》があがり、拍手がさらに強まった。

何もかもがとりはらわれたステージに長身の女がひとりで立っていた。黒いスタンドカラーのシャツに黒のパンツを着けている。小さな白い顔との組みあわせは、本当に人形のようだった。

女は腰を折り、深々と頭を下げた。晴れやかな笑顔だった。

マホさーん、という声が客席から飛んだ。カメラのフラッシュが光った。姓なのか名前なのかもわからない。チケットにはただ、「MAHO STAGE Ⅵ」と印刷されていただけだ。紙質のよいまっ黒なチケットで、文字は鮮やかな朱色だった。藪は「MAHO STAGE Ⅱ」からもっている、といった。

藪に芝居を観る趣味があると知ったのは、ごく最近だった。

マホはしかし、ひと言も口をきこうとはしなかった。マイムでたいへん感謝しているという仕草をくり返し、さらに大きな拍手を浴びただけだった。花束が贈られても同じだ。

やがてその姿が再び緞帳の向こうに消えると、ようやく観客は立ちあがった。

客席は、ほとんど満席の状態だった。男女の比率は、七割がたが女性だ。それも二十代から三十代にかけてが圧倒的に多い。

鮫島と藪は劇場のロビーを抜け、建物をでた。藪が階段状の入口をふり返ると、暗闇に生首がぽつんと浮かんでいるかのような「MAHO」のポスターを指さした。

「今回は明日までか。きっと半分以上が同じ客だな」

「どういうことだ」

「マホのパフォーマンスは、物語の内容が日によって変わる。一回の興行で、上演回数だけ、エンディングにちがいがあるといわれているのさ。ゲームでいう、マルチエンディングって奴だな」

「いったいどうやって変えるんだ」

鮫島は劇場をいっせいにでてきた観客たちと並んで歩き始めながら訊ねた。

「一日め、二日め、三日め、という風にか」

「そうじゃないらしい」

藪は首をふった。

「マホはあらかじめ完璧《かんぺき》な台本を作らずに舞台にあがっているという話なんだ。そのときの観客の顔ぶれ、反応などを見ながら物語を組みたてていく。もちろんライティングや効果音なんかの問題があるので、まるきりすべてを変えてしまうわけではないらしい。だが全体の半分近くが微妙に、ときどきは大胆に作り変えられている」

「アドリブ、ということか」

「そうだな。物語のアドリブ、といえるかもしれん」

新宿中央公園に面した通りを北に向かって歩きながら二人は話していた。時刻は十時を回っている。右手には都庁の建物があった。

「今日の物語にはつづきがあるのだろうな」

鮫島はいった。

「ある」

藪は明快に答えた。よごれた白衣を身につけていないこの鑑識課員の姿を見るのは久しぶりだった。

「マホのパフォーマンスは、長い長い物語の短い章のひとつだと考えていい。といって、途中からステージを見たお前さんだって、楽しめるわけだ」

「確かに楽しんだ、といえるかもしれん。不思議な体験だった」

鮫島は認めた。だがそれが物語の内容によってなのか、マホというあのパフォーマーの魅力によってなのかは、判断がつかなかった。たぶんその両方なのだろう。マホは、物語とパフォーマンスを切り離してとらえることを観客に望んでいない。すべてをひっくるめて、ひとつのパフォーマンスとして受けいれられたいのだろう。

それはとりあえず鮫島に関しては成功している。

「次の公演は、たぶん四カ月後だな。マホのステージは年に三回だから」

「彼女はこのステージ以外の活動はしていないのか。役者として、テレビにでたり映画にでたりして」

鮫島は訊ねた。

「していない、と思う」

自信ありげにマホについて語っていた藪の口調の歯切れが悪くなった。

「本当のところ、プライバシーについては何も知らないんだ。経歴もわからんし。本人もそこのところは秘密にしているらしい」

「神秘性を保つためかな」

「それもいいのじゃないか。たとえどんなすごい経歴でも、あるいはケチな経歴でも、知らない方が、あれこれと想像をふくらませられる。いってたじゃないか、心の飢えには限りがないって」

鮫島は苦笑した。藪の口から「心」という言葉がでてくるのを聞くのは妙な気分だった。

「何を笑ってやがる」

「いや。人間、意外な一面があるもんだ」

「意外性の塊《かたま》りのお前さんにいわれたかないね」

二人は声をそろえて笑った。やがて藪がいった。

「彼女がこられたらよかったのにな」

「ああ。俺もそう思った、途中で」

「だがああいう仕事じゃ、忙しいってのはいいことなのだろう」

「俺はそう思うことにしている」

藪はつかのま黙った。二人は方南《ほうなん》通りにぶつかると右に折れた。

「時間と距離を比べりゃあ、距離の方がまだましってこともあるな」

「ああ」

鮫島は頷《うなず》いた。藪は歩きながら両腕を高く掲げ、のびをした。

「まあ、彼女みたいな商売が忙しくて、俺たちみたいなのが暇だってのが、世の中にとっちゃ理想だろうな」

鮫島は笑った。

「あたり前のことをいうなよ」

「だがこんなことを思わないか。歌や芝居ってのは、なくても確かに人間生きていける。それがなけりゃ食えないわけでもないし、不便てわけでもない。じゃあお巡りってのはどうなんだ。

消防士は必要だろう。火事になりゃあ、火を消す人間は絶対にいる。お巡りは、どうだ？」

「犯罪ってのは常に結果だからな」

「だろう。人殺しがあった。だが犯人をつかまえても死んだ人間は生きかえらない。それより何より、犯罪ってのは、起きちゃならないことなんだ。人が皆んな、互いを尊重しあってりゃ、犯罪なんてのは起きない。そういう世の中だったら、俺たちは失業だ。犯罪を防ごうなんていって、本当に防がれちまったら俺たちはいらないぜ」

「そんな世の中はありえないだろう」

「なぜありえないんだ」

「人がおおぜいいれば必ず犯罪が起こる要素がある。楽をしたい、いい目にあいたい、無人島に流れついた人間ならそんなことは考えない。比べる人間がたくさんいるから、そう思うのじゃないか」

「じゃあ皆が本当に平等で、つまりそれは服装から何からがすべていっしょで、徹底して財産も同じだったら犯罪は起こらないのか」

「わからない。だがそんな世の中はごめんだ。もしそんな世の中になったら、人と違おうとすることがきっと犯罪になる」

鮫島は首をふった。

「じゃあそんな世の中だったらお前さんは刑事にならない？　なりっこねえな。お前さんこそそういう世の中じゃ犯罪者だ」

藪の言葉に鮫島は眉《まゆ》を吊《つ》りあげた。

「存在自体が罪、か？」

「そうさ。ひょっとしたら今だってお前さんの存在を罪だと思っている人間が、どこかにいるかもしれん。警察官は全員同じであるべきだ、とな」

鮫島は答えずに首をふった。藪は気にするようすもなくいった。

「俺は思うときがある。警官てのは、役割なんだ。それはいってみりゃ、会社員がオフィスでコンピュータを叩いたり、コンビニの店員がレジを打ったり、工場で製品を管理したりするのといっしょだ。ひとつだけちがうのは、仕事が終われば他の商売は役割を忘れられるのに、俺たちの商売はそれができないってことだ。消防士だって、防火服と放水車がなきゃ役割は果たせない。なのに俺たちはそうはいかない。特にお前さんたち刑事はな」

「忘れようとしている人間もいるさ」

「ああ。俺もお前さんにそうなってほしい」

藪がいったので、鮫島は藪を見つめた。

「なぜそう思うんだ」

「役割を忘れたがる人間の方がマトモだと思うからさ。たとえばお前さんの存在自体が罪だと思っているような連中は、四六時中自分の役割のことを考えている。そしてその役割がえらく重大なものだと思いこんでいるのさ。俺はそういう考え方は好きになれないね。人の命を助けるわけでもない、食べるものを作っているわけでもない、道路や橋をこしらえているわけでもない、ただ人間のことを歯車のひとつだと思って、あっちからこっちに動かしたり、あるいは歯車はどうあるべきかなんてことばかりを考えている連中に、自分の役割は、いついかなるときも忘れちゃいかんのだなんて思ってほしくはない」

「俺はそんな風に思ってない」

二人は新宿署の入口にまで歩きついていた。張り番の巡査が敬礼をした。

「わかっている」

立ち止まって藪がいった。

「俺がお前さんに望んでいるのは、もっと楽をしてほしいってことだ。いい加減になれっていいたいんだ。仕事以外のときにはな」

鮫島は頷いた。藪は署の建物を示していった。

「コーヒー、飲んでくか」

その答を考え、鮫島は苦笑した。

「やめとく。張りこみがあるんだ」

それみろ、とは藪はいわなかった。そっけなく頷き、

「わかった。じゃ」

と片手をあげただけだった。

「チケットありがとう。次のときも誘ってくれ」

鮫島はいい、大ガードの方に向かって歩きだした。

2

大久保《おおくぼ》駅と新大久保駅のあいだ、新宿駅で交わる中央線と山手線にはさまれた三角地帯には百人町《ひゃくにんちょう》という名前がついている。その三角形のちょうど中心にあるマンションの一室を、鮫島はこの数日間、監視していた。

今年の春、イラン人を中心にした窃盗品密売グループを追っていた鮫島は、そのリーダー格だった不動産会社社長仙田《せんだ》勝《まさる》、ブラジル名ロベルト・村上《むらかみ》をあと一歩のところでとり逃していた。

仙田の率いていたイラン人グループは、歌舞伎町《かぶきちょう》を活動の拠点にしている大陸出身の中国人不良グループと抗争をおこして、死者をだしている。鮫島の追跡とその抗争が原因で密売グループは壊滅したものと思われた。

だが仙田が逃げのびた以上、必ず同じような組織が活動を始める筈だと鮫島はにらんでいた。

鮫島が監視しているマンションの部屋は、自称ペドロ・ハギモリという三十二歳の日系コロンビア人によって借りられていた。ハギモリの名と住所が浮かんだのは、ひったくりの常習犯の自供からだった。

この半年のあいだ、置きびきやスリ、ひったくりなどの被害にあったクレジットカードが間をおかず国外で使われるという現象が発生していた。

情報をもたらしたのは、クレジットカードの盗難保険を扱う保険調査会社だった。盗難の被害は、関東の各地、東京だけでなく神奈川、千葉、埼玉などにまたがっている。なのに、盗まれたクレジットカードは、早ければその翌日のうちに国外で使われているのだ。

使用された国と地域は、香港《ホンコン》、タイ、マレーシアなどのアジア地域から、中東、さらにはアフリカにまでわたっている。

同じカードが二日間のうちに、香港、タイ、ドバイと三カ所で使われたケースすらあった。

クレジットカードは盗難届がだされると同時に使用が停止される。電話回線を使ったチェック装置を備えた店舗では、コンピュータにカード番号が登録された瞬間から、カードの使用はできなくなる。

一方、店舗の設備や地域の電話回線の状況でこれらの装置を備えていないところには、定期的に電話帳に似た、使用不能カードの番号帳が配布される。ただしこの番号帳は、印刷と配布の手間がかかるため、当然使用停止からのタイムラグが生じる。

盗まれたカードはおおむねこうしたチェック装置をもたない店舗で使われていた。

だが問題なのは、盗まれたカードが使われる時間と地域の大きさの関係だった。

二日間のうちに三カ国をまたがってカードが移動しているとは考えにくい。それでは犯人は自家用ジェットでも使っているか、旅客機のパイロットかスチュワーデスだということになってしまう。

考えられるのは、クレジットカードの偽造団とそのネットワークの存在だった。

国際回線を使ったファックス、あるいはコンピュータネットワーク上で、盗んだクレジットカードの番号のみが飛びかっている。

番号をうけとった各地の偽造団は、カードの材料となるプラスチック板に番号を刻印する。必要ならローマ字名も刻印する。

本物のクレジットカードには、使用者のデータを記憶させた磁気テープが貼られている。この磁気テープまでを偽造するには高度な技術が必要となる。したがって偽造カードにはたぶんダミーのテープを貼ることになるだろう。

偽造カードを使えるのは――磁気テープの読みとりチェック装置のない店舗だけとなる。昔ながらの、カーボン紙上をスライドさせる印字機を使用している店だ。

高額の商品を扱う店では、チェック装置の導入が進んでいる。そのため盗難カードによる使用被害は、一件が数万円から十数万円という数字に留まっていた。しかし関東各地で盗難の被害にあうクレジットカードの枚数を考えると、総額は莫大なものになる。

二週間前、新宿駅の構内でスリを働いた三十一歳の男が鉄道警察隊に逮捕された。この男はスリの常習犯ではなく、取調べの際、所持品からすべて名前のちがう四枚のクレジットカードが発見された。これらは皆、過去一週間のあいだに盗まれた本物のクレジットカードだった。

取調べに対して男は、これらのカードを、小金井《こがねい》市、三鷹《みたか》市、府中《ふちゅう》市などで自転車を使ったひったくりで入手したのだと自供した。そして新宿にいけば、盗んだクレジットカードを一枚五千円から一万円で買ってくれる人間がいると聞き、やってきたのだった。

男はそのために新宿まで足を運び、駅の構内を歩いている最中に、前をいく男性のヒップポケットからのぞいた財布をいきがけの駄賃とスったところをとりおさえられたのだ。

鉄道警察隊から新宿署に連絡が入り、鮫島がこの件を担当した。盗品故買は生活安全課が扱う犯罪である。しかもクレジットカードの保険調査会社からの情報を考えあわせれば、故買人の背後には国際的なクレジットカードの偽造ネットワークが存在すると考えられた。

鮫島はそこに仙田の関与を疑ったのだった。

ひったくり犯の自供では、新宿中央公園のある一角で、目印を表わす白いハンカチをポケットからのぞかせていれば故買屋が接触してくるということだった。

鮫島は十日間ほど中央公園に張りこみ、故買屋と覚《おぼ》しい人物を発見した。それが「ペドロ・ハギモリ」だった。

ハギモリはバイクで中央公園に通っていた。いくどか尾行に失敗し、ようやく百人町のマンションを鮫島はつきとめることに成功した。

ハギモリは、連日、午後一時から四時までを中央公園での〝営業時間〟にしていた。目印をもった者が現われると慎重にそのようすを観察し、安全を見きわめる。その後で、人目につかない植えこみの陰などを使って取引をおこなう。クレジットカードによっては買いとらない種類もあるが、国外で通用するカードならほぼすべてが、買いとりの対象になっていた。

四時きっかりに中央公園の持ち場をでたハギモリはバイクで自宅に戻る。自宅は西荻窪《にしおぎくぼ》だった。西荻窪のマンションでは吉祥寺《きちじょうじ》のスナックでホステスをしている二十一歳の娘と同棲《どうせい》していた。

娘は午後七時、出勤する。九時になるとハギモリはスーツ姿になってJRに乗りこみ、大久保駅に向かうのだった。そして百人町の〝事務所〟に出勤し、午前零時までそこに詰めている。

百人町の〝事務所〟にハギモリがいるのは約二時間半である。その間に世界各地のクレジットカード偽造団と連絡をとりあっていると、鮫島はにらんでいた。

零時きっかり、ハギモリは〝事務所〟をでて、西荻窪の自宅へと戻る。同棲しているホステスは一時半前後に帰宅するのが常だった。

鮫島が百人町のマンションに徒歩で到着したのは、十一時少し前だった。マンションの向かいには二十四時間営業のコンビニエンスストアがある。鮫島はそこの経営者の了解を得て張りこみの拠点にしていた。ストアの二階に資材を置く部屋があり、ハギモリが借りている三階の部屋の窓とマンションの出入りが同時に監視できるのだ。

コンビニエンスストアに入った鮫島は、すでに顔なじみになった夜間のアルバイト店員に軽く手をあげ、店舗奥にある階段をあがった。

二階の部屋は、足の踏み場もないほどさまざまな品物やダンボール箱がおかれているが、マンションと向かいあった窓ぎわに一畳ほどのスペースがある。

窓にはダンボール紙で目貼りがしてあったのを経営者の了解を得て、十センチ四方のすきまを鮫島はあけていた。

ハギモリの部屋は、向かいに四つ並んだ窓の左から二番めだった。小さなベランダがついているが、窓にかかったカーテンが開かれることはめったにない。

昨夜、この部屋を初めて訪れる者がいた。国産の高級車に乗った二人組で、ひとりが路上駐車した車中で待つあいだにもうひとりがマンションにあがっていった。時刻は午後十一時過ぎだった。あがっていったのも車で待っていたのも、やくざと覚しい男たちだった。

マンションは四階建てで、その時刻、明りが点っていたのはハギモリの部屋をのぞくと乳飲み子を抱えてコックの夫の帰りを待つ主婦のいる部屋のみだった。男がマンションに入ってから新たに明りの点った窓がないことから、鮫島はハギモリの部屋を訪ねたのだと判断した。

そのマンションの住人の大半は、新宿近辺の飲食店で働く者ばかりで、ハギモリが〝出勤〟する時間帯は、ほとんどの部屋が無人になる。

訪れた男たちが乗ってきた車のナンバーから、彼らが渋谷《しぶや》を縄張りにする暴力団、平出《ひらいで》組の構成員だということが判明した。部屋にあがっていったのは、牧村集《まきむらあつむ》という、二十七歳の組員だった。

ハギモリの部屋にあがった牧村は五分足らずで階下に降りてきて走り去った。所持品はセカンドバッグひとつで、でてきたときも同じだ。

平出組の若い組員とハギモリを結びつけるものが何であるか、鮫島はまだつきとめられなかった。

今わかっているのは、ハギモリが盗まれたクレジットカードを買い漁《あさ》っているということだけだ。平出組がクレジットカード偽造にかかわっているともいないとも、判断はできない。

盗まれたクレジットカードが国内で使用されたケースもある。だがそれは盗んだ犯人が使用したと覚しいものばかりだった。東京で盗まれたカードが、北海道や九州で使用されたという例はなく、使用は盗まれた地域の近辺に限られている。そういう点では、短時間のあいだに国外で使用されている今回の事件とは性格がちがう。

つまり盗まれたクレジットカードと同じナンバーのカードが国内で偽造されている可能性は低いのだ。

平出組は国外のクレジットカード偽造団とかかわっているのだろうか。もしそうであるなら、ハギモリが買った盗難カードの情報を国外に流しているのはハギモリではなく、平出組ということになる。

平出組に関する詳しい情報は、桃井《ももい》を通して渋谷署から得られる筈だった。ハギモリをひっぱる材料はかなり手に入れていた。ひっぱった上で自供が得られれば、クレジットカード偽造団との関係は明らかになる。

もしそこで平出組の名がでるようなら、鮫島の勘は外れていたということだ。

仙田は、日本の暴力団とは組んでいない。というよりは、組まない。

仙田の口からはっきりとそう聞いたわけではない。

この春、あと一歩のところでとり逃したとき、仙田の愛人の部屋で鮫島は仙田と電話で話していた。仙田は中国人不良グループに狙《ねら》われている愛人の身を守ることを鮫島に依頼してきたのだった。

直後、愛人の住むマンションに武器をもった中国人グループが押しかけてきた。乱闘となったところへ仙田の手下だったイラン人が拳銃をもって乱入した。この愛人を救うのが目的だった。中国人ひとりが射殺され、ふたりは鮫島に足を撃たれた。イラン人も斬《き》られて重傷を負い、鮫島は右腕を骨折した。

モハムッドという名のこのイラン人はボスを強く尊敬しており、取調べでも一切、仙田に関する情報を吐かなかった。

　だが鮫島は別の線から仙田についての情報を入手していた。

　別の線とは、新宿を縄張りにする暴力団だった。イラン人やコロンビア人などを組織して犯罪に手を染めていたにもかかわらず、仙田は日本の暴力団とはつながりをもっていなかった。

　その理由を、ある暴力団員は「やばい」からだ、と鮫島に告げた。仙田は南米の麻薬カルテルの人間だというのだ。

　その後の捜査では、仙田の窃盗品密売組織と麻薬組織をつなげるような証拠は得られていなかった。

　仙田が麻薬カルテルの人間であるかどうかは別にして、日本の暴力団とはつきあいがなかったことだけは確かだった。

　鮫島が守った愛人の口からも、仙田が暴力団と接触をもとうとしなかったことは聞いている。ペドロ・ハギモリがクレジットカードの偽造にからんで平出組と関係しているなら、そこに仙田の存在はないと鮫島が考えるのは、これらの理由によるものだった。

　もちろん仙田が考えを変えたということもありうる。

　ロベルト・村上こと仙田勝は、鮫島がとり逃した、今までで最も重要な犯罪者だった。

　このふたつの名前は、どちらも本名でないことが明らかになっている。これまでにわかっている仙田についての情報は、東北生まれで年齢が五十前後であること、スペイン語、ポルトガル語が堪能で中南米に住んでいたか、深いつながりをもつこと、そして腹部に貫通銃創という、銃弾が貫通した傷跡をもつことなどにとどまっていた。

愛人の部屋の電話で交した仙田とのやりとりを、鮫島ははっきりと覚えている。仙田は成田《なりた》空港からの離陸直前、愛人の部屋を張りこんでいた鮫島を名指しで電話してきた。鮫島の動きは、仙田に読まれていたのだ。

一方で鮫島は仙田に興味を惹《ひ》かれてもいた。仙田は手下の心を掌握する術《すべ》に長《た》けていた。中国人グループに襲われ負傷して入院した手下のもとへ、危険をおかして自分の愛人を見舞にいかせている。

仙田が手下にしたのは、すべて日本に不法滞在している外国人ばかりだった。外国語が堪能だというだけでは、彼らを手下に選んだ理由にはならない。

電話で仙田は、鮫島を一度は殺そうと考えた、とはっきり告げていた。それをしなかったのは、次々と密売組織の実態が明るみにでてしまったので無駄になると判断したからだった。

仙田は冷静で計算高く、一方で人の心を惹きつける面をもっている。そして必ずまた新宿に戻ってくる。

鮫島はそのときを逃さないつもりだった。

午前零時になった。ハギモリが帰宅する時間だ。だがマンションからハギモリが現われるようすはなかった。部屋の明りもついている。

張りこみを開始してから、ハギモリが定時に帰宅しないのは、これが初めてのことだった。

何かを待っているのか。

鮫島はもち歩いているポケット灰皿に吸い殻を次々と押しこみながら、じっとマンションを見つめていた。

ハギモリの部屋を家宅捜索するのは、もう少し先と決めていた。平出組以外で、ハギモリと交渉のある人間をつきとめたい。監視を開始したとき、鮫島は、仙田がこの部屋を訪れることがあるのでは、と期待していた。

鮫島は仙田の顔を知らない。だが体つきは自分と似ている、と教えられていた。五十前後の長身で細身の男――もしそういう人物が現われたら、と目をこらしてきたのだ。

ハギモリが待っているのは、人か電話か。

鮫島は、ハギモリが不在のあいだに、その部屋「ハイツ百人町」二〇二号室を、管理人の協力をとりつけてのぞいてみることも考えた。が、管理人がハギモリに知らせないという保証はなく、令状なしでのそうした行為は捜査の正当性を問われる危険もある。また仙田は、逃亡するまで新宿区内で多くのマンション、アパートを管理する会社を経営していた。「ハイツ百人町」がそのひとつでないとも限らない。不要な接触はぎりぎりまで避けるべきだった。

午前一時になった。ハギモリはまだマンションを離れなかった。鮫島の調べでは、今日の昼間も中央公園で三枚のクレジットカードをハギモリは入手している。きのうはゼロで、その前は一枚だった。

鮫島が監視し始めてから、二十枚を超すクレジットカードをハギモリは買っていた。

問題は、そのカードが目の前のあの部屋の中にあるかどうかだった。平出組の牧村がカードの回収人ならば、あの部屋には今日入手した三枚だけがおかれている筈だ。

もしそうでないなら、カードの番号と使用者名をファックスなどで送信後、ハギモリはすぐにカードを処分しているだろう。

午前一時四十分、鮫島のジャケットに入った携帯電話が鳴った。桃井からだった。

「——まだ百人町か」

「そうです。今日に限って帰ろうとしません」

鮫島は小声で答えた。生活安全課の課長である桃井には、自分が手がけている捜査の内容を逐一、知らせてある。

「そうか……」

桃井が次の言葉をいい淀《よど》んだ。張りこみ中の被疑者にこれまでとちがう動きがある場合、そこを離れろとはいいにくい。鮫島はそれを察知した。

「どうしたんです？」

「西新宿の高層ホテルで殺しがあった。現場にマル害が所持していたと覚しいクスリがある」

「ものは？」

「コカインのようだ。現場にいった藪くんが知らせてきた。実は渋谷の件でコカインの話がでている」

渋谷の件とは、平出組についての情報だ。鮫島はすばやく決断した。

「わかりました。署に戻ります」

「いや、面パトで迎えにいく」

「それなら淀橋市場前《よどばしいちばまえ》で拾って下さい」

鮫島はいって、電話を切った。立ちあがって階段を降り、コンビニエンスストアに降りた。

「ご苦労さまです。おでん、食いますか」

若い店員がレジ横のおでん鍋《なべ》に具を補充しながら訊ねた。たぶん経営者にいわれているのだろう。鮫島は首をふった。暗い二階から煌々《こうこう》と明りの点った店内に降りると、目がくらむ。

「いえ、けっこうです。ありがとう」

かわりに缶コーヒーを四本買った。

「またうかがいます。今日はこれで——」

「ご苦労さまでしたぁ」

三人の店員が声をあわせた。鮫島は苦笑を浮かべ、自動ドアをくぐった。コンビニエンスストアの経営者は、二階を刑事の張りこみに使いたいと申しでられて、「強盗を撃退できる」と大喜びでうけいれたのだ。だが「刑事張りこみ中」と看板を掲げでもしない限り、強盗は防げない。

もしかすると、二階に刑事がいることは、従業員はおろか、常連の客には公然の秘密になっているのかもしれない。

幸い、ペドロ・ハギモリは、めったにこのコンビニエンスストアを使っていなかった。

鮫島は徒歩で西に向かった。中央線の線路にぶつかる少し手前、小滝橋《おたきばし》通りに面した信号が、中央卸売市場淀橋市場前の交差点だった。かなり早足で歩いたつもりだったが、交差点にはすでに覆面パトカーがハザードを点《つ》け、止まっていた。

運転席には若い課員がすわり、助手席に桃井が乗っている。鮫島は後部席に乗りこんだ。覆面パトカーは発進した。

「悪かったな」

鮫島をふりかえり、桃井はいった。地味なスーツを着け、陰気な顔つきをしている。かつてつけられていた「マンジュウ《死体》」という渾名《あだな》を口にする者は少なくなったが、表情の陰が消えてなくなったわけではなかった。

「いえ。どうぞ」

買ってきた缶コーヒーを桃井とハンドルを握る若い課員にさしだした。今年配属されたばかりで畠山剛《はたけやまつよし》といった。

桃井と畠山は礼をいって受けとった。鮫島も自分の缶のプルトップを押しこんだ。ひと口飲むと桃井が口を開いた。

「一一〇番通報は、零時四十八分。通報者はホテルの従業員だ。うちのパトカーが向かい、死亡しているマル害を確認した。所見では射殺。マル害は、ホテルの長期滞在客でアメリカ国籍のハーラン・ブライド。ホテルに届けている年齢は五十八歳の白人だ」

「五十八」

鮫島はつぶやいた。コカインに関係するには、年齢が高い。

「機捜と捜一の両方が動いている。詳しいことは向こうにいけばわかるだろう」

「サイレン、鳴らしますか？」

畠山が訊ねた。

「いや、客商売なんだ。やめておけ」

桃井が止めた。

「で、渋谷の件というのは？」

「平出組は、道玄坂《どうげんざか》かいわいを縄張りにしている、古い組らしい。元は愚連隊で、広域とのつながりはない。ただこの二、三年急速に構成員を増やしている」

「妙ですね」

桃井の言葉に、鮫島はいった。暴力団新法の施行後、どこの組も資金稼ぎには苦しんでいる。組員を増やすというのは勢力を強めている証《あか》しだった。

桃井は頷いた。

「平出組のもともとのシノギは、地元飲食店からのみかじめと売春だった。それがこの二、三年クスリを扱うようになってふくらんだらしい」

「コカインを？」

「渋谷署は現在内偵中だそうだが、ほぼまちがいないといっている。売人は何人かつかんでいるが、ネタ元が割れないらしい」

鮫島は息を吸いこんだ。コロンビア人だからといってすぐにコカインと結びつけるのは、早計というものだろう。だが、ペドロ・ハギモリと平出組の関係を、盗難クレジットカードではなくコカインによるものと考える方向はあった。

「で、ホテルの現場から見つかったコカインは大量だったのですか」

桃井は首をふった。

「いや、それほどではないらしい。だが死因が射殺ということで駆りだされた藪くんが携帯電話で知らせてきた。君にいちおう知らせておいたほうがいいと私も思ったんだ」

「つきました」

畠山がいった。ホテルの正面玄関に覆面パトカーはすべりこんでいた。ホテル側に気をつかったのか、ロータリーにはパトカーが一台止まっているだけだった。他の警察車輛《しゃりょう》は地下駐車場に止められているようだ。

「ご苦労さん。駐車場に止めたら、現場にあがってきてくれ」

桃井がいい、鮫島と覆面パトカーを降りたった。

3

大型のシティホテルには、長期滞在客のための専用フロアをもつところが多い。一般客と区別するためである。そのホテルでは三十階と三十一階が、長期滞在客のためのフロアにあてられていた。

現場は三十階の、三〇一五号室だった。角部屋で、ホテル側の説明によると被害者のハーラン・ブライドは長期滞在客としては、最も古いひとりだという。

鮫島と桃井が入っていくと、そこは警視庁の捜査一課が中心となった現場検証のまっ最中だった。

「おや……」

鮫島も知る一課の刑事がつぶやいた。

「誰が鮫の旦那を呼んだんだい」

皮肉とはいえないほどの口調だった。別の刑事と話していた担当班の班長である矢木《やぎ》がさっとふり返った。

「俺だよ」

ベッドに腰かけてノートを広げていた藪が顔をあげもせず、いった。ノートと見えたのは、ラップトップタイプのパーソナルコンピュータだった。

「あんたか……」

矢木はつぶやいて、鮫島とあとから入ってきた桃井を見つめた。

「邪魔をする気はないんですが、クスリがでたらしいってうかがいまして、いちおううちの管轄ですから……」

桃井が淡々とした口調でいった。

「マル害は知ってた？」

矢木は鮫島に訊ねた。

「いえ」

鮫島は首をふった。

「こっち」

藪が呼んだ。藪がすわっているのは、トリプルサイズのベッドの端だった。その向こう側に死体が横たわっていた。

部屋は通常のダブルルームに比べるとかなり大きい。小さなキッチンもついており、あとからもちこんだものだろうが本棚も備わっている。セミスイートルームといってもよいくらいの大きさだった。だが今は二十名近い刑事や鑑識課員が動き回っているせいで狭く感じる。

「見ての通り、射殺だ。使ったのは、九ミリ口径のオートマチックタイプ。薬莢《やっきょう》も拾った」

藪はいった。

ベッドに横たわっているのは、大柄の白人だった。若い頃はかなりたくましい体をしていたと思わせる太い腕は白い毛におおわれている。袖《そで》をまくりあげたストライプ入りのシャツを着け、紺のチノパンツとローファーシューズをはいていた。ベージュのブレザーがライティングテーブルの前の椅子《いす》にかかっていた。胸部に広い血の染みが広がっている。

「一発か」

鮫島は死体の顔を見おろして訊ねた。血の気はないが、陽に焼けていた。薄くなりかけた銀髪が頭頂部に向かってなでつけられている。半ば閉じられた目は濃い灰色で、尖《とが》った鼻の下に、険のある口もとがあった。

「いや、二発だ。一発はここ――」

藪はベッドのヘッドボードを指さした。血の染みがとび散ったピンクの詰め物の中央に黒い穴がある。

「もう一発は、この外人さんの背中の下のクッションに埋まっている。九ミリは弾足が速いからぶち抜いちまうのさ」

弾道検査の腕では、警視庁一といわれている藪がいった。

「たぶんマル害は、初め俺みたいにベッドの端に腰かけていた。一発目を正面からくらってばったり倒れ、今度は二発目を斜め上から撃ちこまれた」

「プロか」

鮫島は訊ねた。藪は首をふった。

「どうかな。銃声を聞かれてるんだ。ふたつ隣の部屋に客がいて、銃声らしい音を聞いている。

そのときは気にとめなかったらしいが。プロならもうちっと静かにやるだろう。枕《まくら》いっこかましゃ、だいぶちがう」

ヘッドボードのところに積まれている羽根枕をさしていた。ベッドはきれいに整えられたままで、使われたようすがない。

「発見の状況は？」

桃井が矢木をふり返った。

「マル害は零時半にタクシーを予約していた。その時間だと客待ちがではらっちまうことがあるらしい。ところが降りてこないんで、ベルキャプテンがボーイを見にいかせた。ドアは閉まっていたが、電話をしても応答がないんで、確認のために中を見た」

矢木はベテランの刑事らしく、嫌がることなく状況を説明した。こうした説明をくり返すことで手がかりに気づく場合もある。

「目《もく》は？」

鮫島は訊ねた。

「ベルキャプテンが外人の女を見ている。金髪でサングラス。エレベータを気にしてたんで覚えていた。タクシーには乗らず、歩いてでてったそうだ。他にもエレベータから降りてきたのはいたらしいが、印象に残っているのは、その女くらいだそうだ。ロビーはけっこう混んでいた」

「次はこっちだ」

藪が立ちあがって、本棚に歩みよった。英語のハードカバーがぎっしりと詰まっている。鮫島は背表紙に目を走らせた。藪が中の一冊をひき抜いた。シェークスピアだった。

手袋をした手で頁《ページ》を開いた。中がくりぬかれていて、皮を表面に貼《は》った小さな箱と金の耳かきのようなスプーンがおさまっている。

鮫島は手袋をはめ、その箱をとりだした。

古い民芸品のようだった。日本製というよりは、東南アジアのどこかで作られたように見える。皮を貼ってあるのは蓋《ふた》の部分だけで、箱の周囲には細かな彫刻が施されていた。

蓋を開いた。中は鏡のようなガラス張りで、煙草の箱ほどの空間があった。三分の一近く、粒子の細かい白い粉が入っている。

「まあスプーンで見当がつくわな」

藪がいった。鮫島は頷いた。コカインだった。スプーンは鼻から吸引するときに使う。

「マル害の血液検査をすりゃわかるだろうが、異国でのひとり暮らしを慰めていたんだろう」

鮫島は見守っている矢木に訊ねた。

「職業は」

「貿易商。ここがマル害のオフィス兼住居ということになっていたらしいが、どんな品を扱っていたかは不明だ」

「これじゃないか」

鮫島から箱を受けとった藪がいった。鮫島は再び本棚を見あげた。戦争史や軍事関係と覚しい本が目についた。タイトルに「ベトナム」の文字が入っているものが多い。

そのときだった。部屋の入口にスーツを着けた新たな集団が現われた。

「矢木さん！」

廊下を調べていた捜査一課の刑事が彼らをすり抜けるように部屋に入ってきて呼んだ。

「何だ」

矢木の問いにその刑事が答えるより早く、新たな集団の先頭にいた若い男が口を開いた。

「申しわけありませんが、この現場は、外事一課で預からせていただきます」

「何？」

「一課長、刑事部長、新宿署長には連絡ずみです。現場指揮は香田《こうだ》警視正がとられます」

藪が口を尖らせ、おーと低くいった。集団の内側から色白で切れ長の目をした男が進みでた。

「矢木班長、ご苦労さまでした。これまでの捜査経過は明日以降報告書をちょうだいします。現時点をもって捜査一課の捜査は終了して下さい。現場はただちに封鎖、証拠品の管理は外事一課がひきつぎます」

言葉はていねいだが、うむをいわせない口調だった。矢木はむっとしたようだが、それをおさえこみ、いった。

「ずいぶん異例ですな。殺しの現場を外事が調べるというのは――。公安関係の事件に発展する可能性があるとしても、通常は現場は捜一に任せるものでしょう」

暗に、殺しの捜査があんたらにできるのかといっているのだった。それは事実だった。現場捜査と証拠品の洗いだしは刑事部の捜査員にやらせ、あがったものを根こそぎさらっていくのが公安の典型的な捜査手順だ。

「本件に関しては異例でしょうが、我々にお任せいただきたい」

矢木は穴のあくほど香田を見つめた。香田は瞬《またた》きもしなかった。やがて矢木はあきれたように、

「おい！」

といった。現場検証には、機捜と捜一、そして新宿署刑事課の刑事たちが携わっていたが、とうに手を止め二人の方を見つめていた。

「現場をお渡ししろ」

矢木は吐きだした。

「鑑識の方は検証をつづけて下さい」

動ずるようすもなく香田は部屋を見回していった。その目が鮫島で止まった。鮫島は香田を見返した。

「矢木班長」

香田は鮫島を見つめたままいった。

「所轄の生活安全課がこの現場にいる理由を聞かせて下さい」

明らかに新宿署を警視庁本庁に比べ、一段低く見た口調だった。

「俺が勝手にきた」

鮫島はいった。香田は警視庁入庁の同期だった。キャリア組の順調な出世コースとして公安畑の階段を昇っている。三年前の連続警官射殺事件のときは公安一課にいて、新宿署の捜査本部に現場指揮官として配属された。鮫島は香田が展開した大捜査網をかいくぐった犯人をひとりで逮捕した。そのとき香田は鮫島の捜査方法を絶対に認めない、必ず潰《つぶ》してやると断言した

のだった。

部屋の空気が凍りついた。現場にいる刑事畑の捜査員の大半は、鮫島が香田と同じキャリア組の出身だが公安部から叩き落とされた身だと知っていた。

香田はゆっくりと鮫島を見た。

「君はあいかわらず口のきき方を知らないようだな」

鮫島は無言で香田を見返した。

「現場から薬物が発見されました。所轄の薬物事犯担当ということでマル害に関しての情報提供を仰ぎました」

矢木が低い声でいった。藪がそしらぬ顔でシェークスピアを閉じ、本棚に戻した。

「承知しました。ではすみやかに現場をひきとって下さい」

香田はいった。捜査員たちはぞろぞろと撤収にかかった。香田がかすかに首を動かすと、入れちがいに外事一課の刑事たちが部屋に踏みこんだ。

刑事畑の捜査員のしんがりとなったのが、矢木と鮫島だった。矢木が部屋をでていこうとすると、香田が呼び止めた。

「矢木班長」

「は」

「報告書は明日中に提出をお願いします」

矢木がぐっと歯をくいしばった。途中で捜査を切りあげさせ、書類の作成だけを急がせるのは、明らかな嫌がらせだった。鮫島をかばうとどうなるかを香田は思い知らせたのだ。

「了解しました」

矢木は吐きだした。

二人が廊下にでると、部屋の扉がただちに閉められた。矢木は扉をにらみつけた。

「申しわけありませんでした」

鮫島は低い声でいった。矢木は首をふった。

「あんたには関係ねえよ。根性の腐った野郎がお似合いの職場にいるってだけだ。野郎が俺たちよりふたつも階級が上だってことが問題なだけで」

桃井が廊下の途中で立ち止まり、待っていた。

「かわってないようだね、香田さんは」

つぶやいた。矢木が首をふり、鮫島を見た。

「もうひとつある。あの野郎に嫌われてるってだけで、俺はあんたを気に入ったよ」

警視庁公安部外事一課は、アジア地域をのぞく外国人犯罪、旧ソ連、東ヨーロッパなどのスパイ活動防止を担当している。その外事一課が外国人とはいえ民間人の殺人事件の捜査にこれほど早く介入してくるのは異例のことだった。

殺された外国人が大使館員であったり在日米軍の関係者であれば、そうした動きは不自然ではない。

4

防諜《ぼうちょう》活動を主業務にしている外事課が国内で発生する外国人に対する暗殺を事前に察知していることは少なくない。刑事警察ならばそれを阻止する方向で動くのが当然だが、公安警察においては常に政治的な判断がつきまとう。

その点で、刑事警察と公安警察とではまったく捜査の性格がちがう。公安警察では「泳がせる」「裏切らせる」「(犯罪を)実行させる」といった方針で被疑者に接することが多い。公安警察の収穫とは、逮捕、起訴ではなく、常に情報なのだ。存在が判明しているスパイを逮捕することで、存在の知れない新たなスパイを生みだす結果になると考えれば、公安警察は逮捕をしない。監視し、情報を収集しつづけるだけだ。

これはスパイ活動という行為の性格にも起因している。

スパイ活動は、外国でおこなえば犯罪行為である。他国の秘密を盗んだり、政治家のスキャンダルを握ったり、ときには作ったりする。それらの情報は、国家間の交渉において、取引の材料とされる。国家の国家に対する脅迫のネタとなるわけだ。

被害国にとって、これは立派な犯罪である。しかし加害国のスパイはそれを犯罪とはとらえない。情報機関は国家組織であり、属する機関員は公務員なのだ。いわば国家公務員としておこなう業務が、他国内では犯罪となるわけだ。

泥棒や詐欺、あるいは強盗といった刑事犯罪は、犯罪者がそれを違法行為として知りつつも、自らの欲望の充足のためにおこなうものだ。したがって遵法《じゅんぽう》精神をもつ健全な社会市民はそうした犯罪をおかさない。刑事警察は、そうした犯罪をおこってはならないことだと規定した上で、不幸にもおこってしまった場合は、犯人を逮捕し法の裁きを負わすことを目的に存在する。

一方、公安警察において対象となる犯罪者は、行為の違法性を無視している部分がある。この国にとっては犯罪でも、母国や自らの主義にとっては有益な活動なのだという判断だ。それは戦争において敵国の兵士を殺しても殺人犯とはならない、という考え方に通底する。敵国の兵士を殺せば殺すほど、母国にとっては「英雄」なのだ。

公安警察は、そういった「犯罪者」を相手にしている。遵法精神など期待するのは無意味というものだ。

スパイは決してなくならない。犯罪者として逮捕しても、また新たなスパイが現われるだけだ。であるなら、よほど見過せない活動をおこなわない限りは、正体のわかっているスパイを泳がせておいた方が賢明であり安全なのだ。

日本には外国のスパイに対する厳しい刑事罰はない。またそのスパイに協力した日本国民に対する罰則規定もない。これは希有《けう》な例である。

日本を除くどこの国においても、外国のスパイ活動に協力した自国民に対する刑事罰は定められており、最高刑は極刑、つまり死刑である。

こうした法環境の中で、警視庁公安部の外事課は、外国スパイからの防諜活動を主業務にしている。外国スパイに協力した日本人にかけられる容疑は、「窃盗」や「背任」といったていどでしかない。

たとえそうであっても、自国の利益が損なわれるのを手をこまねいて見ているわけにはいかない。防諜活動において捜査権や逮捕権を駆使できるのは公安警察官しか存在しないからだ。

それゆえ、日本の公安警察、特に警視庁公安部は、諸外国の情報機関とパイプをもっている。最も太いパイプでつながっているのは、当然のごとくアメリカ合衆国の機関である。とはいえ、アメリカ合衆国の情報機関も日本国内で活動をおこなうことがある以上、その関係は常に友好的であるとは限らない。

翌日署にでた鮫島は藪に呼びだされた。

「きのうの顚末《てんまつ》をお話ししようと思ってね」

鑑識課の藪の部屋を訪ねると、報告書と覚しい書類をコンピュータのプリンターから吐きださせながら、藪はいった。

「徹夜か」

灰皿には吸い殻がたまり、コーヒーカップはよごれている。

「ああ。お偉いさんは急がせるのが好きだからな。だがたいした手間じゃない」

藪は脂の浮いた顔をふっていった。鑑識係の部屋は、藪の「実験室」と化した観があった。

鮫島は散らかった部屋の中央にすえられたテーブルに腰をおろす隙間《すきま》を見つけた。

「もちろんかんじんなところでは追いだされちまったわけだが……煙草あるか」

藪はコンピュータのモニターから目をそらし、背もたれによりかかって指をさしだした。鮫島は箱ごと渡してやり、自分も火をつけた。

「外事は、マル害についちゃかなり前から情報をもってた。もしかするとつきあいがあったのかもしれん。ほしを外国人だとハナから決めてかかっている」

「例のベルキャプテンの証言か」

「いや滞在中の外国人客のリストをフロントにださせたのさ。ベルキャプテンの一件は、そのあとになってでてきた。捜一の班長どのは、報告書を提出するまでは一切情報を渡さないという、気骨を貫いたみたいだな」

「ああいうやり方をすればそうなる」

「しょうがない。公安は刑事より偉いって考えがしみついてるのだからな」

警視庁人事で最高幹部の座につく者は公安警察の出身者が大半である。

「コカインのことはどうだ」

「あれか？」

藪はにやりと笑った。その笑みで、藪がコカインのありかを前もって告げなかったことに、鮫島は気づいた。

「検証を始めてだいぶたってからようやく気づいてな。ヘロインじゃないか、いやコカインだって、外事の刑事さんはクスリなんざめったに見ないからな。とりあえず科捜研に送るべってけんけんごうごうさ」

鮫島は苦笑した。無理もない。

「で、だ」

藪はにやつきながら、白衣のポケットに手をさしこんだ。証拠保存用の小さなビニール袋をとりだした。中には白い粉が入っている。鮫島はあきれた顔をした。

「科捜研でデータがでたら、連中は百パーセント、金庫の中にしまいこんじまうだろう。奴らにとっちゃ、クスリのでどこなんて、たいした興味じゃない。マル害がただのドラッグディーラーだったら、外事があんな血相かえて動くわけないからな」

「どうするんだ、それを」

「去年、アイスキャンデーをやったときに、しゃぶの薬物指紋を使ったのを覚えているか」

鮫島は頷いた。それは北里《きたざと》大学で開発された分析方法で、覚せい剤の原材料であるエフェドリンの残留量や不純物の内容と割合、結晶温度などを調べることで、どこの国からもちこまれた品であるかを特定できる。

「今、俺の知りあいがコカインでそれをやってる。麻取に頼まれてな」

鮫島は目をあげた。

「コカインの場合は混ぜ物の質と含有量でやるって話だ。南米の麻薬カルテルもひとつじゃない。最低でもそれがわかれば、国際捜査の協力を得やすくなるだろう」

「どれくらいで結果がでる?」

「二、三日かな。もし今までに押収された物と同じ指紋ならそれも教えてくれる筈だ」

「恩に着る」

鮫島がいうと、藪は首をふった。

「どうかな。それでお前さんがまた動きだして、本庁のお偉いさんとどっかんってことになるかもしれんぞ」

「外事の邪魔はしないさ。あくまでもコカインの捜査だ」

鮫島は平然といった。

「それですめばいいがな」

「他に何かでたか」

「横目でちらちら見ていたのだが、デスクの中から、住所録や日誌のようなものを見つけた。だが、内容はチンプンカンプンだ」

「チンプンカンプン?」

「マル害は重要な書類になると、すべて暗号を使ってたみたいだ。それがわかっても警視正どのは驚いた顔はしなかった。マル害のことを知ってたってのは、その辺もある」

「どんな暗号だ?」

「俺なんざ、見せてもらえないさ」

鮫島は息を吐いた。

「凶器については何かわかったか」

「薬莢に関する情報はある」

藪はプリンターからでている書類を示した。

「先に説明しちまうと、使った拳銃は安物じゃない。落ちてた薬莢はアメリカ国内で製造されたメーカー品だ。たぶん銃もそうだろう」

「九ミリ弾だったな」

「今、オートマチック拳銃は九ミリ口径が主流だ。米軍の制式拳銃もベレッタの九ミリだ。GIコルトなんざ時代遅れってことだな」

「するとやはりプロか」

藪は首をひねった。

「プロといってもいろいろあるが、外事がかかわってきそうな本物のプロ、つまり工作員だったらメーカー名の入った弾丸なんかは使わない。使っても薬莢は拾っていく。それにサイレンサーももってないじゃ、プロとはいえんな。もっとも外事は頭からプロと決めこんでいるようだが」

「あんたが考えるプロが映画の中だけってことはありえないか」

「おいおい、それはないぜ」

藪はやんわりと抗議した。鮫島は考えこんだ。

「マル害は、零時半にタクシーを予約していた。ベッドに腰かけた状態で撃たれたのだとしたら、ほしを部屋に迎えいれ、話しているところだったということになる」

「ノックして開けたところに銃をつきつけ、中に入ったというのはどうだ？」

藪がいった。

「それはないな」

「なぜだ」

「理由はふたつある。まず殺すだけが目的だったとしたら、ベッドまでいかずにその場で撃つだろう。もうひとつは、部屋にコカインを所持し、住所録や日誌を暗号でつけるような男が、簡単に銃をつきつけられるような不用意な真似《まね》はしない。訪ねてくる者の予定もないのにノックされたら、チェーンは最低かけてでる」

「なるほど。するとほしは顔見知りか」

「可能性は高い。でていった外国人女性という線は固いよ」

「金髪だからって外国人とは限らないのじゃないか。サングラスもしていたのだろう。今どき金髪なんて日本人にもうじゃうじゃいる。もしかすると日本人の男が外国人の女に化けていたかもしれん」

「確かにそうだ。だがああいうホテルのベルキャプテンともなれば、外国人を見慣れている。日本人が白人に化けていたら、それとわかるのじゃないか」

鮫島がいうと、藪は唇をすぼめた。

「確かにそうだ」

「ひとつ考えられるのは、売春婦に化けてマル害に接近したという方法だ。コロンビア人の売春婦には金髪が多い」

「売春婦か……」

コカインが殺人に関係しているなら、実際にコロンビア人売春婦を使って殺させたという線もある。もしそうであれば、外事一課はむしろ手こずるだろう、と鮫島は思った。

「とにかく、コカインの件がわかったら知らせてくれ」

鮫島はいった。藪は、

「わかった。せいぜい首をとばされんようにな」

と答えて、手をふった。


その日の午後、ペドロ・ハギモリは、新宿中央公園に現われなかった。夕方まで粘った鮫島は「ハイツ百人町」に向かった。

ハギモリはそこにいた。カーテンの内側に明りが点っている。ときおり動く影も確認した。

昨夜から、ずっと部屋にいたのだろうか。いたとすれば、今までにはない奇妙な行動だった。同棲しているホステスと喧嘩でもして、帰れないのか。

西荻窪のマンションは、ホステスが借り主になっている。

鮫島はコンビニエンスストアの二階で、じっと監視をつづけた。

午前一時過ぎ、やっとハギモリが姿を現わした。ひどく不安げなようすだった。

「ハイツ百人町」をでてくると、監視する者を捜すように、あたりを見回している。それを見て鮫島は尾行をあきらめた。下手に徒歩で追えば気づかれる危険があった。

ハギモリは通りかかったタクシーを拾い、乗りこんだ。その会社名をメモし、鮫島はひきあげることにした。ハギモリがどこで降りたかは、タクシー会社に問いあわせれば、わかる筈だった。

ブライドの死を新聞で知ったとき、彼の手はすぐに電話にのびかけた。だがかろうじて思いとどまった。

今は微妙な時期だ。ブライドの死を社会面で報じた新聞の一面には、新党の結成交渉と、内閣解散の時期が迫る見出しが並んでいる。

総選挙がおこなわれれば、新しい時代がやってくる。

といってそのおこぼれにあずかろうなどという期待はしない。自分はこれまで通りやっていくだけだ。

5

部長もそれをわかっているから、自分を信頼してくれているのだ。

彼は新聞を畳み、事務所の中を見回した。経理と電話番を兼ねる竹川《たけかわ》みつ子《こ》が陰気な顔を帳簿に向けている。たいした仕事はしていないのに「顧問料」という形で社の口座にふりこまれる月額二百万の金を、竹川はどう考えているだろうか。

さして興味はもっていないだろう。竹川にとってここは、ただのパート先にすぎない。四十六歳のこの主婦が四年前、「立花《たちばな》調査情報社」の募集に応募してきたとき、彼は徹底的に身辺調査をおこなったのだ。もっているパイプはすべて使った。

新潟県出身、同郷の亭主はスーパーの仕入れ課長をしている。子供はひとり。現在中学二年。亭主にも本人にも政治活動の経歴はまったくなし。犯歴もなし。

愚かにもバブルの最中に、横浜市の外れにマンションを購入した。そのローンのために竹川は「立花調査情報社」にパート就職した。社長である立花がつけた「長く勤められること」という条件にも合致した。ローンは、あと十四年、残っている。

電話が鳴った。立花は腕時計を見た。そろそろかかってくる頃合だった。

「はい、立花調査情報社です」

竹川が電話に応じた。

「はい、おります。お待ち下さい」

受話器を保留にして、立花を見た。

「社長、桜井《さくらい》商事の沖田《おきた》さんです」

立花は頷き、自分のデスクの電話をとった。

「立花です」

「沖田です。新聞は読まれました？」

「ええ」

「会っておられましたか、最近」

「いや。もう何年も会ってません」

「何年くらいでしょうか」

沖田と名乗る男の声がわずかに低くなった。今の沖田はあまり利口じゃない。声に考えていることが表われすぎる。前の沖田の方が優秀だった。

「さあ……。八年くらいでしょうか」

「八年」

「ええ。彼の方が早かったでしょう。辞めるのは」

沖田はその言葉を否定も肯定もせず、

「噂《うわさ》などは聞かれていましたか、何か」

と訊ねた。

若僧。立花は心の中で思った。事務的にこなせば、自分が切れ者に見えるとでも思っているのか。要はお前の勉強不足だろう。

「まるで聞いていませんね。新聞じゃ何か商売をしているようなことが書いてあったが」

「そうですか。彼の友人はどうです？　前の同僚とか共通の知りあいとか。最近会われた方はいらっしゃいますか」

ひとりいる。だがその名をだせば、こんな若僧は震えあがるだろう。上司にご注進に及んで、そして結局、「忘れろ」といわれるのがオチだ。

彼はよほどその名を口にしてやろうかと思った。だがちっぽけな見栄だし、結局それをすれば、立花はかつての勤め先で「軽率だ」といわれるに過ぎない。

「いないね」

冷たくいった。

沖田はひるむことなくつづけた。

「お仕事の方は順調でらっしゃいますか」

「そうともいえない。最近おたくから受注がないんで」

「その件は上司に伝えます」

けっこうだよ、馬鹿野郎。

「何かお気づきになったことがあったら、当社までご一報願えますか。担当は私ということで」

「了解した」

「それでは失礼します」

電話は切れた。受話器をおき、立花はすばやく竹川を見た。竹川は帳簿に目を落としている。

立花は再び新聞をとりあげた。ブライドの死は、どちらに関係があるのだろうか。奴の商売か、それともあのことか。

まず大丈夫だろうと思いながらも、わずかな不安がある。あのことで平出組を使ったのが、自分とブライドの接点になりかねないからだ。

だが平出組のことを神奈川県警はつかんでいない。したがって自分と平出組を結びつけるものは何もない。

ブライドを平出組に紹介したのは自分だ。だがそれはもう五年も前のことだし、今はブライドも直接平出組と接触するような愚をおかしていなかったろう。

五年前、ブライドが支払った紹介料は、この事務所を開設するのに役立った。とはいえ、ブライドのきたない商売に一枚かもうなどとは夢にも思わなかった。

桜井商事の連中は、ブライドと平出組の関係に辿《たど》りつけるだろうか。引退したとはいえ、ブライドもプロだった男だ。身辺にそうとわかる品をおいておく筈はない。たぶん無理だ。今の桜井商事に、それを嗅《か》ぎだせるだけの頭をもった奴などいるわけがない。

だが一方で、そのブライドを殺《や》ったのが、どんな人物なのかは気になった。

ブライドが南米ともめていたのなら、平出組への供給はストップした筈だ。だが三カ月前のあのときは、前岡《まえおか》は何もいっていなかった。

ブライドを殺ったのは、南米の殺し屋か、昔のブライドに恨みをもっていた奴だ。

恨みなら、奴はさんざん買っている。立花は新聞の一面を見た。

新党を結成しようと話しあいを進めている二人の代議士。親子ほどではないが、年はかなりちがう。そのうちの若い男の写真を立花はじっと見つめた。

だんだん似てきている、父親に。

年上の代議士の顔には目もくれなかった。

部長は変わっていない。もう十五年になろうというのに、桜井商事にいた頃とまったく変わっていない。

6

鮫島はペドロ・ハギモリの事務所の捜索令状をとった。

ペドロ・ハギモリはあれから新宿中央公園には一度も足を向けていなかった。それどころか、「ハイツ百人町」をでたきり、西荻窪の自宅にも戻っていない。

飛ばれてしまった可能性があった。タクシー会社に問いあわせたところ、ハギモリはあの夜、渋谷に向かったことが判明した。タクシーを降りた場所は宇田川町《うだがわちょう》の交番付近。

内偵に気づかれていたのだろうか。鮫島は慎重を期したつもりだった。だがこうした内偵にはツキもある。どれほど慎重に慎重をかさねようと、ふとした弾みで被疑者にこちらの存在がばれてしまうことがあるのだ。

飛ばれてからガサ入れをおこなうのは無駄になる場合が大半だ。手に入るのはわずかな証拠だろうし、本人をひっぱれないのでは立証も難しい。

だが令状をとることを決心させたのには、もうひとつの理由があった。藪が友人に依頼していたコカインの分析結果だ。

ハーラン・ブライドの自宅兼事務所であるホテルの部屋から発見されたコカインの組成分析

が、別のところからその研究員のもとにサンプルとしてもちこまれていたコカインの組成内容と一致したのだ。

別のところとは渋谷署だった。平出組が渋谷ルートで扱っているコカインと同じものが、ブライドの部屋にあったことになる。

ペドロ・ハギモリと平出組の接点が盗難クレジットカードではなくコカインだったとすれば、ブライドとハギモリが何らかの形で関係していた疑いがある。そうであるなら、ハギモリの突然の失踪《しっそう》にも説明がつく。ハギモリはブライドの死を知り、怯《おび》えたのだ。危険を感じ、飛んだというのは充分考えられる。

鮫島は、畠山をひき連れて「ハイツ百人町」二〇二号室の家宅捜査を実行した。管理人に令状を提示し鍵《かぎ》を開けさせると中に入った。

そこは1DKの間取りだった。玄関を開けて入ると、左手にトイレ、右手にバスルームがあってガラス扉がある。ガラス扉の奥がダイニングキッチンで、右手のスライドドアを開くと八畳ほどの洋室だった。床はすべて板張りだ。

八畳間にスティールデスクと椅子があった。デスクの上にはファックス兼用の電話機がおかれている。クローゼットには着替え類と覚しい衣服が数点あった。

最後にでていったときのハギモリは手ぶらだった。書類などは何ひとつ手にしていなかった。

キッチンにはヤカンとコーヒーカップ、インスタントコーヒーの壜が残っているだけだ。ハギモリは煙草も吸わなかったのか、灰皿すらない。

「ここはゴミの処分はどうなっています？」

鮫島は管理人に訊ねた。管理人の話では可燃ゴミは週三回、不燃ゴミは週一回で、いずれの場合も、マンション玄関前の集積所に当日の朝だすことが決められていたという。するとゴミは処分していない。

「鮫島さん」

バスルームを見にいった畠山が呼んだ。興奮した声だった。

バスタブの中に、黒ずんだステンレス製のボウルがおかれていた。

その中に溶けたプラスチックの塊りが入っている。バスタブのかたわらには、ライターオイルの缶があった。

鮫島は用心深くボウルをとりあげた。オイルをかけ燃やしたのだろう、プラスチックはどろどろに溶解していた。もとはクレジットカードであったかもしれないが、番号、使用者名とも、外見からはとうてい判別できない。

それをのぞきこんだ管理人が大声をだした。

「これか!?」

鮫島は初老の管理人をふりかえった。

「何か」

「いえね、何回か、プラスチックの焦げたような匂《にお》いがする、漏電でもしてるのじゃないかって、住人から苦情がでたことがあるんですよ。この部屋が原因だったんだ……」

クレジットカードていどを燃やすのなら、さほどの量の煙はでない。しかし匂いが換気扇を通って他の部屋に流れこむのは防げない。

「ここで処分していたんですかね」

畠山がいった。ひどく重大なものを発見したような表情になっている。

「トイレも調べてくれ。水槽とか、見落とすなよ」

「はいっ」

畠山は張り切った口調でいって、トイレに入った。

鮫島はダイニングキッチンの中央に立った。毎日のように時間をすごしていたにもかかわらず、バスルームは本来の目的に使用された形跡はない。キッチンにもほとんど生活の痕跡《こんせき》はなかった。

八畳間に戻った。デスクに歩みよる。ひきだしは全部で四本。大が一本に、小が三本だ。

まず大を開いた。レポート用紙とサインペンが二本入っていた。他は何もない。鮫島はレポート用紙を開いた。かなりの枚数が使われた跡がある。ただし使ったあとはすべて破りとられていた。残っているのは白紙のみ。

ファックスで情報を送る際に使われていたのだろう。カード番号や使用者名などを書いて送信したのだ。そのあとは、バスルームのボウルで焼却した。紙の燃えカスなら、トイレで流せば終わりだ。

それはすぐに裏づけられた。畠山が便器のかたわらで、数ミリの大きさの黒い紙の燃えカスを見つけたのだ。

鮫島は小さいひきだしを開いた。何も入ってはいない。三本ともすべて空だ。

あとはファックス兼用の電話機だけだ。ハギモリがここから世界各地に盗難クレジットカードの番号を送信していたとすると、国際回線を使う電話番号はかなり長い桁《けた》になる。それを毎回押していたのでは、煩雑だしまちがえることもあるだろう。

電話機本体に記憶させ、呼びだしていた公算は高い。

だがファックスのコンセントが抜かれているのを見て、鮫島は失望した。ハギモリはそこまで読んでいたようだ。コンセントをつなぎ、短縮ダイヤルボタンを押した。

「トウロクサレテイルバンゴウハアリマセン」

液晶表示に文字が並んだ。

こうした電話機には、停電があっても一定時間記憶が消えないようにするバックアップ機能がついている。にもかかわらず、登録番号が一切残っていないというのは、ハギモリがすべてを抹消《まっしょう》していったのだ。

鮫島はハギモリの容貌《ようぼう》を思い返した。ちぢれた髪に口ヒゲをたくわえ、精力的な顔だちをしている。小太りだが、体にぴったりとしたファッションを好んでいた。日本語はかなりできたようだ。

ハギモリはかなり用心深く立ち回っていたが、鮫島も注意して監視につとめてきた。なのにハギモリの背後に近づける証拠は何ひとつ得られない。

ここであきらめるわけにはいかない。たとえ仙田が関係していようといなかろうと、盗難クレジットカードの偽造団とハギモリがつながっていたことは確かなのだ。

鮫島は西荻窪に、同棲相手だったホステスを訪ねることにした。

同棲していたホステスの名は、高木早江《たかぎさえ》といった。鮫島は「ハイツ百人町」に畠山を残し、西荻窪に向かった。

高木早江は、ほっそりとした顔色の悪い娘だった。夕刻、出勤のためにでかけていく早江の顔はいくどか見ていたが、別人かと思えるほど血色が悪く、表情に乏しい。そのちがいは、化粧によるものだけではなさそうだった。

インターホンに応えドアを開けた早江に鮫島が訪ねた目的を告げると、早江はけだるげに頷き、

「どうぞ」

と入室を促した。

「失礼します」

鮫島はいって、室内にあがった。高木早江の住居は「ハイツ百人町」にそのままひと部屋を足したような作りだった。中は比較的片づいていて、やはり板張りの床の上にカーペットがしかれている。皮製の応接セットと大きなテレビが目についた。窓ぎわのカーテンレールに洗濯物を吊るしたハンガーがさがっていたが、男ものの衣服はない。

鮫島をソファにすわらせ、早江はスウェットウエアのまま、床に横すわりした。

「ペドロ・ハギモリさんのことをうかがわせて下さい」

あらためて鮫島が告げると、早江は小さく頷いた。

「ここでいっしょに住んでおられましたね。知りあってどのくらいの期間になります？」

「半年……八カ月くらい」

「どこで知りあわれました」

「ディスコ」

「どこの？」

「新宿。『ラクーン・シティ』」

「よくいかれてたのですか」

「前にもブラジルからきた子とつきあったことがあって、その子に連れていかれたんです」

「ラクーン・シティ」は大久保よりにあるラテン・ディスコだった。客の半数は外国人だ。

「その人は今、どちらに？」

早江は目をあげた。抑揚のない口調で、

「死んじゃいました。トラック便の助手のバイトしてて。東名《とうめい》で事故って」

と告げた。まるで表情を変えなかった。

「お気の毒です」

早江は首を小さくふった。気にしなくていい、という意なのか、どうでもいいと思っているのか、鮫島には判断がつかなかった。

「ハギモリさんの仕事をご存知でしたか」

早江は首をふった。

「でも悪いことでしょ、どうせ。刑事さんくるのだから」

「何も話されなかった？」

早江は頷いた。

「失礼ですが、家賃はどちらが？」

「あたし。でも他のお金は、ペドロが全部」

「彼はお金持でしたか」

「わかんない。もってるときもあったけど」

「もってるというのはどのくらい？」

「二、三百万。仕事で使うお金だっていってた」

「彼の友だちに会ったことはありますか」

早江は鮫島を見やり、首をふった。

「かわってた。ラテンの子って、友だちで集まって騒ぐのが好きなのに、ペドロは嫌いだって」

「じゃあ休みの日はいつも二人で？」

頷いた。

「故郷の話を聞いたことありますか」

「大きな家に住んでるっていってた。田舎だけど」

「兄弟、家族の話は？」

「お父さんが死んで、お母さんとお爺《じい》さんと、あと三人兄弟がいるって」

「彼は日本にきてどのくらいだったんです」

「一年半」

「じゃあ知りあう少し前ですね。そのとき日本語はどうでした。うまく喋れました？」

「けっこう。あたし、前の彼にポルトガル語、少し習ってたし」

「日本語はどこで勉強したと――？」

「お爺ちゃんに習ったって。日本で仕事したいから」

「あなたが会ったときにはもう仕事をしていました？」

頷いた。

「友だちに紹介してもらった仕事だって。いっしょに住むまでは、彼、しょっちゅう国に帰ってた」

「しょっちゅうとは、ひと月に一度くらい？」

「ふた月に一度」

「いっしょに住むようになったのはいつ頃です？」

「三カ月くらい前」

早江はガラステーブルの上にあった皮製の煙草ケースに手をのばした。一本抜いて火をつける。

「きっかけは何です？」

「あたしがもっといっしょにいたいから。そうしたら、仕事のこと何も訊《き》かないならいいって」

「百人町の彼の事務所にいったことはありますか」

煙を吐きながら早江は首をふった。

「彼とクスリの話をしたことはありますか」

早江は顔をあげ、鮫島を見つめた。

「ない」

嘘《うそ》だと思った。

「コカインを見たことはありませんか」

「ないよ」

うつろな声だった。

「あなたをつかまえにきたわけじゃない。もし知っていたら話して下さい」

早江はすぐにあきらめた。

「もってたことある。友だちに頼まれたっていってた」

「どれくらいの量を？」

早江はこれくらい、と両手の親指と人さし指で四角形を作った。

「ビニール袋に入ってた」

百グラムはありそうだった。

「自分では吸わなかった？」

早江は首をふった。

「やらしてっていったけど、使ったら殺されるからって。でも一度だけだよ、もってたの」

「他に何か見たことはありませんか。ピストルとか――」

「そんな人じゃないよ。かわってたけどやさしかったもん。ナイフとかも、もってなかったし」

鮫島は頷いた。

「やくざとかつきあいはあったのかな」

「知らない」

「ここに誰かから電話かかってきたことあるかな」

「何回か、あるけど。名前は皆んないわなかった。ただ『ペドロさんいますか』って」

「仙田、あるいはロベルト・村上という名前を聞いたことはある？」

「ない。彼、もう戻ってこないのかな」

「さあ。何か連絡は？」

「ない」

「携帯電話を彼はもってました？」

早江は頷いた。

「番号を教えて下さい」

早江は喋った。暗記していた。

「かけてみました？」

「何度も。でもつながんなかった」

鮫島は早江を見つめた。

「ハギモリさんと何かあった？　喧嘩《けんか》した、とか」

早江の顔がこわばった。

「喧嘩したの？」

早江は小さく頷いた。

「いつ?」

早江が口にしたのは、ハギモリが最後に新宿中央公園に現われた日だった。

「なぜ喧嘩したの」

「クレジットカード」

「クレジットカード?」

鮫島は緊張した。

「彼が女の人の名前のクレジットカードもってた。ポケットから落として。あたしが拾って、名前が女だから喧嘩になった。どっかの女にカード貢《みつ》がせたんだろうって。彼がちがうっていって、とりあいになって、叩かれた……」

「そのカードは?」

「あたしが隠した。叩かれたけど、ださなかった。そうしたらもう帰んないからって、荷物もってでてった——」

「それから連絡がない?」

早江は頷いた。

「そのカード、見せてもらえるかな」

早江は頷き、煙草ケースの中に指をさしこんだ。プラスチックカードが姿を現わした。有名なクレジットカード会社のものだ。大きく打ちこまれた番号の下にローマ字で名前があった。

「EMIRI SUGITA」。

裏の署名欄は崩し字のローマ字サインが入っている。

「預かってもいいですか」

鮫島の問いに早江は頷いた。

「ハギモリさんはこのカードの持ち主について何かいいました？」

早江は首をふった。

「今までに彼がクレジットカードをもってるのを見たことはあった？」

「ない。だからすぐ、あたしが拾った」

「彼がでていった日、どこかから電話がありました？」

「なかった。本当にでてくと思わなかったし……。きっと連絡あると思ってたし……」

「でも今は、もう戻ってこないと――？」

早江は鮫島を見た。つかのま、鋭い目になった。

「刑事がくるようじゃ、もう絶対帰ってこないよ。終わり。きっと国に帰ってる……」

7

晶からの電話は、その夜鮫島がアパートに帰りついてすぐ、かかってきた。

「もしもし。あたし」

携帯電話からのようだった。

「おう。どうだ、調子は」

「まあまあ」

晶の声は元気がなかった。

「どうした？」

鮫島はコードレスホンを手に冷蔵庫からビールをとりだした。

「別に……」

「らしくないぞ」

「最近、テレビ見てる？」

鮫島はアパートの天井を見つめた。

「いや。このところ忙しくてな」

「そうか」

「よくでてるのか」

「かもしんない。あたしも忙しくて……」

晶は力なく笑った。鮫島は缶ビールをひと口飲み、いった。

「おい、忙しくなるのがお前たちの願いだったのだろ」

「そうだよ」

「だったらなんでそんな情けない声をだす」

「自分たちのペースじゃないから」

晶がボーカルをつとめるバンド「フーズ・ハニイ」は、今年に入ってからリリースした三枚のシングルが、すべて五十位以内にチャートインしていた。最新のものはコマーシャルソングに使われている。

「あのな、お姫さまじゃないんだ。売れなきゃ売れないでボヤいて、売れたら売れたでペースじゃないなんて、勝手いうなよ」

「わかってるよ！　そんなこと」

かっとしたように晶は叫んだ。

「わかってるけど、あんたにだったらいえると思うから電話したんじゃないか！」

鮫島は目を閉じた。そうかもしれない。だが長いこと会っていないせいで、つき放すようないいかたになった。

「そうか……。悪かった」

「もういいよ」

晶は言葉を切った。回線の中に重い沈黙が漂った。

「会おうや、近ぢか」

鮫島はいった。

「うん」

「いつがいい？」

「明日なら、夕方から入ってない」

「よし、じゃあ明日だ。携帯に電話をくれよ」

「そっちは大丈夫なのかよ」

「ああ。追ってたほしに逃げられた」

鮫島はわざと明るい声でいった。

「マジかよ。新宿鮫が——？」

晶の声も明るくなった。

「慎重にかまえすぎた。さっさとやっちまえばよかった」

「女といっしょだよ」

「それが女のいうセリフか」

「へんだ。あたしんときだって、けっこう速攻決めたじゃん」

「もう忘れちまったよ」

くっくと晶が喉《のど》の奥で笑った。

「思いださせてやるよ、明日」

鮫島は息を吸いこんだ。体の奥で欲望が目を覚ました。

「明日こなかったらパクるぞ」

「手錠用意して待ってな」

「そんな趣味だったのか、お前」

「あんたの趣味だろ。明日楽しみにしてっからな」

晶の電話の向こうで呼ぶ声が聞こえた。

「わかった。じゃあな」

鮫島はいって、電話を切った。ほっとした気持で電話機を見つめた。電話で話すのも久しぶりだったのだ。晶のもつ携帯電話に、鮫島はなるべくかけないようにしていた。

晶はそれをよくなじった。だが今はそうすべきだ、と鮫島は思っていた。

カード会社に問いあわせた結果、「スギタエミリ」名義のカードは盗難・失効したものと判明した。使用者は神奈川県の葉山《はやま》に在住する女性だった。電話番号をカード会社から知らされた鮫島は連絡をとった。

「——はい」

長い呼びだしの末、女の声が応えた。

「スギタさんのお宅ですか」

「はい」

「私、警視庁新宿警察署の鮫島と申します。エミリさんはいらっしゃいますか」

一瞬、沈黙があった。いきなり警察官だと名乗る者からの電話があれば、たいていの市民はこうした反応をする。いたずら電話ではないかと疑っている場合もある。

「盗難届をだされたクレジットカードの件です」

鮫島はつづけていった。

「あ、はい。わたしがエミリです」

「盗難届を葉山署にだされていらっしゃいますよね。日付は……」

女が答えた。二週間ほど前だ。

「それが何か――」

落ちついた口調で訊ねた。

「被害にあわれたのはいつのことですか」

「当日です。買い物の帰りに銀行によったところを、バイクに乗った人にバッグごとひったくられて……」

「その後犯人について葉山署から何かいってきましたか」

「いえ。何かわかったのでしょうか」

「実はあなたのものと思われるカードが見つかりまして」

「カードだけでしょうか」

声に力が加わった。

「残念ながら」

「そうですか……。財布が見つかれば、と思ったのですが——」

「他にも重要なものが入ってらした」

「ええ。個人的なものですが」

話しているうちに、鮫島はその声をどこかで聞いたような気がし始めた。どこで聞いたのかは思いだせない。だが確かに聞き覚えがある。

「そうですか。それは残念です」

「あの、カードはいったいどこで見つかったのでしょう」

「ある日系コロンビア人の住居です。たぶんひったくりの犯人ではない、と思います。そうした連中からカードを買いとっていた疑いのある男です」

「盗んだカードを？」

「ええ。国外で使うつもりだったようです」

「そんなことができるのかしら。盗難届はだしていますし、カード会社にも連絡をしてあるのに……」

クレジットカード会社は、「盗まれたので失効してほしい」という申し出に対し、盗難届を警察にだしているかをしつこく確認する。これは使用者が支払いを逃れるために「盗まれた」という嘘をつくケースが少なくないためだ。

「それができるようなのです。盗難届がでているにもかかわらず、二日間のあいだに三カ国でカードが使われたことがありました」

「まあ」

「もちろんその場合は保険会社が負担をしましたが」

「でも本当だとしたら、おもしろい話」

「そうですね」

答えてから鮫島は、この声をどこで聞いたのかを確かめてみたくなった。

「あの不躾《ぶしつけ》な質問で申しわけないのですが、スギタさんのご職業は何でしょうか」

女はつかのま黙った。

「それが、捜査のお役に立つのですか？」

「そうではありませんが、どこかでお会いしたような気がするんです」

「たぶん、気のせいです。わたしはお会いしたことがないので」

「失礼しました」

「いいえ。他に何かお役に立てることがあるでしょうか」

「いえ、今のところは。カードのほうは、しばらくお預かりしてよろしいですか」

「ええ。おもちになっていて下さい。どのみち失効しておりますので」

「ありがとうございます。お時間をとらせ、申しわけありませんでした」

「いえ。失礼いたします」

電話は切れた。

そこへ畠山が戻ってきた。畠山は、ハギモリの部屋で見つかったカードの残骸を科捜研にもっていったのだった。

「どうだった？」

課長席にいた桃井が訊ねた。

「駄目です。ひと目見て、駄目だといわれました。やってはみるそうですが、たぶん無駄だろうって」

畠山は首をふった。

「そうか――」

桃井は鮫島を見た。

「令状が無駄になったな」

「ハギモリは平出組にかくまわれているのだと思います。牧村を追いこめば、何かつかめるかもしれません」

「だが平出組はブライドとも関係がある。気をつけんと公安にぶつかるぞ。コカインの件がなくとも、ブライドの周辺調査で平出組の名を公安はつかんでいるかもしれん」

桃井は難しい顔になった。

「公安の動きについて何か聞いていらっしゃいますか」

「いや、まったく洩《も》れてこない。帳場が立ったかどうかすら不明だ。ブライドのヤマについては異常な緘口令《かんこうれい》がしかれている。半端な理由ではない」

「ブライドが元工作員だった可能性はあると思います」

桃井は頷いた。

「だがそれだけじゃない。彼がたとえ元情報員でも、公安はあそこまで神経を尖らせはしない。アメリカのことというより、自分たちのことがかかわっているような気がする」

「自分たちのこと……」

鮫島はつぶやいた。ハーラン・ブライドがアメリカのスパイだったとすれば、当然外事課はその正体を握っていただろう。と同時に、ブライドを知る人間も公安内部にいて不思議はない。

「外事は、自分たちの仲間がヤマに関係していると思っているのですかね」

「コカインがでてきたとすれば、なおさら慎重にならざるをえないだろう。ブライドと仕事をした人間が内部にいるのかもしれん」

「でも少なくとも今は引退している――」

ともいいきれないことに鮫島は気づいた。諜報の世界に、真の意味で引退はありえない。たとえブライドが、アメリカの情報機関の所属を外れていたとしても、要請があれば仕事をすることはあったろう。それは、日本の公安刑事についても、まったく同じことがいえる。

警察官を退官年齢の前に退職し、警備会社や民間の調査会社に身分をおきながら、公安の捜査に協力する元公安刑事は決して少なくない。

そのとき電話が鳴り、畠山がとった。

「はい、生活安全課。鮫島さんですか？　お待ち下さい――」

鮫島を見やり、

「外線が入っています」

といった。鮫島は腕時計を見た。午後二時を回った時刻だった。晶からにしては早い。

受話器をとった。

「鮫島です」

「まだ生活安全課にいらしたんですね。久しぶりです」

男の声がいった。一瞬とまどい、鮫島はすぐに気づいた。

「仙田だな」

桃井がはっとした顔で見やった。

「なつかしい名前ですね。その折りは、遠藤《えんどう》ユカがお世話になりました。お礼をいいます」

遠藤ユカは、中国人不良グループに襲われた仙田の愛人の名だった。今は故郷の福島に帰っている筈だ。

「おかげでこっちは右腕を折った」

「知ってますよ。モハムッドは刑務所だ。あと五年はでてこられない」

「あんたの命令で、奴は人を殺したのだぞ」

「わかっています。彼の、故郷にいる家族の面倒はきちんとみている」

「それで、自首する気になったのか」

「残念ながら。ただ鮫島さんにユカの件で恩返しをしたいので電話をかけました。お話ししたいことがあります」

鮫島は息を深々と吸った。

「会いたいというのか」

「けっこうですね。私の逮捕状は発行されていますか」

「どっちだと思う」

「たぶん、まだ。だがあなたは私をあげるつもりで追っている。たとえば、ペドロ・ハギモリ」

「やはり関係があるんだな」

「これ以上の話は、警察署の交換台を通してでは難しい。今日の五時、渋谷まできていただきたい」

晶との約束がふいになる。だが仙田の方から求めてきた接触をはねつけるわけにはいかなかった。

「渋谷のどこだ」

仙田の声に笑みが加わった。

「ハチ公前ではどうです？　鮫島さんは携帯電話をおもちですか」

「もっている」

「では五時に連絡を入れます」

「くるのだろうな」

「逮捕状がでていなければ――」

仙田は鮫島の携帯電話の番号を訊いて電話を切った。

鮫島は唇をかんだ。逮捕状はでていなかった。裁判所は、盗品密売グループの主犯格として の仙田の容疑を決定づける材料が乏しいと判断したのだ。逮捕された仙田の手下は全員、仙田に関する証言をすべて拒否したからだった。仙田の部下はもうひとり、アジというイラン人が確保されているが、こちらは植物状態となってベッドの上だ。その入院費用も、仙田は遠藤ユカを通して病院側に、高額を一括払いしていた。

「あの仙田だったのか」

桃井が訊ねた。

「ええ。あの仙田です。どうやらペドロ・ハギモリと関係があったのはまちがいないようです」

桃井は目を細めた。

「で、何と？」

「会って話がしたいといってきました。遠藤ユカの件で世話になったから、その礼がしたいと」

鮫島はいった。

「額面通り受けとるわけにはいかんな。奴は一度、君を殺そうと、呼びだしたことがあった筈だ」

桃井は厳しい表情でいった。

「しかし今回は、あのときほど奴の組織をつかんでいません。ハギモリには飛ばれてしまいましたし」

「渋谷は平出組の縄張りだ。仙田がハギモリを通じて平出組とコカインビジネスをやっていたとしたらどうする。今度こそ災いの芽を早めに摘みとろうと考えているのかもしれん」

鮫島は畠山を見やった。

「畠山を連れていきます」

桃井は首をふった。

「畠山ひとりじゃ心もとない。私もいく」

有無をいわせない口調だった。

新宿署をでる前に、鮫島は晶に電話をかけた。晶の携帯電話はつながらず、留守番電話サービスが応えた。

「鮫島だ。申しわけないが、夕方からは会えなくなった。また連絡する」

味けない気持で鮫島は吹きこんだ。携帯電話であるにもかかわらず、留守番電話に吹きこまなければならないというのは、納得がいかない。

もちろん事情があるからこそ、応答できないということはわかる。しかしその場でつながらなければ、携帯電話の意味がない。自宅の留守番電話とはわけがちがうのだ。

携帯電話がうまくつながらないときのいらだちは、自宅にかけてつかまらない場合よりはるかに大きい。

三時三十分に、鮫島と桃井は、畠山が運転する覆面パトカーで新宿署を出発した。罠《わな》ではないことを確認するための、早めの出発になったのだ。桃井の命令で、三人は拳銃を携帯した。

平日の午後だというのに、ハチ公前の交差点は若者でごったがえしていた。何をするわけでもなく、路上にすわりこんでいる十代の若者の姿が圧倒的に多い。

交差点に近い位置にハザードをつけて覆面パトカーを停止させた畠山がいった。

「なんか最近の若い連中はおっかないですよ。皆んな理由もなくすわりこんでるのだけど、何かあると、本当にたいしたことない弾みですぐぶっ切れるんです。渋谷署に自分の同期がいるんですが、このあいだやくざ者が十代の若い奴らに袋叩きにされたそうです。ふつう、こういう若い連中って、やくざ者は避けるじゃないですか、恐《こわ》がって。まるで逆らしいです。それが皆んな、見かけはふつうっぽいのばかりだったって話で」

「確かに外見ではもう判断できんな」

　桃井がいった。

「特に、新宿より渋谷などにくるとそう思う。以前のような、見るからにつっぱりといった連中はいなくなった」

「つっぱりというのは、ひとつのファッションじゃないですか。まあ、よくいえば生き方にもつながる。しかし今の連中には、ナンパも硬派も関係ないんですね。滅茶苦茶、刹那《せつな》的というか、同期が、『お前、こんな無茶して相手が死んだら、殺人犯になっちまうんだぞ』っていっても、『だからぁ？』っていったそうです。それが家庭が崩壊しているとか、問題を抱えている子ではなくて、ただ、毎日がつまらないというだけなのだそうです。やくざ者を袋叩きにしたときも、もともとのいざこざとはまるで関係のない、グループもちがうようなのも入っていて、なんで加わったと訊くと――」

「おもしろそうじゃん、か？」

　鮫島はいった。

「そうなんです。人が死にかけてるのがおもしろいってんですから。それでマル害が死ななかったと聞いて、『なーんだ、つまんねえ』つったっていうんですよ」

「といって、計算がまったくないわけじゃない」

鮫島はいった。

「少年犯罪で処理される年齢のうちと、二十《はたち》を超えてからとでは、警察や裁判所の対応もまるでちがうことを知り尽している」

「――だが法が変わって二十《はたち》が十八になっても同じだろうな」

桃井がつぶやいた。

「ええ。そうなったら、殺しは二十《はたち》前までなら軽くてすむ、なんていってる連中が、十八前まででなら、というだけのことです」

「鮫島さんは、おっかなくないんですか。そういう連中がどんどん増えるのが」

畠山がルームミラーを見あげた。

「おっかないさ。だがどうしようもない。街に集まるのは犯罪じゃないし、ああして道ばたにすわりこむのを取締る法律もない。だがひとつだけいえることがある」

「何です」

「やくざ者をとり囲んで袋叩きにした連中は、ひとりひとりの自宅の近辺では、決してそういう真似をしないし、たぶんできない、ということだ。いってみれば、連中は街にとり憑《つ》かれているんだ。渋谷でなければ、そういう犯罪はおこなわれない。新宿でも同様だ。渋谷にたむろする少年A、という匿名性が、おもしろがるという面を助長する。殺人の実行犯であっても、どこかで傍観者のような気分になってしまうんだ」

「では盛り場がすべての原因なのですか」

「そうじゃない。たとえ少年犯罪でも、犯行の動機に愉快性が見られる場合は、保護する考え方を変えるべきだと思うのさ。劣悪な生活環境から少年犯罪が生じるという発想に関していえば、『劣悪な生活環境』そのものの質が、昔とはまるでちがう。保護を利用しようなどという考え方は、どんな犯罪であれ許されてはならない。未成年者には正常な判断力が伴われない、というケースもあるだろうが、未成年なら軽くてすむという考えは、立派に判断力がある証拠だ。子供扱いしたら失礼だろう、そういう連中は」

いって、鮫島は覆面パトカーのドアを開いた。四時三十分だった。

山手線のガード下をくぐり、ハチ公前に歩いていった。百人以上の人々が誰かを待っているのか、あるいは単なる時間潰しのためにか、そこにはいた。九割近くが、二十歳以下に見える。

鮫島はその雑踏の中に立った。年齢による異質性は、弾かれる側にはかえってわかりにくいものだと晶に教えられたことを、ふと思いだす。

十代や二十代の若者が集まっている場に、三十代や四十代の大人がふと入りこんだとき、大人には自分がそれほど浮きあがっているという自覚がない。ましてその大人が複数であればなおさらだ。若者は大人の存在を無視するし、ことさらに指さすような真似もしないので、たちが目立っているとは思えないのだ。だが実は、ふとした動作やさりげない視線で、若者は大人の周りに〝結界〟を張っているという。その〝結界〟の存在に気づかないことじたいが、既に「オヤジ」である証拠だというのだ。

その話を聞かされたとき、鮫島は苦笑せざるをえなかった。「オヤジ」が、生まれたときから「オヤジ」ではなかったと若者が気づくのは、まさに自分が「オヤジ」になったときなのだ。晶の言葉が真実なら、こうしてハチ公前に立つ鮫島の周囲には、〝結界〟が作られている。

ざわめきや車の騒音、さまざまなアナウンスに混じって、ひっきりなしに携帯電話のベルが鳴り響いている。三人にひとりは携帯電話に向かって話しかけているように見える。

鮫島は視界の隅を桃井がよぎるのに気づいた。晶山はたぶんパトカーの中だろう。〝万一〟に備え、桃井が鮫島をガードしているのだ。

鮫島は上着の内側に入れた携帯電話が着信可能の状態であることを確認した。携帯電話を手にもち歩く人間を見ると、どこか滑稽《こっけい》に思えてしかたがない。すべてがとはいわないが、もち歩く者の大半は、携帯電話を誇示したがっているように見える。

晶から、なじる電話がかかってくるのではと考えていた鮫島には、それがないことが寂しかった。

晶が本当に売れてくるにつれ、距離をおこうとしている自分を感じる。晶本人に対して気後れを抱いているわけでは決してない。だがどこかで、これまでと同じようなつきあいはつづけてはならないのだと考える気持がある。

たぶん売れたことに対する認識の差もあるにちがいない。晶にとっては、願いがかない驚きかつ喜ぶ気持が強いだろう。だが鮫島にとっては、売れたのは、当然の結果である。自分には見る目があるという自惚《うぬぼ》れではない。鮫島が晶を信じ、愛する気持をもつ以上、晶の魅力は多くの人々に支持されるのが当然だと考えているからだ。逆にいうなら、恋人である鮫島すら支持できない音楽を、なぜ会ったこともない人々が金をだして買うだろう。

しかしそれは晶には意味のない信念だ。「売れるのは当然だ」という考え方は、鮫島にとってのみ意味がある。理屈ではない部分で、鮫島は「フーズ・ハニイ」のヒットを確信し、予測していた。したがってそれが現実化した今、鮫島は次の予測、「ふたりの距離が遠ざかる」を、容認しようとしている自分を感じる。

それが晶をいらだたせている。晶にとってみれば、根拠のない予測に過ぎないからだ。

その点を話しあうことは、二人には重要な課題だった。

だが鮫島が不用意な発言をすれば、晶はミュージシャンである自分を放棄しようとするかもしれなかった。鮫島と過せる時間が短くなるのを嫌い、現在のような活動をやめてしまおうと考える可能性があった。

もちろん鮫島はそんな変化を望んではいない。晶を決して失いたくないと願う反面、成功の階段を昇るにつれ、晶が自ら遠ざかるのなら決して引き戻す気もないからだ。

晶は、そうした鮫島の考えに気づいているかもしれなかった。

鮫島らしくない考え方だった。晶ならばきっとそういうにちがいない。鮫島もそう思う。しかし、他のことならば運命に委ねるという考え方を決してしない鮫島も、晶との関係だけは、どこかで運命を受けいれざるをえないと思っているのだった。

こうして、自分よりもはるかに晶に年齢的に近い若者たちを見るとき、鮫島は自分の晶に対する考えが悲観的に傾くのを感じる。

おそらく彼らのうちの二人にひとりが、晶の名を知っているだろう。三人に二人かもしれない。晶が人々に知られるにしたがい、自分と晶との距離は隔たっていく。しかもそのことを自分は願い、確信していたのだ。

ベルが鳴りだしたとき、鮫島はとっさに、それが自分の携帯電話だと気づかなかった。それほどひっきりなしに、周囲で携帯電話のベルが鳴っていたからだ。

鮫島は電話を耳にあてがった。腕時計を見る。五時五分前だった。

「はい」

「ハチ公前で人と待ちあわせるのは何年ぶりですか」

仙田の声がいった。

「覚えていない。たぶん、十五年ぶりくらいだろう」

「その頃に比べてずいぶん変わったと思いませんか」

「どうかな。あの頃、私が五十歳で、今六十五歳だったらそう変わってないというかもしれない」

「なるほど、理解を放棄している目には、大差ないというわけですか。そのまま、まっすぐ進んでスクランブル交差点を渡って下さい」

「どこにいるんだ」

「すぐ近くです」

「逮捕状はない。でてきたらどうだ」

「ええ」

仙田はそう答えただけだった。

鮫島はスクランブル交差点を渡った。仙田の狙いは、尾行を発見することにある。しばらくは歩かされそうだ。

「井ノ頭《いのかしら》通りの入口まで坂をあがって下さい」

「曲がるのか」

「まあ、つきあって下さい」

渋谷駅前から西武《せいぶ》百貨店へと昇る道を鮫島は歩いていった。歩道は人で溢《あふ》れ、まっすぐ進むのも難しい。

仙田は、井ノ頭通りの入口までできても、宇田川町の方角に曲がれとはいわず、さらにまっすぐ神南《じんなん》の方へ進め、といった。

神南一丁目の三差路を過ぎると、人通りはかなり減った。通行人の多くが三差路を左、パルコの方向へ流れていくためだった。

「止まって」

神南郵便局前の交差点にさしかかったとき、仙田はいった。

「その信号を右に曲がりましょう。山手線のガードをくぐって下さい」

宮下《みやした》公園へとおりる道だった。鮫島は無言で指示にしたがった。仙田はすぐ近くを歩いている筈だった。きょろきょろする必要はない。桃井が必ず捕捉している。

山手線のガードをくぐると、宮下公園下の駐車場に入るよう、仙田はいった。渋谷では最も大きな時間貸しの駐車場だった。夕刻になり、空き待ちの自家用車が列を作って並んでいる。

「中に入ったら、五十二番と書かれた柱をめざして下さい」

柱の番号は、車の駐車区画を表わすものだ。鮫島は電話を手にしたまま、広い駐車場の中に入った。三台ずつ整然と駐車された車の列を縫い、柱に書かれた番号を読んで、指示された区画を捜した。

五十二番の柱の前には大型のメルセデスが止まっていた。色はグレイで窓には全面にシールが貼られている。人は乗っていない。

鮫島はナンバーを暗記した。練馬《ねりま》ナンバーだった。

キィッというブレーキ音がかたわらで響いた。鮫島はふり返った。自転車がすぐわきで止まったのだった。

制服のような紺の上下を着けた男がまたがっていて、鮫島に笑いかけた。耳からイヤフォンが垂れ、胸ポケットにつながっている。

「始めまして、だ」

男はいった。その声に聞き覚えがあった。

「やっと会えたな」

鮫島は顎《あご》をひき、仙田を見つめた。髪をオールバックになでつけ、陽によく焼けていることを除けば、これといって特徴のない顔だちをしていた。長身だが、痩《や》せぎすではない。年齢は、四十代半ばから五十、といったあたりだ。

「この車のナンバーは控えましたか」

仙田は訊ねた。

「あんたのか」

「いいえ。ですが鮫島さんにも興味深い持ち主の筈だ」

「誰だ」

「平出組の幹部で、前岡という男です。ハギモリとコカインの取引をしていた」

いって、仙田は自転車をこぎだした。鮫島は携帯電話を切って懐ろにしまい、自転車にそって歩きだした。

「ハギモリはどこだ」

「たぶん、もう二度と姿は現わさないでしょう」

自転車をゆったりとこぎながら、仙田はいった。鮫島は鋭い目を仙田に向けた。

「警察に目をつけられたから、殺したというのか」

「まさか。ただ、非常に不愉快な問題をひき起こしたのは事実だ。あなたのこととは別に」

「ほう？」

「ハギモリがコカインビジネスをすることを、私は許可していなかった。いってみれば、ハギモリはかくれてアルバイトをしていたんです」

「それを俺が信じると思っているのか」

「あなたが私に関してどのような情報を得ているのかは知らないが、麻薬ビジネスとは一切関係がない」

「まるで矛盾する話を聞いたことがある」

仙田は苦笑した。

「中傷だ、とまではいわないが、それを口にした人間は、私についてあまり快くは思っていなかったようだ」

「連れてきて、あやまらせるか」

新宿のやくざだった。

仙田は笑い声をたてた。

「いいですね。しかし機会があったら、私の方で誤解をといておきます」

「頭に一発ぶちこんで、か」

仙田は首をふった。そして、ずばりといった。

「平出組にコカインコネクションを世話したのは、ブライドという男です」

鮫島はとぼけなかった。

「死人に何もかも押しつけてしまえば楽だろうな」

仙田は自転車を止めた。左足を地につけ、鮫島を真剣な表情で見た。

「ブライドと私は、以前、南米でいく度か顔を合わせたことがある。そのときのブライドの目的はコカインの買いつけだった」

鮫島はあたりを見回した。駐車場に人けは少なかった。車を誘導する係員が二百メートルほど先にいる。あとは車をおき、でていく利用客の姿がちらほら見えるだけだ。

「ブライドは麻薬組織と関係していたのか」

鮫島は訊ねた。仙田は首をふった。

「仕事で麻薬を買いつけていたのだ。ＣＩＡは、ゲリラ組織などに資金援助をする際、金の出所がわからないよう、麻薬にかえて渡すことがある。マネーロンダリングの逆だな」

「ＣＩＡの正式な局員だったのか」

「そうだ。だがカルテルの担当だったわけではない。カルテルを担当する局員は、ＤＥＡやＦＢＩには、麻薬組織のメンバーだと疑われる。同じ連邦政府の役人だとは、決して名乗れないからだ。ＣＩＡはそうしたマークを避けるために、わざと管轄ちがいのブライドを買いつけに動かした。麻薬組織と取引した局員が引退後、麻薬ディーラーとなるケースは少なくない。仕事で作ったコネを豊かな老後のために役立てる」

「あんたも、ＣＩＡだったのか」

「手伝ったことがあるだけだ。いくらＣＩＡでも正局員が直接、カルテルの人間と取引をするわけにはいかない。当然、あいだに人を立てる。使い走りをおおせつかったんだ」

「麻薬ビジネスとは関係がない、といったぞ」

「今は、という意味だ」

「ブライドが昔のコネを使って、ハギモリにコカインビジネスをやらせていたというのか」

仙田は頷いた。

「たいした量ではなかった。ブライドの懐ろに入るのは、せいぜい数千万の金だ。だがアメリカよりも日本の方が物価が高い。恩給だけでは苦しかったのだろう」

「ハギモリがそういったのか」

「ハギモリなどどうでもいい。重要なのは、ブライドには有力なコネがあったということだ。そのコネのおかげで奴は、平出組と組めた」

「ブライドを消したのは、平出組か」

鮫島は訊ねた。

「それとも、あんたか」

仙田は首をふった。

「私ではない。ああいう死に方をした人間は、否が応でも警察の注目を惹く。平出組とするなら、かなり愚かしい方法だ」

「あんたの話の裏付けにはハギモリが必要だな。ハギモリがブライドと平出組のあいだに立っていたなら、あんたがいう以上に重要な役廻《まわ》りだ」

仙田はじっと鮫島を見つめた。

「ハギモリはもう現われない。永久に」

「やはり消したんだな」

鮫島は低い声でいって、仙田を見つめ返した。次に会うときは、たとえどのような変装をしていようと、必ず見抜く。

仙田はふっと鮫島の視線を外し、口もとに小さな笑みを浮かべた。その目が自分の背後に向けられていることに鮫島は気づいた。

「私がどういっても、あなたはハギモリを追うだろう。だがブライドの線にはカバーがかかる。それを外せるかどうか……」

そして鮫島の目をのぞきこみ、いった。

「また連絡する」

「任意同行を求める」

鮫島は歯をくいしばり、いった。

「お断わりだ。私はしばらく日本にいる。それはまたの機会ということにしよう。では失敬。あなたの上司が、向こうの入口で待っている。確か、歌舞伎町のファミリーレストランで一度、お会いした」

仙田は答え、勢いよくペダルをこぎだした。一瞬、鮫島はとびかかって引きずり倒すことを考えた。しかしたとえそうしても、仙田はどんな犯罪とかかわる証拠ももち歩いていないだろうし、今話した以上の情報は決して口にしないだろう。

仙田の姿は、あっという間に広い駐車場の彼方に遠ざかった。

鮫島は息を吐き、それを見送った。仙田がなぜ危険をおかしてまで自分と接触し、情報をもたらしたのかを考えなければならない。鮫島の目を他に向けるのが目的なのか。それとも、鮫島の動きによって、仙田が何かの利益を得るのを狙ったのか。

慎重な行動が必要だった。

鮫島は新宿署に戻らず、桃井とともに渋谷のビアレストランに入った。畠山は覆面パトカーを戻すために帰した。

黒ビールとのハーフアンドハーフを注文し、鮫島は桃井に仙田とのやりとりを聞かせた。時刻は七時前だった。まだ晶に連絡をすれば間にあうかもしれない、とちらりと思った。が、仙田から得た情報を早めに整理するためにも、桃井と話しておかなければならない。

「ハギモリが渋谷とブライドのあいだに立っていた、という奴の話には、矛盾点はありません」

8

平出組の地元が渋谷であることを考え、わざと名前をださず鮫島はいった。ビアレストランは食事どきということもあって混んでいたが、周囲の席に暴力団関係者と覚しい人間はいなかった。二人の話に興味を惹かれているような人間も見当たらない。

運ばれてきたソーセージに桃井はナイフを入れた。

「君がハギモリをマークしていたことを、奴はどうして知ったんだ」

「いったことが真実なら、ハギモリのアルバイトに気づいた奴は、ハギモリを監視していたのでしょう。そこで私が見つかった」

　桃井は深々と息を吸いこんだ。

「君が、マークを気づかれ、その上自分が監視されているのも気づかないほど間抜けだとは思えないがね」

　鮫島は苦笑した。

「奴は課長の顔も覚えていました。歌舞伎町の店で見ていたんです。注意力と記憶力は並みたいていじゃありません」

「情報の仕事をしていたというのは、あながち嘘ではない、と？」

「自分では使い走りだったといっていましたが、かなり深くかかわっていたのだと思います」

「もしそうなら、日本で何かをしでかして逮捕されていない限り、ブラジルにもどこにも記録が残っていなくて不思議はないな」

　鮫島は頷いた。

「仙田の話を百パーセント信じるわけではないのですが、例の晩の前日、渋谷の牧村が百人町の部屋を訪ねています。牧村の仕事が品物を受けとり、金を渡すことだったとすれば、翌日はブライドが金を受けとるための連絡をしてきておかしくない。午前零時にはいつもきちんと帰るハギモリが、あの日に限って百人町にいつまでも残っていたのは、ブライドからの連絡を待っていたからだと考えられます」

「ブライドは結局、連絡をしてこなかった。できる筈がなかったが」

「フロントに零時半にタクシーを予約していたのは、そのためだったと思います」

鮫島はいった。

「ハギモリは翌日のニュースでブライドのことを知って、飛んだ。渋谷でタクシーを降りたのは——」

「平出のところへ逃げこむつもりだったのでしょう。仙田に隠れてブライドの仕事をしていたハギモリは、ブライドがああなったからといって、仙田に泣きつくわけにはいかない。そこで渋谷に向かった。だが目的地には辿りつけなかった」

ジョッキのビールを飲み、桃井はいった。

「仙田か」

「ええ。仙田がハギモリを、渋谷のもとへいく前にインターセプトしたんです。そして——」

鮫島はあとの言葉を呑みこんだ。

「あるいは、渋谷がブライドもハギモリも、両方手がけたとは考えられないか」

「渋谷がブライドを消したのなら、ビジネス上のトラブルが原因でしょう。ハギモリがそれに気づかず、渋谷に泣きつくというのは妙です」

「ブライドを排除すれば、ルートを独占できると考えたのかもしれん」

「その場合、ハギモリの協力は不可欠です。当然、前もってハギモリには話がいっていた筈で、あれほど怯える必要はなかったのではないでしょうか。新宿のことを知ったからといって、急いで渋谷に向かう必要もない。むしろ渋谷に接触をはかるのは、我々に対して危険だと考える筈です」

「そこへたとえば仙田が現われ、アルバイトのことを知っているとおどしたとしたら？　パニックになり、渋谷に逃げこんだ」

「それはありえます」

鮫島は頷いた。桃井がいった。

「もうひとつの可能性は、ブライドの件も仙田がした、というものだ。仙田はブライドを以前から知っていた。あるいは対立関係にあったのかもしれない。それが、自分のところの人間を小遣い稼ぎに使っているのを知って、許せないと考えた。そこでブライドを潰したが、そのことにハギモリが気づき、渋谷に泣きついた」

「もしそうなら、仙田は間接的にせよ、渋谷とことをかまえたわけです。相手の地元に私を呼びだすでしょうか」

「渋谷を君に叩かせる。結果、ブライドのルートを丸ごと、奴がものにする」

ブライドを殺したのが、コロンビア人娼婦だとすれば、仙田の影響下にある人間だというのは充分に考えられる——鮫島は思った。

「いずれにせよ、君の目は渋谷に注がれる。渋谷にどんなことが起ころうと、関係のなかった仙田は困らない」

「ハギモリはどうなります？」

「渋谷がかくまっているか、仙田が処分してしまったか、だろうな」

「ハギモリに関する仙田の口調には確信がこもっていました」

桃井は考えこんだ。

「もし仙田の言葉に嘘がまったくなかったとしたら、奴の目的は何だ」

「私に渋谷を追及させる。これはまちがいないでしょうね」

「その結果生じる事態も、予測しているとしたらどうだ？」

「香田、ですか」

　鮫島はいった。桃井は頷いた。

「君が向こうの逆鱗《げきりん》に触れ、弾きとばされるのを奴は期待しているのかもしれん。しつこく自分を追っている人間が、組織内部の軋轢《あつれき》で消えてくれるなら、大助かりだろう。奴なら君に関して調べあげている可能性は大だ」

　鮫島は微笑《ほほえ》んだ。

「それが一番、奴らしい」

「ブライドのほしを、渋谷は知っていると考えるべきだろう。香田のところが、すでにおさえているかもしれんが」

　公安は異例の早さで、ブライドの殺人現場を封印した。その理由は何だったのだろうか。ブライドが元ＣＩＡというだけでは納得できない。

たとえそうであったにしても、今は昔のコネを使って稼いでいた麻薬ディーラーに過ぎないのだ。

「ブライドが引退していなかったというのは考えられますね。仙田は、ブライドには有力なコネがあったので、渋谷と組むことができたのだといいました」

「有力なコネ？」

「ええ。聞いたときは南米のことをいったのだと思ったのですが、こうして考え直すと別の意味でいったのではないかと思えてくるんです」

「南米ではなく、日本国内のことをさしていると？」

鮫島は頷いた。

「それに触れられたくなくて、香田が動いたのではないでしょうか」

「しかしアメリカと日本はちがう。いくらブライドが今でも情報の仕事をしているからといって、コカインビジネスまで黙認するだろうか」

「知っていれば、現場で見つかったとき騒ぎにはならなかったでしょうしね」

ブライドの殺害は報道されたが、現場でコカインが見つかったことはマスコミに伏せられていた。

「それに、まっ先に隠そうとした筈だ。ちがうな。ブライドのビジネスを、香田たちは知らなかった。彼らが動いたのは、別の理由だ——」

桃井はつぶやいた。鮫島は空になったジョッキをふった。

「お代わり、頼みますか」

「もらおうか。最近、会っているか、彼女と」

「忙しくてなかなか」

鮫島は表情を変えずに首をふった。

「忙しいのはお互いさまだ。昔は向こうが君に合わせてくれた。今度は君が合わせる番かもしれない」

鮫島は息を吐いた。

「遠くなっていくのをしかたがない、と思う気持があるんです」

「君の中にか」

「ええ」

桃井は鮫島の手もとに目を落とした。

「向こうが望んでいると思うのかね」

「いえ」

「すると何だ」

「わかりません。荷が重いと、どこかで感じ始めているのかもしれない。しかしそんなことを知ったら怒るでしょうね」

「それどころか、自分を戻してしまうだろう、彼女は」

鮫島は頷いた。さすがに桃井は晶の性格を読んでいた。

「あいつは、私に借りがあると考えています、命を助けられた」

「それはちがうのじゃないか。一度めは、たまたまそうなった。二度めは、むしろ君が原因で引き起こされたことだ。君の存在が、というべきだろうが」

「その通りです。だから借りがあるといわれるのを私が嫌うのも知っています。一方で、私が逃げようとしていると、彼女も感じているかもしれない」

鮫島をじっと見つめていた桃井はいった。

「会うんだ。とにかく彼女といっしょにいるんだ。男と女は、いっしょにいさえすれば、わかりあうことができる」

「ええ」

鮫島はつぶやいた。

その夜、晶からの連絡はとうとうなかった。鮫島はいく度か、自分から電話をしようかと迷い、結局しなかった。

また留守番電話につながるのが嫌だったからだ。

9

前岡に呼びだされたのは、ブライドの死が新聞に載った翌日だった。前岡は立花の立場に気を遣い、銀座《ぎんざ》の割烹《かっぽう》を指定した。渋谷に呼びだすのは得策ではない、と判断したようだ。

博品館《はくひんかん》の裏手にある、間口の小さな料理屋だった。奥に入るにしたがって広く、四、五人ていどでいっぱいになる座敷が細い通路の左右に並んでいる。

立花と前岡はさし向かいですわった。前岡は四十代初めの二枚目だった。どことなく育ちがよさげで、やくざだとはとうてい見えない。いかにも中堅企業の後継ぎといった雰囲気がある。物腰も柔らかで、荒っぽい言葉づかいを嫌っていた。もちろん中身まで見かけ通りなら、こうして出世はできない。

前岡は金になる仕事には敏感だった。切った張ったの度胸はさほどないかもしれないが、金になるとなればかなり危《あや》うい仕事でも平気でこなすところがあった。

五年前にブライドから、コカインを卸す相手を紹介してほしいと頼まれたとき、立花は考えた末に平出組を選んだ。大きな組は、建前上、麻薬を法度《はっと》にしているし、商売にしていることが発覚した場合、警察のマークも厳しい。平出組はそこまで組織が大きくないので、小まわりがきくと考えたのだ。

最初に組長の平出に話をもっていったとき、そういう仕事を任せるならぴったりの者がいると連れてこられたのが前岡だった。以来、前岡がブライドとの接点になっていた筈だ。

「立花先生にはお忙しい中をおいでいただいて申しわけありません」

前岡は下座で待ちかまえていて、畳に両手をついた。こうした見え見えの態度も、前岡だといやみにならない。

「先生はやめようや。周りの耳もあるし」

立花はいって、上座に腰をおろした。この連中からびた一文もらっていないのだから、恐れることも気を遣うこともない。やくざに敬意を払う必要を、立花はこれまで一度として感じたことはなかった。

部長はちがうといった。初めての選挙のときから、変わったと。利用すべきものとして、必要なら頭を下げる場合もある、といっていた。

ただし、何千、何万という組員を擁する相手の話だ。平出組のような木《こ》っ端《ぱ》など、部長は相手にもしない。

前岡には野心がある。自分を通じて部長とつながろうというのだ。もちろん部長は前岡になど会ったこともないし、名前も知らないだろう。前岡も立花を通じて、薄々その気配を感じているだけだ。

気配くらいなら感じさせてやろう。それをありがたがるのは、前岡の勝手だ。

「例の件では、何かいってきたか」

酒を注《つ》がせ、立花は訊ねた。

「新宿の件ですか、それとも──」

前岡は銚子《ちょうし》を手に、探るようにいった。

「新宿の件しかないだろう」

かぶせるように立花はいった。逗子《ずし》のことをむし返そうというのか。借りだと考えていると、こういう連中に思わせてはならない。

「失礼しました。今のところ、まだどこからも……。むしろこちらが立花さんにお訊ねしたいくらいで」

「俺が何を知ってるっていうんだ。もうまるで関係ないのだぜ」

立花は目をそらし、小さな床の間の花を見つめた。

「新宿とうちとの間に入っていた、ハギモリという男がいるのですが、お聞き及びですか」

「いいや。知らないね」

そいつがブライドを殺ったのだろうか、一瞬、立花は思った。とすれば、ブライドも焼きが回っていたのだ。

「新宿の件をしでかしたのが奴だとは思えないのですが、行方知れずになっています」

「じゃあそいつじゃないのか、殺ったのは」

「いいえ。新宿の件がでたときに、うちの人間にあわてふためいて電話をしてきましてね。かくまってくれというんですよ。奴はどうやら、別のとこの仕事も請けていたみたいで、そっちの線で新宿が狙われたと思ったようです」

「別のところの仕事？」

「はい。詳しいことはわからないのですが、クレジットカードだったようです」

前岡は声を低くした。

「もともとそれをやるために日本にきていたんですが、向こうをでる前に、ブライドさんの方でスカウトしましてね。ブライドさんが使ってた人間が、かなり濃い往き来をしていたのでそろそろかえた方がいいだろうって時期だったんです。ハギモリはそいつの知り合いなのでちょうどよかった——」

「国へ帰ったのじゃないのか」

「うちでパスポート預かってましてね。勝手な商売させないように。本当はブライドさんが預かるところなんですが、ご存知のようにあの人は、やたら用心深かったので……」

「ブライドともめていたということはないのか」

「そんな度胸のある野郎じゃありませんよ。むしろ、もともとの雇い主に殺られたのじゃないかと考えているくらいで——」

「どっちがだ。ブライドか、ハギモリか」

「両方ですよ」

ハギモリはともかく、ブライドがケチな故買屋に殺られるとはとても思えなかった。

「どんな組織なんだ」

立花は訊ねた。

「それがよくわからないんです。前にイラン人を使ってたこともあるようなんですが、天辺《てっぺん》にいるのが日本人なのかどうかも不明で」

「蛇《じゃ》の道は蛇《へび》だろうが」

前岡は首をふった。

「ハギモリの話じゃ、相当に力はある頭だったみたいで、奴はサツバレよりも手前の頭にばれる方をおっかながっていました」

立花は鼻を鳴らした。

「俺はてっきり、お前さんのところか、南米の筋かと思っていたがな」

「うちじゃありませんよ！」

前岡は大げさに手をふった。

「うちは大弱りですよ。こういっちゃ怒られるかもしれないが、ブライドさんが亡くなっても、ハギモリさえいてくれりゃ、商売の方は何とかつながるんです。だからって別に、ブライドさんを何とかしようなんてことは考えたこともありませんよ。

ただブライドさんもああなっちまって、ハギモリも行方不明じゃ、途方に暮れてるんですよ」

前岡の腹が立花には読めた。切れたルートを何とかつないでほしい、というのだ。だが立花には一切あずかり知らぬことだ。といってニベもなく断われば、逗子の一件をもちだすかもしれない。

少しおどした方がいい――立花は思った。

「悪いことはいわん。ブライドに見せてもらった夢はしばらく忘れるんだ。ブライドが何者だったかは、お前さんは知らないだろうが、殺されたとあって血相をかえている連中はあちこちにいる。特に俺の古巣はな。連中にひっかかると、マル暴ににらまれたくらいじゃ、とてもすまないぜ」

前岡は恨めしげな顔をした。

「そういわれても、こっちもいろいろと資本投下しちまってるんですよ。人間を増やしたりね……」

「他の仕事を捜したらどうだ」

「それこそ立花さんに相談にのっていただきたいくらいで。すごいじゃないですか、京山《きょうやま》先生……。今度の選挙に勝てば首相までいくのでしょう。夕刊にでてましたよ。新党の支持率、六十パーセントだって」

「その名前は口にするな」

立花は冷ややかにいった。

「すみません。申しわけないです。何せ話題なものですから。いっしょに新党作る貝口《かいぐち》ってのは、私の大学の後輩なんですよ」

「会ったことがあるのか」

「いえ。六つくらいちがいますからね。ただ親父《おやじ》さんは清貧の政治家とかいわれてたじゃないですか。俺は何となく、胡散《うさん》くさいと思ってたんです。首相になろうかってときに自殺しちまったでしょう。びっくりしましたよ、十年くらい前でしたっけ」

「そうだったか」

立花は表情を消していった。

「そうですよ。保革逆転で、今までの野党委員長が、総理大臣になろうかってときの自殺じゃないですか」

「委員長にはなっていなかった。まして総理になどなれた筈がないだろう」

立花は思わずいっていた。委員長選挙で当選が確実視されたときに自殺したのだ。当選していれば、保革逆転の衆院選の結果を受け、総理大臣となったかもしれない。

「自殺の原因は何だったんでしょうね。いまだに謎《なぞ》ですよね」

「疲れたのだろう」

立花は吐きだした。

「立花さんはそのときは現場でしょう。何かお聞き及びじゃないんですか」

「何も聞いてない。自殺は自殺だ。死んでしまったものはどうしようもない」

「それはそうですけど。親父が死んで、一転して確かサラリーマン辞めて政治家になったんですよ。悴《せがれ》の方も。親父が責任感から自殺したなんて悲愴《ひそう》なことといわれちゃったんで、一発当選で。うまいことやりやがったな、と思いましたがね……」

「とにかく、ブライドの話にかわるものが何かないかは、考えておく。ただこれだけはいっておくぞ。ブライドはブライド、京山部長は京山部長だ。妙につながるような話は絶対にするな」

「しませんよ。第一、つながっちゃいないのだから」

前岡はさすがに真顔になった。いわずもがなのおどしだというのは、立花にはわかっていた。

だがもしかすると逗子の件のウラを探ろうと考えているかもしれない。

あの時点では、ブライドが殺されて、前岡の組がシノギに困るなどとは思いもよらなかった。前岡も、立花に少しでも恩を返せるなら、と人を逗子にやったのだ。

ふと疑問が浮かび、立花は訊ねた。

「逗子の件では何も起きちゃいないだろう」

「いや、もう、全然です。酔っぱらいの喧嘩だってんで、地元の警察もあきらめているみたいで——」

ならばいい。ブライドの死と逗子の件は、まったく別のできごとなのだ。

そう、自分にいい聞かせようとして立花ははっとした。別ではない、ということはありえるだろうか。

ありえない。ありえない筈だ。

「どうしました？」

立花は無言で首をふった。部長に話しておいた方がいいだろうか。しかし部長は、逗子の件すら知らないのだ。

話せば厳しく叱責《しっせき》されるだろう。逗子の件を起こした、ということをではない。話した、という余分な行為を、だ。

10

翌日の午前中を、鮫島は平出組の情報収集に費した。

平出組の構成員は三十二名。急速に組員が増えたのは三年前からだが、コカインを扱いだしたという噂は、四、五年前からあった。当初の売人は、「チーマー」と呼ばれる若者だったが、チーマーの中にも反抗的な者がいて、売り上げをめぐる対立が起こった。そのため三年ほど前から組員を増やし、売人を監督させるようになったのだ。

広域暴力団とのつながりはなく、縄張りを接する他の組とも、比較的平穏な関係を保っている。

組長の平出悟《さとる》は二代目で、年齢は三十一歳。初代組長で父親の平出宗蔵《そうぞう》から二年前に跡目を譲られた。平出宗蔵は今年六十九歳で、戦後渋谷の闇市を徘徊《はいかい》する愚連隊から、現在の組へと発展させた。古参の幹部組員がほとんど死亡、引退している状況で、現組長の後見人として財布を預かっているのが、前岡俊春《としはる》だった。

前岡は大学生時代、渋谷で水商売のアルバイトをするうちに平出宗蔵に気に入られ、平出組に〝就職〟したのだった。名門の私学に通っていたのだが、ホステスとの同棲をくり返し、除籍処分となっている。

平出組には、「平青同人会《へいせいどうじんかい》」という政治結社の本部もおかれていた。街宣車二台の、小さな右翼団体だが、一九七八年に左翼活動家に対する傷害事件を起こしていた。その後、活動は縮小し、「平青同人会」は有名無実化している。

組員は、恐喝や売春防止法違反で何人か逮捕されているが、殺人などの大きな罪を負った者はいない。

鮫島は渋谷署の刑事課と生活安全課に、それとなく探りを入れる電話をかけてみた。コカインに関する内偵は、若者の売人と、束ねる組員までが判明している。意外だったのは、外事一課が担当者にまるで接触をしてきていないことだった。

渋谷署にも秘密で香田は捜査を進めさせているのだろうか——鮫島は思った。だが平出組の資料すら請求しないというのは、いくら何でも妙だ。外事一課はまだ、ブライドと平出組をつなぐコカインルートにたどりついていないのだ。

とすれば、平出組に食いつくチャンスだった。だが、ハギモリを押さえない限り、新宿署の鮫島が渋谷の平出組組員を叩く材料はない。ハギモリが平出組にコカインを卸していたという証拠はないのだ。強いてあげれば、ハギモリと同棲していたホステスの話と、百人町のアパートに入っていった牧村をつなぐしかないが、それだけで平出組組員の口を割らせるのは難しいだろう。むしろ、ペドロ・ハギモリにからめて平出組に捜査をかけるしかない。この場合、捜査対象はコカインではなくクレジットカードの故買だ。ハギモリを追う過程で、平出組を追及する。

午後になり、鮫島のデスクの電話が鳴った。外線からだった。

「鮫島です」

「あの、きのうお電話をいただいたスギタですが――」

女の声がいった。鮫島はすぐに気づいた。ハギモリがもっていた盗難クレジットカードの被害者だ。

「きのうは失礼しました」

「いえ。こちらこそ、突然、刑事さんからのお電話だったので、動揺してしまって、失礼しました」

スギタエミリはいった。

「何か」

鮫島は訊ねた。やはり聞き覚えのある声だという気がしていた。しかしどこで聞いた声なのかは思いだせない。

「実は、今日これから新宿にでかける用があるものですから、もしよろしければカードをいただきにあがろうかと思いまして。失効しているものですけれど、やはり気になりますから」

「そうですか。問題はないと思いますが、お話を少しうかがうことになるかもしれません」

「けっこうです。あの、どうすれば――」

「近くまでいらしたら、電話をいただけますか。署までいらしていただくのもご足労だと思いますので」

「わかりました。それでは――、三時頃、お電話させていただきます」

「承知しました」

電話を切った鮫島の目に、課の入口に立っている藪の姿が入った。藪はわずかに首を傾けてみせた。

鮫島は無言で立ちあがった。

「昼飯、食ったか」

藪が訊ねた。

「すませた」

「じゃ食堂でいいや。つきあえ」

藪はいって、よごれた白衣のポケットに両手をさし入れ、歩きだした。

鮫島と藪は食堂の隅のテーブルで向かいあった。藪は割り箸《ばし》をこすりあわせ、ラーメンの丼《どんぶり》をひきよせた。麺《めん》をひと口すすり、いった。

「例の九ミリだがな、警視庁のファイルに一致するライフルマークはなかった」

「前なしってことか」

「外事は、FBIにデータの問い合わせをしたらしい。ま、本物のプロなら、同じ銃を使わないだろう」

「プロじゃない、というのがお前さんの意見じゃなかったか」

鮫島はコーヒーを飲み、いった。

「俺の意見なんざ、外事の知ったことじゃないさ」

「ブライドは元CIAだった」

「その辺だろうな」

驚いたようすもなく、藪はいった。

「噂だが、暗号になってた日記な、アメリカ大使館がもっていこうとして、もめたらしい。だが結局、外事がおさえこんだって話だ」

「圧はなかったのか」

「珍しい話だろ。外務省でも通して、ぎゃんぎゃんいってくるのが筋だろうが。科捜研にいる俺の知りあいなんか、これは絶対、大使館にとりあげられちまうってんで、徹夜でコピーしたり写真撮ったのにって、拍子抜けしてたぜ」

「現役を離れてだいぶたってたのかな」

「かもしれんな。ただな、おもしろい話が入ってきた。外事の初動を尻叩《しり》いたのは、公安部長だそうだ」

「公安部長が」

「ああ。思いあたることはないか」

藪はラーメンをすすりこみながら鮫島を見つめた。鮫島は首をふった。

「香田は確かに今の公安部長の子飼いだ。だがそれ以上は知らないな」

「つまりあんたを本庁から追いだした張本人てわけか」

「どうかな。あの頃は公安総務課の課長だった」

公安総務課は、公安警察の管理を主業務としている。そしてそれは、公安警察官に対するスパイ活動でもある。公安のエリートが外事だとすれば、総務は公安の中の公安、諜報活動に最も近い仕事をしている。

鮫島に遺書を託して自殺した同期、宮本《みやもと》は、当時公安二課にいた。公安二課は、労働組合の監視を中心にすえている。労働争議などの背景に左翼団体がどのようにかかわっているかを捜査するセクションだ。

公安の刑事は、常に身分を隠して捜査をおこなうのを宿命づけられている。暴力団担当刑事のように、「メンが割れている」ことを前提にした捜査はできない。それがため、気づかぬうちに捜査対象に深入りしすぎる事態が往々にして発生する。捜査で得た情報は、たとえ同僚であってもまず教えあうことはしない。

そういう立場の公安捜査官を、密《ひそ》かに監視するのもまた、公安捜査官なのである。公安捜査官と捜査対象者の関係は、精神的な「オトシあい」である。相手の心をこちらにひきよせ、有用な情報をひきだす。

ベテランの活動家になると、接近してくる捜査官を逆に手なずけてしまうことすらある。いわば洗脳のかけあいで、必ずしも公安捜査官が勝ちをおさめるとは限らない。

刑事警察では、捜査官が捜査対象者に同情することはあっても、洗脳をうけてしまうことはない。行為の違法性が、捜査の根本にあるからだ。窃盗や傷害、殺人といった行為をとった対象者がどれほどいいくるめようと、その犯罪を「正しい」と考える刑事などいない。

一方、公安警察の捜査活動は、行為の違法性を問うはるか手前から始まっている。そこにあるのは、捜査対象の存在の違法性である。しかし、この国には、存在そのものが違法とされる政治思想はない。

極端にいうなら、公安捜査は、いまだ違法行為をとっていない人間を監視し、調査するところに主眼がある。違法行為がおこなわれたあとでは、公安捜査官は無能の誹《そし》りを免れない。

それゆえ、情報の取得に手段を選ばない事例が多くなる。情報は、金銭や脅迫で得られるときもあるが、情報を代価とするケースもある。そうなれば、完全な駆け引きであり、捜査官はやがて自分の足場を見失うことも起こりうる。

それを防ぐのが、公安捜査官による公安捜査官への捜査だ。精神的にはかなり過酷な仕事であり、適性を伴わない人間には、ほぼ不可能な職場といえるだろう。

宮本の自殺には、当時の公安総務課による内偵が関係していた。そのことを鮫島は、宮本の遺書によって知った。

当然、今の公安部長は、鮫島が知っていると、知っている。

「叩きあげのスパイ屋らしいな」

藪はにやりと笑った。

「おっと、キャリアに叩きあげって言葉は似つかわしくないか」

現在の公安部長の名は、佐鳥《さどり》といった。佐鳥のもとには当時、ノンキャリアの、そういう意味では本当の叩きあげの公安刑事が集められていた。

「公安総務には、プロのスパイが集められている。キャリアよりも切れる連中だ」

鮫島はいった。

そういう体制を作ったのは、佐鳥ではない。佐鳥は伝統にしたがっただけだ。部下にプロのスパイがひしめくセクションの長に着任した場合、キャリアはひとりひとりの捜査活動に対しめったに口をはさまない。

「公安部長さんが現役時代にそういうシステムを作ったのか」

鮫島は首をふった。

「佐鳥さんより、さらに前の公安部長だ」

「なんだい、じゃ総監か」

「いや。今は国会議員だ。京山さんだよ」


三時少し前にスギタエミリからの電話はかかってきた。西新宿の高層ホテルのカフェテラスにいる、とスギタエミリはいった。打ち合わせを終えたところだという。鮫島は今からうかがいます、と答えた。

徒歩でそのホテルに向かい、中二階にあるカフェテラスに入った。窓からは、向かい合わせに建つ別のホテルが見えた。ブライドが殺されたホテルだ。

カフェテラスは混んでいた。鮫島は入口で立ち止まり、店内を見渡した。大半が中年を過ぎた女性客のグループだ。

窓ぎわの席にひとりですわっている女の姿が目に入った。斜めにさしこむ陽を浴び、髪が栗《くり》色《いろ》に輝いていた。わずかに伏せた大きな瞳《ひとみ》と整った顔立ちに鮫島の目は吸いよせられた。その瞬間、疑問が氷解した。

まっすぐに客席をよぎり、女の前に立った。女が目をみひらき、鮫島を見た。

「スギタさんですね。鮫島です」

あ、と女は小さくいい、向かいの椅子を目で示した。

「どうぞ。お気遣いいただいてすいません」

「いえ」

いって、鮫島は腰をおろした。ウェイトレスにコーヒーを注文した。

「早速ですが、クレジットカードをお返しします」

鮫島はいって、カードをとりだした。女は無言でカードを見つめた。

「あなたのですか」

「はい。わたしのものです」

「では、この受領書にサインをお願いします」

鮫島はいって、書類とペンをとりだした。女は署名欄に「杉田江見里《すぎたえみり》」と書いた。

「ひったくりの被害にあわれたカードは、この一枚だけでしたか」

鮫島は訊ねた。杉田江見里は首をふった。

「いえ、あと二枚ありました。それは見つからなかったのですか」

「ええ。たぶん……燃やされてしまったと思います」

江見里は怪訝《けげん》そうに鮫島を見つめた。

「燃やす?」

「そうです。以前、電話でもお話ししましたが、ある日系コロンビア人が、新宿中央公園で盗品のクレジットカードを買っていました。その男は、カードの所有者名やナンバーをファックスで国外に流していたようです。たぶんその残っている二枚のカードも流されたと思います。

何かカード会社からはいってきましたか」

「いいえ。まだ……」

江見里は首をふった。大きな瞳だった。あらゆる感情を瞳だけで表現できる。

「ところが別の事件が起きて、そのコロンビア人は逃亡してしまいました。この一枚は、たまたま同居していた女性がもっていたので、こうして残ったというわけです。所有者とナンバーをファックスで流したあとは、すべて燃やしてしまうことにしていたようです」

「よくわからないのですが、なぜこの一枚だけを同居していた女性がもっていたんですか」

「彼は自分の仕事を女性に秘密にしていました。盗品故買は犯罪ですから当然です。ところが自宅に戻ったときに、その女性の前でこのカードを落としてしまった。見たことのない、それも女性名義のクレジットカードをもっていたというので、ふたりは喧嘩になった。返せ返さない、のいい合いになり、彼女はこのカードだけを隠してしまい、渡さなかったのです」

「そんなことがあったんですか」

江見里は深く頷いた。驚いているというより、興味を惹かれているように見えた。

「ひったくりの犯人について、どのていど覚えていらっしゃいますか」

鮫島は訊ねた。

「顔は……ヘルメットをかぶっていたのでわかりませんでした」

「小太りではありませんでしたか」

「いいえ。細くて、たぶんまだ二十《はたち》くらいだったのじゃないかしら」

鮫島はペドロ・ハギモリの写真をだした。

「この男だという可能性はありますか」

「ちがいます」

江見里はきっぱりと否定した。

「もっと細かったし、洋服のセンスがまるでちがいますから」

「そうですか」

「あの、外国にカードナンバーを送っていたということは、外国にも仲間の人がいたというわけなんですか」

「たぶんそうだと思います。国際的に大がかりなカード偽造団だと考えています」

「じゃあもうこの人も外国に逃げてしまったんでしょうか」

江見里は再び、ハギモリの写真に目を落とした。

「可能性はあります」

「それで別の事件というのは何だったのですか」

江見里は目をあげ、鮫島の目を正面からとらえた。鮫島はつかのま息を吞んだ。

「別の事件？」

「おっしゃったでしょう。別の事件があって逃亡した、と」

「ああ……」

鮫島は苦笑した。

「心の飢えは満たされることがない——」

江見里が目を丸くした。

「お話ししても、舞台の上では話さないで下さいね」

「ご覧になったんですか」

「ええ。友人があなたのファンなんです」

鮫島は微笑んだ。

「驚いた」

「私も驚きました。でもお会いしたことがあると思ったのは、まちがいではなかった。あなたが私に会っていないとおっしゃったのもまちがっていなかったが」

江見里は微笑み、そして困ったような表情を作った。

「お願いがあります」

「何でしょう」

「わたしのことは、お友だちには話さないで下さい、できるなら」

「ご自分のことを秘密にしておきたい？」

江見里は鮫島の目を見つめながら頷いた。

「お互いに――お互いにというのは、わたしとわたしの舞台を楽しんで下さる方という意味ですけど――その方《ほう》が、これからもよりよい関係でいられると思うんです」

「何も知らない方《ほう》が、常に驚きを与えられますしね。わかりました。約束します」

江見里は、ほっとしたように笑った。

「どきっとしました。一瞬、刑事さんだからわかってしまったのかと思って」

「まさか。いくら刑事でも容疑者でもない人のプライバシーを勝手に調べることはできません」

江見里は鮫島をじっと見た。

「舞台の上にいるときは、どんな表情を作るのも、どんな動作をするのも、平気なんです。でも舞台から降りると、すごく小心者なんですよ」

「そうは見えない。非常に落ちついていらっしゃる」

江見里は深呼吸した。

「人の大勢いるところが苦手で。不思議なんです。舞台から客席にいっぱいいらっしゃるお客さまを見ると、むしろ勇気が湧いてくるのに」

「入ってしまうのでしょうね。むしろ観客のエネルギーが自分の力になっていく。期待されれば期待されるほど、より自分に力が加わってくるような」

江見里は首を傾《かし》げた。

「鮫島さんも舞台を――？」

「いいえ。歌手をやっている知りあいがそういっていました」

「似ているかもしれません。ロック、ですか？」

江見里は頷いた。

「そうです」

「ロックの場合は、特に観客席と一体感が強いみたいですね」

鮫島は話題をかえようといった。

「で、事件というのは――」

「事件？」

江見里はきょとんとした顔をし、一瞬後、吹きだした。

「そうだ、忘れていました。わたしから訊いておいて――」

笑顔が似合わない。その瞬間、鮫島は思った。こうして向かいあっていても、表情に演技臭はまるでない。だが大きな笑みだけは、どこか偽りの匂いがする。めったに大声で笑うことのない人生を歩んでいるのではないだろうか。

杉田江見里のプライバシーに興味を感じている自分に気づいた。

「で、どんな事件なんです？」

「人が殺されたのです。この写真の男は、殺された人物と別の仕事をしていました。犯人はこの男ではありません。ただその仕事というのも違法であったため、怯えて逃げだしたのです」

恐怖の表情は浮かばなかった。

「殺人の捜査もやっていらっしゃるのですか」

「いえ。殺人は私の管轄外です」

江見里は頷いた。

「わたしの知りあいも、実は先日、殺されてしまったんです」

「どこで？」

「逗子です。夜、歩いていたところを何人かに囲まれて……。たぶん酔っぱらいだろうというんですが、頭をひどく殴られて」

「ひどいですね。その人も酔っていたのですか」

「いえ。お酒は飲まれませんでしたから」

「犯人は、つかまっていないのですか」

「夏でしたし。若い人がたくさんきている時期なので、何かたちの悪いグループだったのじゃないかと」

「そうですか。そういう事件だと、つかまえるのは難しいかもしれません」

「やはり、そうなんですか」

「ええ」

鮫島は頷いた。

「被害者と犯人のあいだに関係がまるでない、通り魔的な犯罪は、目撃者がいなければかなり難しいといわざるをえません。たとえば、犯人も地元の人間で、その後も同じ時間帯に現場を通行しているようなら可能性はありますが」

江見里は首をふった。

「それはわかりません。でも警察の方の話では、たぶん地元の人間ではないだろう、と」

鮫島は息を吐いた。

「残念ですね」

江見里は頷いた。

「他に何か、お話ししなければならないことはありますか」

鮫島はすばやく考えを巡らせた。

「――次の舞台はいつ頃です？」

江見里はほっと息を吐いた。

「来年です。今日、その打ち合わせをしていたんです」

「あの話には、もちろんつづきがあるのですよね」

「ええ」

江見里は微笑んだ。微笑みに無理はない。大きな笑顔が似合わないだけだ。

芝居の話をもう少し訊いてみたくて鮫島は迷った。江見里がいった。

「何か――」

「いや……。こういうことを訊ねてよいものかどうか」

「何でしょう」

「あなたの舞台の話です」

「答えられることは答えます。答えたくないことなら答えない」

江見里は気負ったようすもなくいった。

「わかりました。友人が、あなたの舞台には、初めから完璧な台本があるわけではないといっていました。観客の顔ぶれや反応を見て、作りを変えていく、と」

「そういうこともあります。舞台というのは一度きりのものだとわたしは思っています。まったく同じセリフや演出の舞台を何度もくり返し演じるなら、それはビデオテープの再生と同じことです。もちろん、同じ形を作ろうとしても、その日によって微妙なちがいが生まれることはあります。特に、ふつうのお芝居を複数の人で演じている場合には、受け応えの間《ま》や、ちょっとした演技のちがいで、日によって大きく変化がでてきます。ですがわたしのようにひとりの人間が最初から最後までを通す場合には、わたしが変えない限り、基本的には毎回同じもののくり返しになってしまいます。生《なま》だからこそ舞台なんです。そのときのお客さま、わたしの体調、心の状態、季節や天気、まったく同じものは決して生まれない。わたしの仕事は、さまざまなそういう要素を受けとめて、舞台の上で形にしていくことです。同じものがあったら、かえって変だと思いませんか？」

「おっしゃる通りかもしれません。というより、私が思ったのは、もしそうならたいへんな作業だろうと」

江見里は頷いた。

「終わるとぐったりしてしまいます。けれど、舞台の上にいるときは、本当に別人になれるんです。四カ月に一度、東京にでてきて別人になり、ふだんは葉山で地味に地味に暮らしているんです。だから、わたし自身のことをあまり人に知られたくない。もしわたしの舞台を見にきて下さるお客さまにわかったら、なんだつまらない、とがっかりさせてしまうでしょうから……」

「がっかりするとは思いません。人の精神世界は、外見やふだんの暮らしでは、とても判断できない」

鮫島がいうと、江見里は首をふった。

「それは鮫島さんが特別な仕事をしていらっしゃるから。向きあう相手が、心に秘めていることと、口にしない筈のことを、探りださなければならない仕事だから」

「それはちがいます。我々の仕事は、千里眼的な直感よりも、その人が気づかないうちに外にこぼす小さな事実を拾い集めて組み立てることです。もちろん、パズルの足りないピースのような部分は必ず現われる。そこで勘を使うことはあります。けれど、勘で埋めるのではなく、足りないピースがどこら辺に落ちているのか捜すのに、勘を用いるのです」

「では犯罪者をひと目見て、見抜くことはない？」

「たいていの場合、ありません。ただし、私たちが日常相手にする犯罪者の多くは、職業的、つまりプロの犯罪者です。たとえば暴力団などがそれにあたる。そうすると、同じプロの中でも、この人物は手強いとか、この人物はそれほどではないだろうという勘は働きます」

江見里はじっと鮫島の目をのぞきこんだ。

「刑事さんの目は恐い、といいます。いつでも人を疑っている目だと。鮫島さんの目も鋭いけれど、疑っているようには見えません」

「刑事の目が鋭く見えるのは、頭の中にあるファイルをめくっているときなんです」

「ファイル？」

「ええ。さっきの勘の話とは少し矛盾してしまうところがあるかもしれませんが、この仕事では、既に何か犯罪をおかしている可能性のある人間と出会うことが多い。そうした人物の顔を実際に写真などで見ていたり、あるいは特徴を頭の中に覚えていたりします。それと、目の前にいる人の顔をふと比べてしまうときがある。また、犯罪をおかした人間に特有の落ちつきのなさや、不安、といった表情もよく見る機会がある。そうするとある種共通の部分があって、それと合致する表情を浮かべた人を見かけると、おや、と思うことがあるわけです。ただし、おやと思ったからといって、いきなり職務質問をするのはめったにありませんし、あとを尾《つ》けるなんてこともしません。それでは人権無視になってしまう。たとえばあなたが、ショウウインドウの壊れた宝石屋さんの前で、あたりに人がいないのに妙にそわそわしている男を見かけたとします。刑事であれば、そういうときは、どうしたのですか、何をしているのですか、と訊ねます。ふつうの人は訊ねない。変だな、と思っても通りすぎてしまう」

「わかりやすいたとえだわ。わかりやすすぎて、信用できません」

江見里は笑いを含んだ目になった。

「そうですか」

鮫島は苦笑した。

「ではうかがいますが、舞台にあがるのは、あなたにとって職業ですか」

「え」

江見里は、一瞬、虚を突かれたような表情になった。わずかに考え、いった。

「たぶん職業なのだと思います。そういう風に自分をとらえたことはありませんでしたけど。なぜなら、わたしはこれが好きで、これをしたいとずっと思ってきました。お芝居のことを勉強したり、ダンスやパントマイムのような、いろいろなパフォーマンスも見てきた。自分でもちろん演じたりしました。そのくり返しの中で、少しずつ、今の形が生まれてきたんです。ということは、これからも変わっていく。もし職業という視点でとらえるなら、変わってはいけないものでしょう。いつも変わらず、つかまえなかったりしてはいけないのでしょう。いつも変わらず、つかまえなければいけない。

　でもこれによって収入を得、暮らしているという点では職業ということになります」

「つらいことは？」

「もちろんあります。どうしてもよい言葉が浮かばない、言葉があっても今度はそれにぴったりのパフォーマンスが生まれない。四カ月というのは、あっという間です。でもなぜですか」

「職業である限り、本当は嫌だな、つらいな、と思っても人は全うしなければなりません。警官は職業です。お腹《なか》がすいていて、くたくたに疲れている。家に帰ろうと道を急いでいるときに、さっきいったような宝石屋の前を通りかかった。しかもそこは、自分の管轄ではない。さあ、どうしよう。仕事は終わったんだ、関係ない——それも職業的な考え方です。一方、自分の仕事を、時間や場所で限定しない考え方もある。そういうときは——」

「わかります。よく飛行機の中で急病人がでると、お医者さまは乗っておられませんかとスチュワーデスが訊きにくる。そんなとき、自分は決して医者だと名乗らない、そういうお医者さんをわたし、知っています」

江見里は頷いた。鮫島はいった。

「職業として秀《すぐ》れている、ということと、人間として秀れているというのは、必ずしも一致しません。宝石屋の店先を知らん顔をして通りすぎる刑事であっても、自分の職場では優秀な人間はいるでしょう。一方、好奇心は強いけれど的外れな捜査ばかりをする、という刑事だっています」

「鮫島さんはどっちですか」

「最近は、前者でありたいと思っています。あなたの舞台を見に連れていってくれた友人にいわれたんです。役割を忘れたがる人間の方がマトモだと。たぶんその方が正しい、と私も思います。ただし、人命がかかっている場合は別ですが」

「ひとつ、うかがっていいですか」

「何ですか」

「その方、鮫島さんを連れてきて下さった方は女性？」

鮫島は笑った。

「いいえ。男です。彼にそういう趣味があるとはまるで思わなかった。その一点でも、刑事の勘などたいしたことがないとわかるでしょう」

「なんだか、うまくいいくるめられたような気がします」

いって、江見里は腕時計に目を落とした。

「申しわけありません。思わぬ時間をとってしまいました」

鮫島はいった。江見里が驚いたように目をみひらいた。

「とんでもない。わたしこそ、お仕事の最中に、あれこれとつまらないことをうかがってしまって――」

「いえ」

鮫島はいって、江見里を見つめた。濃い茶のニットのパンツスーツを着けている。ざっくりと開いた胸もとに写真の入るペンダントがさがっていた。薄くひいた口紅以外、ほとんど化粧はしていない。それでもあたりから浮きあがるほどの美貌《びぼう》だった。

「最後の質問です。舞台の上ではカツラを？」

江見里は微笑んだ。

「それは秘密」

「わかりました」

いって、鮫島はテーブルの勘定書に手をのばした。

「あら――」

「大丈夫です。捜査に協力していただいたのですから」

「じゃあ税金で？」

鮫島は頷いた。江見里の目に子どもがおどけるような輝きが浮かんだ。

「なんて幸運！」

その輝きは鮫島の心に強くさしこんだ。惹かれている、と鮫島は感じた。

鮫島が立ちあがるのを見て、江見里は立ちあがった。

「次の舞台も必ずうかがいます」

「名刺をおもちですか」

江見里が訊ねた。

「失礼しました」

鮫島は名刺を手渡した。訊きこみ用のもので、自宅の電話番号も印刷してある。

「送らせていただきます。チケットを」

「ありがとうございます」

これ以上、距離を詰めることはかなわないだろう。だが鮫島は喜びを感じた。

鮫島が勘定を払うあいだ、江見里は少し離れた場所に立っていた。鮫島はその姿を見やった。

優美で、壊れやすさを感じさせるほどの存在感があった。ある種の完璧さがあり、しかしその内側に隠されている人間性もひしひしと伝わってくる。

それが何なのかはわからない。しかし女性にそういう気持を抱いたのは、本当に久しぶりのことだった。

11

そのホテルは、葉山の一色《いっしき》海岸を見おろす位置に建っていた。小さな入り江で、すぐ近くからは、手こぎのボートを使った釣りを楽しむことができる。釣果《ちょうか》は主に、キスやカワハギで、大物がかかるケースはめったにない。一度だけ、落としておいた仕掛けに食ったキスを呑みこんだ、六十センチのマゴチを釣りあげたことがあった。

そのマゴチをもって帰った立花に、ホテルの主人は顔をほころばせた。

「これは大物だ。薄造りにさせましょう」

八年前の六月だった。立花は、年に三回、三月、六月、九月に、このホテルを訪ねていた時期があった。

九月には台風の接近で海が荒れることが多く、そんな日はロビーでずっとビールやコーヒーを飲みながら海を眺めていた。従業員が十名にも満たず、客室も十一しかない小さなホテルの主人は、そういうとき、さりげなく立花のかたわらにやってきて話し相手となった。

立花は今、そのロビーのソファにすわり、ぼんやりと海を眺めていた。小さなフロントの壁には、額に入れられたオーナーの写真が飾られている。

池田《いけだ》という物静かな若者がコーヒーを運んできた。高校をでてすぐ、この「葉山軒」に就職し、客室係などを経て、四年前からフロントに立つようになった。今はマネージャーとして「葉山軒」を任されている。

ロビーには他に人けがなく、ひっそりとしていた。金華山地《きんかざんぢ》に白いカバーをかけたソファは、立花がここを初めて訪ねた十二年以上前から変わらない。

「どうだい、少しは落ちついたかい」

立花は池田に訊ねた。

「はい。何とか、形だけは」

池田はトレイを手に直立して答えた。

「とりあえず閉めずにすんでよかったね」

「本当に。うちは派手ではありませんが、長年ひいきにして下さる森口《もりぐち》さまのようなお客さまがいらっしゃいますから。その方たちをがっかりさせずにすんで、ほっとしています」

「新しいオーナーは、見にくるの?」

「ほとんどいらっしゃいません。ホテル経営のことはわからないから、とおっしゃって。ただ小さい頃は、よくここにきていたとかで、社長が亡くなったあと一度だけお見えになって、変わっていないのにびっくりしていらっしゃいました」

「ほう。年配の方なの」

「いえ、すごくきれいな方です」

「女性なんだ」

立花は驚いたふりをしていった。

「はい。社長の遠縁にあたるそうです」

「このあたりの人？」

「さあ……。いろいろな書類などは弁護士さんを通すよう、指示をうけておりましたので」

池田は首をひねった。そして海の方を見やり、快活な口調で訊ねた。

「森口さまは、今日は釣りにはおでかけにならないのですか」

「うん。今日はとりあえず、『葉山軒』が今でも無事残っているというのを確かめたかったんでね」

「沖の方では、イナダが食っているそうです。相模湾《さがみ》では、この何年間で一番の湧きだそうで」

「もう僕も年だな。前ほど、釣り、釣りと思わなくなってしまった……」

「そんなことおっしゃらないで下さい。社長が悲しみます」

「今は釣りのブームとかで、お客さんも多くなったのじゃないかい」

「でも東京あたりから釣りにみえる方は、ほとんど日帰りでしょうから」

「そうか。そうだな。僕のように泊まりがけでくる人間はいないか」

「はい」

立花は息を吐いた。

「まあ、足腰が動くあいだは、寄せてもらうとしよう」

「お願いいたします」

池田は頭を下げ、立ち去っていった。立花は、目を窓に戻した。煙ったような陽の光が海面にさしかけている。風はないようだ。鈍色《にびいろ》に光る水は、濃厚で粘液質の印象だった。「葉山軒」の主人は、嶋《しま》といった。嶋は、大柄でよく通る声の持ち主だった。

立花は嶋に好意を抱いていた。だから「葉山軒」の主人と客という関係をずっとつづけられることを願ってもいた。

だがそれは不可能だった。

去年、六年ぶりにここを訪ねたとき、嶋は喜びを露わにした。

「これはこれは……。お久しぶりじゃないですか。年賀状も戻ってきてしまって。どうしていらっしゃるのかと心配しておったんですよ」

「腰を痛めてしまって……。しばらく釣りを遠ざかっていたんですよ」

立花はいいわけした。

「お仕事がら、しかたがないのでしょうな。今はもう、いいのですか」

嶋には、個人タクシーの運転手だと、話していた。ただし休日はハンドルを握りたくないので、釣りにはこうして電車できていると。

「なんとかね。こちらにもきたかったんですが、無理をすると家内に叱《しか》られるので。この年になると、家内が一番恐い」

「そういうものですか。恐い人がいらっしゃるのが、幸せだと思いますが」

嶋はいって笑った。六十二になる今まで、嶋が独身を通していることはわかっていた。ホモではない。相手に巡りあえなかったというところだろうか。このホテルと結婚した、というのが最も近いだろう。

立花自身は二十七のときに上司の勧めで結婚した。二年後、子宮外妊娠が原因で妻を亡くした。妻が死んだとき立花は、ロックアウトされた大学のキャンパスにいた。週刊誌のカメラマンのふりをして、学生の写真を撮っていた。

妻の死は、驚きはもたらしたものの、悲しみは湧かなかった。それよりも仕事のことが気になった。

妻に仕事の詳細を話したことなど一度もなかった。見合いでいっしょになった妻は、群馬の警官の娘だった。警部補で退官を迎えた、生涯制服勤務しか知らなかった人物だ。駐在所勤めが長く、公安刑事のことなど何ひとつ理解できないような老人だ。今でも律義に年賀状をよこすが、立花は退職したことすら知らせていない。

立花の誇りは、部長のもとで仕事ができたことだった。部長が公安総務に、優秀な人材を集めたとき――そのときは部長ではなく課長だった――自分が選ばれたことに、立花は生涯で一番の誇りを感じた。最も信頼に足るべき捜査官であると、認められたようなものだったからだ。部長に一生ついていこう、と決心した。部長が警視庁をやめたとき、立花の警視庁への関心も失われた。自分が忠誠を誓ったのは、警視庁ではなく部長に対してだったのだと、そのとき気づいた。

自分は公安捜査官であることを一生やめられない。警視庁を離れたとしてもそれに変化はない。ただ、部長の捜査官をつづけるのだ。

自分が公安捜査官にうってつけの人材であることを見抜いたのは部長だ。その目は正しかった。同時に、自分には組織ではなく個人に忠誠を誓う方があっていると、立花は教えられた。べたべたと部長の生活にまとわりつく気など毛頭ない。言葉をかわすことなど一年に一度あれば充分だ。

　それが信頼というものだ。

たとえ指示を受けず、報告書を提出することがなくとも、自分は部長の命令を守りつづける。部長の公安捜査官としての任務を死ぬまで全うするのだ。

12

世田谷区《せたがや》桜新町《さくらしんまち》にあるワンルームマンションを鮫島が訪ねたのは、午前八時だった。住人である平出組組員、牧村集が昨夜戻ってきたのは、午前二時だ。窓の明りが消える四時近くまで鮫島は下で見張っていた。

執拗に鳴らしたインターホンに、不機嫌な声が答えた。

「誰だよ、うるせえな！」

いきなり前岡からいくよりも、下っ端の牧村を攻めてみることに鮫島はしたのだった。

「開けろ、訊きたいことがある」

「何だと、この野郎」

インターホンの向こうで牧村の声が変わった。寝ているところを叩き起こされ、高飛車な口調を聞かされれば、用心深いやくざは刑事だとすぐに気づく。だが取調べをあまり受けたことのない若いやくざは、逆上する。鮫島はそれを狙ったのだった。

ドアが勢いよく開かれた。派手な色のブリーフにTシャツを着けただけの牧村が三和土《たたき》に立っていた。太い金鎖がTシャツの上で揺れている。腫《は》れぼったい顔が怒りに染まっていた。

「なんだ、てめえ！　朝っぱらからよ」

牧村は鮫島をにらみつけた。鮫島は警察手帳を提示した。

「新宿署の鮫島だ。訊きたいことがある。ペドロ・ハギモリをどこへやった」

牧村は目をみひらいた。

「何いってんだ、いきなり……。何だって――」

目が鮫島を離れ、泳いだ。

「何度も同じことといわせるんじゃない、ペドロ・ハギモリはどこにいる」

鮫島は三和土に踏みこみ、うしろ手でドアを閉じた。牧村が後退《あとずさ》った。

衣類が散乱したフローリングのワンルームの中央に、不釣り合いに大きいダブルベッドがおかれていた。男性用コロンと濃い体臭の入り交じった匂いが漂っている。

「お前が『ハイツ百人町』の二〇二号室に入るところを見てるんだよ、とっちは。とぼけるんじゃないぞ」

鮫島は靴を脱いで、部屋の奥へと牧村を追いつめながら喋った。牧村は激しく瞬きしながらベッドまで後退し、すとんと腰をおろした。床に脱ぎ捨てられていたダブルのジャケットに手をのばす。

「待て。誰が勝手に洋服を着ていいといった」

牧村は驚いたように手をひっこめた。

「た、煙草とろうとしただけじゃねえかよ」

「煙草吸って頭はっきりさせて、ヤバいことは喋んないようにしようってのか」

「何いってんだよ」

「だからハギモリはどこにいるんだよ！」

鮫島はジャケットを拾いあげた。牧村の顔に狼狽《ろうばい》した表情が浮かんだ。

「何すんだよ――」

「煙草とってやるだけだ。何あわててんだ。ヤバいものでも入ってるのか、え？」

手をジャケットにさしこんだ。

「返せ、この野郎――」

牧村が手をのばした。それをふり払う。

「この野郎？」

鮫島は口調をかえた。

「いいい、上等だな、おい」

ジャケットを逆さにした。煙草、ライター、財布、携帯電話、キィホルダーなどがざらざらと床にこぼれ落ちた。牧村の目が落ちた財布に吸いよせられた。黒皮の分厚い財布だった。

煙草の箱とライターを拾い、鮫島は牧村に投げた。牧村の目は財布を離れなかった。

「ほら、煙草だ」

牧村は無言で煙草を一本とりだした。ひどく緊張している。

「何びびってんだ。刑事《でか》に見られちゃマズいものでももってんのか」

「知らねえよ」

ライターを点け、牧村はつぶやいた。

「カッコつけるなよ。ハギモリはどこだ」

「知らねえって、そんな奴」

「ほう。じゃ、お前には名前がちがったのかもしれないな。こいつだよ」

鮫島は牧村に写真をつきつけた。牧村の目は再び床の財布に向いていた。

「見ろよ、ちゃんと！　財布がそんなに気になるのか」

牧村はあわてて写真を見た。

「知ってるだろ」

「知ってるよ」

「よし。どんなつきあいだ」

「友だちだよ。飲み屋で知りあって、たまに遊んでいたんだ」

「ほう。どんなことをしてだ」

「飲みにいったりしてただけだ」

「どこへ」

「いろんなとこだ」

「いろんなとこじゃわからないな。ウラをとるんだ、こっちは。居酒屋、スナック、クラブ、どこなんだ！」

「忘れちまったよ！」

牧村は怒鳴った。

「じゃあハギモリの部屋で何してた」

「話してたんだよ」

「何の話を」

「関係ねえだろ！」

「最後に会ったのは、いつだ」

それ以上追及せず、鮫島は質問の矛先を変えた。

「忘れた」

「思いだせ」

鮫島はいって、牧村の財布を拾いあげた。牧村の顔が青ざめた。

「十月十四日だよ！」

早口でいった。財布を開けることをせず、

「覚えてるじゃないか」

鮫島はいった。牧村の目は、鮫島が手にした財布に向けられていた。

「どこで会った」

「だから、『ハイツ百人町』……」

「そのあと電話で話したろう。翌日かな、十月十五日」

「知らねえ」

鮫島はじっと牧村の目をのぞきこんだ。

「知らない？　ハギモリはえらくびびっていた筈だぞ。誰かさんが新宿で死んで」

「——何のことといってんだよ！」

「前岡は何ていってる」

また質問の矛先をかえた。

「何が」

「何がじゃないだろう。前岡もハギモリの友だちだろう。大事な！」

「わけわかんねえこといってんじゃねえぞ！」

牧村は叫んだ。

「前岡さんは関係ねえよ！」

「ようし。前岡に電話しろ」

鮫島はいった。牧村の顔はこわばった。

「な、なんで……」

「ハギモリのことを訊くんだよ」

「だから関係ねえつってるじゃねえかよ」

「本人の口から聞かなきゃわからないだろうが」

牧村は警察も恐いが、幹部の前岡も恐い筈だった。いきなり刑事にいわれて電話をかけましたでは、逆鱗に触れることはまちがいない。

牧村は口をかたくひき結んだ。目がまっ赤に充血している。

「おい」

鮫島は口調を柔らかくした。

「お前と前岡とな、ハギモリのことは調べついてんだ。シノギがどうのという問題じゃないぞ。

殺しもからんでるんだ。お前ひとりがご免なさいじゃすまないんだ。わかってるのか」

牧村は答えず、鼻で荒い呼吸をくり返している。鮫島は財布を牧村の膝《ひざ》の上にポンとのせた。

「ハギモリが電話してきたときのことを話せ」

牧村の目はいきなり返された財布に釘付《くぎづけ》になった。コカインか覚せい剤の包《パケ》が入っている可能性は高い。が、鮫島はあえてそれを発見せず、牧村の口を開かせる梃子《てこ》に使うつもりだった。

「十五日の……夕方に、俺の携帯に電話があって……。旅にでたいから、都合してくれって」

「何を都合するんだ」

「金とパスポート」

「ハギモリのパスポートをなぜお前がもってるんだ」

「金貸してたんだ」

早口になって牧村はいった。

「いくら」

「に、百万」

「どっちだ」

「だから百万」

「借用証はこの中か――」

鮫島はわざと財布に手をのばした。牧村は急いでおさえつけ、

「事務所だっ」

と叫んだ。

「百万貸してるのに、パスポート返して、余分に金貸せってのか」

「金は返ってくることになってたからさ」

「ほう。何やって稼いで」

「知らねえけど、国の奴と商売やってたから……」

「どんな商売だ」

「聞いたことねえよ」

「お前、なめてるのか。やくざのお前が、商売も知らないような奴に、ぽんと百万貸すわけないだろう。第一その金だって、お前の金じゃなくて、組の金だろうが」

「俺の金だって」

「ふーん。じゃ、今はそういうことにしておいてやる。で、なぜ旅にでたいと奴はいったんだ」

牧村がけんめいに嘘を考えつこうとしているさまを、鮫島は冷ややかに見つめた。

「病気だって……国の親類が……」

「ほう。それで、いつとりにきた」

「こなかった。俺が忙しいんで、一時過ぎにしてくれっつったんだけど、結局、とりにこなかった」

「じゃ、パスポートはどこにある」

「事務所だよ」

「てことは、国外にはでてないんだな」

「知らねえって、そんなこと」

「ブライドと会ったことはあるのか」

鮫島はいきなりいった。

「誰だって」

「ブライドだよ。新宿の」

「知らねえ」

初めて牧村は鮫島の目を見た。ブライドの名は牧村のところまで降りてきていなかったようだ。

「ハギモリに連絡をとってるか」

「とってるけど、つながらねえよ」

「前岡は何ていってる」

「だから前岡さんは関係ないって」

鮫島はじっと牧村を見つめた。牧村は必死の表情で鮫島を見返してきた。

「本当だよ、信じてくれよ！」

「いいから前岡に電話しろ」

「嫌だ！　したけりゃ勝手にすりゃいいじゃねえかよ」

「前岡はそんなに恐いか。怒らすと指《エンコ》が飛ぶか」

「そんなこといってるんじゃねえ。前岡さんは本当に何も知らねえんだ」

「じゃ殺しも何もかも、お前がひっかぶるってのか！」

「何わけのわかんないことといってんだよ、俺は殺しなんて知らねえよ！」

「お前が知らなくても、前岡は知ってるかもしれん」

「知らねえって！」

「前岡の家は恵比寿《えびす》だったな」

「いきたきゃ勝手にいけよ！　俺は知らねえよ」

「ハギモリ、お前らが殺したのじゃないのか」

「なんで!?　なんで俺らがやらなけりゃならないんだよ」

「ハギモリが消えた方が都合がいいからだろう。ハギモリと組んで、おいしい商売していたろうが」

鮫島は核心を突くことにした。

「何いってんだ――」

「わかってるんだよ。お前ら、渋谷の子供にコカイン売ってるのだろうが！　そのコカインは、ハギモリから買ってたろう」

牧村は蒼白《そうはく》になった。びくんと背筋がのびた。かすれた声でいった。

「証拠があんのかよ……」

喉仏《のどぼとけ》が激しく上下している。

「だからその証拠がハギモリさ。ハギモリが消えて、一番ほっとしているのは誰だ？　平出組だろう」

牧村の目が虚《うつ》ろになった。

「ハギモリがやってた商売てのは何だ？　それも関係してるのか。だから殺ったのか」

「殺ってねえって。野郎は本当に消えちまったんだよ。うちも捜してんだ。殺ったのはよ、その商売の方の野郎だ」

「どんな商売だ」

「よく知らねえけど、カードだっつってた。盗んできたクレジットカードを買ってたんだ。その番号を売るんだと」

「盗んだカードが商売になるってのか」

「だから日本じゃ商売にならねえけど、外国へもってけばいいらしいんだって……」

「で、ハギモリがその商売で組んでたのは誰だ」

「知らねえ。会ったこともねえし。だけどおっかねえ野郎だっつってた」

「名前は」

　牧村は首をふった。

「どこかでハギモリは接触していた筈だ。どこで会ってた」

「日本じゃねえ」

「どこだ」

「ブラジルだか、コロンビアだって。電話はかかってきても、日本じゃ顔を合わせねえんだと――。だけど見張られてるかもしれないって、しょっちゅうびびってやがった」

「前岡もそのことは知っていたのか」

　牧村はため息を吐いた。

「ああ……」

「で？」

「で、とは？」

「前岡はうざったく思ってたのじゃないのか、そのカードの方の仕事を」

牧村は黙った。鮫島はいった。

「俺の勘ではハギモリはもう殺されてる。前岡が殺った可能性もあるんだ」

「殺ってねえよ。殺っちまったら終わりじゃねえかよ。前岡さんだって困ってるんだよ」

「なぜだ」

「知らねえよ。ハギモリがいなくなっちまったからだろ」

ブライドが死に、ハギモリが失踪《しっそう》して、コカインの供給ルートが断たれたのだとすれば、前岡が困るというのは理屈だ。もしそれが本当なら、ハギモリの失踪に平出組は関与していない。やはり仙田の仕業ということになる。

「前岡に電話しろ」

鮫島はいった。今度は牧村はあきらめたように、床の携帯電話に手をのばした。記憶させていた番号を呼びだす。

「——あ、朝早く申しわけないです。牧村です……。実は——」

鮫島は手をのばした。いやいやをして、牧村はいった。

「刑事がきてるんす、ハギモリのことで」

鮫島は電話をもぎとった。怒号が聞こえた。

「馬鹿野郎！　なに、デカくらいでびびってやがんだ！　事務所に電話して、弁護士呼びゃあいいんだ。よけいなこと喋るんじゃねえぞ」

「これからうかがいたいんだが――」

鮫島が告げると、前岡は絶句した。

「事務所か、それとも自宅がいいか。俺は新宿署の鮫島という」

「――なんで新宿署がでばってくんだよ。管轄外だろうが」

さすがに前岡には頭を働かせる余裕があった。

「ペドロ・ハギモリは、新宿でクレジットカードの故買をやっていた」

「そんなことは関係ねえだろうが」

「とにかくうかがう。自宅だな」

「駄目だ。だったら事務所にこい！」

いって、前岡は電話を切った。

鮫島は牧村に携帯電話を返した。牧村は恨めしげに鮫島を見つめた。

「――こんなやり方ってねえだろう。俺は本当に指飛《エンコ》ばされちまうよ……」

泣きそうな声になっていた。鮫島は名刺をとりだした。

「子供相手にコカイン売って、それで自分はぬくぬくしてられると思ってたのか。どんな目にあったって自業自得だろうが。もし指詰めろといわれたら、連絡してこい。何年かつとめても、足洗う方が得だって、目が覚めるだろうよ」

13

前岡からの電話を受けて、立花はすぐに動いた。桜井商事には、二十四時間、誰かがいる。

「立花だが、沖田さんはおられますか」

自宅のリビングにかかった時計を見あげた。在勤二十年を表彰して、公安部から贈られたものだ。午前八時四十分だった。

「沖田はまだ出社しておりませんが、どのようなご用件でしょう」

電話に応えた桜井商事の人間がいった。

「たった今入った情報ですが、新宿署の鮫島という人物が、ブライドの件で動いております。対象は、渋谷の暴力団、平出組。幹部の前岡俊春に、事務所にて面会を強要しておるそうです」

「新宿署の鮫島、暴力団平出組、前岡俊春ですね。その新宿署員の階級と所属部署は判明しておりますか」

メモをとるように、相手はいった。

「不明です」

「了解しました。こちらで調査いたします」

「沖田さんによろしくお伝え下さい」

いって、立花は電話を切った。前岡は保護してやらなければならないだろう。部長にも、そろそろ知らせるべき時期かもしれない。

14

平出組の事務所は、道玄坂二丁目の雑居ビルにあった。六階建てのビルの、五、六階がそれだ。一階にはラーメン店が、二、三階には風俗店が、四階に消費者金融が入っている。

鮫島は昨夜から牧村のマンションの前に止めておいたＢＭＷに乗りこんで渋谷に向かった。朝のラッシュと重なり、玉川《たまがわ》通りは激しく混んでいた。渋谷まで一時間近くかかった。

平出組の事務所の入ったビルの前まできて、異変に気づいた。あたりに、グレイや白のセダンの覆面パトカーが数台止まっている。渋谷署がガサ入れをかけたのかと一瞬思ったが、もしそうなら通常のパトカーも止まっている筈だ。覆面パトカーだけというのは考えられない。もちろん事件が発生していても、通常のパトカーはきている。

ＢＭＷを止め、ビルの入口に歩みよった。刑事と覚しい男二人が立っているが、所属を示す腕章をつけていない。もしガサ入れなら、「捜査」の腕章をつけている筈だ。

二人は、鮫島が車を止めたときから注目していた。鮫島は公安の刑事だと気づいた。

「すいません、どちらへいかれます」

歩みよってきた鮫島にダークスーツを着けたひとりが訊ねた。

「この上だけど——、お宅らは？」

鮫島はビル看板をあいまいに示し、訊ねた。警察手帳が提示された。

「どこ？　渋谷署？」

それには答えず、

「上のどちらですか」

ひとりが訊ねた。もうひとりは鮫島のＢＭＷのナンバーを書きとめている。

「平出組の事務所」

鮫島は短くいった。

「組の関係者ですか」

「いいや——」

「身分証もってます？」

矢つぎ早に質問がくりだされた。そのとき、急停止する車のブレーキ音が背後から聞こえ、鮫島はふり返った。二台の覆面パトカーと渋谷署所属のパトカーが止まったところだった。

公安の刑事二人が顔を見合わせた。覆面パトカーの一台から香田が降り立つのを見て、ひとりがビルの中に急ぎ足で入った。

香田は同じ覆面パトカーから降りた刑事たちを従え、大またで歩みよってきた。鮫島を無視して怒鳴った。

「何ですか、これは!?」

残っていた刑事が、はっと身をこわばらせた。

「なんで、ここにお宅らがいるの」

「課長命で急行いたしました。外事一課がくるまで現場保全せよ、ということで――」

「そんな話は聞いてません」

香田がぴしっといった。

「公安部長には通っているのか」

「は――」

奇妙な状況だった。このビルに先回りしていたのは、公安刑事だが、外事一課の人間ではないということになる。しかも彼らが先着していたことを、外事一課の捜査責任者である香田は知らなかったのだ。

鮫島はビルの内部に入ろうとした。香田に詰問されていた刑事があわてた。

「あ、ちょっと、あんた――」

「新宿署の鮫島です。平出組組員と面会の約束があります」

刑事があっけにとられた顔になった。

「それは許可しない！」

香田が大声をだした。

「この件に関しては、一切、外事一課が預かっている。なぜ管轄外の、しかも生活安全の人間がこんな場所をうろうろするか」

「俺が追っているのは、日系コロンビア人によるクレジットカード故買グループだ。ブライド殺しとは別の事案だ」

鮫島はいった。香田の表情が変わった。

「貴様、どうしても邪魔するつもりか——」

「邪魔などしない。平出組幹部の前岡俊春と話したいだけだ」

「許可しないといったろう」

香田の顔が紅潮した。そこへ刑事たちに囲まれたひとりのやくざがエレベータから吐きださ
れた。二枚目のその顔立ちを、鮫島は記録写真で見ていた。前岡俊春だ。

香田がぐっと足を踏みだした。前岡を連行していた刑事のひとりが香田の前に立った。

「香田警視正、ご苦労さまです。情報提供者の身柄は、本庁でお渡しします」

低い声でいうのが、鮫島の耳に届いた。香田は怒りをおさえこもうとしてか、深々と息を吸
いこんだ。

「誰が君たちをよこした」

刑事は平然と香田を見返した。キャリアではない。香田より年上でありながら、敬語を使っ
ている。

「公安総務課長です」

しかし香田を恐れているようすはない。どこか自信のこもった口ぶりだった。

「公安総務課がこの件を担当しているのか」

「自分にはそれはわかりません。命令を受けただけですので——。失礼します」

一礼し、刑事は前岡につき添っている同僚をふりかえった。香田はくっと歯をくいしばった。

前岡は悠然と、落ちついた足どりで覆面パトカーに歩みよった。手錠はなく、被疑者として

の扱いではなかった。

これほど早く、外事一課も知らないあいだに、公安総務が動くというのは、変だ。前岡を鮫島から〝保護〟するために公安総務は動いたにちがいない。

「前岡」

鮫島は呼びかけた。車に乗りこもうとしていた前岡は立ち止まり、ふり返った。唇に冷笑が浮かんでいる。

「鮫島だ。この連中を呼びよせたのは、お前だな」

前岡は答えなかった。無言で覆面パトカーの後部席に乗りこんだ。つき添っていた刑事たちも、ひと言も発さず、覆面パトカーに分乗した。

覆面パトカーはサイレンを鳴らすこともなく、発進していった。あとに残ったのは鮫島と香田、外事一課所属の刑事たちと、案内を命じられた渋谷署員だった。

鮫島は香田をふりかえった。プライドを傷つけられた怒りで、香田は青ざめていた。

「ここのことを誰から聞いた？」

香田は鮫島をにらみつけた。

「なぜお前なんかに話す必要がある」

「俺が前岡に会おうとしたのは、ほんの一時間前だ。あんたはそれまで平出組のひの字も知らなかったのじゃないか」

「答える必要を認めん」

香田はくるりと背を向け、パトカーに戻ろうとした。その背に鮫島はいった。

「まず公安総務が情報を握った。それから公安部長に伝わり、公安部長があんたを動かした。公安総務は何としても、前岡が俺と会うのを阻止したかった」

香田の足が止まった。

「だからどうした。所轄の兵隊が何を偉そうにほざいている」

「その兵隊をなぜそんなに嫌うのか、よく理由を考えてみるのだな」

鮫島は静かにいい、自分のＢＭＷに歩みよっていった。

15

立花が出社しようと着替えているとき、電話が鳴った。十時二十分だった。

「沖田です。御連絡をありがとうございました」

「前岡はどうなりました？」

連絡が遅い。いらだちを押し殺して立花は訊ねた。前岡の重要性を桜井商事の下っ端は何も知らない。

「我々のもとにおります。実は……そのことで、お会いして話をしたいと思うのですが――」

沖田の歯切れは悪かった。

「この件に関して部長の許可は？」

冷ややかに立花はいった。

「部長？　我が社の、でしょうか」

「公安部長だよ」

いらだちをはっきりと表わして立花は告げた。沖田は沈黙した。

「前岡は現段階で非常に重要な人間だ。扱いには慎重を要する」

立花は、自分の口調が昔に戻っていることを意識した。

「――現在は、我々の管理下にありますが、外事一が身柄を要求しています」

沖田は渋々、いった。

「外事一の責任者は、状況を把握しているのだろうな」

沖田の困惑を楽しみながら、立花はいった。当然、沖田が前岡の重要性の理由を知る筈がない。しかし沖田はそれを訊ねられないまま、立花と会話をつづけなければならない。情報量で優位に立ってする言葉のゲームは、立花を最も楽しませる。

「それは……それこそ部長から連絡がいっていると思いますが」

「思いますでは駄目だ。それくらいなら前岡を放してやった方がいい。ただし、新宿署の人間については鎖をかけておくことだ」

「失礼ですが、やはり一度お会いした方がよいと思います」

「では課長級をよこしてもらいたい」

「立花さんはプライドと接点をもっていらしたのですか」

何とか会話の主導権をとり戻そうとしてか、沖田は責める口調になった。

「いいや。いったように何年も会ってはいない」

「ではなぜ――」

「これ以上は、あんたに話す必要を認めない。課長級から、再度ここに連絡をさせてもらいたい」

沖田は沈黙した。プライドを傷つけられた怒りがその沈黙にはこもっていた。立花は平気だった。連絡員風情が怒ったところで、痛くもかゆくもない。

「――ではまた御連絡します」

沖田が電話を切った。

立花は袖を通していた上着を脱ぎ、ダイニングの椅子に腰をおろした。生きていくのに必要最小限度の家具しかおいていない2DKだった。ただし家賃は安くない。麴町《こうじまち》にあって、平河町《ひらかわちょう》の「立花調査情報社」にも近く、永田町《ながたちょう》にもすぐ駆けつけられる位置だ。

テーブルの上から煙草をとり、火をつけた。十一時になったら竹川に電話をしなければならない。出社が遅れることを伝えるのだ。

電話が鳴った。

「立花です」

「桜井商事の西脇《にしわき》と申します。課長のすぐ下におります」

年長の男の声だった。

「西脇正司《しょうじ》さんですな」

立花はいった。わずかに息を呑む気配があった。警部以上の桜井商事の社員名は、今でもあらかた官報でチェックしている。

「そうです」

「状況について部長から説明は？」

「ブライド絡みということで注意を要するように、と」

西脇はいった。この男は信用してもよさそうだ。もっと情報をもっているのだろうが、立花にはブライドの名しかあげない点が信頼できる。

「ブライドは平出組の前岡俊春にコカインを卸していた」

立花はいった。西脇は無言だった。

「新宿署の鮫島という刑事はそれを嗅《か》ぎつけたと思われる。遠ざけておいてもらいたい」

「ブライドは公務でおこなっていたのですか」

西脇は驚いたようすもなく訊ねた。

「いや。単なる金儲《もう》けだ」

「殺害の理由もそこに？」

「私はブライドとはここ何年も会っていない。金儲けに関しての情報も偶然耳にしただけだ。したがってそれについての判断はできない」

「外事一にその件は申し送ります」

「外事一の捜査責任者は部長と話しているのだろうな」

「それは大丈夫でしょう」

「捜査責任者はおたくの出身か」

「いえ、公安一課です。キャリアですので」

「キャリア」

立花はつぶやいた。キャリアが殺しの捜査責任者というのは意外だった。今の部長はその男をよほど買っているのか、むしろ事件そのものを潰したいのか。

たぶん後者の方だろう。キャリアに現場を握らせておけば、話は早い。

「わかった。それなら問題はないだろう。前岡の身柄は、そっちに任せればいい。たぶん新宿署を押さえるのが、おたくらの仕事になる」

桜井商事ではよごれ仕事を嫌ってはいられない。たぶん新宿署の刑事は、嫌というほど沖田あたりに威《おど》されることになるだろう。

「そうでしょうな」

西脇は話を合わせるようにいった。立花がどれだけの情報を握っているのかわからずに警戒しているのだ。

「まあ、なまじ鼻がききすぎたのが、そいつの不運だ」

西脇は黙っていた。立花は不審を感じた。

「何か問題でも？」

「直接は関係ないのですが……」

西脇はいい、黙った。今度は立花が焦《じ》らされる番だ。西脇の口を開かせるには、立花が何か情報を与えてやらなければならない。

「前岡は、ブライドの昔の仕事を知っている」

立花はいった。

「ほう」

「ブライドの現役時代は、京山さんがおたくの課長だった」

ここまでだ。これ以上は教えられない。が、西脇は充分、合点したようだ。

「なるほど……。道理で部長の対応が早かったのですね」

「ブライドと京山さんは、いっとき戦友のようなものだった」

「部長は、京山さんが部長時代にうちの課長ですから」

「そうか。俺はもうそのときはおたくにいなかった」

参事官付になっていた。

西脇は話す気になったようだ。

「例の新宿署の人間なのですが。生活安全の警部なんです」

「なんだ、課長なのか」

立花は驚いていた。所轄で警部といえば課長クラスだ。

「いえ。遊軍です」

「遊軍？　所轄に遊軍がいるのか」

「いや、それが……何というか特別扱いで。もとは外事二にいたんです」

「ちょっと待て……」

自分が辞めたあとだが、そういう奇妙な人事が本庁であったことを立花は耳にした記憶があった。

「もしかするとキャリアか、その警部ってのは」

「そうなんです」

立花は息を吸いこんだ。思いだした。鮫島——「新宿鮫」と異名をとっている、キャリア出身の新宿署員。制度の中のはみだし者。

「で、外事一の捜査責任者とは同期なのです」

西脇はいった。立花は不安を覚えた。

「仲がいいのか」

「その反対らしいのですがね」

「それはよかった。問題はないな。階級がちがうのだから」

「ええ、責任者の方は警視正ですから」

「だったら潰せるだろう」

「うるさいようなら、そうなると思います。つまり、うちはあまり手出しをしない方がいいということで」

桜井商事の現場には、かつての立花と同じようなノンキャリアが集められている。落ちこぼれとエリートとはいえ、キャリアどうしの喧嘩には首をつっこみたくないのだ。まかりまちがって、落ちこぼれが返り咲くようなことがあればとばっちりを食う。

立花は腹の中で西脇を憐れんだ。この男は、かつての自分のようには、上司を尊敬も信頼もしていないのだ。自分は部長の命令なら、たとえ総監の身辺捜査であろうと恐れることなくおこなったろう。

階級がすべてを決定する社会では、そんな信頼などめったに生まれない。また、それほどの人物だったからこそ、部長は現在の立場にいるのだ。

「捜査責任者の名前は？」

「香田です」

「いらぬお節介かもしれないが、もし俺があんたなら香田警視正の資料を集めておく。部長が必要とするかもしれないからな」

立花はいった。西脇はその意味をどうとったか、何もいわなかった。

万一、香田がすべてを知るようなことになったとき、あるいは同期の鮫島と手を組むような状況がおこったとき、誰かがその手綱を握っていると知らせてやらなければならないだろう。香田というキャリアが、どれほどの野心家か、わからない以上。

16

「妙な話だな、それは――」

桃井がいった。歌舞伎町にあるファミリーレストランだった。鮫島は、渋谷の平出組事務所から直接新宿署に戻ることをせず、桃井だけを呼びだして事態を報告したのだった。署に戻れば、本庁から署長を通じて、圧力が降りている可能性があった。それを受ける時間を少しでも先延べするために、鮫島は署に戻らなかったのだ。

警視庁公安部内で生じている奇妙な対立の原因を鮫島は考えたかった。桃井が自分以上に公安部に関する知識をもっているとは考えにくいが、進行中の事態について桃井に伝えるのは、桃井に対する公正さを欠かないための義務でもあった。桃井が鮫島の直接の上司である以上、公安という暗闇の中から不意打ちをくらう可能性がある。

「公安総務の活動というのは、我々にはほとんど聞こえてこない」

桃井は考えこみながらいった。鮫島は頷いた。

「公安総務には、OBも含めた公安刑事の身辺を調査する部隊がおかれています。ノンキャリアの優秀な人間を集めて『桜井商事』という名前で活動しているんです。なぜその公安総務が前岡の保護に動いたのかが、まったくわかりません」

「前岡と公安の接点はあるのか」

鮫島は首をふった。

「前岡に活動歴はありません。右、左とも、政治活動をおこなっていたという記録はまったくないのです。前岡と公安をつなぐものがあるとすれば、現在は活動を停止している平出組内の政治結社だけです」

「何という団体だ」

「『平青同人会』。七八年に左翼活動家に対する傷害事件をおこしたのをきっかけに活動を縮小し、今はまったく存在していないのと同じです。七八年といえば二十年近く前で、前岡が平出組に入ったのとさほど変わらない時期です」

「その件は調べてみる必要があるかもしれないな。公安総務と外事一課が合同でブライドの捜査にあたっているという可能性はないのかね」

「ありえない、と思います」

鮫島はいった。

「香田は公安総務の動きをまったく知らないようすでした。おそらく公安部長に知らされ、急遽《きゅうきょ》平出組に駆けつけたのだと思います。公安総務の目的は、前岡を私から引き離すことにあったのです」

「しかしもしそうなら、香田警視正は本庁で公安総務が前岡を連れてくるのを待っていればすむことだ。公安総務も外事一課も、同じ佐鳥公安部長の統轄下にある」

「その通りです。ですから公安総務をあれだけ早く動かしたのは、公安部長ではなかったのです」

桃井は怪訝な表情になった。

「どういうことかね」

「前岡は、公安総務とのあいだにパイプをもっているのだと思います。つまり、前岡が公安総務にとって重要な人間であったので、公安総務はとりあえず、外事一課の機嫌を損ねてでも、先に押さえなければならなかった。公安部長を通して香田に知らせがいったのは、いわばそのところで摩擦を拡大しないようにするための政治的な配慮です」

「それは、前岡の重要性は、ブライドとは別だということか」

「そうかもしれません。前岡がブライドと組んでコカインビジネスをやっていたのは確かです。しかしブライドは、日本の公安刑事ではなくＣＩＡで、少なくとも形の上では退職しています。ブライドに関しての情報を前岡が握っているとしても、それはやはり外事一課が管轄すべき事案です。公安総務が動く理由にはなりません」

桃井は深々と息を吸いこんだ。

「すると前岡は、外事一課も知らない、公安部に関する何か重要な情報をもっている、ということになる」

「そうです」

鮫島は頷いた。

「私が前岡と電話で話し、渋谷の平出組事務所に到着するまでに要したのは一時間弱です。たったそれだけの時間に、公安総務は小隊を出動させているのです。よほど強い理由がなくては考えられないことです」

「外事一課と公安総務は、別の思惑で動いている、というわけか」

「根はひとつかもしれませんが、少なくとも捜査責任者である香田はそれを知りません」

桃井は考えていた。

「――佐鳥部長は知っている――」

「当然、知っています」

公安部長の階級は警視監である。香田の階級警視正よりも、さらにふたつ上にあたる。

「香田警視正は、公安一課の出身だったな」

「そうです。佐鳥さんとの接点は、その時代からです。ただしその前、佐鳥さんは、公安総務の課長でした」

「つまり香田警視正は、公安総務の動きについてはそれほど詳しくない、と？」

桃井は鮫島を見た。

「香田は公安総務とはかかわっていません。彼が歩いているのは、陽のあたる部署だけです」

香田は尊大で鼻もちならないところがあり、警察官や警察組織に対する考え方は、鮫島とは根底からちがっている。しかし一方で優秀であると同時に、正義感も強い。そうした人間は、公安総務に向いているとはいえない。おそらく香田がこの先、順調に警察の階級を昇っていっても公安総務とかかわることはないだろうと鮫島は思っていた。

同期の宮本の自殺を巡って、鮫島と香田は対立し、その確執はいまだに消えていない。

しかし香田には、公安総務のように、警官が警官をスパイするような活動はできない筈だ。もしそれほど陰湿で巧妙な活動が可能なら、あれだけあからさまに鮫島を嫌ったり、差別するような言動はとらない。

「今後、君に対して圧力がかかるとすればどっちからだ。公安総務か、外事一課か」

「当然、目に見える形では、公安部長からでしょう。しかし内部的には——」

鮫島はいい淀んだ。前岡の身柄を押さえた公安総務は、いつまでも外事一課に渡さないわけにはいかないだろう。問題は、前岡を外事一課に渡すとき、香田がどのていどの事実を知らされるかだ。

その内容によっては、香田は大きな切り札を、公安上層部に対してもつことになる。そしてそれは、鮫島のもつ宮本の遺書と同様に、香田の身を危険にさらす、諸刃《もろは》の剣《つるぎ》となりかねない。

なぜなら切り札を与える側は、与えられた側が安易にその切り札を使うことがないよう、手綱を握ろうとするからだ。

「圧力がかかったとき、君はどうする」

黙っている鮫島に桃井は訊ねた。

もし圧力がかかるとすれば、それはハギモリのカード故買を含めたあらゆる捜査から手をひくようにという指示になるだろう。鮫島は、また別の糸口を見つけなければならない。

「ブライドのコカインは当然、扱えない。ハギモリのカードも難しい。となると……」

桃井は鮫島の考えを読みとったかのようにつづけた。

「残っているのは平出組本体です」

桃井はかすかに微笑した。眼の下の隈《くま》に細かな皺《しわ》が寄る。

ファミリーレストランの窓から歌舞伎町の雑踏に桃井は目を向けた。

「平出組が、我々のこの管内で、何か悪さをしていることを祈るとするか……」


公安部長からの通達は、防犯部長を通じて、早くもその日の午後のうちに新宿署長に届いた。内容は譴責《けんせき》や懲戒といった厳しいものではなく、新宿署生活安全課は、外事一課の捜査活動を阻害することがないように、というゆるやかなものだった。形の上では、外事一課を優先させたことになる。

しかしこれはいわずもがなの通達といえた。所轄署の一課員が、本庁公安部の捜査活動を妨害することはありえない。たとえてみれば、企業本社の業務を、支社員が横合いから奪いとることがありえないのと同じで、階級が同じであっても、本庁の捜査員は、所轄署の捜査員よりも立場的には強いものがある。

どこからどこまで、という線引きを公安部長がしてこなかったのは、今後の鮫島の行動を警戒したのだと思われた。

いざとなれば、人事という形をとって鮫島を封じこめる手段が、上層部には残されている。鮫島を新宿署ではなく別の署に動かすことで、さらに事件から遠ざけるのだ。しかしやりすぎれば、鮫島による〝報復〟も、公安上層部は危惧《きぐ》しなければならない。

鮫島が現在は、公安部長ではなく、防犯部長の統轄下にあることも、鮫島には幸いしていた。

直接の管理下にない以上、公安は簡単には、鮫島に手をだすことができない。

ただし、公安総務だけは別だった。いざとなれば公安総務は、鮫島をつけ狙い、その足もとをすくう手段を講じてくるだろう。それを防ぐためには、前岡と公安総務のあいだに横たわるパイプの正体を探りださねばならない。


三日間が過ぎた。鮫島は晶からの連絡をうけ、「ママフォース」にでかけていった。この三日間は、平出組が新宿署管内で何らかのシノギをおこなっていないかを洗いだす作業をおこなっていた。もちろん秘密裡《ひみつり》の作業だった。桃井は、「平青同人会」がおこした傷害事件についての調査を進めている。

鮫島が「ママフォース」の扉を押したのは、午後十時を回った時刻だった。晶は、そのくらいの時間になればテレビ局を抜けられる、といってきたのだ。

「ママフォース」には三組の客がいた。晶の姿はない。アベックがふた組と男二人の客がひと組だ。

「ママフォース」は区役所通りにあるゲイバーだが、客の大半はゲイではない。

カウンターにいたママは、鮫島の姿を見ると、手にした煙草で空いているカウンターの席をさした。

「ひとり?」

「待ちあわせだ」

「珍しいわね。久しぶりなのじゃない」

「ああ」

わずかに罪の意識を感じながら鮫島はいった。杉田江見里に気持を惹かれた状態のまま、晶と会うのが恐くもあった。晶から連絡があったとき、鮫島は外で会わない方がいいのではないかといった。

——なんでだよ

晶は怒ったようにいった。

——俺はかまわないが、お前が困るのじゃないかと思ったんだ

——よけいなお世話だよ。たまには外で飲みたいよ

「ママフォース」を指定したのは晶だった。

——久しぶりに、区役所通りも歩きたいし

ママがつきだしと、アイリッシュ・ウイスキーの水割りを鮫島の前においた。

「捨てられちゃったかと思ってたわ」

「慰めてくれるか、そうしたら」

「あたしは老け専じゃないからね。別のを捜しなさいよ」

鮫島は苦笑して、水割りを口に運んだ。

「あの子はあんたを捨てないわよ。絶対に」

低い声でママはいった。

「なぜそんなことがわかる。あいつは昔のあいつじゃない」

「それは男の考え方よ。有名になって金ができて、昔の女房や恋人を捨てるのはたいてい男。

女はね、場合によっちゃ意地になるの。どんなことがあっても捨ててたまるかって」

鮫島は他の客に目を走らせた。カップルは、二十代の後半から三十代の初めといったところだ。男どうしの方はそれよりさらに若い。学生ではないだろうが、デザイナーやライターといった、自由業種のように見えた。

「意地でつきあってもらうのもしんどいな」

「馬鹿ね。女が昔の男を捨てるとしたら、それは自分が利口になって、今までつきあっていたのがさほどのものじゃないと気づいたときよ。あの子は子供だけれど馬鹿じゃない。それにあんたもただの男じゃない」

鮫島は答えず、割り箸をとった。

「でもひとつだけ忠告しておいてあげる。あんたもきっとわかっていると思うけど、あの子がどんなになっても、皮肉やあてこすりはいっちゃ駄目。あんたの値打を下げるだけよ」

「肝《きも》に銘じてる」

アン肝の煮付を口に運びながら、鮫島はいった。

ドアが開いた。カウンターだけの店なので、客の目は新来の客に注がれる。瞬間、店内の会話が止まった。

「マジかよ」

「本物みたいだな」

若い男たちが囁《ささや》きあうのが、鮫島の耳にも聞こえた。

晶は黒のパンツスーツにレザージャケットを着けていた。まっすぐ鮫島に歩みよってくると、

「悪い」

とだけいって、隣にどすんと腰をおろした。

「いや」

鮫島は短く答えた。同時にブラウン管からではなく、晶の顔を見るのはどれくらいぶりだろうかと考えていた。

ひと月は優に越えている。もしかするとふた月はあいているかもしれない。

「忙しそうだな」

晶は頷いた。

「元気だった？」

ママがグラスを渡しながら訊ねた。

「くたびれた」

晶はいった。投げだすような口調だった。

「まだ早いぞ」

鮫島はいった。ふたりのやりとりに「ママフォース」の客全員が耳をすませていた。

「テレビなんか見ないくせに」

晶はいった。

「見てるさ。ニュースと天気予報」

晶は鮫島を見た。

「怒ってるのかよ」

静かな口調だった。

「いいや」

鮫島は答えた。

「俺だってさんざん俺の都合をお前に押しつけたことがある」

晶はすっと目をそらした。

「でもあんたは必ず穴埋めをした。あたしはまだぜんぜんしてない。芝居どうだった？」

鮫島は一拍、間をおいた。

「おもしろかった。お前にも見せたかった」

「今度いくよ」

無理するな、といいかけ、その言葉を呑みこんだ。

「四ヵ月後だそうだ。俺もいきたいと思ってる」

――ママ、紹介して、俺大ファンなんだ、という声が聞こえた。男ふたりの片われだった。

晶の目が素早く鮫島に戻った。

「忙しいのかよ」

「まあまあだな」

「最近は静かそうじゃん、新宿も」

鮫島は苦笑した。

「お前こそ、ニュースとか見てるのか」

「見てない。でも飛びこみであんたと会えるってことはそうだろ」

「まあな」

「どんな芝居だった？」

「話をころころかえるなよ」

「すいません――」

声がわりこんだ。

「サイン、もらえますか」

ママに紹介を頼んだ若者だった。晶は息を深々と吸い、鮫島の顔を見た。鮫島は無言で頷いた。が、晶は、

「ごめん、プライベートなんだ。勘弁してよ」

と若者にいった。若者はがっかりしたように、

「はあ……。すいません」

といってひきさがった。店内に気まずい空気が漂った。

晶がママを見あげ、

「ごめん」

と小声でいった。ママは無言で首をふった。鮫島は複雑な思いで晶を見つめていた。

その視線に晶が気づいた。晶が何かをいうより早く、鮫島は訊ねた。

「飯は食ったのか」

「弁当をね。うまくなかった」

「少し痩せたな。テレビで見てるときはわからなかったが」

晶は頷いた。

「ラーメンでも食いにいくか」

晶は首をふった。そして突然、サインをくれといった若者の方をふり返った。

「ごめんね。あたしさ、まだ慣れられないんだ。自分が前とちっとも変わってないのに、人がサイン欲しいなんていうの」

若者は驚いたように晶を見つめた。晶が鮫島を指さした。

「この人は、あたしの彼氏で、ここでしょっちゅう会ってた。でも今までサインしてほしいなんていわれたこと一度もなかったから……」

「いいんです」

若者はとまどったように首をふった。晶は微笑んだ。

「何にすればいい」

若者の顔が輝いた。

「じゃ、あのう……」

いきなり着ていたトレーナーをまくりあげた。Tシャツの背中を晶に向けた。

「ここにしてくれますか」

「ママ、マジックあるかい」

鮫島は訊ねた。ママがマジックペンをさしだした。受けとった晶は、

「いいの、本当に」

と若者の顔をのぞきこんだ。若者は顔を赤らめ、どぎまぎしたように頷いた。

「お願いします」

〝WHO'S HONEY 晶〟と、サインが記された。それを見て、

「じゃ、俺も！」

と連れが立ちあがった。晶は微笑み、

「無理しなくていいよ」

といった。

「無理なんかじゃないです。こいつに『フーズ・ハニイ』教えたの、俺なんですから」

晶は頷き、その男のTシャツにもサインをした。

「そこまでよ、ふたりとも」

ママが割って入った。

「聞いたでしょう。久しぶりに彼氏と会ったのだから邪魔しないであげなよ」

「はい」

素直に二人は頷き、ありがとうございました、と頭を下げた。晶は二人と握手を交した。

すわり直し、晶は一部始終を見守っていた鮫島にいった。

「ほっとしたかよ」

「ああ」

鮫島は頷いた。晶はいった。

「あんたに会ったら、いろいろ話したいことがあった。でもこのあいだの電話のときと同じで、
結局、愚痴になっちまう」

「愚痴りたけりゃ、今日は聞く」

晶は首をふった。

「いいよ。でも、あたしはひとつだけ思いちがいをしてた」

「何だ？」

「それは、こうやって売れるのを夢見てきたのだけど、実際売れちゃってからのことは何ひとつ考えてなかったという点」

鮫島は首を傾げた。

「意味がわからないな」

晶はグラスを掌《てのひら》で包んだ。

「あたしたちにとって、メジャーになるってのは世界がまるきりがらりと変わることなんだ。でも、あたしはどっかで、それを旅行にいくみたいに考えてた。売れて楽しい思いをして、おもしろい経験をいっぱいして、そしてまた元の世界に帰ってくる。もっといえば、帰りたくなったらいつでも帰ってこられるって」

鮫島は無言だった。

「考えが浅いっていえばそれまでだけど、いっぱい色んな思いをするっていうのは、それだけいっぱい不自由な思いもするし、手に入るものが多ければ、今まで大切にしていたものを持ちきれなくなって失《な》くしちゃったりもする。それより何より、これがいつまでつづくかわからないっていうのが、一番、堪《こた》えるんだ」

「期間限定じゃないと気づいたとたんに楽しくなくなったというのか」

晶は頷いた。

「テレビやラジオってのがあって、CDを作って売ってる会社があって。そういうところは、誰かを売ってればいいんだ。誰かが売れれば儲かるのだから。『フーズ・ハニイ』でなきゃいけない理由なんかぜんぜんなくて、そんなのはもちろんあたり前だとわかっている。だから役割みたいなものだって、わりきってた。だけど、その役割が、次にいつ代わってもらえるのかはわからない」

「ふつうは、誰にも代わられたくないと思うのじゃないか」

晶は首をふった。

「軽蔑《けいべつ》するわけでも、下に見てるわけでもないけど、あたしらはアイドルや流行歌手とはちがう。あたしらはあたしらの好きな音楽をずっとやってきてて、それが今たまたま、すごく大勢の人に好かれている。でもこれから先もずっとそうなわけはないんだ。だけど、周りはそう思ってない」

「もともとの『フーズ・ハニイ』のファンはどれくらいなんだ」

「わからないけど、五千人か、一万人。うんと裾野《すその》まで含めて……」

「その五千人か一万人は何人からでてきたと思う？」

鮫島の言葉の意味が、晶にはわからないようだった。

「どういうこと？」

「つまりだ、かりに一万人として、お前たちの曲を聞いたことがあるのは、もっと多かったわけだ。聞いて好きになったのが一万人。好きにならなかったのは、三万人くらいかもしれないだろ。すると四万人の一万人だ」

「それって分母みたいな数？」

鮫島は頷いた。晶は首をふった。

「わかんないよ。でも、もともとそんな多くなかったと思う。そう……三万人か四万人くらいじゃない」

「それが今、ふくれあがった。テレビやラジオで、お前らの曲はよく流れている。日本中で、百万から二百万。いや、もっと多くて一千万とか二千万という人が、お前らの曲を聞く。好きにならない人は同じようにたくさんいるだろう。だが一方で、今まで一度も聞いたことがなかっただけで、聞いたとたんに好きになった人も大勢いる。その人たちと、お前らのもともとのファンは、何ひとつ変わらない。お前らの曲と出会うのが早かったか遅かったかだけのちがいしかない」

「そうかな……」

「お前は、ファンを、曲ではなくバンドの存在で考えている。しかしどんなファンだって、曲が駄目になれば離れていく。そうなってまで、元の生活をしたいのか」

晶は首をふった。

「嫌だ、そんなの」

「じゃあ一万人だけ残して、あとのファンをシャットアウトするか。この一万人はもともとのファンだからいいけど、あとからファンになったあんたたちには聞かせてやらないって――」

晶は唇を尖らせた。

「そんなことできるわけないじゃん」

「だろう。お前が心配すべきなのは、生活の問題じゃなくて、自分たちの音楽の変質じゃないのか。売れることがわかり、もっといえば売れる音楽がどんなものかもわかった。それと自分たちがこれからやりたい音楽がちがうとき、どうするか」

「変えないよ、絶対に」

「それがファンの求めるものとはちがっても？」

晶は苦しげな顔になった。

「ファンをがっかりさせるのは嫌だよ。だからってファンを喜ばすためだけに、同じような音楽をやってたら、いつかやっぱり飽きられる」

「そうだな。結局は、自分がふけるケツだけを心配するしかない」

晶は頷いた。

「じゃ、今は？　今はどうすりゃいいんだよ」

「それもお前ら自身のケツだ。騒がれようが、不自由になろうが、ふくしかないだろう」

「やめてよ、ケツ、ケツって。どきどきしちゃうじゃない」

ママがいったので晶は笑いだした。

「ごぶさたなの、ママ」

「あのね、あんたがくるまでこのオヤジときたらしょんぼりして、あんたにフラれたら慰めてくれるかなんて情けない顔してたんだからね」

晶は鮫島をにらんだ。

「本気でいったのかよ」

「馬鹿ね。あたしがこんなオヤジを相手にするわけないでしょう」

晶はそれでも肩をそびやかした。

「ふーん、あたしにフラれると思ってるんだ」

「その前に俺が逃げだすかもしれん」

「逃さねえよ」

鮫島は立ちあがった。

「ラーメン食いにいこう」

ママが鮫島を咎《とが》めるような目でちらりと見た。鮫島はかまわず、五千円札をカウンターにおいた。

晶は店の外にでると、鮫島に肩をぶつけてきた。

「何だ」

「あたしから逃げたくなったら、いえよ」

「ああ」

「あんたの重荷か、今」

「重荷になるほどいっしょにいないだろう」

晶が立ち止まった。晶の姿を見た通行人が次々と足を止めた。ショウじゃん、フーズ・ハニイだよ、という声が耳にとびこんでくる。

「いっしょにいてやろうか」

晶はいった。

「もっと、ずっと、今までみたいにいっしょにいられるようにしようか」

それが痴話喧嘩に近いものだと、通行人たちには明らかにわかっていた。好奇の目が自分に注がれるのを鮫島は感じた。人だかりができ、さらにふくれあがった。

「いこう」

鮫島は晶を促した。

「答えろよ」

鮫島は息を吸いこんだ。そのとき、鮫島のすぐかたわらに立ち止まって晶を見つめていた少年の肩がつきとばされた。

「なんだ、この野郎！　道のまん中、塞《ふさ》いでんじゃねえぞ！」

チンピラの四人組だった。人だかりを知り、その中央に晶の顔があることに気づいて、からんできたにちがいなかった。チンピラは、鮫島には気づかず、晶を囲んだ。

「見たことあるな、この顔」

「テレビでてるよな、あんた」

「カッコよく踊ってんじゃん。カラオケでもいくかぁ」

笑い声をたてた。晶は表情もかえず、

「うるせえな」

といった。

「おっかねえ」

「何だと、この野郎」

「いくぞ」

鮫島は晶にいった。ふりかえったチンピラの表情が変わった。新宿に本部のある組の構成員だった。

「やべえ」

ひとりがつぶやいた。

「知りあいなんですか、旦那」

あわてて、へつらうような口調で別のひとりがいった。鮫島は答えなかった。

「紹介して下さいよ」

調子にのった別のチンピラがいい、鮫島はその男に向き直った。チンピラは青ざめ、後退った。

「冗談、すよ」

「どけ」

鮫島が短くいうと、チンピラは道を開けた。鮫島は晶の腕をつかみ、歩きだした。人だかりを抜けだし、百メートルほど歩いたところで晶がいった。

「なんでこうなっちゃうんだよ」

悲しそうな声だった。

「新宿ってのは、こういうところだ。変わっちゃいない」

鮫島は低い声でいった。

「じゃ、あたしがやっぱり元に戻んなきゃいけないんだ」

鮫島は晶の顔を見た。

「もうお前は戻れない」

その一瞬、晶が泣きだすのではないかと鮫島は思った。

「やっぱりあたしは重荷だね」

鮫島は視線をそらした。

「ひとつだけいえることがある。もしお前が、俺といっしょにいたいというだけの理由で、今のお前の立場やバンド、ファンを全部投げだしたら、それこそ俺にとってはこれ以上ないというくらいの重荷になるだろう」

「――だったらどうすればいいんだよ」

晶は重く低い声でいった。

「どうする必要もない。今のこの場所で、やれる限り、ふんばるだけだ」

晶は答えなかった。鮫島はこみあげてくるさまざまな思いを押し殺し、いった。

「たとえお前といられる時間がどれだけ短くなっても、昔の方がよかったと俺は思ったことは一度もない。だからお前にもそれを知っていてほしい」

晶は頷いた。そしていった。

「今日は、あんたん家《ち》いく」

鮫島はその肩を抱いた。

17

一九七八年に起こった「平青同人会」による傷害事件の内容が判明した。被害者の名は、沖《おき》充照《みつてる》という名の左翼活動家で、七月五日の早朝に足立《あだち》区の自宅を出勤のためでたところを、待ちうけていた二人組に木刀で殴られ、負傷した。全治三週間ほどの打撲傷である。

前日の七月四日、沖は所属している団体のデモに加わり、東京都港《みなと》区にある米軍施設の周辺でビラを配っていた。その際に街宣車を乗りつけていた右翼グループのひとりと小競《こぜ》り合いを起こしている。

沖の所属していた団体はさほど過激な組織ではなく、いわば戦闘的な市民グループといったところだった。団体そのものの規模も小さく、一九八六年に分裂、そして消滅している。

綾瀬《あやせ》警察署は、沖の証言から警視庁公安三課の協力を仰ぎ、犯人が小競り合いの相手であった「平青同人会」のメンバーであると特定した。捜査員が「平青同人会」の本部を訪れ、容疑者と覚しきメンバーに質問をすると、その人物はあっさりと犯行を認め、傷害で逮捕された。

逮捕されたのは「平青同人会」のメンバーで、浅井広司《あさいこうじ》、当時二十三歳と、浅井の知人で十九歳の少年だった。

取調べに対し浅井は、沖がビラを配りながら自分が乗っていたジープの前を通りかかって、「うるさい」と蹴《け》った。腹を立て降りていって殴ってやろうとしたら、警備の警官に阻止されたので、沖の自宅をつきとめ襲うことにしたのだといった。

沖の自宅をつきとめた方法については、デモ隊が解散したあと、乃木坂《のぎざか》から地下鉄に乗りこんだ沖を尾行したのだと述べた。

浅井は懲役六カ月の実刑判決を受け服役し、少年も保護観察処分を受けている。

逮捕された時点で、浅井は「平青同人会」を除名処分されていた。公安三課は、浅井の犯行に、「平青同人会」の組織的な意志が働いたのではないかと監視を強化し、結果「平青同人会」の活動は縮小化した。

事件の概要は以上だったが、鮫島は腑《ふ》に落ちないものを感じた。

主犯の浅井は、被害者の自宅を〝尾行〟によってつきとめたと述べている。しかし、その夜のうちに尾行したのなら、襲撃もその夜のうちに可能であった筈だ。

犯行は日にちをかえなければならなかったほど計画的だとはいえず、その証拠に浅井は訊きこみにきた刑事に対し、あっさりと犯行を認めている。

さらに妙なのは、浅井が〝尾行〟によって沖の住所をつきとめたとしている部分だった。メーデーなどの街頭市民デモはともかく、米軍施設などを対象としたデモには、必ずといってよいほど所轄警備課と警視庁公安の捜査員がはりつく。参加者の写真を撮影し、参加団体の資料を作成する。

当然、デモの参加者はそれを知っている。だからヘルメットをかぶったり、マスクや手ぬぐいで人相を隠すのだ。デモの解散後も、まっすぐ地下鉄に乗りこんで自宅に向かうということはありえない。

被害者の沖充照は、大学生時代からの活動家であることが判明している。きのう今日、そうしたデモに参加したわけではないのだ。たとえ過激派とはいえないほどの活動家であっても、デモ隊解散後は、尾行には留意するのが常識である。まして、現場から尾行をおこなった浅井は、右翼団体員らしき服装——たとえば戦闘服など——を着用していた筈で、尾行に気づかなかったというのは、にわかには信じられない。

だが事件記録は、そうした部分には触れてはいなかった。浅井があっさり犯行を自供したためだと思われた。

被害者の沖充照が、より過激な団体に所属する活動家であれば、事件はこの規模では終わらなかったろう。またこの事件をきっかけに、沖の所属する市民グループが「平青同人会」を糾弾する動きを起こしたようすがないのも、妙だった。

鮫島はまず、被害者の沖と会うことにした。被害当時、沖は二十六歳だから、現在は四十代半ばを越えていることになる。綾瀬署に照会したところ、沖は現在も綾瀬署管内に住んでいることが判明した。だが綾瀬署では、〝活動家〟としてのマークはおこなっていなかった。

所轄署は、管内に政治運動、ことに左翼系の活動家が在住する場合、付近住民への訊きこみなど重点監視をおこなうのが通例である。

その監視対象から外されているというのは、沖が現在はまったく活動をおこなっていないと見られていることになる。

綾瀬署の住民調査票によれば、沖の職業は「タクシー運転手」となっていた。勤務先とあった事業所に電話をいれてみると、沖は個人タクシーの運転手であることが判明した。

鮫島が沖の自宅を訪ねたのは、午前十時少し前だった。電話で面会を申しこんだところ、その時刻に自宅にきてほしいといわれたのだった。

沖の自宅は、綾瀬川に面した一戸建てだった。およそ二十坪ほどの小さな二階家で、頭上を首都高速六号線が走っている。

鮫島は、玄関の扉横にとりつけられたインターホンを押した。自宅でない方がよいなら、どこでもかまわないと告げたのだが、沖は自宅でけっこうだと答えたのだ。たとえ被害者であったとしても、家族のいる自宅に刑事が訪ねてくるのを快く思わない人間は多い。

「はい」

インターホンから返ってきた答に、

「お忙しいところを申しわけありません。先日お電話をいたしました、新宿署の鮫島と申します」

告げた。

「待って下さい」

少しあって、扉が内側に開かれた。度の強そうな眼鏡をかけ、スウェットの上下を着けた男が立っていた。油けのない灰色の髪が額に垂れさがっている。

鮫島は身分証を提示し、来訪をもう一度詫《わ》びた。

「いいんですよ、上がって下さい」

沖はいった。投げやりな口調で、表情に緊張は見られなかった。

上がってすぐの扉を開けると、台所と面した居間になっていた。中央に炬燵《こたつ》がおかれ、背を丸めた老女がテレビに目を向けている。鮫島はとまどった。

「お話は外でも――」

「いや、いいんです」

沖はそっけなくいった。老女は鮫島にはまったく無関心で、テレビに見入っている。炬燵テーブルの上には、食器が並んでいた。

「お食事中でしたか」

「お袋だけです。ああやってテレビ見ながら、起きているあいだは一日中、何かしら食っているんです」

調査票によれば、沖は母親と二人暮らしのようだった。室内はむっとするほど暖かく、食物の匂いが強くこもっていた。

「で、何ですか」

沖はいって、炬燵のかたわらにあぐらをかいた。スウェットはよごれが目立つ。

「一九七八年の、傷害事件のことです」

「ああ……」

沖はあいまいに頷き、テーブルの上から缶ピースをとった。指先が、ニコチンで黄色く染まっている。

「古い話だよね。鮫島さん、公安ですか」

「いえ、今は」

鮫島は首をふった。

「いつ頃、いたの」

「六年ほど前までです」

「本庁？」

「ええ」

「じゃ、知るわけねえな。俺より若いもんな。七〇年安保なんて、まだ子供だろ」

「そうです」

かすかな違和感を抱きながら鮫島は頷いた。やめてしまったとはいえ、刑事に対するなれなれしい口調は、活動家であった人間のものとは思えない。

「すげえ時代だったよ。公安ていうと、鬼みたいな人ばっかりでさ」

沖は懐しむような表情になった。

「立花さんて、知ってる？　本庁公安にいたのなら、名前くらいは聞いたことあるだろう」

「立花？　公安三課ですか」

「ちがうよ。一課だよ、もちろん」

「いえ」

「そうだよな、二十五年も前だものな。停年になってるか」

「つきあいがあったんですか」

「つきあいって……」

沖は苦笑した。それから少し考えこんで、いった。

「それで、七八年の件の何を知りたいの」

「『平青同人会』のことを調べているのですが、なにぶん資料が少なくて困ってるんです」

「なんで調べてるの」

「平出組という、『平青同人会』の母体だった組を調べていまして」

「じゃ、マル暴なんだ、今」

「そういったところです」

「平出組も『平青同人会』も、俺はぜんぜん知らないよ。なんせ被害者なのだから」

「犯人の浅井は、あなたを自宅まで尾行したと述べてますが――」

沖は再び、苦笑のような笑みを浮かべた。

「困っちゃうよな、それな。今頃、つついてもな……」

妙だった。

「何か、捜査や裁判で、でなかったことがあるんですね」

「そりゃありますよ」

いって沖は目をそらした。鮫島が何も知らなかったことにとまどっているように見えた。

「教えていただけませんか。今さらこの件でどうこうという気はまったくありませんから」

「立花さんに訊きなよ。それが早いよ」

沖は首をふった。鮫島は直感した。襲撃は仕組まれたものだったにちがいない。公安一課にいた立花という刑事がそれを〝演出〟したのではないか。

「立花はもう退官しています。そうおっしゃったじゃないですか」

沖は迷ったような顔になった。

「沖さんは今はもう活動をいっさいしていらっしゃらないんでしょう」

「やめたよ」

ぽつりといった。

「あの事件が契機になったのですか」

沖は無言だった。

「こんなことを私から申しあげるのも変なのですが、所轄署もあなたを活動家とは見ていない。つまりあれ以降、まったく活動をしておられない、ということですか」

「——照ちゃん」

不意に老女が喋った。

「なんだい母ちゃん」

沖は老女をふり返った。

「あたしの自転車は直ったっけね」

「ああ、直ったよ」

沖は投げやりにいって、鮫島に目を戻した。不信と不安が、その目には浮かんでいた。

「その立花さんとは、今でも連絡をとっていらっしゃるのですか」

沖は強く首をふった。

「あれっきりだよ。それが約束だったんだから。これ以上はもう話したくないな。警察はさ、やめちゃえば関係なくなるだろうけど、セクトはいつまでも忘れねえのがいっぱいいるんだから」

その瞬間、鮫島は、自分の勘が正しかったことを知った。鮫島は深々と息を吸いこんだ。

「沖さん、私はもう二度とあなたの今の生活に踏みこむような真似はしません。私がしたいのは、あなたの過去を暴くことではないし、今さら活動を停止している右翼団体もどうこうしようという気はない。前岡という男を知っていますか。前岡俊春といいます。年齢はあなたと同じくらいの」

「知らないね」

沖は少し落ちついた表情になっていった。

「『平青同人会』の関係者とその後、お会いになりましたか」

「まさか。もういいだろう。警察の中で調べてくれよ、こういうことはさ」

「襲撃は立花刑事が仕組んだものだった。そうなんですね」

沖は無言だった。

「あなたが活動家をやめるきっかけとして必要だった」

「何いってんだよ、木刀で殴られたんだぜ！」

「私は新宿署にいます。木刀をもった集団に襲われた人間は、最悪の場合死亡するし、軽くても何カ月という重傷を負う」

「何だよ、そのいい方。俺の怪我《けが》が軽かったのが気にいらないってのかよ」

「あなたを責める気などありません。真実を知りたいだけです」

「だから真実は、俺がチンピラに襲われて怪我をした。それだけだよ」

「その結果、あなたは活動から一切手をひいた。そうでもしなければ、引けなかった。ちがいますか」

沖は荒々しく煙草を吸い、煙を吐きながら上目づかいに鮫島を見た。

「裏切り者より臆病者の方がマシだろうが」

「あなたは立花刑事の協力者だったのですね」

「そう」

沖は認めた。

「いつ頃の話ですか」

「学校の最後の年から二年くらいだよ。セクトの方針についていけなくなった。だけど急にやめるのはマズかったんで、あのサークルに移ったんだ。でもセクトはスパイがいるって、ずっと洗ってた。すげえやばかったんだよ。わかりゃ、よくて半殺し。へたすりゃ殺される。セクトはサークルの中にまでスパイを送りこんで、俺のことを調べてた。ああするしかなかったんだ。立花さんが段取りをつけた。右翼にやられて大怪我をすりゃ、活動が虚《むな》しくなったって、いいわけも立つって」

「『平青同人会』と話をつけたのは立花刑事だったんですね」

「ああ、そうだよ」

「立花刑事のフルネームを教えて下さい」

「立花に仕返しされたらどうするんだよ。まだセクトには残ってるんだよ、俺を疑っている連中が」

「立花さんには、あなたの話は一切しません。今日ここで聞いたことは、書類にも残しませんから」

「本当かよ」

沖は鮫島の目を見た。

「誓います」

鮫島はいった。沖は小さく頷いた。

「立花道夫《みちお》。道の夫って書くんだよ。立花は、立つ花で――」

「当時の階級はご存知ですか」

「巡査部長のときに会って、警部補になってた」

「ずっと公安一課で？」

「いや」

沖は首をふった。思いだすように目を細め、遠くを見た。

「例の事件のときはもう、一課じゃなくなってた。何つったっけ……。総務課？　サラリーマンみたいなセクション」

「公安総務ですか」

鮫島は訊ねた。

「そう……。それだった」

18

会ってお礼がしたい、と前岡が電話をしてきたのは、警視庁をでた車の中からだった。

「――まさか立花先生がこんなに早く、手を打って下さるとは思いませんでしたよ」

「よけいなことはいい。どうだったんだ？」

「今からうかがって、お話ししてもよろしいんですが」

「断わる」

即座に立花はいった。状況については知っておきたい。だが前岡には尾行がついていておかしくはなかった。自分が香田という警視正なら必ずそうする。公安部長に釘を刺されたのでない限り。今のところまだそういう情報は入っていない。

「事務所に着いたら電話をもらいたい。周囲に人のいないところからだ」

「承知しました」

前岡は、わずか四時間で、警視庁から解放された。外事一課による取調べがあったとしても、表面的なものでしかなかったことはまちがいない。外事一課は、前岡とブライドの関係を裏づける、コカイン密売の情報をつかんでいない。公安総務課がそれを外事一課に申し送ることは、公安部長の段階でストップされたのだ。

前岡にとってそれが幸運であったかどうかは、微妙な問題だった。外事一課がコカインにからめて前岡を再度、ひっぱるかどうかは、香田と公安部長の話しあい次第だろう。万一、ふたりがその気になるようなことでもあったら、前岡の口は完全に塞がなければならない。

それはない筈だった。しかし公安部長は逗子の件を知らない。ブライドと京山部長の関係に留意して慎重にかまえているだけだ。桜井商事の西脇にあえてコカインの話をしたのは、たとえコカインの件が京山部長とは無関係であっても対処には慎重を要するようにという、公安部長にあてた立花のメッセージだった。公安部長はそれを受けとり、とりあえず前岡を解放したのだ。

ここまでは事態は終息の方向に進んでいる。あとはブライドを殺したのが誰かという問題と香田の動きだけだ。

ブライドは、前岡が話していた故買屋に殺された線が濃厚なのでは、と立花は考えていた。一方、香田に関しては、本人の心がけ次第だ。何も聞かされず、頭ごしに公安部長に動かれ、不愉快な思いもしているだろうが、キャリア同士将来のことも含めた話しあいにさえ呼ばれれば、すぐにおとなしくなるだろう。

鮫島というキャリア崩れについて、立花はさほど心配はしていなかった。よぶんな真似をした点についてはすでに灸《きゅう》がすえられているだろうし、いくらやり手といわれても、しょせん歌舞伎町のマルBや売春婦相手の兵隊仕事だ。単独で進める捜査など限界がある。

改めて前岡からかかってきた電話を、立花は竹川を帰したあとの事務所でとった。

「取調べはどうだったんだ」

「話じゃあ、ブライドさんの件を調べてる一課がでてくるってんで、てっきり捜一だと思ってたんですがね。外事一課っていうんですか、なんだかエリートみたいな人がでてきたんでびっくりしましたよ」

「その男の名前は？」

「香田っていってました。警視正って呼ばれてるのを聞いて二度びっくり、ですよ。私らがふだんつきあう刑事とは、天と地もちがうじゃないですか。署長と変わらないのですからね、渋谷や新宿の」

「で、取調べは」

「最初に簡単な身許《みもと》照会とか、そういうのをやって、昼飯はさんで、さあこれから本番かっていうときに、俺を渋谷からひっぱっていった方の刑事が、『帰っていいから』っていいにきて、またびっくりですよ」

「香田はその場にいたのか」

「いえ。最初に会ったきりです」

たぶんそのとき、公安部長に呼ばれていたのだろう。

「悪いことはいわない。コカインの件については一切合切きれいにして、何かあったら立てられる人間を用意しておけ」

「やっぱりきますかね」

「このままでは絶対すまない。下手をすれば、ブライド殺しは、お前らが背負わされる」

「そんな！　せっかく帰してもらえたっていうのに、なんでそうなっちゃうんですか」

前岡は驚いた声をだした。

「いいか、これは時間稼ぎでしかないんだ。本庁は必ずまた何らかの動きをする。アメリカに対しても、知らん顔はできんからな」

「じゃ俺らがスケープゴートにされるってことですか」

「お前たちやくざは、それにはぴったりの役どころだ」

「待って下さいよ。コカインはともかく、殺しまで背負わされるんじゃ、人の立てようなんかありません」

立花は深呼吸した。確かにその通りだろう。だが警察上層部が考えるのは、暴力団ですべてを止めることだ。事態が明らかになればなるほど、そうなる。

「立花先生、それじゃあ俺らもケツまくるしかなくなります」

「お前らがブライドと組んでおいしい思いをしたことはまちがいない」

「先生、人ごとじゃないんですよ」

前岡の口調にすごみが加わった。

「コカインの件だって、根掘り葉掘りやられりゃ、先生の名前がでてきます。うちらが先生とどんなつきあいをしてきたかもね」

前岡はやはり気づいているのだ。逗子の件が、立花のアキレス腱《けん》であると。

すべてが丸くおさまるには、前岡の排除が必要だった。

「私がいっているのは最悪の事態だ。このまま音沙汰《おとさた》なしで終わる可能性も低くない。準備だけはしておけ、ということだ」

「わかりました。こちらの態勢が整ったら、もう一度、ご連絡します。先生からご覧になって、これでいいもんかどうか、ご指導してやって下さい」

前岡は牙《きば》をすぐに隠し、いった。

「こちらもできるだけ情報を集めておく。何かあったら必ず連絡をよこしてほしい」

「承知しました。先生、頼りにしていますから」

前岡は最後の言葉に力をこめた。電話を切り、立花はしばらく放心していた。

これまでの自分の判断がまちがっていたとは思えない。ここから先、自分がすべきことにはふたつの分かれ道がある。

部長に連絡し、指示を仰ぐか。

あくまでも自分の判断で動き、部長の障害とならないようにするか。

ブライドを殺したのが誰なのか、本気になって知りたいと、そのとき初めて立花は思った。

19

「立花道夫警部は五十二歳で、警視庁を依願退職している。今から六年前だ。最終的な所属は、公安部の参事官付だった。公安総務には三十歳のとき配属されている」

「二十八年前ですか」

鮫島の言葉に桃井は頷いた。署内の空いた取調室だった。公安総務が鮫島のマークを始めていれば、署内といえども安心はできない。新宿署の警備課にも、本庁公安とつながっている刑事はいるのだ。同じ新宿署員であっても、本庁の特命を受けて鮫島の監視に回る者がいて不思議ではない。

「君が入庁するはるか前だ」

「『桜井商事』が作られた頃です」

「『桜井商事』。君のいっていた公安刑事の監視機関か」

「そうです。『桜井商事』のことは、少しだけですが本庁にいたときに聞きました。『桜井商事』の統轄責任者は公安総務課長ですが、そこを経験すると警察庁《サッチョウ》とのパイプが太くなるというのです」

「キャリアの出世コースというわけか」

「ええ。ですが『桜井商事』を受けもつと敵が増える、ともいわれていました。公安の内部でも『桜井商事』は、仲間うちへのスパイ集団というイメージがあったのです。ただし、『桜井商事』に集められるのは、本庁の公安や各所轄の警備課から選抜された優秀な人間ばかりでした。使命感が強くて、単独捜査にもあたれるようなタフな人材を選んでいたんです」

「まったく聞いたことがない」

桃井は首をふった。

「『桜井商事』の創設者は当時の公安総務課長だといわれています。七〇年安保とその後の社会動向を踏まえ、創設しました。警察庁の了解をとり、予算を認めさせるには相当の努力があったようです。警察庁がなかなかうんといわないので、政治家を動かしたという噂もあったようです」

キャリア社会において、優秀な先輩が機構改革や新事業にとりくんだ経験は、一種の神話となって語り継がれる。先例の有無がことの可否を問う大きな材料とされる官僚社会ならではの傾向だった。

「警察庁は難色を示したろうな」

全国都道府県警察の監督官庁である警察庁にとって、警視庁内部のそうした動きは不快であった筈だ。それをはねのけ、実行に移した当時の公安総務課長の実力は確かに驚くべきものがある。

「警察庁は後年、その公安総務課長を警備局長として迎えいれています」

「京山さんか」

桃井はつぶやいた。鮫島は頷いた。

「京山さんは警察庁の警備局長を経て、政界に入りました。公安総務課長、公安部長、警察庁警備局長という、公安のトップを走りつづけた人です。京山さんが警備局長になったことで、『桜井商事』は、警察庁の干渉から完全に逃れられたといわれています。ただし、公安総務課長、公安部長、警察庁警備局長という縦のパイプがはっきりとしかれたわけです」

「すると公安総務の動きには警察庁も関知していると？」

鮫島は頷いた。

「しかしあの日、前岡の保護を命じたのが警察庁であったとは思えません。警備局長は前岡の名など知らないでしょう」

「じゃあいったい誰が公安総務を動かした」

「立花元警部ではないかと思っています」

「元『桜井商事』の？」

「ええ。立花元警部は、自分が『桜井商事』にいたこともあり、現在の『桜井商事』から監視を受けている可能性が充分にあります。しかも彼は、公安一課時代に協力者としてとりこんだセクト活動家が、スパイの疑いをかけられ内ゲバの対象となりそうであったため、平出組内の右翼を使って襲わせ、活動家が引退するきっかけを作ってやってもいます。平出組とのパイプを十八年前に、すでにもっていたのです」

「それは立花元警部の経歴ともあう。立花警部が警視庁に入庁して最初に配属されたのが、渋谷署の警備課だ」

手帳に目を落としていた桃井がいった。

「ブライドと立花元警部のあいだにも関係があっておかしくはないな、そうすると。ブライドは元ＣＩＡだ。ＣＩＡ時代に、公安刑事の立花元警部とつながりができていて不思議はない」

鮫島は頷いた。

「ＣＩＡと最もつながりが深いのは、外事一課と公安総務課です」

「すると立花元警部はブライドと知りあいだった。互いにリタイアし、ブライドがＣＩＡ時代のコネを使ってコカインで金儲けをしようと考えたとき、立花に協力をもちかける。立花は平出組とつきあいがあり、前岡を紹介する——」

桃井の仮説に鮫島は頷いた。

「充分考えられると思います。立花は、平出組がコカインで押さえられれば、自分の名が挙がると考え、前岡を私から引き離そうとしたのかもしれません。ただ——」

「ただ、何かね？」

「立花は、ノンキャリアの元警部で今は退職した人物です。その立花を守るだけのために、キャリアである公安総務課長や公安部長が、同じキャリアの香田のメンツを潰すとは考えにくいのです」

桃井は息を吸いこんだ。

「確かにそれはそうだ。立花が公安上層部のよほど大きな弱みを握っているのなら別だろうが」

「ええ。『桜井商事』時代に何かを握ったのかもしれません」

「ますます危険だな。立花にもうかつには近づけない」

「その通りです。立花は、自分が中心にあることを知っています。立花の次に重要なのが前岡です。しかし前岡にも、外事一課は手をだせない可能性がある。立花と前岡のふたりをアンタッチャブルにされてしまうと、ブライド殺しは暗礁に乗りあげるでしょう」

「ここで君が無理をすれば、仙田の狙い通りになるぞ」

桃井が警告した。

「わかっています。しかし仙田のいった言葉はここまではすべて真実であったと私は思います。ブライドがもっていた有力なコネというのは、立花元警部のことをさしていたのだし、前岡がブライドと組んでコカインを扱っていたのも事実でした」

「奴の目的は何だ。君の目を、自分から、今回の件に向けさせることか」

「それはあったと思います。もうひとつ奴は、恩返しだといっていましたが」

「恩返し？」

鮫島は頷き、息を吐いた。

「愛人であった女性を私に助けられたというのです。まさかそれで私に手柄をたてさせてやろうと考えたわけではないでしょうが」

「手柄どころではない」

桃井は厳しい口調でいって、鮫島を厳しい表情で見つめた。

「今回の件は、君の息の根を止めかねない組織が相手だ。仙田は、薄く張った氷の上をそれと知らせずに、君を歩かせているのだ。一歩まちがえれば氷は割れ、君は冷たい水の中に落ちる。しかも君が絶対に退くことのできない相手を仙田は選んだんだ」

「その点では、奴はみごとに成功しました」

鮫島は認めた。

新宿署管内における平出組の活動に関する情報はなかなか集まらなかった。平出組は小さな組織で、管理している売春婦にすら、新宿で商売することを禁じているようすだった。売春婦たちはポケットベルや携帯電話で指定されたホテルにおもむき、客と会っているが、そこは渋谷のホテルに限られていた。

コカインを扱っている売人も、渋谷以外で品物を扱うことは厳禁されていた。

かろうじて平出組の影響と考えられたのは、新宿署管内におけるコカインの密売価格の急騰だった。原因は、渋谷での供給量が激減したことによる「品薄感」だった。前岡の取調べ後、平出組はコカインの取扱いをストップしていた。そのため末端の売人や客が、新宿など他の街に流れこんだのだった。

鮫島は、立花道夫と前岡俊春への接触をぎりぎりまで避けることにして、平出組の情報収集にあたった。立花道夫が、現在どこで何をしているか不明だったが、不用意にそれを調べようとすれば、ただちに『桜井商事』に伝わる危険があった。

そんな中で、桃井のもっている情報網に「平出組」の名が入ってきた。それはコカインとはまるで別の犯罪についての情報だった。平出組に雇われて「人を殺した」者がいる、というのだ。

情報をもたらしたのは、歌舞伎町のサウナで働いているボーイだった。元覚せい剤常習者で、桃井の援助で立ちなおった人物だ。

その日、鮫島と桃井は面割りのためにそのサウナにでかけていくことにしていた。桃井の情報協力者であるボーイによると、人を殺したといっていた客は、水曜か木曜の夕方にサウナに現われることが多いというのだ。午後六時を少し回った時刻、桃井あてにそのボーイから電話がかかってきた。問題の客が入店したという知らせだった。

段取りでは、鮫島が面割りをおこなったあと、店の外で待ちかまえる桃井が尾行につき、客の正体をつきとめることになっていた。

鮫島と桃井はタクシーで歌舞伎町のサウナに向かった。ボーイは、店の入口で二人を待っていた。店の他の従業員に知られたくなかったのだろう。二人の姿を見ると、早口で喋った。

「小耳にはさんだだけですから、確かかどうかはわかりませんよ。ただ、洗い場でいっしょにいた連れと話していたのを聞いたんです。『あの仕事はおいしかった』って——」

「もう一度、最初から話してくれないか」

桃井がいうと、ボーイはあたりを見回し、話し始めた。ひどく色が白い。落ちつきのない目の動きと尖らせた口が鶏《にわとり》を思わせる。

「『例の件、あれからどうした』ってひとりが訊いて、『あのまんまだろう』と、いつもくる客が答えたんです。ちょうど訊いた方が頭洗ってて、『これは?』って、おでこをさしたんで、警察のことだなって、ぴんときました。答は、『ぜんぜんへっちゃらよ。あの仕事はおいしかった』って——」

「平出組の名はどんな風にでた？」

桃井が訊ねた。

「そのすぐ後です。

『平出はなんでてめえんところでやらなかったのかな』

『今どきのやくざ者は殺しを嫌がるのが多いんだよ。根性なしよ』って……」

桃井は鮫島を見やり、訊ねた。

「マルBじゃないのか、その客は」

「ちがうと思います。すげえでかい体してて、髪とヒゲをぼうぼうにのばしているんです。腕にいっぱい刺青《いれずみ》してますよ。あの、日本の古い刺青じゃなくて、アメリカの兵隊がしているような柄の刺青です」

「すぐに面割りできそうですね」

鮫島はいった。

「仕事は何だか知っているか」

ボーイは首をふった。

「ぜんぜんわかりません。格好は、スーツとかじゃなくて皮のパンツはいたりとか、バイクに乗ってるみたいなんですけど——」

「連れというのは、どんなタイプだ」

「こっちはなんかひょろっとしてて、目が危いんですよ。てんぱってるとかそういうのじゃなくて、どろんとした目。あるじゃないですか。喧嘩してて、背中向けたとたんにいきなりぶっ刺してくるような奴。そういうタイプです」

鮫島と桃井は顔を見合わせた。

「今日きてるのは？」

「ヒゲもじゃの方だけです。どろんとしてるのは、ソープの方が好きみたいで、『サウナは洗ってくれる女がいねえからつまんねえ』っていってました。覚えてるのは、そんくらいです」

「ありがとう」

桃井はいってボーイの肩を叩き、畳んだ一万円札をそのポケットにつっこんだ。

「いいんすよ、課長。こんな――」

「気持だから」

いいあっている二人に、鮫島は、

「じゃあ」

と告げて、サウナの入口をくぐった。受付で料金を払うと、ロッカールームに向かい衣服を脱いだ。手帳をのぞけば警官とわかる品は一切、身につけていない。

タオルをとって腰に巻き、サウナ室に入った。さほど広くないサウナ室は、勤め帰りと覚しい男たちでいっぱいだった。該当するような男の姿はない。

洗い場を鮫島はのぞいた。浴槽にもカランの前にも、それらしき男はいなかった。鮫島は休憩室に向かった。タオルを外し、備えつけのガウンと下着を身につける。

た。休憩室に並んでいるリクライニングチェアの中央、つけられたテレビの正面に、その男がいた。ガウンはつけず、下着一枚でテレビに見入っている。ぱっと見て、身長は一八〇センチ以上、体重は百キロ近くありそうだった。頬から顎にまでつながったヒゲをのばし、濡れた髪は肩まである。汗かきらしく、しきりに首の下やわきをタオルでぬぐっている。かたわらにビアジョッキに入った白っぽい飲み物があった。ミルクセーキらしい。

鮫島の知らない顔だった。ボーイの言葉通り、両腕にアメリカンスタイルの刺青がびっしり入っている。英文やハート、髑髏《どくろ》の柄などだ。年齢は、見た目よりも若い、と鮫島は踏んだ。二十代の半ばだろう。

男の周囲数メートルに、他の客は近づいていなかった。左右とうしろのリクライニングチェアは空いている。

鮫島は男の姿を確認すると、休憩室の奥にすわった。男は時間を気にするようすもなく、テレビに見入っている。

三十分ほどたった。男は立ちあがった。化粧台の並んだ部屋に入っていく。待ちかねていたように、休憩室のボーイがテレビのチャンネルをかえた。男が見ていたのは、アニメ番組だったのだ。

鮫島は間をおき、化粧台の部屋に入った。男はドライヤーで乾かした髪を、うなじのうしろで束ねている最中だった。鏡ごしに鋭い目を鮫島に向けてくる。鮫島は素知らぬ風を装った。

男は異様なほど長い時間、鮫島をにらんでいた。が、鮫島が無視しつづけると、馬鹿にしたように鼻を鳴らし、部屋を出ていった。ロッカールームで着替えるようだ。

鮫島は男が髪を束ねるのに使っていた櫛《くし》を、「使用済」のケースから歯先だけをつまむようにしてとりあげた。ガウンのポケットに落としこむ。少し待って、ロッカールームに入った。黒皮のブルゾンに皮のパンツをはいた男がサウナの玄関に向かって歩いていくうしろ姿があった。

鮫島は自分のロッカーを開いた。携帯電話をとりだし、電源を入れ、桃井の携帯電話を呼びだした。

桃井がでるといった。

「今、下に降りていきます。私は対象の指紋《モン》をとったので署に戻ります」

「了解」

桃井が答えた。

鮫島は電話をロッカーに戻し、衣服を着けにかかった。そのとき電話が鳴り始めた。

「はい」

鮫島は下着をつけながら応えた。

「今、どこにいる?」

男の声がいった。

「誰だ?」

「香田だ。会ってお前と話したいことがある」

鮫島は下着をつけ終え、いった。

「今から署に戻るところだ。話があるならそっちにきてくれ」

「他がいい」

「断わる」

「鮫島、重要な話だ。機密も要する」

「重要も機密も誰が決めた。あんたか、あんたの上司か」

鮫島がいうと香田はつかのま沈黙し、

「俺だ」

と答えた。そして、

「いっておくがお前の自宅もまずい」

とつけ加えた。鮫島はため息をついた。

「いっておくが、俺に監視がついていたら、どこへいこうと同じことだ」

「監視はまだついちゃいない。だが人に見られたくない」

鮫島はつかのま考え、いった。

「歌舞伎町にくるのにどれくらい時間がかかる」

「三十分」

「きたら適当なカラオケボックスを見つけて、二人用の部屋に入れ」

「カラオケボックスだと――。何を考えてるんだ」

「内緒話をするにはぴったりの場所だ」

「カラオケボックスになんか入ったことがない」

香田の声に怒りがこもった。

「何ごとも経験だ」

鮫島はいって、電話を切った。

サウナをでて表に立つと、当然桃井の姿はなかった。鮫島はタクシーを拾い、新宿署に戻った。内線で鑑識係の部屋に電話をしたが、藪は帰ったあとだ。

櫛を証拠品の保管袋にいれ、メモを添えた。藪は、櫛から指紋をとって、警視庁のメインコンピュータにアクセスし、指紋自動識別システムと照らしあわせてくれる筈だった。

櫛とメモを、藪の「触るな！　爆発する！　お前のことだ！」と記された、乱雑なデスクの上においた。

携帯電話が鳴った。香田だった。憤懣《ふんまん》やるかたない口調で、歌舞伎町一丁目のカラオケボックスにひとりでいることを告げた。

鮫島は今からいく、と答えた。


二人用の狭いカラオケルームで、ホットコーヒーを前に香田は待っていた。カラオケは流れていない。左右の部屋の歌う声が壁ごしに聞こえてくる。

「受付の小僧に笑われた。男ふたりでカラオケボックスにくるような客はいないのだろうな」

鮫島は、部屋のインターホンでビールを注文して、香田にいった。

「あたり前だろう。何考えてやがる」

香田は吐きだした。

「だが尾行してきた人間には、話を盗み聞きできない」

「尾行がついているのか」

香田の表情が変わった。鮫島は首をふった。

「署からここまで歩いてきたが、尾行はいない」

香田は頷いた。

「だろうな。公安総務はノンキャリの集まりだ。俺やお前に尾行をつける度胸はない筈だ」

尊大な口調だった。

「必要ならやるだろう。まだ必要だと思っていないだけだ。それに公安総務のトップはキャリアだぞ」

「半澤《はんざわ》さんからは陳謝があった。部下がですぎた真似をした、といって」

半澤は公安総務の課長だった。鮫島や香田より十期以上先輩にあたる。

「それで納得したのか」

鮫島は香田を見つめた。

「できるわけがないだろう。いったい何が起こっている」

香田は詰問する口調で訊ねた。

「佐鳥さんから聞かされていないのか」

「俺はお前に訊いているんだ」

「命令か、それは」

鮫島は香田の目を見すえ、いった。香田はわずかに頭をそらせた。

「命令なんかして、お前が聞くタマか」

「じゃあ何だ。同期のよしみで教えろ、とでも？」

鮫島は冷ややかにいった。香田はかっとなりかけたようだが、それをおさえこみ、いった。

「俺は佐鳥さんに失望したよ。前岡が本庁に着いて、さあこれから取調べようってときに、佐鳥さんに呼びだされた。佐鳥さんは俺に、ブライドの件は平出組と切り離して考えろといった。引退したＣＩＡが、コカインビジネスを国内でやっていたなんて話がマスコミに流れたらえらいことになる、とな。俺は慎重にやる、といったんだが、佐鳥さんはそのあいだに前岡を帰しちまっていた」

鮫島は無言だった。

「ブライドがコカインを扱っていたなら、殺されたのもその線が濃厚だ。結局、佐鳥さんはマスコミ封じのために外事一を利用したんだ」

「なるほど」

鮫島はいった。

「鮫島、お前はブライドが平出組と組んでいるのを知っていたんだろう。新宿で売人どもを相手にしているお前なら、知っておかしくはない」

「──本気で信じているのか」

鮫島はいった。香田は鼻白んだ。

「何を、だ」

「公安部長がマスコミを恐がって、密かに前岡をだしてやったという話をだ」

香田は沈黙した。

「信じてなかったのだろう。だがあんたは、自分の頭ごしに、佐鳥さんと半澤さんが話を決めたのが気にいらず、しかもその理由もわからないので、俺から何かひきだせるかもしれないと考えた、ちがうか？」

　鮫島の言葉に香田は反駁《はんばく》しなかった。鮫島はいった。

「現場にいるとな、わかることがある。キャリアは、自分たちが脳ミソで、ノンキャリアは皆、手か足だと思いこんでいる。考えるのはキャリアの仕事なのだから、手や足は考える必要がない、とな。だが手や足にも脳ミソはあるし、キャリアの脳ミソなんかよりよっぽど上等な脳ミソだったりすることもあるんだ。ただ上等な脳ミソの持ち主は利口だから、キャリアの脳ミソを阿呆《あほう》だと思っても、それを口にださないのさ。脳ミソが見当ちがいの方角に手や足をのばせといっても、それを指摘すれば、手や足のくせにですぎていると咎められるのを知っているから、黙っているんだ」

　香田は上目づかいで鮫島をにらんだ。

「俺はそこまで現場警察官を馬鹿にしちゃいない」

「現場の警官は規則や慣習でがんじがらめだ。キャリアはときたま無茶ができる。だがノンキャリアが同じことをすればたちまち出世の目が閉ざされる。だから皆、頭を使っていないように見えるのさ。それを知らないキャリアは、兵隊は頭を使うのが苦手だと決めつけている」

「俺はそこまで馬鹿にしていないといったろう！」

　香田は苛立《いらだ》たしげにいった。鮫島はつかのま沈黙し、いった。

「佐鳥さんはあんたを傷つけまいとしたんだ」

「俺を傷つける?」

「今度の件は、えらく根が深い。ことによると何代も前の公安幹部にまでかかわってくる可能性がある。だから、あんたをかかわらせまいとした」

「誰のことだ」

鮫島は首をふった。

「それは俺にもまだわからない。だが安易に調べようとすれば、爆弾が破裂するだろうな」

「何か知っているんだろう」

香田は息を吸いこんだ。

「この件に関しちゃ、CIAは知らぬ存ぜぬを決めこんでいる。たぶんやばいことになれば、警察庁が止めに入ってくるのを見越しているのじゃないかと思う」

「おおいにありえるだろうな」

鮫島は認めた。

「じゃ俺は結局、ブライド殺しをロックするために現場をあてがわれたということか。無能だから、ちょうどいい、と?」

「そんなのは俺の知ったことじゃない」

香田はきっとなった。

「末端の兵隊のお前ですら知っていることを、俺は知らせてもらえないのだぞ」

鮫島は香田の目をとらえた。

「知りたきゃ自分で調べろ。それが刑事だろう。それともあんたは、人事ばかりを考える内務官僚のつもりで警視庁に入ったのか」

香田は、くやしげに顔を歪《ゆが》めた。

「ちがう」

「じゃあ調べてみるんだな」

香田は黙りこんだ。勝手に調べ始めれば、キャリアに傷をつけかねないとわかっている。鮫島のようにはならないだろうが、順調にひた走ってきたコースからは逸脱することになるだろう。

失くすもののない奴は強い──香田がそう思っているのを鮫島は感じた。だがそれを口にだせば、負け犬になるのは香田の方なのだ。

失くすものを失ってでも戦いつづけている自分を、香田はさんざん愚かだと嘲笑《ちようしよう》してきた。しかし地位でもキャリアでもなく、自分自身の誇りのために戦えるかどうかを、香田は自らにつきつけてしまったのだ。

「──お前は俺に借りがある筈だ」

不意に香田がいった。鮫島は香田の顔を見つめた。

「警官連続射殺事件のときだ。俺が、ほしはコンサート会場に現われると気づかなければ、お前は恋人を助けられなかったかもしれない」

その通りだった。しかし香田は、いかにも香田らしい話だが、コマ劇場や厚生年金ホールといった大きな商業劇場に犯人が現われると考え、小さなライブハウスを無視した。鮫島は犯人の部屋に、規則違反を承知であがりこみ、そこに晶のテープがおかれているのを知って、間一髪でライブハウスに駆けつけることができたのだった。

「何をしてほしいんだ」

鮫島はいった。

「手がかりをよこせ」

「意地でやるつもりならやめた方がいい。あんたはあんただけじゃない、あんたの部下も――」

「手がかりをよこせ！」

香田は怒鳴った。

鮫島は深々と息を吸いこんだ。

「公安総務のＯＢで、立花という元警部がいる。この男がブライドと平出組をつなげた可能性が高い。ただし――」

香田がぱっと目をみひらいたので鮫島はいった。

「ただのＯＢだと思って、気軽には接触しない方がいい。立花元警部は、なぜだかは知らないが、佐鳥さんや半澤さんを動かすことができるんだ」

「立花だな」

香田は低い声でくり返した。鮫島は頷いた。

「これで貸し借りはなしだ。たとえこのことで、あんたが俺を恨むような羽目になってもな」

「そんなドジは踏まない」

それが香田の答だった。

20

櫛から検出された指紋によって大男の正体が判明した。

男の名は奥山健《おくやまたけし》、二十四歳。十代のときから渋谷で補導歴があり、少年刑務所にも収容された札つきの悪《わる》だった。十代の頃の非行歴は、傷害、恐喝、婦女暴行、覚せい剤取締法違反。十七歳で、渋谷の不良グループのリーダーになり、暴力団の下請けまがいの仕事をしていた。が、成人しても暴力団には入らず、かつての仲間と組んで、金になる違法行為なら何にでも手をだしているのだった。暴力団に入れば、組織の庇護《ひご》は受けられるが、稼いだ金を上納金としてさしださなければならない。同時に正式な組員になれば警察のマークもきつくなる。そこであえて「カタギ」を自称して、かつての自分のような若者たちを動かし違法な収入を得ているのだった。

桃井のサウナからの尾行では、奥山が、新宿と渋谷の、ディスコやクラブと称せられる若者の溜《たま》り場を徘徊し、いっぱしの親分気取りで酒や食事を奢《おご》ってやっていたことが判明していた。その途中、自分のいいつけに従わなかったらしい十代の少年に「焼きを入れる」シーンも桃井は目撃していた。

少年時代の奥山が、平出組のおろすコカインの密売をやっていたことは明らかだった。売り上げをめぐる対立をおこしたというのも、奥山かもしれない。その際、平出組はチーマーの売人を束ねる奥山を消さず、懐柔する策をとった。

たぶんそれは前岡の知恵で、何かあったときに組には累《るい》を及ぼさず、警察や対立組織にさしだせる存在として奥山を容認したにちがいなかった。

奥山本人はフリーを気どっているが、結局は「捨て駒《ごま》」要員なのだ。粗暴でプライドだけが高い若者をとりこみ、利用するテクニックにかけては、暴力団には伝統的な技術がある。

平出組がコカインの供給をストップしたことで、当然、奥山にも何らかの影響がでている筈だった。だが奥山も、まったくのアマチュアでない以上、簡単に尻尾《しっぽ》をつかませるような真似はしない。

桃井の尾行から、奥山の自宅が代々木《よよぎ》四丁目のマンションであることが判明していた。自宅を急襲しても、奥山は牧村とちがい、違法品を所持しているとは限らなかった。

鮫島は、奥山を洗うことにした。

奥山は「奥山カンパニー」という会社をもっていた。奥山カンパニーは、ビデオ、テレビ番組、映画の企画、という定款《ていかん》を掲げた株式会社だった。自らが制作することはないが、テレビ局のために傘下の若者を動員して、アンケートに答えさせるとかスタジオ参加番組に出演させるなどの仕込みをしている。一方で、アダルトビデオの女優をスカウトし、プロダクションに斡旋《あっせん》などもおこなっていた。自宅のマンションの家賃は月額三十万で、ポルシェと千二百ccの大型バイクを乗り回している。

奥山の内偵を始めてすぐ、奥山が拳銃を所持しているらしいという情報が鮫島の耳に入った。情報のでどころはアダルトビデオの元カメラマンで、奥山は、そのカメラマンが制作プロダクションを退職したのを知り、裏ビデオの制作をもちかけてきたという。

「今どき、裏なんかやったって商売にならないよっていったんですよ。表の女優がでている流出ものがさんざん流れている時代ですからね」

鮫島が会いにいった、その元カメラマンはいった。がっちりとした体格で、不釣り合いに度の強い眼鏡をかけている。

アダルトビデオは、性行為を撮影したあと、法律に触れないぎりぎりの部分を残して、局所にぼかしをかける。そのぼかしをかける前のオリジナルテープが複製され、宅配などで売られているのだ。元カメラマンがいうように、わざわざ裏ビデオを撮影するよりも、そうしたビデオの方が、出演する女優の質もよく、凝った作りになっている。

「だけど健さんは、ただセックスするだけじゃ駄目だろうけど、本物のピストルを撃つシーンを入れたらマニアが喜んで買うからっていうんですよ。最初俺は、海外ロケにいくのだと思って、そんな金かけてもモトがとれないからっていったんです。そうしたら、海外じゃない、日本で撮るんだ。チャカはいくらでも用意できるって。なんだったら、今すぐに持ってきてもいいって――。やばすぎるんで、勘弁してくれっていいました。キレてますからね、あの人。人を殺すなんて簡単だって、しょっちゅういってますし。ヤクザなんてどうってことはない、いつでも話がつけられる、と……」

「具体的に拳銃をどこから用意するか、いいましたか」

「いや、そこまでは」いって元カメラマンは首をふった。

「でも買ってくるとか、そういう感じではなかったですね。もう持ってるって雰囲気で」

自分の手もとにおいてあるか、信用のおける人間に預けてあるのだろう。鮫島は思いついて訊ねた。

「奥山の友人で、背の高い、危そうな目つきをした男を知りませんか。ひょろっとした感じだというんですが」

「知ってますよ！　増添《ますぞえ》さんでしょう。いや、おっかない人ですよ」

「増添。増添、何というか知っていますか」

「いえ。なんか元自衛隊だとかいってました。奥山さんがボスなら、あの人は殺し屋ですよ。いつもへらーっとしてるんだけど、へらーっとしたまま、ナイフで相手の喉をかっさばいちゃいそうな、そんな雰囲気の人です」

「その人は何をやっているんですか」

「しばらく奥山さんの会社を手伝ってたけど、今はちがうようなことといってたな。名刺をもらいました。何だっけ――。そうだ、ゲーム喫茶だ。二四六号に面した三軒茶屋《さんげんぢゃや》のあたりでゲーム喫茶をやってるっていってました」

「店の名はわかりますか」

「今はわかんないすけど、家に帰れば――」

「じゃ連絡をいただけますか」

自衛隊にいたのなら、銃器を扱った経験もある。もし奥山が手もとに拳銃をおいていなければ、増添に預けている可能性は高い。

元カメラマンから知らされた名で、鮫島は三軒茶屋のゲーム喫茶を割りだした。同時に増添のフルネームと経歴も判明した。

増添の下の名前は康二《こうじ》。二十八歳で、確かに自衛隊に所属していた経歴がある。十七で入隊し、二十二までいたが、喧嘩で相手に重傷を負わせ除隊した。

表にでた増添の暴力事実はそれだけだが、調べていくと増添の周辺では、奇妙な暴力事件があいついで起こっていることが判明した。

まず増添が奥山カンパニーにいた時代、撮影現場で増添を邪魔者扱いしたテレビ局員が何日か後、正体不明の暴漢に襲われ重傷を負っている。酔って酒場からでてきたところを襲われ、財布や腕時計を奪われたので、流しの強盗の犯行と所轄署では考えられていた。

またさかのぼって四年前、奥山の率いるチーマーグループと平出組が対立したときに、平出組にとりいって、売人を奥山から自分の束ねるグループに任させようと画策した十九歳の少年がいた。増添がその少年とふたりきりで会っているところを目撃された二日後、少年はバイクの事故で下半身不随になった。警察の取調べに対し、少年は事故は自爆だったと述べたが、当日増添の乗った車が深夜の国道二四六号で少年のバイクを追い回しているのを見た、という者がいた。

さらに一年前には、増添は吉祥寺で暴力団のチンピラ二人を相手の立ち回りを演じ、ひとりを失明させ、ひとりを骨折させている。この事件では、喧嘩を売ったのがチンピラ側ということもあって「過剰防衛」となったが、起訴はされていない。

増添と奥山がどういったいきさつで知りあったかは不明だが、奥山にとり増添が「切り札」の役割を果たしていることはまちがいない、と鮫島は思った。奥山が暴力団を恐れないとうそぶくのも、増添の存在があるからだろう。

年齢は奥山が下だが、ボディガードであり、殺し屋を演じているのは、増添の方だった。


増添の自宅は世田谷区の太子堂《たいしどう》四丁目だった。奥山とちがい、住居や車にあまり興味をもたないタイプらしい増添は、家賃十一万のアパートに住み、国産の二千ccクラスのセダンを近くの月極駐車場においている。

鮫島が増添を監視し始めて三日目、増添は車に乗りこみ、用賀《ようが》から東名高速道路にあがった。店の定休日である、月曜の早朝だった。

鮫島はBMWで尾行を開始した。平出組と前岡に再度首輪をかけ、真実をひきだすためには、奥山、あるいは増添が、平出組から依頼された「殺人」の内容をつきとめなければならない。そのためには遠回りでも、増添の犯罪を実証する必要があった。

増添の乗った車は、秦野中井《はだのなかい》インターチェンジで東名高速を降りた。同乗者はおらず、増添は、黒のアタッシェケースをひとつ車にもちこんだだけだった。

高速をでた増添の車は県道を北上し、秦野市内を走り抜けた。そのままさらに北上し、丹沢《たんざわ》山《さん》の方角へ登っていく。

地図によれば県道は清川村《きよかわ》を通って津久井町《つくいまち》の方角へと向かう。途中、丹沢山系へと分け入る林道が何本か枝分かれしていた。

増添は尾行を警戒したり気づいたようすも見せず、県道を飛ばしていた。

やがて清川村方面へと分かれる道のところで、県道をいかず林道へと進入した。地図によればその林道は、丹沢の頂上より手前で行き止まりになっている。

鮫島は車で林道に入るのを断念した。ただでさえ車の通行量が乏しいのに、行き止まりの道をついていけば、尾行していると明かすようなものだ。

県道の、路肩が広くなっている場所にBMWを駐車し、徒歩であとを追うことにした。林道は全長が約三キロ足らずだし、曲がりくねっているのでさほどスピードもだせない筈だ。

鮫島は武装をしていなかった。逮捕に向かうわけではないし、監視に拳銃は不要だと考えたのだ。

万一を考え、車内にあった特殊警棒だけは身につけた。増添はともかく、イノシシとでくわす可能性がないでもない。

道は急斜面で、しかも折れ曲がっていた。鮫島はスーツでなくてよかったと思った。ジーンズにスポーツシューズ、皮のブルゾンを着けている。スーツ姿に皮靴でこんな林道をとぼとぼと歩いていたら、自殺する場所を捜しにきた破産者のように見えただろう。

林道は通行車が決して少なくはないのか、比較的整備されている。

二十分かけ、約一キロほどいったあたりだった。前方の山あいから、「パン、パン」という乾いた音が聞こえてきた。音は反響し、空に吸いこまれていく。曇っていて、湿度の高い日だった。

鮫島は足を止めた。銃声であることは疑いようがなかった。問題は、それがハンターの猟銃によるものか、別の銃によるものなのかだ。

さらに十分ほど進んだ。ヘアピン様のカーブを曲がったとたん、林道のふくらみに止められた増添の車が目に入った。

車内に人影はない。鮫島は注意しながら車に近づいた。車はエンジンを切って、ドアがロックされている。車内に荷物は残されていなかった。

あたりを鮫島は見回した。尾根伝いを走っている林道に、急斜面へとつながるけもの道のような側道があった。ところどころ木立ちにさえぎられてはいるが、かなり下まで降りられるようだ。

鮫島は側道のつながった林道の切れ目に歩みよった。土と小石が混じりあい、高さ十センチほどの草がのびている。しかし明らかに、そこは道だった。密生している樹木の枝につかまりながらなら、麓《ふもと》まで降りていくことができる。

銃声は二発を聞いたところで止んでいた。

鮫島は降りていくかどうかを迷った。降りていったとして、その下の地形がどうなっているかわからない。下り斜面で勢いをつけ、木立ちからとびだしてみたら、増添の鼻先だったということは充分にありうる。しかも増添は銃をもっているかもしれず、鮫島が刑事で、ひとりだとわかれば、使うのをためらうとは思えなかった。

せめて自分が拳銃を携帯していれば、と鮫島は思った。

しかし一方で、こんな丹沢山の奥深くで新宿署刑事が銃撃戦を演じれば、神奈川県警は激怒するにちがいなかった。

「おい」

そのとき、不意に背後から声をかけられ、鮫島は凍りついた。いつ山を登ってきて、いつ背後に回りこまれたか、気配にすらまったく気づかなかった。

ふりむくと、増添が表情のないどんよりとした目で鮫島を見つめていた。五メートルほど離れている。

「何やってんだ、お前」

口の端で喋っているような聞きとりにくい声で増添はいった。

「ずっと俺のあとを尾けてたろう――」

鮫島は懸命に頭をめぐらせながら、無言で増添を見返した。増添は縦ストライプの入ったボタンダウンのシャツにジーンズをはき、薄いスイングトップを羽織っていた。前のファスナーは開いていたが、拳銃の存在をうかがわせるようなふくらみはない。

「返事しろよ」

増添はさらにいった。答えない鮫島に対して、怒りや苛立ちを感じさせる口調ではない。だが油断はできなかった。サウナのボーイや元カメラマンの話通り、ぼんやりとしたとらえどころのない表情を浮かべていながら、次の瞬間には平気で相手を傷つけかねない剣呑《けんのん》さを秘めている。自分以外の人間の苦痛や死に対し、まるで関心を払わないタイプだ。

「――頼まれたんですよ」

鮫島はいった。増添はわずかに首を傾けた。

「誰に」

「前岡さん」

増添の表情は変化しなかった。

「何を」

鮫島は唇をなめた。

「前岡さんが心配しているんです。奥山さんと増添さんがチャカもってるって噂があって……。もしその件でパクられたらマズいことになるから、と――」

増添に信じたようすはなかった。が、いった。

「平出組か、お前」

鮫島は小さく頷いた。

「俺らがパクられたら、なんで平出組が困る?」

増添はゆらゆらと体を動かした。鮫島は首をふった。

「知りません、そんなことは。前岡さんは何も話してくれなかったんで。ただ、増添さんがチャカもってるかもしれないんで、それを確かめてこい、と」

増添はわずかに胸をそらし、両手をジーンズのヒップポケットにさしこんだ。

「もってたらどうするんだ。お前がとりあげんのか」

「報告するだけです」

増添は鮫島を見つめた。

「――もってねえよ」

増添はやがていった。鮫島は頷いた。

「そう、いいます」

増添は瞬きもせず、鮫島を見つづけている。

「――いっていいですか」

鮫島はいった。増添は返事をしなかった。

「いいですか」

鮫島はもう一度訊ねた。増添はかすかに顎を動かした。

鮫島は増添の方を向いたまま、一歩後退した。増添には背中を見せられない、と感じていた。背中を見せた瞬間、何かをしかけてくる予感があった。

増添は動かなかった。両手をうしろに回したまま、無表情に目だけを動かして鮫島の動きを追っている。

自分の嘘を増添が信じたとは、鮫島にはまるで思えなかった。目の前にいるこの男は、噂通りの危険な〝殺し屋〟で、正体のわからない鮫島を始末する気でいるようにしか見えない。しかしそれをいつしかけてくるのか、まったく悟らせないのが無気味だった。

鮫島はさらに一歩退《さが》った。増添は反応を見せなかった。が、鮫島の目が増添の体を離れ、林道の切れ目を見たとき、素早く動いた。

そこは、最初鮫島が、増添が降りていったのではないかと考えたけもの道だった。下りの急斜面で、木の枝やのびた草につかまらなければ転がらずに降りていくのはほとんど不可能に思えた道だ。

増添の動く気配に鮫島の目はひき戻された。増添の右手が、スイングトップの下、ジーンズのほぼ背骨の位置から、黒いかたまりをひき抜くのが見えた。

その瞬間、鮫島は迷わず斜面に身を躍らせた。

威嚇《いかく》も予告もなかった。至近距離の増添の手もとで轟音《ごうおん》があがり、鮫島の胃は恐怖で縮んだ。増添はいきなり撃ってきたのだ。

銃弾はわずかに鮫島をそれ、林の中に吸いこまれた。

鮫島はつんのめるようにして着地し、目前の太い松の幹に肩を打ちつけた。うっと息が詰まったが、そのせいで転ばずにすんだ。両手で松の幹を抱き、体勢をたてなおしたとき、二発目の銃弾が襲った。

抱いていた松の幹がぱっと弾け、木の破片がとび散った。鮫島は首をすくめ、松の裏側に回った。足が滑り、手を離すと、さらに下に生えている松の幹にかろうじてしがみついた。

三発目の銃声が鳴った。最初に抱いた松の、一番下の枝が根もとから数センチの位置で折れ飛んだ。耳に残る唸《うな》りをたて、銃弾は鮫島の頭上を抜けていった。

鮫島は二番目の松も離し、斜面の下に向け、走りだした。足もとは落ち葉がいく重にも重なったぐずぐずの腐葉土だった。踏んばろうとするとかえって靴底が滑る。今は、だが立ち止まるよりも、転がってでも下に逃れなければならない。

四発目の銃弾は、鮫島が手をかけた椎《しい》の木に命中した。一瞬早く手を離したため当たらずにすんだが、それでも指先に強く弾かれたような痛みが走った。

増添の射撃は、木立ちに遮《さえぎ》られていることを考えると、恐しく巧みだった。そして声をあげることもせず、次々に弾丸を放ってくるのは、確実に鮫島を仕止める意志の表われであるように思えた。

恐怖に鮫島の全身は冷たくなり、汗が噴きでていた。

増添に急いで追ってくるようすはなかった。このけもの道がどこに通じているかを知りつくしていて、先回りをするか、鮫島を待ち伏せできると確信しているのかもしれない。

鮫島はわざとけもの道を外れた雑木林の斜面を駆け下っていった。斜度はところどころ急になり、足が体を支えきれず、転がっては木の幹につかまって起きることもあった。

どれほど下ったかはわからず、ふと立ち止まって頭上を見あげると、林道は木立ちに遮られてまったく見えなくなっていた。

鮫島は斜面から上方に向け梢《こずえ》をのばした橅《ぶな》の幹に背を預け、ほっとため息をもらした。林道から垂直で三十メートル近くは下っただろう。斜面はさらに下までつづいていて、降りきった場所は谷底のような地形になっているように思われた。

濃い緑と土の匂いが鼻をついた。額から流れでた汗が眼にしみた。こめかみや顎の先も汗が伝い流れている。

からからに渇ききった喉に苦労して唾《つば》を送りこんだ。

増添から逃れられたという自信はなかった。木立ちの中は静かで動くものもなかったが、それでも鮫島の恐怖は消えなかった。

汗をぬぐい、橅の幹から下に落ちないようバランスをとりながら、鮫島は呼吸を整えた。本当に間一髪だった。増添に対し警戒を解いていたら、今頃自分は死体となってこの斜面を蹴り落とされていたろう。

増添は結局、最初から鮫島を殺す気であったにちがいない。話しかけたのは、殺す前に少しでも情報をとろうとしたからで、鮫島が平出組の組員だろうが刑事だろうが、引き金をひくのに躊躇《ちゅうちょ》はなかったろう。

呼吸が少しおさまると、鮫島は耳をすませた。心臓はまだ、口から鼓動が洩れ聞こえるのではないかと思うほど激しく動いている。だがそれは肉体ではなく心の影響だった。

増添はあきらめただろうか。明らかに増添は、人間に対し銃を使った経験がある。しかも発砲が闇雲な乱射ではなかった以上、銃弾が鮫島に命中していないこともわかっている筈だ。

問題は、増添が鮫島を生かしておいては絶対にマズいと判断するかどうかだ。前岡の名を聞いて、平出組がすんなり口をついたことは、増添と前岡の関係を証明している。殺す以上は知られてもかまわないと考えていたのだ。

鮫島はブルゾンの懐ろを探った。携帯電話をとりだす。いきなり鳴りださぬよう、電源を切っていたが、電源を入れてみても役に立たないことがわかった。送受信が不可能な、「圏外」の文字が液晶盤に浮かんでいる。

携帯電話を戻し、ジーンズのベルトに留《と》めた特殊警棒のケースに手をのばした。

だが離れた位置から狙撃《そげき》してくる相手には何の役も立たない。その上、片手を塞いでは下に降りるのにも支障がある。

増添が降りてこないのは、鮫島をあきらめたからではなく、斜面では正確な射撃がおぼつかないのと、反撃をうける可能性を考えたからだろう。

冷静になって増添のでかたを考えなければならない。増添は、鮫島に対し、圧倒的な優位にいる。

鮫島が斜面を登ってくれば、木の動きや物音でそうと気づけるし、ここにいくら隠れていても鮫島は救いを求められない。

鮫島は腕時計を見た。まだ午前九時を回ったばかりだった。

増添は、自分が駆け降りたけもの道の入口で待っているだろうか。そこにいれば、下からあがってくる車の音にも気づくし、拳銃をその乗員に見られずにもすむ。

だが実際に増添がそうしたように、鮫島はけもの道以外のルートで林道まで登ることも可能だ。そうなったら増添から逃れられるかもしれない。

車だ。鮫島は気づいた。増添は鮫島の尾行を知っていた。鮫島の車が林道の手前のどこかに止められていると、増添は気づいている。つまりそこで待っていれば、鮫島が必ず戻ってくることを知っているのだ。

鮫島は深呼吸した。喉の奥で息が震えた。

ＢＭＷを捨てない限り、増添からは逃れられない。

だがもし増添がＢＭＷの窓を壊し、中のものを調べれば、鮫島が警察官であることはすぐにわかる。車内には、新宿署駐車場用のステッカーや現場で身につける腕章などがおいてあるのだ。

鮫島を刑事だと見破れば、増添は決して逃さないだろう。鮫島を殺さない限り、自分が破滅する。

鮫島は首を巡らせた。林道の入口の方角まで、この斜面を戻っていく方法はあるだろうか。入口までは林道を使って約三十分。二キロ強だろう。道が斜面にあるかどうかはまったくわからない。

上に登り、林道のすぐ下までいって横に移動するのが確実なルートだった。しかしそこに増添が待ちかまえていたら、万事休すだ。

鮫島は今の場所から横に移動することにした。幸い、密生している木立ちと高低差のおかげで、この位置なら横に移動しても、林道から下を見おろす増添に見とがめられる心配はない。またかりに見とがめられても、銃弾が林道から届く心配はなかった。

鮫島は身を預けていた橅の幹にすがり、ぶら下がるようにして、急斜面に足をおろした。水平方向に移動するのはもちろん不可能だ。盛りあがった樹木の根や幹などにつかまりながら、ジグザグに動く他ない。

喉が激しく渇いていた。動くと汗が再び噴きでてくる。暑さに対する反応だけではない。恐怖が水分となって体の外まで押しだされているのだ。

両手と両足の爪先《つまさき》を使いながら鮫島は、林道の入口方向に移動していった。斜面を上方、あるいは下方に登ったり降りたりしながら、戻っていく。

ところどころ木立ちが密生しすぎていて、くぐり抜けられないところもある。大きな木が枝を張り、葉を繁《しげ》らせると、その下で陽のあたらなくなった灌木《かんぼく》は立ち枯れてしまう。それらが太い幹と幹のあいだを塞いでいて、身をどうよじってもくぐり抜けることのかなわない檻《おり》を形成しているのだった。またそうした灌木の枝を手がかりと思ってつかむと、ぽきりと折れて、バランスを崩し、転げ落ちてしまうこともあった。

鮫島は泥と汗、落ち葉にまみれながら、斜面を伝っていった。

一時間ほどそうして進んだとき、不意に目の前が開けた。前方が切りたった崖《がけ》になっている。ヘアピンカーブの手前にさしかかったのだ。斜面が急角度で折れ曲がっており、ちょうどその角の部分には、つかまるような木も生えていない。反対側に進むには、上に登るか、さらに下に降りて山肌が緩やかになっている場所をいく他なかった。

鮫島は上方を見あげた。斜め上、五十メートルほど先に、ヘアピンカーブの路肩にだけ設置されたガードレールの白いポストが確認できた。木立ちのすきまから、かろうじてのぞいている。

ガードレールの数メートル下は、人間が伝っていけるほどのふくらみがあって、雑草がのびているようだ。

鮫島は下に目を向けた。露出した巨岩とそれをおおうような松の木立ちがあった。さらに下は濃い緑に呑まれてうかがえない。ヘアピンカーブを回りこむためには、かなり下、もう五十メートルか、あるいはもっと下まで降りていかなければならないようだ。しかし降りていったとして、見えているあの岩が、ずっとカーブの向こう側にまでつづいていたら、上に登ることは不可能だ。

ロッククライミングの装備があるか、フリークライミングの達人でもない限り、あの岩肌をよじ登ることはできない。しかもよじ登っている間は、頭上からその姿はまる見えだ。

鮫島は覚悟を決め、上によじ登り始めた。可能な限り、車道から下に離れた場所で、山肌を反対側に回りこむ他ない。

もしそこに増添が待ちかまえていたら、再び元の方向へ戻るのだ。銃弾を受けずにすめば。

用心して、体重で揺らぎそうな細い枝は選ばず、なるべく太い幹だけをつかみ、鮫島はよじ登っていった。太いと、表面がそれだけなめらかで、手がかりがない。いくどか手をすべらせ、登ったのと同じかそれ以上の距離をずり落ちた。爪と肉の間には木の皮が詰まり、棘《とげ》のように刺さった樹皮が痛みと出血をもたらした。

横移動にかけた以上の時間を使って、鮫島は上に登っていった。がむしゃらに登っていては、物音や気配が、上で待ちかまえているかもしれない増添に届いてしまう。ブルゾンの下のシャツは汗で肌にはりつき、ブルゾンの裏張りにまで汗がしみた。

ガードレールまで、五メートルの高さのところへよじ登ったとき、鮫島は斜面にはりつくように体を伏せた。付近に生えているのは、ほんの二、三メートルほどの高さしかない灌木ばかりで、枝が細く、葉もまばらで、目隠しとしては役に立たぬものばかりだった。そのあたりから斜面は急角度になっていて、横移動はほとんど不可能だった。ま上に登り、ガードレールの下のふくらみを移動する他ない。

鮫島は首だけをもたげ、ガードレール周辺の気配をうかがった。足音や人の身じろぎ、靴底が地面に擦れるジャリッという音がしないか、全身の神経をとぎすませて感じとろうとした。何の物音もせず、人の気配も感じられなかった。鮫島は両足の爪先を斜面に立て、胸の位置まで膝をもちあげた。そして可能な限り素早く、斜面をよじ登った。

ほんの数十秒が何分にも感じられた。ガードレールの下のふくらみに達すると、あたりを見回した。

そこはヘアピンカーブを林道の入口の方角から回りこんですぐの位置だった。ちょうど歩いてきた鮫島が増添の車に目をとめたあたりだ。

が、増添の車は、カーブの先、林道の路肩にはなかった。

走り去ったのか。消えた増添の車に、鮫島は、ほっと気が緩むのを感じた。

増添は、いつまでも登ってこない鮫島に、しびれを切らしたか、平出組の組員が相手ならこのていどの警告で充分だと判断して、走り去ったのかもしれない。

鮫島は、頭上にあるガードレールまで登り、それをまたぎ越えて、林道に戻りたいという誘惑にかられた。

だが、まだ気を許すわけにはいかなかった。走り去ったと見せかけて、鮫島をおびきだすための罠かもしれない。

鮫島はふくらみの上をかがんだ姿勢で先に進んだ。カーブのせりだした部分を回りこみ、反対側に達する。

カーブが終わり、ガードレールがなくなる位置で、斜面のふくらみも姿を消していた。

鮫島は再び斜面を下り、木立ちの中に入った。ただし今度は、三十メートルも下ることはなく、七、八メートル前後を降りただけにとどめた。

林道の入口まで、ずっと斜面はつづいていた。鮫島は頭上を警戒しながら、斜面を横に移動していった。心の中で、増添がもう立ち去っていることを期待した。

三十分ほど移動したところで、太い松の幹の裏側で鮫島はかがみ、休息をとった。携帯電話を試してみたが、「圏外」の表示は消えない。

煙草が吸いたかったし、喉の渇きはさらにひどくなっていた。それらをこらえるため、鮫島は指の爪と肉のあいだに刺さった棘や樹皮を歯をくいしばって抜いた。

林道の入口、鮫島が車を止めた場所までは、林道上で、あと四、五百メートルといったところだった。林道に駆けあがり、歩いていけば、十分とはかからない。

しかしそうして歩いていった先に、銃をかまえた増添が待っていたらどうなる。

鮫島は拳銃を装備してこなかったことを後悔していた。

後悔を胸に押しこめ、心と体に笞《むち》を打って鮫島は再び斜面を伝い始めた。林道の入口方向へ戻るほど、木立ちの木は一本一本が太くなり、身を隠すのに好都合であることが唯一の救いだった。

はっきり林道の入口の下だとわかる場所までくると、鮫島はもう一度休息をとった。

ここから先は賭《か》けだった。登っていって、もし増添が待ちかまえていたら、撃たれるのを覚悟で闘うか、谷底まで逃げ下り、夜になるのを待つ他ない。

太陽はでていないが、ほぼ中天にさしかかる時刻だった。

休息を終えると、掌をジーンズの生地でぬぐった。自分にある得物は、皮ケースに入れた特殊警棒だけだ。もし増添と闘うなら、それが届くまでの距離に近づかなければならない。

林道の終点は、県道と接している。鮫島は、県道の山側の位置にBMWを止めていた。

鮫島は斜面を登った。足音をたてず、木の枝を揺らすこともしないよう、息を殺し慎重によじ登った。

県道から枝分かれした林道の、分かれてすぐ下の位置まで達すると、鮫島は足を止めた。耳もとを小さな羽虫の群れが飛びかっていた。汗でべたついた首すじにとまるのが感じられた。音をたてないように手でぬぐう。

林道のさらに斜め上を、登り勾配《こうばい》の県道が走っていた。県道の谷側にはガードレールが設置されている。

ＢＭＷまでは直線で、もう二十メートルと離れていない。

斜面を一気に駆け登り、林道と県道を斜めにつき切って、ＢＭＷに走り寄りたかった。

だがそれはパニックに近い行動だ。鮫島は口を開き、音をたてないよう深呼吸した。

今、鮫島がいるのは、県道から枝分かれした林道を十メートルと進まない位置のま下にある斜面だった。

林道の路肩がすぐ上に見えている。太い松の幹の陰に立って、鮫島はようすをうかがっているのだった。

鮫島は林道の路面の高さまでゆっくりよじ登ると、目だけをのぞかせ、あたりをうかがった。

まず目にとびこんだのは、自分のＢＭＷだった。ひっそりと、主の帰りを待つ獣《けもの》のように、道路わきのスペースに止まっている。窓ガラスやドアが破られたり開いたりしたようすはない。

鮫島はほっと息を洩らした。林道と県道の、目に入る範囲に人がいる気配はなかった。

増添は走り去ったのだ。

林道にあがろうと考え、鮫島は額の汗をぬぐった。路肩に両手をかけ、体をもちあげようとして凍りついた。

淡い煙がＢＭＷの屋根のあたりを漂っていた。目の錯覚かと瞬きしたが、煙は消えない。

鮫島は再び斜面に身を伏せた。

煙は本当に淡く、薄い色をしていて、無風でしかもちょうどＢＭＷの背景に暗い色の粘土質の斜面がなければ気づかなかったろう。

それが何であるかは、考えるまでもなかった。煙草だ。

増添がＢＭＷの陰に隠れ、鮫島が現われるのを待ちかまえている。もし煙草の煙に目をとめなければ、鮫島はのこのこと歩みよっていくところだった。

増添は鮫島の足音を聞いてから立ちあがり、おもむろに射殺すればすむ。

煙草は待ち伏せ中の人間としてはミスだろう。だが偶然に目にとまらぬ限り、よほど近づかなくては気づけない。

鮫島は息を殺し、ＢＭＷの周辺を見つめた。増添はぴったりとＢＭＷの裏側に身を隠していた。ＢＭＷと県道の山側斜面とのすきまは五十センチとなかった筈だ。そのすきまに身を隠してまで、鮫島を殺そうと待ちうける増添の執念に、戦慄を感じた。

増添は自分の車を、県道の先に隠しているのだろう。県道は、鮫島がＢＭＷを止めた位置から左に急カーブして登っている。林道は、ちょうどカーブの直前から鋭角に枝分かれしているのだ。

鮫島は県道の下にある斜面に目を向け、唇をかんだ。県道の下斜面は、落石防止のためか、コンクリートで補強工事が施されている。今まで通ってきた林道下の斜面のようには伝っていけない。

つまり鮫島はここでずっと隠れているか、県道にあがる他ないのだ。増添は、鮫島の姿が絶対に視界に入る位置で待ちかまえている。

林道を戻り、救いを求める方法はないか、鮫島は考えをめぐらせた。だが林道が三キロ先で行き止まりになっていることは地図で確認ずみだ。民家も当然ない。

そのとき、県道の下からエンジン音が聞こえた。清川村方面へと向かう登り道を、若者が運転するRV車が走り過ぎていった。止まっているBMWに注意を払ったようすはない。県道を走る車はたまにいるだろうが、行き止まりとわかっている林道に進入する車は、週末でもない限りいないだろうと鮫島は思った。

袋小路だった。どうすればよいのか。

増添が立ち去るのをあくまで待つか、それとも何とか増添に反撃し、逮捕する方法を考えるか。

反撃はしかし無謀だった。林道にあがればBMWまでの十数メートルは、何の遮蔽物《しゃへいぶつ》もない空間だ。いかに速く走ろうと、拳銃を手にした増添に一発も被弾せず襲いかかれるとは思えない。増添が拳銃の扱いに習熟していることは、身をもって体験している。

上か下からやってくる車を盾にしたら――一瞬その考えが鮫島の頭に浮かんだ。が、すぐに打ち消した。

鮫島が林道にあがれる場所とBMWは、斜めの位置関係にある。よほど巨大なトラックでも通らない限り、走るたった一台の車が鮫島の姿を隠すのは、一秒にも満たない。しかも運転者の習性として、路肩に人がとびだせばブレーキを踏むだろうし、クラクションを鳴らすこともありうる。それでは鮫島の出現を増添に警告するようなものだ。

車が鮫島の姿を隠してくれるとすれば、せいぜい細い林道を反対側に渡るまでの一瞬だろう。だが林道を渡ったところでその先は、県道下の斜面だ。コンクリートの補強工事は林道までだから、左カーブの下を回りこんで上にいくことは可能だが、それをしてもたぶんカーブの最もふくらんだ部分から先は、横移動は不可能な状態だろう。今の位置からははっきりとは見えないが斜面の補強工事は、カーブの先も施されているにちがいない。

だが死角の先だったら――鮫島の頭にその考えが浮かんだ。

BMWは、急な左カーブの内側にある。県道は山の外周をらせん状に登っている。したがってBMWの陰からは、カーブのある地点から先が、背後の山に遮られて視界の外になる。そこまで県道の下斜面をいけば、増添に見とがめられる心配なく、県道を横断することはできる。

それからどうするのか。通りかかった車に乗せてもらい、救援を呼ぶ。車がこなければ、県道を延々と登りつづけることになるだろう。ただし下りの車に乗せてもらうわけにはいかない。近づいてくる車には、増添は注意を向けるだろう。鮫島が乗っているとわかれば、追ってきて運転者もろとも射殺しようとする可能性がある。下りの車が通りかかったら、無理にでもUターンさせる他ない。

一方で、もし救援を呼ぶあいだに増添が逃走したらという不安も生まれていた。増添はただちに奥山と前岡に危険を知らせるだろう。前岡はともかく、奥山は姿を消す。二人のどちらかをおさえない限り、前岡—平出組の尻尾をつかむことはできない。

鮫島は林道の路肩からBMWをのぞいた。増添が車の陰から姿を現わすようすはない。BMWの背後は、二メートルほどが粘土質の切りたった崖で、その上に雑木林がある。崖はちょうど道路を通すために削りとられた山肌の部分にあたるようだ。雑木林を回りこむ形で県道は左カーブを描き、登り坂を作っていた。

鮫島の頭にある考えが閃《ひらめ》いた。危険ではあるが、県道をよこぎるよりは、はるかに増添に気づかれることなく近づける手段だ。

その考えを実行に移すためには、上からでも下からでもいい、車が通ることがまず必要だった。BMWの陰から林道の入口をうかがっている増添の目をそらせてくれる材料だ。

鮫島はじれったい思いで、やってくる車を待った。気づくと、時刻は二時を回っていた。増添の忍耐にも驚くべきものがある。復讐《ふくしゅう》でもない殺人に、これほどの執念を抱けるとは。

午後二時四十分に、期待の車が現われた。今度は、県道を上から下ってくる乗用車だった。上からくるのは、尚《なお》さら好都合だ。接近を、増添より早く視認できるし、増添の目が林道の反対方向に注がれることになる。

車は軽自動車で、運転しているのは近隣の主婦と覚しい女性だった。

軽自動車が林道の入口にさしかかった瞬間、鮫島は行動を起こした。

林道の路肩に体をひきあげると、大またで走って林道の反対側、県道との境の三角地帯に走りこむ。そこは木は生えていないが、高い雑草が繁殖していた。県道とは五十センチていどの高低差があり、先にいくにしたがってその差は大きくなっている。

県道下に鮫島はぴったりと体を押しつけ、しゃがんだ。三角地帯は、ほぼ平らだったが、カーブのふくらんだ部分のあたりで補強工事された防護壁がたちはだかっている。その防護壁をよじ登れば、県道にでても、ＢＭＷの陰からは死角にあたる筈だ。

防護壁からは、地下水を抜くためかビニール管が何本かつきでていた。それとコンクリートの下に埋まった石のふくらみを足場にすれば、よじ登ることはさほど難しくはないだろう。

県道下の高低差に身を隠す形で、鮫島はカーブの外周部を回りこんだ。三角地帯がとぎれたところで、防護壁にとりついた。林道の周辺とちがって、県道の外周部は切りたった防護壁と、そのはるか下に植林されたと覚しい杉林しかない。杉林は、防護壁を進んだ先で、高低差は十メートル以上ある。カーブのま下である以上、急激に切りたっているのだ。

防護壁の斜度はかなり急だったが、崩れやすい腐葉土とちがい、ちょっとしたふくらみやでっぱりに爪先を預けることができる。

下を見ないようにしながら、鮫島は防護壁を伝い進んだ。

カーブの頂点を回りこみ、さらに二メートルほどをいった地点で、鮫島は県道の路肩から顔をのぞかせた。ＢＭＷの姿は、カーブの反対側に隠れ、見えなかった。路肩に体をひきあげ、立つと、わずかに屋根の一部が下方に見えた。カーブの手前と先で、二メートル以上の高低差があるようだ。

鮫島は県道を早足で渡った。カーブの反対側では、雑木林は路肩のすぐの位置まで接近している。落ち葉が路肩周辺部に積もっているほどだ。

鮫島は特殊警棒を皮ケースから引き抜いた。音をたてないよう、そっと引き伸ばす。そうして右手にもったまま、忍び足で雑木林に踏みこんだ。

心臓が再び爆発しそうなほど激しい鼓動を刻んだ。増添は、背後の、それも頭上にある雑木林から鮫島が反撃を加えてくると予測しているだろうか。

予測しえても、ま上から跳び降りてくる人間には銃口を簡単には向けられない。

雑木林は、日陰になりやすい位置のため、下が湿っていた。乾いていたら、落ち葉が音をたて、増添の注意を惹く結果になったろう。

カーブ内側のわずかに残された雑木林を鮫島は進んだ。奥行きは、ほんの七、八メートルしかない。つきあたった場所が、鮫島がBMWを止めた地点の上だ。

鮫島は息を止め、一歩一歩に細心の注意を払って進んだ。下にいる増添が鮫島の気配に気づけば、BMWの陰をとびだして、県道中央まで退り、銃弾を放ってくるだろう。そうなったら勝ち目はない。頭上からの奇襲のみが、鮫島に許された唯一の勝機だ。

雑木林の切れ目の一メートル手前で、鮫島は足を止めた。

煙草の匂いがした。増添が再び煙草を吸っているのだった。立ち昇る煙も見えた。

口を開き、呼吸を整えた。ここから先は躊躇は許されない。

目標はBMWの屋根と決めていた。路肩との細いすきまに着地するのは不可能だ。

鮫島は特殊警棒を顔の横にかざし、走った。喉の奥から、言葉にならない叫びが洩れた。

雑木林の切れ目から、BMWのボンネットめがけてとび降りた。車首を坂の上に向けて止まっているBMWの、ちょうど鼻先の陰にかがんでいる増添の姿があった。その頭が目に入り、驚愕の表情を浮かべた顔が上をふり仰いだときには、鮫島はBMWのボンネットに着地していた。

大きな音がした。増添が虚をつかれ、銃をもたげることなく立ちあがった。鮫島はボンネットの上から、その横顔を特殊警棒で払った。

ガツッという鈍い音と手応えがあって、増添は斜めに倒れた。ちょうど車と路肩のすきまにはさまる形だった。

鮫島はボンネットから降りると、増添の右手にとびついた。増添の手にあった拳銃は、さほどの抵抗なく、鮫島の手に移った。

増添は、鮫島の一撃で半ば昏倒《こんとう》していた。頬骨の上が切れ、血が流れている。

「立て」

鮫島はいって、荒々しく息を吐き、左手で増添の肩をつかんだ。増添が手にしていた拳銃は、ベレッタの軍用拳銃だった。米軍が制式銃として配備した九ミリ口径の大型だ。確か十五発の装弾数がある。

朦朧《もうろう》とした表情の増添をひきずり起こし、鮫島はうしろ手に手錠をかました。増添は手錠をかけられたまま、ボンネットの上に上体を倒し、呻《うめ》き声をあげた。

安堵《あんど》に鮫島は膝が砕けるのを感じた。路肩にしゃがみこみ、増添の顔を見あげた。震える指先で煙草をつかみだし、火をつける。

ふと見ると、BMWの左の前輪の下に増添が捨てたと覚しい、ま新しい吸い殻が落ちていた。

その数は五本。

そのうちの一本が、鮫島の命を救ったのだ。

21

拳銃不法所持と殺人未遂の現行犯で逮捕した増添を、鮫島はとりあえず神奈川県警察本部に連行することにした。

だがその前に鮫島は必要な情報を手に入れるつもりだった。神奈川県警にひき渡した増添の身柄が戻ってくるには、数日を要することになるからだ。

ボンネットのへこんだＢＭＷの後部席に増添を押しこみ、鮫島は訊問《じんもん》を開始した。意識がはっきりと戻った増添は、細めた目で鮫島を見つめている。

「増添康二だな」

身体検査で発見した財布の中の免許証を確認し、鮫島はいった。増添は無言だった。

「俺は新宿署の鮫島という。殺人未遂の現行犯でお前を逮捕した。それとこいつの不法所持でもだ」

膝の上においたベレッタを示した。

「――手が痛えよ」

増添がつぶやくようにいった。本当は頬の方がはるかに痛む筈なのに、少しでも反撃のチャンスを増やそうと考えているようだ。

「痛くしてるんだ。お前の撃った弾が当たったら、俺の痛みはそんなものじゃない」

「ありゃ、冗談でやったんだ。その証拠に、あんた生きてる」

増添はつらそうに頬を歪め、笑った。

「おもしろい冗談だな。よくそういう冗談をやるのか」

「何のことだ」

「お前が奥山と組んでやった殺しの一件だ」

「知らねえ」

「そりゃ妙だな。奥山は、受けたのは自分だが、やったのはお前だといっていた」

増添は無言で瞬きした。憎悪に濁っていた目が冷静になっていくのを鮫島は見てとった。

「何も知らねえよ」

「平出組の筋も割れてるんだ。前岡だ」

増添は黙っていた。

「いいのか、刑事に対する殺人未遂と別の殺しも背負《しょ》ったのじゃ、当分どころか、一生娑婆《しゃば》にでられないぞ。下手すりゃ、それきりだ」

増添の目が動いた。

「下手？」

「わからんのか。お前は前もある。終身刑より上の刑があるってことだ」

「――冗談じゃねえよ」

小声で吐きだした。

「ああ、冗談じゃない。だが撃たれたこっちも冗談じゃない」

「だから当たってねえだろ」

「当たってなくてもな、殺人未遂は充分、成立するんだ」

鮫島は増添の目を見ていった。増添の運命を握っているのが鮫島だとわからせる必要がある。

増添は沈黙し、やがて、

「──俺は殺しなんか背負わねえぞ」

と吐きだした。

「じゃあ何なら背負う」

「何も背負わねえ」

「奥山と前岡に全部背負わせるのか。二対一じゃ分が悪いぞ。それともお前の方が余分に貰ったか」

「知らねえっていってるだろうが」

「裁判所でもそういい張れよ。心証が悪くなるぞ」

増添は深々と息を吸いこんだ。やがて吐きだした。

「ありゃ喧嘩だよ」

「ほう？　どんな風に喧嘩だったんだ。もっと心証を悪くする気か」

「本当だ。相手が爺いだったから、いっちまっただけだ──」

「最初からだ。どこでどんな風な喧嘩をするよう、平出組に頼まれた？」

増添は鮫島を見つめた。鮫島がすべてを知った上で喋らそうとしているのか、それともカマをかけているのか、推しはかろうとしている目だった。鮫島がすべてを知っていて嘘をつこうとすれば、さらに自分の立場は悪くなる。

「平出組は関係ねえよ」

ささやくようにいった。

「そうかい、わかった」

断ち切るように鮫島はいった。

「あくまでも、お前の好きな冗談でいくというわけだ。わかった。あとは裁判所の先生に任せよう」

運転席に向き直り、エンジンを始動した。

「――待てよ、それで俺は死刑なのか」

「そんなことは俺の知ったことじゃない。俺はお前に殺されかけたと証言するだけだ」

鮫島はいいながら、ハンドルを切った。

「――百万だ」

「何？　聞こえないな」

「五百万もらった」

鮫島はブレーキを踏んだ。

「誰から」

「奥山だ。奴がいくらとったかは知らないが、でどこは平出組だ」

「で？」

「知ってんだろ」

「そうやって裁判官にもいうのか。上等だな」

「逗子の駅前で、爺さんひとり片したんだよ」

「そのときは拳銃を使わなかったのか」

「喧嘩で片すってことになっていたんだよ」

「話をもってきたのは前岡だろう。なんで平出組が、自分んとこの人間使わなかったんだ」

「奥山の話じゃ、ツトメいく若い奴がいないからじゃないかって……」

「前にもやったのか、平出からの仕事」

「やってねえよ。八月の一回きりだ」

八月。逗子駅前。その言葉を鮫島は脳裡《のうり》に刻んだ。逗子と聞いて、ひっかかるものがあったが、それが何かはわからなかった。

「奥山はそれでいくらとったと思う」

「さあ……。千か、千五百か」

かりに一千万としても、前岡は千五百万を払ったことになる。やくざが素人に千五百万もの金を払って殺しを依頼するのは妙な話だった。

「なんでお前らに頼んだんだ。中国人でも使えば、もっと安あがりなのに」

「知らねえ。確実にやりたかったのじゃねえか」

「確実にな」

鮫島はくり返した。これで前岡に嚙みつく材料を手に入れられたと思った。

22

増添が所持していたベレッタオートマチックの弾道検査の結果がでた。神奈川県警から手に入れたライフルマークの写真を藪に預け、鮫島は西新宿のホテルでプライド殺しに使われた銃弾との比較鑑定を頼んだのだった。

「結果はシロだ」

生活安全課に現われた藪はいった。

「たぶんそうだろうと思っていた」

鮫島は頷いた。平出組がプライド殺しに動く必然性はない。増添はまだ神奈川県警にいた。増添の身柄が戻るのを待たず、鮫島は奥山を逮捕するつもりだった。容疑は拳銃の不法所持か、その共犯である。殺人に関しては、逗子がその現場であることから、神奈川県警に預けるつもりだった。ただし該当する事件の資料については、神奈川県警から送られてくることになっている。警視庁の刑事が、殺人の容疑者をそっくり神奈川県警に〝進呈〟するのは異例のことで、県警捜査一課の担当者は半信半疑のようすだった。

「しかし、いい度胸だな。警棒一本で、チャカもった自衛隊崩れをパクるとは」

藪はにやつきながらいった。

「増添は空挺出身で、ナイフの方もかなり使えたらしいぞ」

「肝が縮んだよ。おまけに車までへこませちまった」

「車ですんでラッキーだと思うんだな。ところで、マホの新しい芝居のチケットが、来月売りだされるそうだ」

それを聞いて鮫島は息を吸った。マホの正体を知ったことを藪に話すべきだろうか。

「どうした？　もう興味がないのか」

「いや」

鮫島は首をふった。

「いきたいが暇があるかな」

同時に思いだしてもいた。マホこと杉田江見里は知りあいが逗子で殺された、といっていた。

「だからいったろう。暇は作っちまえと。がりがり仕事ばかりしないで」

「そうだな」

鮫島はぼんやりと頷いた。もし奥山と増添が請け負った殺人の被害者が杉田江見里の知人だとすれば、また彼女に会う機会を得られるかもしれない。

鮫島は藪の顔を見た。

「何だい？」

そのとき、桃井が立ちあがった。課専用のファックスが稼動を始めたのだった。

「いや」

鮫島は首をふった。

「君あてだ」

ファックス用紙を手にした桃井がいった。

「神奈川ですか」

「そう」

「神奈川？　例の件か」

藪が訊ねた。

「増添は逗子で殺しをやってるんだ」

「あの銃でか」

「ちがうな。これによると撲殺となっている。凶器は拳と足だ」

老眼鏡で、送られてきた用紙を読みながら桃井がいった。

「素手か」

藪はつぶやいた。

「喧嘩に見せかけたんだ。マル害は何者です？」

「嶋瑛作《えいさく》。六十二歳。一色海岸にある『葉山軒』というホテルのオーナー社長だった」

「『葉山軒』なら知っている。海沿いにある、小さいがいいホテルだ。昔からあって、学生時代に何度か泊まりにいったことがあるぞ」

藪がいった。

「オーナーの嶋を知っていたのか」

鮫島は藪に向き直った。藪は首を傾げた。

「あれがそうだったのかな。背が高くて、朗々と響く声をした人がいた。俺らが悪ふざけをしていると、怒鳴るでもなく、だけどきっぱりとたしなめられてな。一本筋の通った親父さんという感じだった」

「たぶんその人物だろう。身長が一八二センチと記載されている」

桃井が鮫島に書類を手渡し、いった。

それによると嶋瑛作は、八月二十五日の深夜、逗子駅前にある馴染《なじみ》の料理店をでたところで通りかかった男たちと口論になり、二時間後、そこから二キロほど離れた森戸川《もりとがわ》の川原で死体となって発見された。目撃者の話では、酔っぱらいと覚しい二人組の男たちに絡まれているようすだったという。

「酔っぱらい同士の喧嘩だと思われていたようだ」

酒は飲まなかった——杉田江見里が被害者である知人をそう評したことを鮫島は思いだした。嶋瑛作の解剖報告を見た。死因は殴打による脳挫傷《のうざしょう》。飲酒を示す血中のアルコール濃度判定はネガティブになっている。

「マル害は酒を飲んでいません」

「喧嘩に見せかけて拉致《らち》し、別の場所で殺したあと、川原に放りだした、か」

桃井はいった。

「最近はスタンガンという便利な代物があるからな。騒がれる前にそれを使えば簡単だろう」

藪が鮫島の肩ごしに報告書をのぞきこんだ。

「問題はなぜ、平出組が葉山のホテルオーナーを殺したかだ。渋谷と葉山じゃ距離が離れすぎている。みかじめを巡るトラブルとはとても思えない」

鮫島はいって、桃井を見た。

「奥山はどうなっています？」

桃井が答えた。

「代々木の自宅をでて、広尾《ひろお》にある愛人のマンションに潜伏している。愛人はAV女優兼ストリッパーで、今は巡業のために大阪にいっているようだ」

増添を逮捕してすぐ、鮫島は桃井に奥山の監視を頼んだのだった。

「広尾には若い者を張りつかせてあるから、動けばすぐにわかる筈だ」

「神奈川が動く前に奴をひっぱります」

鮫島はいった。

「何の容疑で」

「銃刀法違反の重参《じゅうさん》で」

「物《ぶつ》がなければ難しくないか」

「奴はもっています。かりに今もっていないとしても、増添が所持していたベレッタの入手に関与している可能性は濃厚です」

桃井は頷いた。本来なら増添をおさえた時点でひと息に前岡を逮捕したかった。容疑は殺人の共同正犯だ。しかし前岡には警視庁の公安総務がついている。外濠《そとぼり》を完全に埋めてからでなければ、前岡に手をだしてもコカイン密売容疑のときと同じ結果がでるだけだ。

「前岡はそのあとか」

桃井はいった。

「今度は殺人です。証拠を固めてしまえば、公安総務も横槍《よこやり》を入れづらくなる。しかも殺しに関しては、警視庁ではなく神奈川県警の縄張りですからね」

神奈川県警が、増添――奥山――前岡とつながるラインをたぐりだしたら、警視庁もうかつには手をだせなくなる。

「だから増添を神奈川に預けたのか」

鮫島は頷いた。増添が逮捕されたことを知った前岡が立花を通じて情報を集めようとしても、ちがう自治体警察である以上、簡単にはいかない。

「仲が悪くて便利なこともあるってわけか」

藪がおかしそうにつぶやいた。警視庁と神奈川県警の関係は必ずしも良好とはいえない。

「わかった。奥山をかもう。ただし、この前のような立ち回りは駄目だ。防弾チョッキと拳銃は必ず装備していくんだ」

桃井はいった。

奥山健が潜伏しているのは、広尾三丁目にある高級マンションだった。バブルの時代には億のつく値で売買された建物だ。

鮫島は桃井とともに覆面パトカーで広尾に到着した。防弾チョッキと拳銃を装備している。マンションの周辺は、すでに応援を要請した所轄署パトカーで固められていた。

監視に入っていた畠山が二人を迎えた。

「マル被は？」

「部屋の中にずっといるようです。きのうから一歩もでていません。昨夜遅くに出前のピザをとっていますが、それ以外は出入りした人間はまったくおりません」

畠山は、鮫島と桃井が防弾チョッキを着けているのを見て、緊張した顔になった。

「付近住民は？」

「高級マンションなので、ワンフロアに三部屋しかありません。該当する四〇二号室は、左右にそれぞれ部屋がありますが、現在はどちらも外出していて、無人です」

「わかった。君らは入口を固めて、四階には誰もあげるな」

「了解しました」

鮫島は覆面パトカーを降り、マンションを見あげた。赤褐色のずんぐりとした造りで、高さは六階までしかない。窓は反対側の日赤医療センターの方を向いている。

鮫島と桃井は、畠山らとともにマンションの玄関に向かった。入口は二重のオートロック機構になっている。桃井が管理人に協力を要請し、内扉を開かせた。

「非常階段と窓の下にも人を配置しろ。くれぐれも受傷事故がないようにな」

応援の警察官が散った。桃井は管理人に向き直った。

「我々が安全だとお知らせするまでは、エレベータも止めておいて下さい。出入りする住人はこちらでストップします」

管理人は管理会社から派遣されたサラリーマンのようだった。

「わかりました」

といって、指示にしたがった。

鮫島と桃井は、管理人がエレベータの運行を停止するのを確認して、非常階段を使い四階にあがった。

奥山は増添が逮捕されたことを知っている。自分に捜査の手が及べば、すぐに前岡に知らせるだろう。前岡は立花に連絡する。鮫島はその先手を打ちたいと思っていた。

四階に到達した。ほのぐらい廊下には厚いカーペットがしかれ、物音は何も聞こえない。

鮫島は桃井に無言で頷くと、四〇二号室の扉の前に歩みよった。インターホンのボタンを押す。その扉を開けるマスターキィも管理人から預かっていた。

桃井がニューナンブを腰から抜いて、太股《ふともも》のわきに垂らした。

インターホンから返事はなかった。鮫島は再度インターホンのボタンを押した。

返事はない。

鮫島は桃井と目配せを交し、管理人から預かったマスターキィをとりだした。鍵穴にさしこむ。

電子ロックが外れる、かすかな音がした。ノブを握り、ゆっくりと押した。厚いスティールドアは少し開いたところで止まった。チェーンロックがかけられている。

鮫島は拳銃を手にした。

「ここを開けなさい、警察だ」

桃井がいった。

部屋の中から返事はなかった。

「開けない場合は壊して入ることになるがいいか!?」

鮫島は怒鳴った。二人とも用心してドアの前には立っていない。

「――警察が何の用だ!?」

部屋の奥から声が返ってきた。

「奥山だな。銃刀法違反の重要参考人として、すみやかにここを開け、我々と同行してもらいたい」

「逮捕状がないなら帰れよ」

「手間をかけるなよ。次にくるときは銃刀法違反だけじゃないぞ。増添はもううたっているんだ」

「何のことといってんだよ」

「逗子の殺しだ。お前らが平出組から請け負った件だ」

「知るか」

「チェーンロックを外せ」

「嫌だね。入ってきたら不法侵入で訴えてやるからな」

「なるほど。あくまで殺しをお前らで背負いたいってわけか」

奥山は黙った。鮫島は言葉をつづけた。

「増添はうたった。お前は逃げられないのに、こうして時間を稼いでいる。得するのは誰だ。今のうちに逃げちまえる奴だろうな。増添がうたった殺しの主犯はお前ってことになる。どうする？

いっておくが、ここで今我々がひきあげても、このマンションはびっしり警察が固めている。飢え死にするまで出られないぞ」

何か物が壊れる音がして、

「くそっ」

と叫び声があがった。

足音が近づいてきた。桃井が緊張した表情で拳銃をドアに向けた。ドアが荒々しく閉じられた。

一瞬後、チェーンロックが外され、ドアが開かれた。

裸にバスローブを着けた奥山が立っていた。

「弁護士、呼ばせろ」

奥山は鮫島の顔を見ていった。

23

予想もしなかった事態だ、と前岡はいった。が、予想もしなかったという言葉を使うこと自体、自らの無能を認めているようなものだ、と立花は思った。しょせん、やくざの頭などそていどのものなのだ。

「奥山と増添というのがひっぱられました。逗子の件を任せた連中です」

どうしても今すぐ会いたいといわれ、やむなく麹町の自宅マンションに深夜現われることを許した前岡の第一声だった。

「お宅の組員なのか」

「いえ」

立花の言葉に前岡は首をふった。

「もとはうちのシマでコカインの売《ばい》を束ねさせていたチーマーです。組に入れるよりは使いでがあるんで、好きにさせていたんですが……」

「そいつらに逗子の件をやらせたのか」

「若いのを使うようにいっていたんですが、どうやら自分たちでやったようです。それがどっからか洩れて、神奈川県警が動きました。まず増添というのがつかまって、今日の昼、奥山が新宿署にひっぱられました」

「新宿署?」

立花は顔をあげた。

「なぜ新宿署なんだ」

「弁護士の話じゃ、銃刀法の重参だってんですが、別件からめてるのじゃないかと」

「神奈川とは動きが別なのか」

「わかりません。先生の方で調べつきませんか」

立花は深々と息を吸いこんだ。厄介なことになった。

「どっちが頭なんだ」

「新宿にひっぱられた方です。奥山。二千ほど渡したんですが……」

前岡は小声でいった。

「態勢を整えるといった話はどうした。なぜそいつらを遠くにやらなかった」

「ことの起こりはブライドじゃないですか。あっちはコカインだし、逗子の件とは別だろうと思っていましたから。ちがうんですか」

前岡の目は血走っていた。無理もない、と立花は思った。直接手を下した人間がつかまれば、次は指示を下した者だ。

「今度も先生が助けてくれると信じていますよ」

前岡は半ば懇願、半ば脅迫するような口調でいった。立花は首をふった。

「いいか。殺人はドラッグとはわけがちがう。しかも神奈川と新宿とでは、まったく組織が別なんだ」

「じゃあどうすりゃいいんです」

前岡は悲鳴にも聞こえるような声でいった。立花は答えず、頭を働かせた。その二人がよほどの馬鹿でない限りは、殺しを依頼されたものとは認めない。殺人罪を適用されるのと、喧嘩の上での傷害致死とでは、刑罰がまるでちがってくるからだ。しかし取調べる方がハナから、これが依頼による殺人だとわかっていたら、状況はかなり悪い。二人いる容疑者のうち、片方が神奈川県警であるのに、もう片方、主犯格が新宿署にひっぱられているというのも不安の材料だった。

「ひっぱったのは、何という刑事だ」

「どっちですか」

「両方だ」

「神奈川の方はわかりません。新宿は、鮫島です。牧村を死ぬほど威かした野郎です」

やはりそうか。

「先生の方で奴をどかせませんか。野郎、俺のことを目の敵《かたき》にしているみたいです。会ったこともないってのに!」

目の敵にされているのはお前じゃない、そう怒鳴りつけたいのを立花はこらえた。鮫島の狙いは、自分と「桜井商事」との関係だ。

甘く見ていたかもしれない。鮫島がキャリア制度のはみだし者だということを考えれば、こうした公安のコネクションに牙をむいて嚙《か》みついてくることは予想できたろう。

鮫島に関する情報は「桜井商事」を通じて、いくらか入手できていた。それらを総合すれば、鮫島は、はみだし者どころか反逆者だった。新宿へとばされたのも、本庁内でこれ以上暴れさせないためという、上の畏怖《いふ》の表われだった。

鮫島がもし逗子の件の真相に気づいていたら、政治的な方法ではとうてい黙らせることはできないだろう。

立花は前岡を見た。

「すべては鮫島だろうな。警察官の中に、たまにいるのだ。異常に執念深くて、ある特定の被疑者をつけ回すタイプが。そういう人間は、対象が破滅するまで追及を緩めない。一般社会では、性格異常者の範疇《はんちゅう》に入るが、警察官としては優秀の評価をうける」

前岡の顔は白っぽくなった。

「ちょっと待って下さいよ。どうして先生はそんなことといってられるんです。だったら奴を、どっか遠くにトバしちまえばいいじゃないですか」

立花は深い吐息をついた。

「鮫島というのは、非常に特殊な立場にいる。おそらく警視庁内で、奴を知っていて、好いている人間はひとりもいないだろう。独善的で傲慢《ごうまん》な人物だという話だ。しかしそれでも奴は、ある特別のカードをもっている。はっきりいえば、奴の捜査を邪魔することはできても、奴自身をとり除くことはできないのだ。警視庁でも」

前岡の目を見つめた。前岡は瞬きした。

「それって……」

「考えろ」

前岡の言葉におおいかぶせるように立花はいった。前岡は喉仏を上下させた。

「逗子のときと同じ処理の仕方をしろってことですか」

立花は目をそらせた。

「時間はあまりない。奴がお前のところまで辿りついてからでは遅い」

「そんな」

「だが時間を稼ぐことはできる。いずれはお前のもとに現われるだろうが、遠回りさせるのは可能だ」

「先生がですか」

立花は頷いた。香田というキャリアが使えるだろう。鮫島と同期で、しかも嫌いあっているという噂だった。

前岡が鮫島の処理に失敗したときは自分が動く他はない――立花はそう決心していた。だがそのためには、ブライド殺しの犯人も含めて、すべての状況を透明にしておく必要がある。

ブライドを殺したのが誰であるか、立花はようやくわかったような気がしていた。

奥山は固かった。逗子駅前での殺しは認めず、その時刻には自分はよその場所にいたといい張っていた。奥山の求めに応じて現われた弁護士は、平出組ともつながっていて、弁護士を通じて取調べ状況が前岡に伝わるのは時間の問題だった。

鮫島は葉山に向かった。殺された嶋瑛作と平出組をつなぐものが何であるかをつきとめるのが目的だった。

24

嶋が経営していたホテル「葉山軒」は、一色海岸を見おろす高台にあった。高台といっても、海までは歩いていける距離だ。

一階はロビーとレストラン、二階から四階までが客室という造りになっている。古いが、手入れのゆき届いた建物で、小さいなりに伝統と風格を漂わせていた。

鮫島はロビーのソファで、池田という支配人に会った。池田はまだ三十を少しでたくらいで、小さいとはいえホテルの支配人を任されるには若過ぎるような気もした。それを鮫島が遠慮がちに口にすると、池田は素直に認めた。

「まったくその通りだと思います。ただ社長には身寄りがいらっしゃらなくて、後を継がれる方がおられなかったのと、よそから別の方をお呼びしたとして、常連のお客さまがお気に召して下さるかどうかわからない、ということもございまして……」

「嶋さんが亡くなられて経営権はどなたに？」

「社長の遺言状にあった方です。社長の古いお友だちのお子様で、小さな頃からよくここにいらしていたそうです」

「その人はここにこられるのですか」

「いいえ。すべて私どもにお任せいただいている状態です。私どもは経営報告を弁護士さんを通じてお渡しするだけで」

「嶋さんが亡くなったとき、売却とかそういう話はもちあがりませんでしたか」

池田は銀縁の眼鏡の奥で驚いたように目をみひらいた。

「いいえ、まったく。もともとこの土地も建物も嶋社長の持ち物でしたが、一度もそういう話は……」

鮫島はロビーの窓から見える海を見やった。海辺でこの立地条件を考えれば、バブルが弾けているとしても相当の資産価値がある筈だった。

「暴力団関係者のような人間がここにきたことはありますか」

池田は首をふった。

「いいえ、一度も」

「平出組という暴力団に心あたりは？　東京の渋谷を縄張りにしているのですが」

池田はこれにも首をふった。

「社長はそういった方がたをお嫌いで、一切お泊めになりませんでした」

「それでトラブルになったことは？」

宿泊を拒まれ、逆恨みされたというケースもある。

「ありません。もちろんこのあたりも、それらしい人がいなくもありませんが、うちは古いのでその辺は皆さんおわかりになっていたようです」

「ここの歴史はどれくらいなんです？」

「開業が一九七〇年ですから、もう二十五年以上になります」

「その頃、嶋さんは四十歳くらいですね。何をなさっておられたか聞いたことはありますか」

池田は首を傾げた。

「あまり昔話はしない人でした。いろいろな仕事をされたようなことは話していましたけど……。少し政治活動のようなこともしたとか」

「政治活動？」

「ええ。といっても全共闘とかそういう時代ではなくて、もっと前のことだそうです。そりゃそうですよね。社長が学生だったのは一九五〇年代ですから……」

「それ以降は？」

池田は口もとをほころばせた。

「それはもう、まったく。ただ大学のときのお仲間で志を貫いて政治家になられた方はいた、と聞いたことはあります」

「その人が誰だかわかりますか」

「いや。もう、亡くなられたとかで……」

鮫島は息を吐いた。

「嶋さんの遺書というのは、お読みになられました？」

「私あてのものは、はい」

「いくつも遺言状を残されたのでしょうか」

「ええ――たぶん。預けられた弁護士さんから配られたような形になりましたので」

「では亡くなられたときの準備は、かなり前からされていたのですね」

「それは……確かにそう思いました。社長は几帳面な方でしたし」

鮫島はふと思いついて訊ねた。

「立花という名前に、心あたりはおありですか。立花道夫」

「いいえ。お客さまでしょうか」

「それは何とも」

「少なくとも御常連のお客さまの中にはおいでになりません」

「そうですか。では、杉田江見里という女性はどうです」

池田は鮫島を見た。微笑みが口もとにはあった。

「小さな頃は、ですから、はい」

一瞬それが何を意味するのか、鮫島にはわからなかった。わかったとき、驚きが体を走った。

「じゃあ――」

「杉田さまは、当ホテルの現在のオーナーです」

「遺言状で指定されていたという――？」

池田は大きく頷いた。

「その通りです」

「葉山軒」をでた鮫島は、杉田江見里の自宅に電話をかけた。杉田江見里と嶋瑛作のあいだに交友関係があることはあるていど予測していたが、嶋から「葉山軒」の所有権を相続したのが彼女であったことは、まったく意外な事実だった。

杉田江見里は不在だった。留守番電話が作動することもなく、えんえんと呼び出し音だけが鮫島の耳に伝わった。

逗子の駅前で食事をとったりして時間を過し、その後も鮫島は杉田江見里に連絡をとろうと試みた。

が、杉田江見里に、電話はつながらなかった。

25

典型的なキャリアの顔をしている——近くから香田の姿を見たとき、立花はそう思った。髪をていねいになでつけ、額が広く清潔感がある。何より色が白いことが、現場警察官とは大きなちがいだ。訊きこみに張りこみに、表を歩き回ることの多い刑事たちは、例外なく陽焼けしている。色が白いのは、デスクワークが多い証拠だった。

もちろんデスクワークが多いから無能な刑事だとは限らない。基本的に頭のできが悪い人間は、上級公務員試験に合格できない、それはまちがいない。ただ、警視庁に入庁したキャリアは、その頭脳の使い途《みち》を、ひとつひとつの犯罪の解決などには向けない。エリート中のエリートである彼らは、最初から最後まで一般警察官とは歩く道がちがうのだ。

近頃は、警視庁幹部キャリアの中にも、犯罪現場で陣頭指揮に立ち、自ら拳銃を装備して逮捕活動に向かう人間がいるという。しかしそれは、しょせんマスコミ相手のポーズに過ぎないと立花は思っていた。上のキャリアがそうしたからといって、意気に感じる現場はどれほどいるだろうか。

血気にはやったあげく、万一、そんなキャリアが受傷事故にでもあえば、本来の現場指揮者は厳しく責任を問われる羽目になるのだ。

キャリアというのは、その学歴による他官庁との横のつながりで、警察の活動を円滑におこなえるよう調整役に徹すればいいのだ。そしてそこから、傑出した能力者が現われれば、警察一組織ではなく、国全体の調整者として働けばよい。京山部長は、まさにそういう人材だった。警察部長のような人間は、数少ないキャリアの中からでもごくわずか、十年にひとりも現われないだろう。

キャリアの思考パターンについて、立花はあるていど理解しているつもりだった。特に香田のような立場の人間は、変則的な事態に対処するのが苦手だ。キャリアという立場上、情報がそろい、状況が固まってから対応を検討することが多いからだ。直接的に、自分本人に事態がふりかかってくるケースはまれである。こうした判断法をキャリアが身に着けるのは、在外大使館などの駐在経験をもってからだ。それまでは、お飾り的な役割を果たす間に、警察という組織の全体構造を把握するよう求められる。

立花は、香田の〝不意〟を突くつもりだった。前もって接触の意志を伝えたり、「桜井商事」を通して会談を求めれば、香田はキャリア独特の用心深さを発揮し、会おうとはしないだろう。エリート意識が強いキャリアは、常に「利用される」ことを警戒している。たとえ同じ公安の捜査員をメッセンジャーにしたてても、でてはこないだろうと立花は考えていた。

その日、香田は午後八時に、桜田門《さくらだもん》の本庁舎をでて、地下鉄で自宅に向かった。自宅の住所は、杉並《すぎなみ》区阿佐谷《あさがや》だ。キャリアの御多分に洩れず、香田は資産家の娘と結婚していた。阿佐谷のマンションには、妻と小学生の子供が帰りを待っている。

香田の乗った営団地下鉄丸ノ内《まるのうち》線が新宿駅を発車したところで立花は近づき、声をかけた。香田は黒皮の鞄《かばん》を左手にさげ、車輛の隅の吊り皮につかまって立っている。見かけは、二枚目のエリートサラリーマンといった印象だ。

「香田さん」

立花の呼びかけに香田はふりむいた。目を向けた瞬間の鋭さは、さすがにキャリアとはいえ警察官のものだった。香田がすばやく、目の前の男の顔を、自分の記憶ファイルの中に捜していることを立花は感じとった。

「『桜井商事』におりました立花です」

立花がそう告げると、怪訝そうな表情が一瞬にして驚き、さらに無表情に変化した。警戒信号が発せられたのだ。つまり香田は立花のことを知っている。

しかし香田には度胸があった。「桜井商事」の名そのものを知らないと、とぼけることもできたのに、

「――お目にかかるのは初めてですな」

と低い声でいったからだ。

「ええ」

立花は頷いた。香田の切れ長の目は、若い頃はさぞ理知的な輝きに満ちていただろう。今でもむろん曇ってはいない。ただ目の下に、疲労と精神的な圧迫感を示す隈があった。

「突然、こんな形でお声をかけて申しわけありません。ただどうしてもお話ししたいことがありまして。十五分で結構です。そこらの喫茶店か、もし無理ならホームのベンチででも、お話

をさせて下さい」

電車の中は、ひどく混んでいるというほどではないが、すわる場所を見つけるのは難しかった。

「どういったご用件かによりますが」

香田は興味を惹かれているようだが、用心深さも示した。

「会社でのあなたの経歴や現在のお立場を悪くするようなお話ではまったくありません。今かかわってらっしゃるプロジェクトに関連している情報です」

香田は無言で立花を見つめた。

「わかりました。あまり長時間はお話しできないと思いますが、次の駅ででも――」

立花は頷き、

「中野《なかの》は避けましょう」

といった。中野には警察学校、警察大学校がある。香田は無言で立花を見つめただけだった。

二人は新高円寺《しんこうえんじ》で地下鉄を降りた。地上にでると立花はいった。

「香田さんが入る店を決めて下さい。前もって私が何かを準備していたと疑われるのは心苦しい」

香田はあたりをわずかに見回し、

「では、あそこに」

といった。ガラス張りの、ファミリーレストラン風の店だった。

店内に入り、周囲から話を聞かれる心配の少ない席に腰を落ちつけると、立花は名刺をだした。

「これが現在の私の仕事です。香田さんのお名刺は結構です」

香田は無言で名刺を受けとり、目を落とした。歩みよってきたウェイトレスに立花はコーヒーを二つ注文した。

「私のことは、もう既にお聞き及びでしたか」

香田は顔をあげ、息を深々と吸い、頷いた。

「ええ」

「そうですか。現在は、その名刺にありますように、主に永田町方面の仕事をやらせていただいております」

「お忙しいお仕事なんですか」

「いいえ。たいしたことはありません。『桜井商事』にいた頃に比べれば、隠居しておるようなものです」

「そうですか。で、お話というのはどんなご用件でしょう」

香田の目が鋭くなった。

「情報です。ブライドさんの件を担当してらっしゃるとうかがいまして。あのときは、商事の方からもいろいろと私にも調査の電話が参りました。ですがその内容については、たぶん香田さんの耳には入っていないだろうと思いまして。商事は、そういう会社ですから」

「たとえばどんな情報ですか」

「ブライドさんと私は、長いことといっしょに仕事をしておりました。ブライドさんが大使館にお勤めになっていた頃です」

「何年頃です」

すぐに時期の確認をとってくる。頭脳の回転も悪くないようだ。

「あれはいつ頃でしょう。一九七〇年代には入っていたと思います」

突然の接触で、必要な情報だけを注入するつもりだったが、あるていどは手の内をさらさなければならないかもしれない。

「その頃の立花さんのお勤め先は？」

「総務です」

香田は無言で頷いた。自分のことを調べていたのだ、と立花は直感した。

「ご存知のように今とちがい、世情は騒然としておりました。ベトナム戦争もまだ終結していませんでしたし、内外にさまざまな不安材料がありました」

「ブライドさんとは始終会われていたのですか」

「始終というほどではありません。定期的に会合をもっていた、というところでしょうか。本来なら香田さんが今おられるセクションが、アメリカ側との折衝《せっしょう》の窓口でした。当時も今もそれは同じです。ただあの頃の総務というのは、今よりもっと業務の幅が広いといいますか、現場レベルでの細かな連携をやっておったんです」

「なるほど」

「ま、ブライドさんはたいへんな親日家で、退職後も本国に戻るのを潔《いさぎよ》しとされず、日本に留まられたのですが……」

「おやめになられたあとのブライドさんともおつきあいはあったのですか」

「ありました」

あっさりと立花は認めた。

「ゴルフをしたり、たまには、周りを気にせずにすむところで昔話に花を咲かせることもありました。戦友のようなものですから」

「するとブライドさんの例の商売についてもご存知だった」

立花は頷いた。

「今は後悔していますよ。渋谷の平出さんのところをブライドさんに紹介したのは私です。以前、渋谷支社におりましたときに、先代の平出さんをちょっと知っていたものですから……」

香田は無言になった。

「前職を考えると、とてもほめられたことではありませんが。ただこれだけは、わかっていただきたいのですが、私自身はあの事業で一円も貰っていません。ただ紹介しただけなんです。まあ、調べればおわかりになることでしょうが……」

「それがあったので、渋谷の前岡氏を保護されるよう、今の総務が働いたというのですか」

「とんでもない！　私ごときのためにどうして……」

香田がわずかに身をのりだした。

「では誰のためです」

「誰のため、ということではないと思います。商事というところは、やめた私がいうのも何ですが、とにかく秘密を守りたがるところで。過剰反応ですね。それともうひとつあります」

「何です？」

「新宿支社のある人が、前岡氏をひどく嫌っている。その人が前に手がけていた事案があって、クレジットカードに関したものなのですが、どうもそれと前岡氏をどうしてもつなげたいらしい。その人にとっては、ブライドさんのやっていた商売のことよりも、クレジットカードの方が大切なようなのですな。それでまあ、前岡氏の足もとをすくえるものなら何でも使ってやろうというわけです。彼も、ああいう商売だから、つつけばそれなりにでてくる。しかし本来は、支社がちがうでしょう。渋谷がやればいいことで、新宿の人間があれこれするのは、ちょっとどうかとは思います」

「彼に関しては、いろいろと聞いています」

香田は冷静にいった。

「ご同期だそうですな」

「よくお調べですね」

「昔も今も、調べるのが仕事です。同期とはいっても、今のあの方と香田さんとでは、ずいぶんちがう場所にいらっしゃるわけだが」

「強情な男なんです。それだけが取り柄といってもいい」

冷ややかに聞こえる口調で香田はいった。

「もうあの方のことをお気にされることはない？」

香田は頷いた。

「気にしようがないですね。大きな組織の中にいますから、二人とも」

「そうですか……。もしおつきあいが今でもあるようなら、と思ったのですが」

立花は嘆息した。

「何か？」

香田は目を向けた。

「ブライドさんの件の責任者なのですが」

「心当たりでも？」

「一九七〇年代に、私とブライドさんが協力しあったある事案がありまして……」

香田の目が鋭さを帯びた。

「資料には残っていますか」

「いえ」

立花は首をふった。

「当時の課長の判断で残しておりません」

「当時の課長……」

「京山さんです。その後、部長になられた。香田さんにとっては大先輩にあたる——」

香田は口をつぐんだ。

「京山さんも私と同じで、いつまでも会社には残られなかった。あの方は、会社だけでなく、この国全体が必要としていましたから、当然のことです」

「……すると、今の部長たちは、京山さんのことを考えた」

「そうです。つまらないスキャンダルになるのを避けようとしただけでしょう。ブライドさんの経歴が問題になれば、京山さんの名がでてくることもあるかもしれない」

「で、一九七〇年代の件というのは？」

「ブライドさんがコントロールしていた、アメリカ側の協力者がいたのです。その人はもう亡くなっています。ブライドさんは、我々にもその人を紹介して下さり、我々もかなり助けられた。ただ、その人は七〇年代の半ばに不慮の事故で亡くなられた。それで切れてしまったのですがね。ところがその人の子供というのが、どうしたものか、自分の親が、ブライドさんの会社の協力者だったことを今頃知って、事故の原因がブライドさんにあったのじゃないかと、脅迫めいた連絡をよこしてきていたんです」

「今になって？」

「ええ。何で知ったかは見当もつきませんがね。まあ古い話なので、誰かがうっかり関係者に口をすべらせたものが、巡りめぐって当事者の耳に入ったということもあるでしょう。いずれにせよ二十年以上も前の話で、法的にはどうしようもない。そこでブライドさんのもとに直談判にいったあげく、ああなったのではないかと、私は考えておるんです。もちろんブライドさんは、手がかりとなるような資料は個人的には何ひとつ残していない。長年しみついた職業上の守秘意識も働いたのだとは思いますが……。ただ亡くなる直前、電話で話したときにちらりとそんなようなことをいっていたのを、ついこの間、思いだしたんです。こちらも昔話だなあと思って聞き流していましたし」

「復讐、ということですか」

「逆恨みですね。もし犯人がそうだとすればですよ。ただいずれにしても問題なのは、当時の資料は残っていないし、またあったとしてもだすわけにはいかない。理由はわかりますね。大先輩にかかわってきてしまうからです。あることとないことを書きたてたがるマスコミの餌食《えじき》になる。ところがそういう事情を何ひとつ知らない、新宿の人が、自分が狙いをつけた前岡氏を何とかする格好の材料だと食いついたわけです」

「彼は、その件を知っているのですか」

「知っているわけがないでしょう。見当ちがいの見込みで動いているのですから。ただあの人が動くと、結局、皆んながそっとしておきたかったことが少しずつ表にさらされることになる。しかも真実をすべて公表できれば、それが一番よいのでしょうが、当然そうはいかず中途半端な結果になる。マスコミはそこを狙ってきますから……」

香田は沈黙した。色白の顔がさらに青白くなったように立花には思えた。

「つまり、非常にデリケートな問題を含んでいるわけです。私の立場でいえば、ブライドさんも前岡氏もそれなりのことをしていたのだから、殺されようがつかまろうが、それはそれでしかたがない。ただ新宿の人の考え方は、そこで留まるものじゃない。まして問題なのは、追いつめられた前岡氏だ。自分がしてもいないことをおっかぶされそうになれば、ひょっとブライドさんから聞かされていた昔話をもちだそうとするかもしれない。彼はいざとなれば開き直りますからね。それが商売だ。とことん守ってやるか、さもなけりゃ蓋をして鍵をしてしまうか、すべてを知っている立場で見ると、ふたつにひとつです」

香田は深々と息を吸いこんだ。

「とにかく、新宿の人は、前岡氏について、かなりしつこく調べている筈だ。何がでてきてもすべて、ブライドさんの件とつなげるような考え方しか今はできない状態でしょう」

「お会いになられたのですか」

「いえいえ。とんでもありません。下手に接触すれば、矛先がこちらに向かいます。あの人の経歴から考えて、私のような人間をどう思っているか、たやすく想像がつきます」

「さきほどのお話にあった協力者の件ですが、裏をとれるような材料はありますか」

立花は首をふった。

「ないと思いますよ。あったとしても、それはやはり、今の私の口からは申しあげられない」

「つまりほんぼしは別にいる。だがほんぼしを挙げるわけにはいかない。といって、前岡氏をスケープゴートにされても困る、ということですか」

「ほんぼしはいいんです。挙げて下さって。ただその場合、マスコミはシャットアウトしなければならない。できますか？」

「ブライドさんとの関係だけなら問題はないでしょう」

「いった筈です。我々も恩恵をこうむったと。その中に、かつての部長も含まれているんです。もちろん職務としてかかわったのですがね」

香田はじっと立花を見つめた。立花はいった。

「とにかく、私の話したかったことは以上です。具体的な氏名や時期を申しあげられないのはご勘弁下さい。あとは香田さんの良心にしたがって処理して下さることを願うばかりです。もし前岡氏をやるなら、新宿ではなく、そちらでやって下さい。それが安全です。香田さんのフィルターならば、新宿の人のフィルターを通したものより、はるかに考慮されたものがマスコミに伝わる筈ですから」

立花はいって伝票に手をのばし、小声でいった。

「もし何かあれば、いつでもご連絡下さって結構です。あくまでも私は善意の第三者です。誰に善意をもっているかといえば、香田さん個人ではなく、私自身がかつて籍をおき、今もこよなくそれを誇りにしている、警視庁の公安部という組織全体に対してですから……」

26

鮫島が杉田江見里と話すことができたのは、葉山を訪れた日の深夜だった。

夜の十一時過ぎ、これが最後だと決めてかけた電話に応答があったのだ。

「はい」

応えた声は、初めてかけたときと同様に、暗く沈んだものだった。ホテルの喫茶室で話したときとは別人のような静けさがある。それでも、両方の人格は鮫島の思い描く江見里の中に違和感なく共存していた。

「夜分遅くに申しわけありません。新宿署の鮫島です」

「あら」

声のトーンは極端には変わらなかったが、少なくとも迷惑を感じているようすではなかった。

鮫島は安堵感を覚えた。

「その節はご馳走《ちそう》さまでした。といっても、納税者の皆さまにいった方がよいのかしら」

「納税者代表としてうかがっておきます」

笑い声が聞こえた。

「公務員の方も税金は払っているのだから当然ですよね」

「ええ。ところで今日お電話したのは、先日の件とはまた別のことなのですが——」

「何でしょう」

「お電話で話すべきことではないのですが。明日以降でご都合のよい時間があればうかがいます」

「困ったわ」

江見里はつぶやいた。

「明日から旅行にでようと思っていたんです」

「長く、でしょうか」

「十日くらいかしら。アメリカ本土の方に」

「そうですか……。では電話でもしかたがないかな」

「でもお会いして、お話をうかがってみたいような気もするし……」

「そうですね」

鮫島はいい淀んだ。江見里がいった。明るい声だった。

「こうしません？　鮫島さん、車はおもちですか？」

「ええ」

「準備もまだですし、明日のフライトが早いので、わたし今夜は徹夜でいこうと決めていたんです。もし鮫島さんさえよろしければ、その徹夜に少しつきあっていただこうかしら」

「それは、つまり——」

「そうですよ。大胆にも、我が家にいらっしゃらないかお誘いしているんです。マホのアトリエをご覧になりたくはありません？　きっとがっかりはされるでしょうけれど」

驚きに鮫島は言葉を失った。江見里の声が不安げになった。

「それとも職務上、こういうお誘いはしてはいけないのでしょうか」

「いいえ、そういうわけでは……。ただ独身の女性のお宅に深夜うかがうのはどうしたものかと……」

「ご心配なく。舞台の打ち合わせなどで、遅くなってしまったスタッフをよく泊めるんです。なにせうちは田舎ですから」

十一時過ぎという時刻を考えれば、野方《のがた》の鮫島のアパートから車ででても、二時間もかからず葉山には到着できる。

「わかりました。場所を教えて下さい」

「横浜横須賀道路はご存知ですか」

「ええ」

「逗子インターで降りてそのまま逗葉《ずよう》新道に入り、長柄《ながえ》という交差点にさしかかったらお電話をいただけますか。迎えにいきます」

「逗葉新道の出口の長柄ですね。承知しました」

野方の鮫島のアパートからは、環状七号線から目黒《めぐろ》通り、第三京浜を経由していくのが早そうだった。

約二時間ほどでうかがえると思います、と鮫島は告げ、電話を切った。

お待ちしています、おいしいコーヒーを淹《い》れて——江見里がいった言葉が耳に残った。

仕度を終え、でかけようとしたとき電話が鳴った。晶だった。

「今、スタジオから解放されたとこだよ。腹へった」

鮫島は息を吐いた。

「悪い。今からでるんだ」

「今から!? 張りこみかよ」

「訊きこみだ。相手がこの時間しかつかまらなかった」

「訊きこみならすぐ終わるな。どっかで待ってるよ」

晶の声が明るくなった。

「それが遠いんだ。葉山の方までいかなけりゃならない」

「葉山!? こんな時間に」

「相手は明日一番の飛行機でアメリカに向かうといってる」

晶がそっとため息をついた。

「オーケー、じゃ今度ってことだな」

「悪い」

受話器をおろしたあと、罪悪感に近い感情が心を締めつけた。葉山にいっしょにいこうといってもよかったのだ。俳優とミュージシャンとして、ふたりをひき合わせることもできた。だが、それを許さない気持がどこかにあった。

鮫島はスーツを着け、ネクタイを締めた。深夜にひとり暮らしの女性宅を訪問する以上、砕けた服装で誤解を招いてはならない、と思ったからだった。

たとえその女性が自分に対し好意を抱いているような気がしていても、だ。そこに甘えるならば、自分は本当に晶と杉田江見里に対する思いの間でどちらつかずの立場に身をおく羽目になる。

アパートをでて、ＢＭＷをおいた月極駐車場に鮫島は歩きだした。駐車場までは徒歩で三分ほどの距離だった。駐車場から環状七号線へは五分足らずで合流できる。

鮫島のアパートは、野方の住宅密集区にあった。環状七号線には面しておらず、車の走行音は表に立つと聞こえるものの、深夜は静かな一角だ。

人通りのない、しかし家々やアパートが密集した路地を歩くのが鮫島は好きだった。街灯は少ないが、窓辺の明りやテレビ画面の瞬きが、平和な生活の実在を感じさせる。ときおり犬の吠《ほ》え声や子供の叫びが洩れ聞こえ、夕餉《ゆうげ》の残り香が郷愁をかきたてる。こうした空間における平和をこそ守るのが、警察官という職業なのだと感じるときがあった。

あるいはそれを最も実感できるのは、交番勤務の制服警察官なのかもしれない。

だが自分が制服勤務に戻ることとは、今は考えられなかった。窃盗やひったくり、駐車違反の摘発も重要な仕事ではある。一方で、市民生活とは遠いところにあるかのように見えて、しかし確実にその平和を破壊するような犯罪があり、それは交番勤務では決して摘発できない。たとえばシンナーや覚せい剤の売買があり、未成年者を使用した管理売春がある。

平和で温《ぬく》もりに満ちているかに見える住宅街であっても、一戸一戸を調べていくなら、家族の一員がそうした犯罪の犠牲者となっている家庭が必ずある。

その家の窓辺は暗いだろう。泣く声は聞こえるときがあっても、笑いが路地にこだますることはないだろう。

そうした家に、再び明りと笑いをとり戻すためには、制服警官の努力だけでは不足なのだ。そのために刑事という職業がある。

アパートから駐車場までの短い距離を、およそ車が通れそうにない狭い路地を縫って歩きながら、鮫島は考えをめぐらせていた。

狭い路地が片側一車線の広い通りと交わったところに、鮫島の借りた駐車場はあった。通りは、西武新宿線の野方駅前からのびている道で、この時刻であっても人通りはある。

鮫島は止めてあったBMWに乗りこんだ。中古で買ったBMWは、デザインこそ古くなっているがエンジンの調子は悪くなかった。だが、増添を逮捕した際にとび降りたボンネットの凹みをまだ修理していない。

環状七号線は空《す》いていた。内回りを世田谷区の上馬《かみうま》まで走り、上馬から国道二四六号をわずかに下って環状八号線に入った鮫島は、第三京浜道路に流出した。第三京浜を南下すれば、三《み》浦《うら》半島を縦断する横浜横須賀道路に合流する。

深夜の第三京浜・横浜横須賀道路は、緑の割増ランプをつけたタクシーが疾走していた。交通量は決して少なくないが、流れが滞ることはない。

いわれた通り、逗子インターで横浜横須賀道路をでて、直進する形で逗葉新道に入ったのは、午前零時を十五分ほど過ぎた時刻だった。

「長柄」という地名が信号機に冠せられた交差点を過ぎたところで、鮫島はハザードをつけ、

ＢＭＷを止めた。さすがに交通量はほとんどない。ときおり車が走り過ぎていくていどだ。釣り船やマリーナの看板が道端にはめだった。

鮫島は携帯電話をとりだした。杉田江見里の自宅の番号を調べるためにルームランプを点けた。

手帳をとりだし、なにげなくルームミラーを見やると、十メートルほど後方でやはりハザードをつけ停止している車に気づいた。ヘッドライトは消えている。

こちらの到着時刻を予想して、江見里が迎えに現われたのだろうか。鮫島は鼓動が早まるのを感じた。

いつ後ろに停止したのか、まるで気づかなかった。

だがもし江見里なら、鮫島が乗っている車の車種を知らない以上、降りていって姿を見せなければ声をかけづらいにちがいないと思いあたった。

鮫島は携帯電話のボタンを押しながら、車のドアを開いた。降りたち、後方の車から自分の姿が見えるようにふり返った。

携帯電話が江見里の家の電話を呼びだした。もし誰も応えなければ、後方の車は江見里のものである公算が高い。

「――はい」

だが鮫島の耳に江見里の声が流れこんだ。ではあの車はちがったのだ。わずかな失望を感じながら、鮫島はいった。

「鮫島です。今、長柄の交差点まできました――」

後方の車が不意にヘッドライトを点灯した。アッパーにしていた。眩《まぶ》しさに鮫島は背を向け、BMWに戻ろうとした。

電話の向こうで江見里が何かをいったのと、後方で乾いたパンという炸裂音《さくれつおん》がするのが同時だった。

一瞬後、それが銃声であることに鮫島は気づいた。とっさに身を低くして車内にとびこもうとした鮫島に向け、さらにパンパン、という銃声が轟《とどろ》いた。

鮫島の右の側頭部で何かが爆発した。鮫島はよろめき、携帯電話を落とした。BMWの運転席に倒れこむ。ハンドルで体を支えようとしたが駄目だった。

鮫島は暗闇に呑まれた。

27

冷んやりとして湿りけを帯びたものが、自分の額にあてがわれていることに鮫島は気づいた。同時に右の頭部に鈍い痛みが走り、喉の奥で唸り声をたてた。まるでバットか角材で頭を殴り倒されたような感覚だった。

「大丈夫？」

聞こえた声に、鮫島はほっと息を吐いた。舞台で聞いたマホの声だった。目をひらいた。

とたんに後悔した。頭上で点る明りの黄色い光が矢となって目につき刺さり、頭の芯《しん》に痛みをもたらしたからだった。

鮫島は目をつぶり、しかし体を起こそうとした。

「まだ起きない方がいいわ。腫《は》れているもの」

江見里がいった。鮫島はそれでも身を起こし、目を開いた。

木造の、柔らかな光で満たされた空間に鮫島はいた。調度の大半は、木と布で作られていて、アジアの熱帯を思いおこさせるような雰囲気がある。

木製の丸いテーブルのかたわらにおかれた長椅子に鮫島は横たわっていた。そこは六角形をした大きな部屋で、通路とつながった一面をのぞくすべての壁に窓がはめこまれていた。窓の下には低い本棚やオーディオセットをおさめた戸棚が、壁に組みこむようにして作られている。

「いったい、どうしたんです？」

鮫島が訊ねると、黒く薄い生地で作られた、丈の長いワンピースを着けた江見里が目の前にかがみこんだ。栗色の髪を束ね、ピンで留めている。ワンピースの襟《えり》ぐりは深く、ふくらんだ白い胸がのぞいていた。

「それはわたしが聞きたいわ。説明できる？　もう」

江見里は鮫島の目を見つめ、いった。

「もう、とは？」

鮫島は自分の右手がしっかりと濡れたよい香りのするタオルをつかんでいることに気づいた。

「鮫島さんは、『やられた』って、うわごとのようにくり返していたんです。『誰に？』ってわたしが訊いても、ただ、『やられた』って……」

「するとここは――」

江見里は小さく頷いた。

「もちろん、わたしの家です。ここまでわたしが、鮫島さんのBMWを運転してきました――」

鮫島は息を呑んだ。自分が脳振盪《のうしんとう》を起こしていたこととその原因を思いだしたからだった。

「――しまった」

鮫島はつぶやいた。鮫島を狙撃した犯人はとうに逃げだしているだろう。

「何があったんです。一一〇番しようか、それとも救急車を呼ぼうか、とても迷ったんです。でも場合によっては鮫島さんがお困りになるかもしれないと思って……」

江見里の声がだんだん小さくなり、その目がみひらかれた。

「――勝手なことをしてしまったんでしょうか……」

「いえ」

鮫島はいい、小さく首をふった。鈍痛がひどくなった。

「杉田さんは、私の電話からどのくらいあとで長柄の交差点に――？」

「突然電話が切れてしまって……。もしかしたら携帯電話が壊れたか、電池が切れてしまったのかもしれないと思ったので、あれからすぐに――」

「ここから長柄の交差点まではどのくらいあるんです？」

「ほんの五、六分です。しかたないので、わたしの車はあそこに鍵をかけておいてきました」

「誰かいましたか、そこに!?」

「いいえ」

江見里は首をふった。

「鮫島さんは、BMWの運転席でドアをロックしてすわっていました。わたしが窓ガラスを叩くと、ロックを解いてくれて、ぐったりしてしまったんです。ただ『やられた』とだけいって……」

記憶になかった。たぶん無意識のうちにドアロックをかけたのだろう。狙撃者は任務を果たしたと思いこんで走り去ったか、とどめをさす前に江見里の車が現われたので逃走したのだ。

「――見ると鮫島さんの携帯電話が壊れて地面に落ちていました。それに右耳の上が大きく腫れていたんです。何があったかわからなくて、そうしたら鮫島さんが、『早くここを離れるんだ』って。そのあとはただ、『やられた』って、くり返すだけで……」

江見里は鮫島をBMWの助手席に移し、かわりにハンドルを握った。鮫島は朦朧《もうろう》とした状態だったようだ。この家に着くと、江見里の肩を借り、鮫島は長椅子まで歩いた。そのあともう一度気を失った。

江見里の話から、何が起こったかを鮫島はようやく察した。腕時計を見ると、一時を回った時刻だった。三十分近く、自分はこの長椅子で失神していたらしい。

「――ご迷惑をおかけしました」

鮫島はつぶやいた。江見里は不安げに鮫島を見つめ、

「いいえ」

と首をふった。

「あなたに電話をかけているときに、うしろに止まった車がいたんです。降りていったら、いきなり銃で撃たれた」

江見里は無言で目をみひらいた。

「弾は、体には当たらなかったようです。携帯電話に命中したか、かすめたかをしたんでしょう。耳の横で爆発が起きたような気がして動けなくなってしまった」

「じゃあ警察に知らせなければ――」

江見里の目が電話を捜すように動いた。

「いえ、もう無駄でしょう。犯人は逃げていますし、証拠も残していないと思います。あなたが迎えにきてくれなかったら、私は殺されていたかもしれません」

「なんてこと……」

江見里は再び鮫島を見つめ、つぶやいた。そして、

「いったい、なぜ？」

と強い口調で訊ねた。

鮫島は目を閉じた。自分の捜査を暴力的に排除するのが、狙撃者の目的だ。増添と奥山が逮捕された今、鮫島の接近を恐れている人間はひとりだ。

「その人は鮫島さんを憎んでいるのですか」

「いや」

鮫島は答え、目を開いた。江見里が露の結んだグラスをさしだしていた。茶色い飲み物が入っている。

「アイスジャスミンティです。召しあがります？」

「ちょうだいします」

鮫島はいって、グラスを受けとった。冷えた香りのある液体が喉を通過すると、頭痛がやわらぐような気がした。

鮫島はタオルをおき、指先を頭にあてがった。耳のすぐ上、髪の生え際のあたりが腫れてふくらんでいるのがわかった。触れると鋭い痛みが走るが、骨に異状はないようだ。

「病院にいきましょう。まさか撃たれたなんて思いもよらなかった」

江見里が真剣な表情でいった。

「病院は明日、いきます。大丈夫です」

「でも頭ですよ。何かあったらたいへんだわ。知りあいのお医者さんがいますから、検査だけでも受けた方がいいわ」

「大丈夫。頭を殴られたことは前にもありますが、あんなにひどくないところを見ると、明日になれば回復します」

鮫島は笑ってみせたが、江見里の表情は硬かった。

「そんな無茶なことをいって……」

とがめるような口調だった。

「鮫島さんが自分の怪我を自慢するような人だとは思いませんでした」

「そうではないのです。私を病院に連れていけば、あなたの旅行前の貴重な時間を潰してしまうことになる。今はそれより質問の方が大切だ」

「じゃあ鮫島さんがわたしに対する質問を終えられて、それでまだわたしに時間が残っているようなら、いっしょに病院にいって下さいますか」

「いや。ですから、明日私は必ず病院にいきます――」

「嫌なんです！」

激しい口調で江見里がいったので、鮫島は思わず口をつぐんだ。

江見里は厳しさと悲しみが混じったような表情で鮫島を見つめていた。

「もしわたしが飛行機に乗ったあと、鮫島さんの具合が悪くなっても、わたしはどうすることもできない。あとになってそれを知ったら、自分を責めるでしょう。なぜここにお連れしないで、病院へ運びこまなかったのだろうって……。本当は今でも後悔しているんです。動転してしまって、まっすぐ自分の家へきてしまったことを」

「そんな風には考えないで下さい」

このあたりは東京とはちがう。ひとり暮らしをしている江見里が、深夜、怪我を負った男を隣に乗せて病院に車を乗りつければ、当然、さまざまな憶測の対象となるだろう。ましてその男が刑事であり、銃撃を受けたとなればなおさらだ。

狙撃者は、鮫島を自宅から尾行し、チャンスをうかがっていたにちがいない。一歩まちがえば、江見里をもその銃口にさらすことになったのだ。そんな状況にならなくてよかったと、鮫島は心底思っていた。

「今ですら充分、ご迷惑をおかけしているんです。あなたをこれ以上巻きこむわけにはいかない」

「巻きこまれたなんて思っていません。こちらにいらっしゃるようにお誘いしたのはわたしです。もしわたしがお誘いしなかったら、鮫島さんは撃たれずにすんだかもしれない」

鮫島は首をふった。

「撃ってきたのは、頭に血が昇ったそこいらのチンピラではありません。計画をたて、私を東京から尾行してきたプロなのです」

「訊いてはいけませんか。なぜ、と」

江見里の目に強い光があった。鮫島は躊躇した。捜査中の事件の詳細を話すのは避けるべきだった。しかし「葉山軒」の相続者として、杉田江見里に訊きこみをおこなう以上、何も話さずにおくことは不可能だ。

「あるていどは話すことができます。しかし――」

「鮫島さんが話せる範囲でけっこうですから聞かせて下さい」

江見里はいった。鮫島は頷いた。江見里が不意に立ちあがった。見ていると、六角形の部屋とつながった通路を進み、奥のキッチンと覚しい部屋から、ガラスのピッチャーに入れたアイスティのお代わりと、陶製の小さな灰皿を運んできた。鮫島のグラスは空になっていたのだ。

この家を、江見里に支えられて自分は通り抜けてきたのだ。江見里はためらうことも怯《おび》えることもなかったのだろうか。

鮫島は奇妙な気分だった。舞台の上の彼女を知ったときの新鮮な驚きと、ホテルのカフェテラスで顔を合わせたときの衝撃。そして今こうして、海に近い位置に建つ、小さな一軒家にふたりきりでいるという事実がどうしてもつながらない。

ほとんど化粧をしておらず、部屋着といってよいようなラフな服装をしていても、江見里の美貌はずばぬけていた。その顔を見ているだけで、男としての自分が幸福感を覚えていることに鮫島は気づいていた。しかしその幸福感は次に飢えをもたらすことも確実だった。

美しい顔をより間近から見たい。できればひき寄せて、あの不思議な響きのある言葉を発する唇を貪《むさぼ》りたい。さらには肉体のすべてをこの目で見届けたい。

それは、抑えるのは当然のこととして、わずかであっても存在すら江見里には感じさせてはならない感情だった。

鮫島は江見里に警告すべきだと思った。自分に対し親しげにふるまってはいけない。好意を感じているようなそぶりをしてはならない。なぜなら、目の前にいるこの男は、刑事という職業的立場を利用して、深夜、あなたの家にあがりこみ、ふたりでいる幸福を手に入れただけでは満足せず、欲望すら心の裡《うち》で抱き始めている。しかもこの男には恋人がいて、その恋人からの誘いを断わって、ここにこうしているのだ。

江見里は無言でアイスティを鮫島のグラスに注ぎ、自分の陶製のマグカップにも注いで、長椅子の向かいにおかれた木と布で作られたチェアに腰をおろした。仕草のひとつひとつが優美で、しかし媚《こ》びや気どりとは無縁のものだった。

鮫島はほっと息を吐き、煙草をとりだした。失礼します、と断わって火をつけた。

しなやかで落ちついている。洗練され、しっとりとした動きには、美しさが匂いたっていた。

「――今夜、お訪ねしようと思ったのは、現在、杉田さんが所有権を相続された、ホテル『葉山軒』の前オーナーのお話をうかがおうと思ったからでした」

ひと息にいい、江見里の目を見た。江見里は小さく頷いた。

「今日の夕方、マネージャーの池田さんから、弁護士さんを通じて連絡がありました。嶋さんのことをお訊ねにきた刑事さんがいた、と。鮫島さんだったんですね」

「ええ。先日、新宿でお会いしたときに、知りあいが殺人の被害者になられたという話をうかがいました。あれは嶋瑛作さんのことだったのですね」

「はい」

江見里はそれ以上は何もいわず、鮫島を見つめた。

「嶋さんを死においやった実行犯と覚しい人間を二人、警察は逮捕しました」

江見里の目に驚きが浮かんだ。

「本当ですか」

「はい。二名は、東京の渋谷を中心に不良少年のグループを束ねていた経験をもち、渋谷の暴力団とも関係があります」

「何という人たちです？」

「それはちょっと――」

鮫島は言葉を濁した。そしてつづけた。

「実は、彼らの犯行は、喧嘩を装った計画殺人の可能性があるのです」

「計画殺人。嶋さんを――？」

「ええ。つまり殺人の主謀者は別に存在する。そのあたりのお話を杉田さんにおうかがいしたかったのです」

江見里の目が一瞬、鮫島から遠ざかった。そこには存在しないものを見ている目だった。

「嶋さんとは、かなり親しくされていたのですか」

江見里の目は、まだ現実に戻らなかった。

「亡くなった母が、嶋さんと親しかったんです」

「お母さまですか」

鮫島は意外に思ってくり返した。池田の言葉から、鮫島は何となく、江見里の父親と嶋の関係を想像していたのだった。

「お母さまはいつ頃、亡くなられたのでしょうか」

「二十年以上も前です。父は、わたしが生まれてすぐ亡くなりました。ですから身寄りのなくなったわたしを育てて下さったのが、嶋さんでした。嶋さんのことをわたしは小さい頃から〝嶋パパ〟と呼んでいました」

「失礼ですが、今、杉田さんはおいくつですか」

江見里は答えた。

「三十一です」

鮫島は驚きに目をみひらいた。江見里が三十を越えているとはとうてい信じられなかった。

「わたしの母が亡くなったのは、わたしが八歳のときでした。その頃、嶋パパは、『葉山軒』を開業して四年めくらいだったと思います。わたしは嶋パパにひきとられ、十九歳まで、あのホテルの近くの嶋パパの自宅で育ちました。それからアメリカにいき、演技の勉強をしたんです」

鮫島は深々と息を吸いこんだ。

「お母さまのお名前は何と？」

「杉田苑子《そのこ》です」

「アメリカというのは、やはり――」

江見里は頷いた。

「はい。父親の母国です。母はアメリカ留学中に父と知りあい、結婚したのですが、父が亡くなったので日本に戻ってきました」

　江見里が純粋の日本人に見えないと感じたのはあやまっていなかった。

「お母さまより嶋さんと暮らした時間の方が長かったわけですね」

「そうなります。嶋パパは、わたしが芝居をやりたがっているのを知ると、ブロードウェイに勉強にいきなさいといってくれました。わたしはアメリカンスクールに通っていたので、言葉の方は大丈夫でした。アメリカで演技の勉強をつづけ、小さな役ももらえたりしたのですが、結局十年ほどいて帰国しました。日本語で芝居をしてみたくなったのです。でも、この年で日本でのキャリアがない人間を舞台にあげてくれるところなどありません。そこで、ひとり芝居のようなことを一年半ほど前から始めたのです」

「では嶋さんが亡くなられたときは日本にいらしたのですね」

「もちろんおりました。わたしが日本に帰ってくるというので、嶋パパがこの家を用意してくれたのです。もう大人なのだし、わたしが渡米してから嶋パパはホテルで暮らすようになっていたので、別々に暮らした方がいい、と。ここは、嶋パパと仲のよかった画家の先生が、アトリエ兼別荘として建てた家なのです。その先生が亡くなられて空き家になっていたのを、嶋パパは遺族の方と交渉して借りられるようにしてくださったのです」

「嶋さんとは、よくお会いになっていましたか？」

「帰国した当初は、週に一度くらいは連絡をとりあったりしていました。最近は舞台の方が忙しくなってしまって……。ですから亡くなったときは本当に驚きました」

「『葉山軒』を相続されることになるというのは知っていました？」

江見里の目が初めて鮫島の目をとらえた。

「知っていました。嶋パパは、『自分に何かあったら、このホテルは江見里のものになるから』というのが、口癖でした」

その目にうっすらと涙が浮かんだ。

「わたしはそのたびに、『いらない!』と強くいっていました。父も生まれてすぐ亡くし、母も八歳のときに失ったわたしにとって、嶋パパは唯一の身寄りでした。ですから嶋パパにだけは長生きしてほしかった……」

「たちいったことをうかがいます。嶋さんは、なぜ、あなたにそこまで親切にされたのでしょう」

「母への想い、だと思います。母と嶋パパがどのようにして知りあったか、わたしは知りませんが、母のことを嶋パパはとても大切に思っていたようです。独身だった母と嶋パパは、ひょっとしたら恋人のような関係だった時期があったのかもしれません。母はわたしを連れてよく、『葉山軒』に泊まりにいきました」

「お母さまはその頃、何をしていらしたのでしょうか」

「仕事ですか」

「ええ」

「あまりよく覚えていません。たぶんＯＬのような仕事をしていたと思います。英語が喋れるので、翻訳や通訳のようなこともしていたような記憶があります」

嶋瑛作はなぜ江見里の母親と結婚しなかったのだろう、と鮫島は思った。娘をひきとり、我が子のように育てられる男が、独身であるならその母親との結婚を躊躇するだろうか。

「嶋さんは、生涯独身でいらしたそうですね」

「わたしをひきとってからは、たぶんわたしのことを考えてだと思います。その前は、たまたまいい人に巡り会えなかったからだと笑っていました。母のことをお考えなら、あるいは母との結婚は、母が生きていたならあったかもしれません」

「お母さまはなぜ亡くなられたのです。お若かったろうと思いますが」

「事故です。どんな事故だったのかは、よく知りません。誰も、わたしには話してくれようとしませんでした。嶋パパですら、わたしが訊ねるたびに、『いつか』と言葉を濁して、話してくれませんでした」

「犯罪に巻きこまれた可能性があると考えていますか」

江見里は首をふった。

「むしろ自殺だったのではないかと思っています。あるいは嶋パパとの恋愛で悩み、自殺したのかもしれません。嶋パパはそのことを悔やんで、わたしの面倒をみる決心をしたのではないかと十代の頃、思いました」

「それを嶋さんにぶつけたことは?」

江見里は首をふった。

「そんなことをしても、結局、嶋パパを苦しめるだけですから……」

鮫島は頷いた。江見里が訊ねた。

「鮫島さんはさっき、嶋パパが殺されたのは計画的な殺人にあったからだとおっしゃいましたね。誰がそんなことを計画したのです」

「渋谷のある暴力団員が、先ほどお話しした二人に殺人を依頼したと私は考えています。しかしその理由がわからないのです。嶋さんの周辺に暴力団関係者の存在はありましたか」

「いいえ。何という暴力団ですか」

「平出組といいます」

「聞いたこともありません。鮫島さんはわたしを疑っていらっしゃいます？」

「いいえ」

鮫島はいった。

「お話をうかがっていると、杉田さんには嶋さんを殺害する理由がない」

「『葉山軒』は？」

「もしあなたがそこまで『葉山軒』を必要とされたなら、帰国後そこに住んだか、嶋さんの死後そうされたでしょう。『葉山軒』をお金に換えようと考えるなら、売却の手続きを進めていてもおかしくない。どちらでもないという現状は、あなたを被疑者のリストから外す理由になります」

江見里はじっと鮫島を見つめた。

「わざとそういういい方をしているのね」

低い声でいった。

「意地悪な人」

鮫島は目をそらした。

「そういう言い方をしたほうが、説得力があると思ったんです」

「わたしを疑っているなんて、少しも思っていないわ」

江見里は微笑んだ。

「でも鮫島さんは犯人を捕えたい。だから理由を捜している。なぜ渋谷の暴力団が人を使って、嶋パパを殺そうとしたか。何のつながりがあるのか」

「その通り。立花という人物の名を聞いたことはありませんか。立花道夫です」

「いいえ。別人です。立花というのが暴力団の人なのですか」

「いえ。立花はその暴力団員の知りあいです。暴力団員の名は――」

わずかにためらい、鮫島はいった。

「前岡といいます」

江見里の表情に変化はなかった。

「知りません」

鮫島は息を吐き、いった。

「あとひとつ嫌な質問をさせて下さい」

「いいわ。そのかわり、あとでわたしにもいくつか質問をさせて」

鮫島は頷いた。

「ええ。嶋さんは、コカイン、あるいは別のものでもドラッグに手をだしていましたか」

「お酒も飲まなかった人です。まったくそういうものは、見たことも聞いたこともありません」

笑みすら、江見里の口もとにはにじんでいた。その通りだろうと鮫島は思った。江見里の口から聞く嶋の人となりや、学生時代の藪の印象から、嶋とドラッグはまるでつながらない。

「わかりました」

「ではわたしからの質問。初めてお会いしたとき、鮫島さんは盗まれたクレジットカードの偽造団を追っていらした。それがなぜ、嶋パパを殺した人たちにつながるんです？　クレジットカードの偽造団はもうつかまえたのですか」

「いえ」

鮫島は首をふった。江見里は落ちつきをとり戻していた。

「新宿のホテルでお会いしたとき、あなたのクレジットカードをもっていた日系コロンビア人の話をしたのを覚えていますか」

「はい。つかまりましたか、その人は」

「依然、行方不明です。この男が、ある殺人事件の被害者と別の仕事もおこなっていたと申しあげたと思いますが」

江見里は首を傾げた。よく覚えていない、という表情だった。

「殺人の被害者というのは、西新宿のホテルで生活をしていたアメリカ人でした。二人は、その平出組という暴力団と組み、コカインの密輸をしていたのです」

江見里は無言だった。ただ鮫島を見つめている。

「私は平出組が日系コロンビア人を誘拐した疑いもあると考え、捜査を始めました。平出組側でコカインの取引をおこなっていたのが、前岡という幹部でした。ところが、前岡に対する捜査が、ある事情からできなくなってしまいました」

「ある事情？」

「殺されたアメリカ人は、かつて諜報関係の仕事をしていました。そうした経歴から、警視庁の別のセクションが横槍を入れてきたのです。そこで私は、コカイン密売にからめて平出組を追うかわりに、何か別の犯罪で平出組を捜査できないかを調べることにしました。その結果、嶋さんを殺した二人組の話が浮かんできたのです。これまでの状況で、二人が前岡から嶋さん殺しをうけおったことはほぼまちがいないと考えています」

江見里は静かに鮫島を見つめていた。驚いたり、怯えたりしているようすはない。

「すると鮫島さんは、前岡という人をなんとかつかまえたいと考えているのですね」

「そうです。これまでのところ二人組に対する取調べは必ずしもうまくいっているとはいえません。受託殺人であったと自供するよりは、あくまで喧嘩で押し通した方が罪が軽くなるからだと思います。受託殺人であると証明するためには、前岡に嶋さんを殺さなければならない動機が必要なのです。しかし嶋さんと前岡をつなぐものがない」

「前岡という人も、誰かから頼まれたとしたらどうなのでしょう」

「それも考えてはいます。しかし問題は、嶋さんを殺して、何らかの利益を得る人間がいないということです。正直にいって、嶋さんの死で利益をこうむったのは――」

「わたししかいない？」

鮫島は頷いた。

「疑っていないことを信じていただいているからいえるのですが」

江見里は深々と息を吸い、目を天井近くに向けた。

「嶋パパのホテルの経営はうまくいっていました。『葉山軒』を相続したときに、会計士さんからも説明をうけましたが、経営内容にはまったく問題はありませんでした。わからない。嶋パパを殺して得をすると考えるような人がいることじたいが、わたしには想像もできません」

「嶋さんが誰からか脅迫をうけていたり、身の危険を感じたりしているようなようすはありませんでしたか」

江見里は首をふった。

「わたしは感じたことはありません。ただだからといって、そういうことがまったくなかったという証明にはならないと思います。嶋パパは強い人でした。苦しい立場にいても、わたしにそれを感じさせまいとすれば、できる人でした。誰かに命を狙われているとしても、おくびにもださなかったでしょう」

「なるほど。嶋さんの経歴について、知っていることをお話し願えませんか」

「あまりよくは知らないんです。昔のことはほとんど話しませんでしたから。たぶん、母のことにつながっていくのを警戒したのだと思います」

「若い頃、学生運動に身を投じていらしたことがあるとか」

「少し聞いたことがあります。自分の青春は、六〇年安保闘争の只中《ただなか》にあった、と」

六〇年安保闘争といえば、鮫島も生まれる前のできごとだ。

「リベラルな学生だったということですね」

「ええ。でも学校を卒業してからは、そういう理想は捨ててしまったといっていました。国家にも失望していたけれど、革命を口にする人間にも信用がおけなくなったと……」

「その当時の活動仲間で政治家になった人がいるそうですが」

江見里は鮫島を見つめ、首を傾げた。

「さあ……わたしは聞いたことがありません」

鮫島は頷いた。頭痛は弱まる気配がなく、もうこれ以上訊ねることを思いつくのは難しいような気がした。

「大丈夫？」

「ええ……。そろそろお暇《いとま》しなければ――」

鮫島は腕時計を見た。午前三時に近づいていた。江見里がきっぱりといった。

「約束だわ。あなたを病院に連れていく」

「待って下さい。私が病院にいき、銃による怪我だと医師にいえば、その医師には届出義務が発生します。その結果、私もあなたも地元の警察の事情聴取をうけなくてはならなくなる。そうなれば、あなたは旅行にいけない――」

江見里は驚いたように目をみひらいた。

「鮫島さんはまさかそんなことを考えて、病院にいくのを拒んでいたの!?」

「それだけじゃありません」

鮫島は苦笑した。

「私自身も規則違反をしています。重大事件の発生にもかかわらず、所轄警察署への届出をおこなっていないのですから……」

「それはかなりたいへんなことなの？」

江見里は少し不安げな表情になった。

「追いはらわれたのに、いまだに前岡のことを嗅ぎ回っている私を煙たく思っている連中には、いい揚げ足になるでしょう」

事件関係者のひとりである女性と、その女性の自宅で深夜ふたりきりで過したことも、問題にできる――鮫島は心の中でつけ加えた。

江見里が立ちあがった。

「横になって目を閉じていて」

「何をするんです」

江見里は微笑んだ。

「とって食べないわ。それに嫌がるあなたを病院にも連れていかない」

くるりと背を向け、キッチンの方角へ歩み去った。

鮫島は息を吐き、体を横にした。自分に対する狙撃事件は忘れる他ないだろう。どのみち、前岡はまた自分を狙ってくる筈だ。

前岡は追いつめられている。だが前岡を追いつめているのは、鮫島ひとりではない。鮫島と反対側に位置する者も、前岡を追いつめているのだ。

だからこそ、前岡は、鮫島を狙撃するという乱暴な手段にでたのだ。

閉じた瞼《まぶた》の上に不意に冷たいものがかぶせられ、鮫島はびくりとした。江見里が近づいてきた気配はまるで感じなかった。

「ネクタイをゆるめるわ」

耳もとでやわらかな声がいって、鮫島の首回りがくつろげられた。冷えたタオルは、右耳の上の傷のあたりにもそっと押しつけられた。

「痛む？」

「いえ」

「嘘」

「わかりました。少し痛みます」

ほっと息を吐く気配があった。

「この家でこんなに長い時間いっしょにいた人は、あなたが初めてよ。嶋パパを別にすれば」

「申しわけありません」

「嘘」

鮫島は言葉に詰まった。江見里が黙っているので、しかたなくいった。

「半分は本気です」

「残りの半分は？」

やさしい口調だった。

「幸福でした。あなたをこんな間近で見られた」

「わたしのことを変人だと思っているでしょう。こんな山の中でひとりで暮らして、意味のよくわからない芝居をしている」

濡れたタオルがすばやく冷えた別の面に裏返された。鮫島はため息を吐いた。

「アーティストは、多かれ少なかれ変人です」

「警官も？」

「そういう人もいます」

「あなたは」

「変人かもしれません」

「マホが好きなの？」

唐突な質問だった。鮫島は鼓動が早まるのを感じた。

「――たぶん」

「鮫島さんの中で、マホと杉田江見里は別人？」

「ええ。そう思わなければ、ここにこうしているのがつらくなる」

「なぜ？」

「マホのファンである友人に呪《のろ》い殺されます」

「冗談をいう警官は多いの」

「さあ」

「訊いて」

「何を、です」

「杉田江見里は、鮫島刑事を好きかって」

「なぜです」

「訊いてほしいから」

鮫島はタオルの下で強く目を閉じた。心拍数がさっきまでの倍近くにはねあがっている。予想もしていなかった状況だった。空想すら自分に許していなかった。

「からかってはいけない」

ようやくその言葉を口にした。

「からかってなんかいないわ。わたしは会ったその瞬間に、相手のことがわかるの。というより、わからない人とは、絶対に親しくなれない」

「私のことがわかったと？」

「ええ。まっすぐな人だと。どこまでもまっすぐ。直線は寂しい。もし他の線と交わらなければ、ひとりぼっちだわ」

鮫島は深呼吸した。

「私はひとりぼっちじゃない」

「知ってるわ。でも誰かがいっしょにいてくれるのは、いつもあなたがいこうとする場所の入口まで。そこから歩きだしてあなたがふり返ると、自分の足跡しかそこにはない」

「これは何です。精神分析？」

「あなたの心を捜しているの」

鮫島は黙った。

「あなたはいつも自分に強いている。前へ、前へ、と。たとえその前が、どんなに苦しい選択でも、横やうしろにいくことは許さない」

「私はそんなに立派な人間じゃない」

「じゃあ訊けるでしょう。杉田江見里は鮫島刑事のことを好きかって」

「——なぜこんなことをするんです」

「わからないの!?」

不意に声が濡れていることに鮫島は気づいた。タオルを外し、かたわらにひざまずいて自分をのぞきこむ江見里の目を見た。

涙が流れていた。

「わたしもまっすぐな線なの。長いあいだ、まっ暗な、誰もいない場所を歩いてきた、孤独でまっすぐな一本の線なのよ」

鮫島はその目を見つめた。言葉にはできない熱い感情が胸の奥からつきあげてくる。

鮫島は腕をのばした。江見里の体をひきよせ、強く抱きしめた。

28

くちづけは交した。まるで十代の子供どうしが交すような、唇と唇だけのキスだった。

それでも鮫島の全身は震えた。欲望がなかったわけではなかった。しかしその先に進むことを鮫島は恐れていた。

職務や晶のことを考えたからではなかった。

直線と直線は一度交差すれば、あとはまた再び離れていくだけだ。交差する時間を少しでも長びかせるためには、くちづけ以上のことをしてはならないと感じたのだ。

鮫島は江見里と抱きあったまま、じっと動けずにいた。江見里の体のぬくもりと香りが、鮫島を幸福にした。誰かを抱きしめるだけでこれほどの喜びを感じたのは、本当に久しぶりのことだった。

その喜びがしかし、永遠につづくものではないことも、鮫島は知っていた。

笑顔が似合わないと感じたとき、鮫島は江見里が歩いてきた孤独な道をその背後にかいま見ていたのだった。そして江見里もまた、鮫島に同じ寂しさを感じとっていた。

そうした人間どうしが出会ってしまい、惹かれあってしまった。そして最もつらく苦しいのは、そうした人間であるがゆえに、自分たちの出会いが決してなにものも生まぬことを気づいていることだった。

あらかじめ、失われることが前提となった出会いだった。

それは結婚であるとか、性的な結合を到達点として考える思考ではなかった。

一瞬を共有し、そしてそれ以外の部分では何ひとつ一致しない人間どうしなのだった。ただ、その一瞬を共有できることにかけては、他のいかなる者よりも、目の前にいるお互いが優れていることを二人は察していた。

二人が抱きあった時間は至福だった。未来においてこの時間を再現できるという保証は何もなかった。何もないからこそ、至福であるのかもしれなかった。

やがて鮫島の耳もとで、江見里がくぐもった声で訊ねた。

「痛みは？」

「なくなった」

鮫島は答えた。目は江見里の家の天井を見つめている。真実だった。江見里も疑わなかった。

「よかった」

江見里の吐息が鮫島の耳をくすぐった。

「――君はずっとどこにいたんだ」

鮫島はつぶやいた。声がかすれていた。互いの気持を感じあって、たったわずかこれだけの時間で、鮫島の心は別離の予感に怯えていた。

「あなたにとっては世界の果て。あなたの暗闇とは決してつながっていない、別の暗闇の中」

「俺の暗闇なんて、すごく小さい。ぶつかってぶつかって、いつかほころびができると信じていられるくらいに」

「素敵だわ。あなたならきっと作れる」

「君はどうなんだ」

鮫島は首を傾け、江見里の目をのぞきこんだ。江見里は微笑んだ。

「わたしは――わたしの暗闇も狭いわ。一方通行の細い筒のようね。わたしはそこを、ただ進んでいくだけ」

言葉だけの否定や慰めは無意味であるだけでなく、今は互いの気持への侮辱ですらあった。

鮫島は沈黙し、自分の胸の上にのった美しい顔を見つめた。

「出口は？」

「ない」

小さな声で江見里はつぶやいた。鮫島は深々と息を吸いこんだ。

君の暗闇を濃くした人間を逃さない。必ずつかまえる――心の中でだけ、語りかけた。

「恐い目になった」

江見里がいい、鮫島は気持を読まれていたことに気づいた。もう驚きはなかった。

「同じ種族なのよ」

江見里はいった。鮫島は肯定するために目を閉じた。

「いつかは見つかるかもしれない」

「そうね」

江見里の言葉はしかし、それを信じてはいなかった。

「前にわたしみたいな人間に会ったこと、ある？」

江見里が訊ねた。

「あったかもしれない。しかしこんな風には……わかりあえなかった」

「わかりあっても何も変わらないし？」

「それは、何ともいえない」

自分が出会ってきた男たち女たちの中に、〝同じ種族〟の人間がいたのだろうか。

硬い、一本の線。無限の暗闇の中を、他のどの線とも交差することなく伸びつづける。

しかしその暗闇は真空ではない。それどころか、一本の直線をへし折るための、さまざまな圧力や妨害に満ちている。

鮫島は自分を孤独な騎士に例えたいわけではなかった。いわば自分という、この直線は、本来あってはならない場所に存在してしまったのだ。

それが自分である場合、どうすることもできない。立ち止まる、折れる、曲がる――他人にはそれが想像できても、自分には行動はおろか、想像もできない。

「ただ、進むだけ」

江見里がつぶやいた。

「暗闇は冷たいのか、君の」

「ええ。嶋パパが死んでからは、うんと。あなたが現われるまでは、氷のようだった」

「俺は暖かくできるのか」

その瞬間、願いをこめて鮫島は訊いていた。しかし江見里の答は、それを否定した。

「あなたは一瞬の光。暖めてくれる光ではないかもしれない」

「光だって暖かなときもある」

「まだわたしはそんな光に出会ったことはない」

鮫島の胸に痛みが走った。自分にはある。晶や桃井、藪といった人々の存在。この痛みはうしろめたさを伴っている。

鮫島は江見里に対し、どうすればよいのかわからなかった。たぶんどうしてやることもできないのだ。〝同じ種族〟であろうと、救うこととはまるで別の問題なのだ。

「なるべく長く光っていよう」

江見里は鮫島の目をのぞきこみ、寂しげに微笑んだ。それからその目にすばやく唇を押しつけた。

「いかなけりゃ。わたしにはわたしの旅がある」

29

江見里とは長柄の交差点で別れた。江見里の荷物をBMWに積み、鮫島は江見里が自分の車を止めた場所まで運んでいった。

江見里が自分のアウディに乗りこみ、走り去るのを鮫島は見送った。

それから狙撃地点を調べることを開始した。

夜は明けかけていた。電灯がなくても、路面に落ちているものを捜すことができるほどだった。

だが青い光の中で、鮫島は何ひとつ発見できなかった。壊れている自分の携帯電話をのぞけば。

狙撃者は薬莢をもち去ったかリヴォルバーを用いたにちがいなかった。

鮫島は、自分に向けて発砲された銃弾が何発であったかを思いだそうとした。三発、もしかすると四発だったかもしれない。狙撃者の車が止まっていた地点に立ち、撃ちだされた弾丸がどの方角に飛んだかを見極めようとした。

狙撃者は車を降りず、おろした窓から銃をつきだして発砲したと鮫島は考えていた。鮫島に対して、やや低い位置から銃弾は撃ちだされたことになる。

上昇角度のついた弾丸は、何にもあたらなければ当然、上方に向けて飛んでいく。やがて空気摩擦によって前進エネルギーを失い、ゆるやかな放物線を描いて落下する。

鮫島が撃たれた位置から三十メートルほどうしろに、釣り宿の看板があった。

白地に赤く「長井《ながい》港　三吉丸《みよしまる》」とあり、この先の渚橋《なぎさばし》交差点を左折と矢印がでている。

鮫島は看板に歩みよった。看板は木にブリキを打ちつけたものだった。地上一・五メートルくらいの高さで、縦横二メートルくらいの大きさがある。「三吉丸」の「丸」の字に小さな穴が開いているのを発見した。

看板の裏側に回った。穴は貫通していない。鮫島はBMWの工具箱からマイナスドライバーをとりだして看板に歩みよった。夜が完全に明け、横浜横須賀道路へと向かう車線は交通量が増えつつある。

看板に開いた穴にドライバーをさしこんだ。固いものがドライバーの刃先に触れた。

その固いものを傷つけたり変形させないよう、注意しながら木の穴を広げていった。

五分ほどで、看板につき刺さった銃弾をとりだした。潰れているが、変形はそれほど著しくはない。藪に見せれば、口径と使われた銃の種類は判定してくれるだろう。

BMWに戻った。一連の作業をしているあいだ、鮫島は自分の心の一部にぽっかりと虚《うつ》ろな穴が開いていることを感じていた。

喪失感というのとはちがう。失ったものは、決して鮫島の手もとにあったわけではなかったのだ。強いて言葉をあてはめるならば、それは乾いた哀《かな》しみのような感覚だった。

江見里は、ほんの一瞬だけ鮫島の心を激しくつかみ、そして離すと、いってしまった。つかまれた感触ははっきりと鮫島の心に残っている。なのに、もう、つかんだ本人はどこにもいないのだ。

捜し求めることも、ひき戻そうとするのも無駄だと、鮫島にはわかっていた。

BMWをUターンさせ、横浜横須賀道路へと向かった。高速道路では、すでに朝の渋滞が始まっていた。

心に穴が開いている。しかしその穴はまるでレーザーですっぱりと開けられたように、不思議に痛みもなく血も流れない。だが、穴は穴だった。

鮫島は何も考えず、車を走らせた。自分をロボットにすることで、穴の存在を忘れたいと願ったからだった。

アパートに一度戻り、シャワーを浴びて着替えてから、鮫島は署に向かった。眠気はまったくなかった。

「顔色が悪いな」

鑑識係の部屋に顔をだした鮫島を見て、藪がいった。

「コーヒー、飲むか」

「もらおう」

藪は立ちあがり、コーヒーをカップに注いだ。鑑識係の部屋にもちこまれたコーヒーメーカーやカップ類はすべて藪の私物だった。

藪が淹れてくれたコーヒーを受けとり、鮫島は空いている椅子に腰をおろした。

「これを見てくれ」

鮫島はいって、証拠保存用のビニール袋に入れておいた銃弾をとりだした。藪は無雑作に受けとると、自分のデスクにのせてライトを点けた。

「三十八《サンパチ》だな。たぶんリヴォルバーだろう」

鮫島は頷いた。三十八口径は、リヴォルバーでは最もありふれた大きさだった。警察官が身につけるニューナンブやスミスアンドウエッソンも三十八口径のリヴォルバーだ。

「銃の種類までわかるか」

「ライフルマークに記録があれば何とかなるだろうが。どこで拾った」

鮫島は右の側頭部を見せた。明るいところでじっくり見ると、ミミズ腫れのような傷が盛りあがっているのがわかる。

「携帯電話がオシャカになった」

藪は無言で眉をひそめた。

「きのうの夜中、情報提供者と会うことになって、三浦の方までいった。車を降りて、情報提供者の自宅に電話をしていたら、いきなり撃たれた」

「病院には、いったのか」

鮫島は首をふった。

「情報提供者を巻きこみたくなかった」

「無茶な奴だな。そのうち死ぬぞ」

「撃った奴は、俺が脳振盪を起こしたのを見て仕止めたと思ったらしく逃走した」

「課長には話したのか」

「まだだ」

藪は鋭い目になった。

「事件にしないつもりか」

「今回は。本庁に弱みを見せたくない」

藪は無言で鮫島を見つめていたが、やがていった。

「相手に公安がついてるんで、あんたもムキになってる、ちがうか」

「かもしれない」

「おい、まさか、三十八《サンパチ》だからって――」

藪はぎょっとしたような表情になった。

「それはない。そんなことは考えちゃいない。やったのは、前岡か、前岡の命令を受けた誰かだろう」

「刑事《でか》殺しを請け負うようなマルBはめったにいないぞ」

暴力団員が警察官を殺せば、その暴力団は徹底的な報復を警察組織から受けることになる。組長自らがよほど腹をくってかからない限り、刑事に銃口を向ける組織はない。

もし前岡が自分以外の人間に襲撃を依頼したとすれば、それは平出組の組員ではないだろう。組員を使って刑事を銃撃したことが明るみにでたら、前岡は組にはいられなくなる。いかにコカインの密売で組の財政に貢献をしていようと許される行為ではない。指を詰めたとしても破門は免れられない。

「金で解決するなら、中国人を雇うか。格好の手下がいたが、お前さんにパクられちまったあとだ」

「たぶん中国人じゃない」

鮫島はいった。中国マフィアの抗争では、金で雇われた殺し屋は、相手のスキをうかがうというまだるこしい襲撃方法をとらない。相手の本拠地に多勢で乗りこみ、一気呵成《いっきかせい》にカタをつけることを好む。もし平出組が中国人の殺し屋を雇ったなら、鮫島を中野から三浦まで尾行をするような手間はかけず、アパートにいるか、でたところを狙ってきただろう。

「すると前岡本人か」

藪は腕を組んだ。

「一番可能性が高い。俺はこれから平出組にいく」

鮫島の死体発見がニュースにならないので、襲撃の失敗を前岡は気づいている筈だった。当然、自宅や事務所からは姿をくらましているだろう。即ち、姿を消していることが銃撃の証明になる。

「ひとりでいく気か」

「奴がいないのを確かめにいくのさ」

藪はあきれたように目をみはった。

「課長じゃないが、もってけよ」

「わかっている。その弾の方を頼む」

鮫島はいって、立ちあがった。

保管庫からだした拳銃を携帯した鮫島は渋谷に向かった。道玄坂の平出組の事務所周辺には、公安総務による張りこみがおこなわれている可能性がある。

鮫島は公衆電話から、平出組の事務所に電話を入れた。

「はい、平出組です」

応えたのは、聞き覚えのある声だった。鮫島が自宅で揺さぶりをかけた組員、牧村だ。

「指は無事だったか」

鮫島がいうと、はっと息を呑む気配があった。

「今、お宅のすぐ近くにいる。でてこれないか」

「何の用だよ、もう関係ねえだろうが」

牧村の声は弱気になった。

「聞きたいことがある。道玄坂の入口にある『アリス』って喫茶店で待ってる」

「いくわけねえだろうが」

「財布、見逃してやったのを忘れてないだろうな」

いって、鮫島は電話を切った。

鮫島が選んだのは、およそ暴力団関係者が足を向けないような、若者向けのオープンカフェテラスだった。その奥の、目立たない席で鮫島は牧村を待った。

およそ十五分後、牧村は現われた。落ちつかない表情で店内を見回し、鮫島を見つけると無言で向かいに腰をおろした。

「飛ばさずにすんだようだな」

鮫島は傷も包帯もない牧村の手を見ていった。牧村は不機嫌そうにいった。

「ふざけんなよ。あんたには借りなんかねえ。第一、本庁だって前岡さんには指一本触れなかったじゃねえか」

「それは前岡だからだろう。お前だったら助けちゃもらえなかった」

牧村は黙った。

「心配するな。お前に組を裏切らそうなんて思っちゃいない。だがよく無事だったな」

「あれ以来、組うちがバタバタなんだよ。前岡さんはひどく忙しくなって、俺のことは忘れてくれるってさ」

「そりゃそうだ。前岡は、他人の指より自分の首が心配になってる。今日も事務所にはきていない、ちがうか」

「知らねえな」

牧村は横を向いた。煙草をくわえる。鮫島は身をのりだしていった。

「いいか、俺はマルBとなあなあになるのは嫌いだ。だからお前がいくらつっぱっても平気だ。なあなあにならなけりゃいつでもひっぱることができるからな」

「管轄ちがいで、何いばってやがる」

「その調子だ。今、お前の事務所の周りには刑事が張りこんでいるだろう。前岡をひっぱっていった公安の刑事たちだ。いっとくが連中は、俺以上にキツいぜ。その気になったら平出組はぺしゃんこだ。あることないこと、いくらでもお前らに背負わせるだろうな」

「なんで公安が関係あんだよ」

「前岡に訊いてみろよ。前岡が逃げたら、気をつけた方がいい。公安と前岡は確かにつながっている。だが前岡以外のお前らは、公安にとっちゃ何も関係ない。お前らにコカインから何からを全部くくりつけることができるんだ」

牧村の目に一瞬、不安そうな影が宿った。

「前岡が逃げたら、そのときは腹をくくれよ」

「前岡さんが組を売るわけないだろう」

「前岡が売るんじゃない。前岡を助けたい奴が身代わりを捜すんだ。立花って名前を聞いたことはないか」

「知らない」

牧村の目に強気が戻った。本当に知らないようだと鮫島は思った。

「覚えておけ。立花というのが、前岡の命綱だ。だが平出組の命綱じゃないぞ。そこのところをはきちがえるなよ」

牧村は無言だった。けんめいに頭を働かせているのだった。

「——まさか前岡はもう逃げちまったのじゃないだろうな」

鮫島は、わざと驚いたような顔でいった。

「前岡さんはきのうから出張だよ。明日になれば帰ってくる」

牧村は吐きだした。

「本当に帰ってくるかな。携帯、電話してみたか？　つながらないのじゃないか」

牧村は憎々しげに鮫島を見つめた。図星だということを鮫島は悟った。鮫島からの電話のあと、牧村はすぐに前岡と連絡をとろうと試みたにちがいなかった。

鮫島は伝票を手に立ちあがった。

「前岡から連絡があったら伝えておけ。俺からの伝言だ。最期の最期には、お前も切り捨てられるぞ、と」

30

今でも部長を前にすると、神経がこれ以上はないというほど張りつめる。

決して声を荒げるわけではなく、皮肉を浴びせかけるわけでもないこの元上司は、しかし部下のあらゆる欺瞞《ぎまん》を見抜く天才だった。

嘘が責められる職場ではなかった。直属の上司にだけは真実を告げ、同僚や部下に偽りを告げるのは日常だった。ときには直属の上司にすら、真実と異なる言葉を告げたり、別の方向へと誘導する情報を洩らすこともあった。にもかかわらず、立花は部長に対して一度たりとも嘘を告げたことはない。

意図的に時期をずらしたことはある。叱責を恐れたからではなくて、自分の判断と工作がどのような影響を及ぼすかを、こっそり確かめたいと考えたからだ。

しかし思ったような影響を見ることはできなかった。あとになって立花は、自分が報告をおこなうはるか前、工作の直後に、部長がその事実をつかんでいたことを知った。

誓っていえる。当時部長のもとで働いていた人間はすべて、部長を畏《おそ》れ、敬《うやま》っていた。

部長は愛されることなど望んではいなかった。警察の、ある部門においては絶対権力者ではあったが、その権力すら誇示したこともない。

たぶん、あの頃の部長は、同期のキャリアや上司にも畏れられていた筈だ。

事態に直面すると、部長は常に最も適切な判断を下した。それは最良でも最善でもなく、最適切と呼ぶのがふさわしい判断だった。

もちろんあの頃と今とでは、立場がちがう。部長も笑みを浮かべることがあるだろうし、欺瞞にだまされたふりをするときもあるだろう。有権者という、不特定多数の人間を相手にする以上、憤《いきどお》ったり悼《いた》んだり、という感情を演じてみせる必要も生じてくる筈だ。

しかし部長の真実は何ひとつ変わっていない。常に最適切の判断を下す人。

たとえそれが自分の右腕を切り落とすことであろうと、我が子を死地に赴《おもむ》かすことであろうと、それが最適切と判断されるなら、眉ひとつ動かさずに、そうせよと告げる。

京山文栄《ふみひで》とは、そういう人物だ。


そこは一番町《いちばんちょう》に建つマンションだった。京山が主宰する研究会の事務局として借りられた二LDKだ。都心部にありながら木立ちに囲まれ、小さいがどっしりとした造りの建物だ。その部屋にはふた月に一度、立花が手配した清掃会社が作業に訪れる。盗聴器の発見と除去がその作業内容だ。同じ清掃会社は、京山の東京事務所と自宅にも入っている。今まで盗聴器が発見されたことはなかったが、京山は契約をつづけてきた。

立花がマンションを訪れたのは、京山が指定した午後十一時ちょうどだった。京山がときおり、自宅や宿舎にも帰らず、そのマンションに泊まることがあるのを立花は知っていた。

情事のためではない。部長には、おそらくひとりきりになって、あれこれと思索をめぐらす時間と場所が必要なのだ。

一階のテレビカメラ付インターホンを押し、無言のうちに開いた自動扉をくぐった立花はエレベータで四階にあがった。

四階の廊下のつきあたりにある扉が、その部屋だった。ノックをし、返事を待たずに立花は扉を押した。

スポーツシャツとスラックス姿の京山が立花を迎えた。手には判例集と覚しい分厚い本をもっている。二LDKの一部屋は書庫と化していて、内外の文献が山積みされているのだった。

京山を特徴づけるのは、眼鏡の奥の小さな目だった。瞬《また》きの回数が少なく、相手を見すえていても、何か他のことを考えているように感じさせる。だがその他のことが、いったい何であるかを想像すると、対峙《たいじ》する者は、常に落ちつかない気持になるのだった。

「歩いてきたのか」

京山は驚いたようすもなく、いった。

「ええ。近いですから」

近いというその理由を信じたようすもなく、京山は頷き、手にしていた本を閉じた。「公害裁判」という表紙の文字が見えた。

永田町から平河町、麹町から一番町にかけての裏通りは、東京でも権力と富が集中する一角だ。皇居の西半分をぐるりと囲み、たとえ徒歩で数分の距離であっても、権力の一端につながるかつながっていると見せたい人種には、歩くことなど思いもよらない。まして深夜となれば尚更だった。尾行の有無を確認するには、最良のルートだ。

「すわれや」

京山はいって、リビングの中央におかれた八人がけの皮のソファを示した。自らもひとりがけのソファに腰をおろす。

一六五センチという体格は、海外の閣僚などと並ぶとひどく小柄に見える。が、二人きりになると、誰もが京山が体格に恵まれていないとは気づかない。

ひとつには均整のとれた体型にその理由がある。京山は小柄だが、決して頭でっかちではない。高校、大学時代と陸上部の短距離走選手であったという経歴が示す通り、頭髪が白くなった今も体全体に敏捷《びんしょう》さが漂っている。大食や深酒とも無縁で、その体つきは、立花の上司であった二十年前とほとんど変化していない。

リビングのテーブルには、前もって用意してあったのか、日本茶を淹れた湯呑みがおかれていた。秘書が用意して帰ったのか、京山が自ら淹れたのか――おそらく京山本人が用意したのだろうと立花は思った。立花がかつて一度も約束の時間に遅れたことがない事実への信頼か。いや、そうであろうがなかろうが、十一時と決められていれば、その時間にあわせて、部長は茶を淹れる。遅れれば、冷えた茶を飲ませるだけの話だ。

京山はテーブルの上におかれていたキャビンに手をのばし、一本抜いた。

「選挙の方の準備はいかがです」

立花も煙草をとりだしながら訊ねた。

「新党の船出しだいだ。こっちにもあっちにも不協和音はある。順風満帆というわけにはいかんだろうが、順風満帆であったためしなどないからな」

「貝口の倅はどうです？」

京山は一瞬、間をおき、いった。

「悪くはない。泥をかぶった経験はないが、そのぶん決断力はある」

京山はいって、立花を見つめた。内心、貝口のことをどう思っていようと、これ以上もこれ以下の評価も、京山は口にしないだろうと立花は思った。

「何か、あるのか」

立花は頷いた。

「ある、といえるところまではいっていないかもしれませんが、ブライドの一件が妙な方向にほつれています」

「ブライド……。ああ。ほしの目星はついたのかな」

「まだです。捜査についてはお聞き及びですか」

「佐鳥くんのところで扱っているのだろう」

佐鳥は現在の公安部長だった。

「ええ。事件のあとすぐ、私のところへも『桜井商事』の人間から問いあわせがありました」

「ブライドと君は……貝口の件でか」

立花は頷いた。

「ブライドは例の女のコントローラーでしたから」

「昔の話だな。ブライドは引退していたのだろう」

「はい。ですが日本にずっと残っていました。佐鳥さんからお聞きですか」

「妙な商売に手をだしていたらしいな。ああいうのは困ると、大使館の方にも伝えたが、死んでからではまあ遅い。殺されたのは商売がらみなのか」

立花は首をふった。京山の目で何かが瞬いた。

「一件か」

立花は頷いた。

「貝口はすべてを書き遺《のこ》していました。ですが、妻が死ぬまでそれを秘密にしておくよう、弁護士に託していました。貝口の妻は昨年亡くなりました」

京山は静かに息を吸いこんだ。

「初めて聞くな」

「申しわけありません。貝口の遺書は、ですが悴に渡ったわけではありません。親友に送られました」

「よくつきとめたな」

「例の件以来、貝口が真相を託すとすればその親友しかいないと考え、定期監視をおこなっておりました。その人物は、葉山でホテルを経営していたので、客として接触が可能でしたから」

京山は無言で話の先をうながした。

「今年になって貝口の遺書がその人物に渡りました。死後十二年たってから届いたわけです。やむをえず、その人物を処分しました」

京山は表情をかえることなく、立花を見つめていた。

「私の一存です」

立花はつけ加えた。声を荒げた叱責をうけるとは最初から思っていない。おそらくはこうした反応になると予期していた。それでも緊張と不安で汗をかいていた。

京山は目を閉じた。

「誰を使った」

「渋谷の暴力団を通じて、愚連隊のようなチンピラに処理させました。ただ、その渋谷の組が、ブライドと例の商売で組んでいたんです。ブライドが殺されて、商売が明るみにでるとは予期していませんでした」

京山は目を開け、立花とは反対側の壁に目を向けた。

「……佐鳥くんには借りになるな」

つぶやいた。そして訊ねた。

「捜査責任者は誰だ」

「外事一課の香田警視正です」

「香田……。何年だ？」

入庁の年次を立花は答えた。キャリアであれば、年次が人事情報の基本となる。

「実はもう接触いたしました」

そうつけ加えると、わずかに不審げな表情を京山は浮かべた。

「君が――？」

「ですぎた行動だったのですが、理由がありました」

早口で立花はいった。

「どんな理由だ」

再び小さな目が立花に向けられた。瞬きのない、すべての欺瞞を見抜く目。さらに目の前の人物の、本人すら知らないかもしれない個人情報をすべて握る目。

「香田と同年次入庁の新宿署警部が、状況に不審を抱き、葉山のホテル経営者の件を処理させた二名を逮捕しました。渋谷の暴力団当事者に接触しようとしたので、いったんは商事の人間を使ってひきあげさせたのですが、実行犯に今度は目を絞ってきたのです」

「警視正と同年次で警部だと？」

立花は頷いた。

「お聞き及びではありませんか。鮫島という人物です」

「聞いたことはある」

「香田警視正と鮫島は仲が悪いという情報があって、それで接触したのです。もちろんお名前は一切出さず、古いことをつつくのはやめてもらいたいという、そういう話をしました」

「鮫島の牽制《けんせい》か」

「その意味もあります。鮫島のコントロールは、庁内でもかなり難しいようです」

立花は京山の顔を見つめた。もしかすると京山が鮫島について何か情報を握っているのではないかと思ったのだった。

だが握っていたとしても、京山はそれを匂わせるような言葉は口にしなかった。

キャリアの壁だ。

たとえどれほど京山に忠誠を尽そうと、しょせん自分はノンキャリアでしかない。キャリアは、キャリアのみにしか抱かない〝同族意識〟がある。

その点においては、この京山ですら例外ではなかった。

「事態は流動的ということだな。で、貝口の遺書だが、止まっていないというわけか」

「悴のところへは渡っていません」

「当然だ。渡っていたら、政局が今の状況であるわけがない。だがどこかへ流れたから、ブライドが死んだのだろう」

「アメリカ側は、今回の政治状況をどう受けとめていますか」

「静観、だろうな。与党野党の構図が崩壊し、与党でも比較的当選回数の少ない私と、野党の二世議員が組んで新党を発足させる。私は御輿《みこし》になるつもりはないから、貝口の悴を担ぐ。そのあたりの心づもりは、伝わっているだろう」

「総理にはなられないのですか」

「向きではないし、時期でもない。勝ったら官房長官をもらうつもりだ」

こともなげにいって、京山は立花を見やった。

「ブライドをアメリカ側がやったと考えているのか」

「鮫島の後押しをCIAがしていれば、スキャンダルは作れます」

「そこまでして私を叩きたい理由は、アメリカにはない。それにCIAにそういう動きがあれば、いくらなんでも聞こえてくるだろう」

やはり、そうか。立花は暗い気持になった。ブライド殺しが、むしろアメリカ官僚の小賢《こざか》しい謀略であってくれれば、と願っていたのだ。鮫島がＣＩＡから金と情報をもらって動いている飼い犬であれば、口輪をはめる方法もあった。

だがそうでないとすれば、厄介な問題が残る。

前岡と会ったときに抱いた直感はおそらく外れていない。

「ブライドは誰がやったんだ」

京山が訊ねた。

「例の事件の関係者か」

「係累で生存しているのは、貝口の倅の他はあとひとりだけです。たぶんその人間であろうと……」

一瞬、京山はとまどったような表情になった。

「復讐、なのか」

そういう感情的な行動を実行する人間が存在するのが信じられないような口調だった。立花は無言で頷いた。

京山は息を吐き、新たな煙草をくわえた。立花はようやく茶に手をのばすゆとりをもった。冷えてしまっていたが、喉に心地よかった。

「警護を増やされた方がいいかもしれません」

湯呑みを戻し、立花はいった。

「そんな必要はない」

京山は静かにいった。

「いずれにせよ、ほしが逮捕されれば、流れはそこで断たれる。ほしがマスコミに訴えず、自ら実力行使にでてしまったことで、情報は遮断しやすくなったともいえる」

「では私はこのまま――?」

京山は人さし指を顎の下にあてがった。

「渋谷の暴力団当事者はどうなる」

目は再び部屋の隅に向けられていた。

「現在は行方をくらましています。ほしがすべてを知れば、次の目標になるでしょう」

「そこまでいってくれるなら、いってもらおう」

適切な判断だ。犯人が前岡を消し、自滅する。公安一課の手で犯人が逮捕されれば、情報は決して表に洩れない――。

だが本当にそうなるだろうか。裁判が始まっても、殺人の動機となった過去のできごとは明るみにでないか。

「逮捕はやはりまずいのでは」

立花は問いかけずにはいられなかった。京山は答えなかった。

しかも犯人が前岡を消しそこなえば、暴走する駒がもう一頭増えることになる。前岡に命がけで秘密を守るほどの度胸があるとは、立花には思えなかった。怯えた前岡の方が、先に危険になるかもしれない。

鮫島の問題もある。

「渋谷の件については、君に任す」

京山はようやく口を開いた。

「あとのことは、こちらで少し考えてみる」

「了解しました」

立花はいって、立ちあがった。

「では、私はこれでお暇します」

頷いた京山が、ふと思いついたようにいった。

「葉山の監視は長かったのか」

「貝口が自殺した年からですから、十二年、ですか。途中、抜けた年もありましたが……」

「十二年か……。もうあれからそんなにたっているのか」

立花は京山を見つめた。

「例の事件からは二十三年がたっています」

「そちらの方が強烈に印象に残っている」

京山は頷いた。そして目をあげ、立花に訊ねた。

「犯人はいくつだ?」

立花はためらい、いった。

「記録によると、三十一です」

「娘だったな」

「はい」

京山が無言でいたので、立花はいった。

「逆恨みです」

京山が苦笑したので、立花は驚いた。

「恨むとか、恨まれるとか、あの頃は一切、考えなかった。政治の世界に入って、人間のそうした感情を学んだよ」

「また別ものですから」

「だが、目的は同じだ。警察にいたときも、今も」

「わかっています」

立花は頷いた。部長はやはり変わっていない。いつも考えていることはひとつだ。この国の未来に、最も適切な手段を選ぶ。

31

前岡は、翌日になっても平出組の事務所には姿を現わさなかった。

鮫島は焦りを感じていた。前岡をこのままおさえられず、奥山が受託殺人を否認しつづければ、平出組と公安総務をつなぐ糸は解明できなくなる。

前岡をおさえない限り、立花道夫という元公安警察官のもとへ出向いても、情報はまったく手に入らないだろう。

立花の、現在の警視庁への影響力には、単なるOBを越えた大きさがある。つまりそこには、容易には触れられない何かがある。それを抱えている立花が、鮫島を歯牙《しが》にもかけず寄せつけないであろうことは、容易に想像がつく。鮫島は、立花の存在に気づいていることを、立花にぎりぎりまで知られたくなかった。

自分が、前岡の向こうに立花を見すえていると知れば、立花は公安総務を使ってでも、さまざまな妨害をおこなってくる可能性があった。

藪の鑑定で、鮫島に向け発射された弾丸は、三十八口径リヴォルバーからのものだと判明していた。しかし弾頭に残ったライフルマークと特徴が一致する記録は、警視庁のコンピュータにはなかった。

その日の午前中、奥山の取調べをおこなっていた鮫島は、午後になって署長室に出頭するよう命じられた。署長室では署長の他に二人の人物が鮫島を待っていた。

鮫島はその顔ぶれを見て緊張した。警視庁人事一課長の池羽《いけば》警視長と佐鳥公安部長警視監だった。

少し話した後、署長は退席した。新宿署長はノンキャリアの警視正だ。明らかにこの話し合いは仕組まれたものだった。

人事一課長の池羽は、前任者の宗形《むなかた》と異なり、鮫島の人事には直接タッチをしていない。一方、佐鳥はかつての公安総務課の課長であり、鮫島の同期の宮本が自殺する原因となった内偵の責任者だった。鮫島がもつ、宮本の遺書をとりあげようと躍起になった公安内部の派閥の、一方の行動隊長といえた。

長身で堂々とした体格をもち、いかにもスポーツマンという風貌だが、その実、同期キャリアのアラを公安総務課長時代に集めて回ったという話だ。

署長が退室し、三人きりになると、佐鳥と池羽は目を見交した。佐鳥が、小さく咳《せき》ばらいをし、口を開いた。

「新宿ではかなり暴れているそうじゃないか」

わざとらしい明るい口調だった。

「与えられた職務ですので」

鮫島は無表情に答えた。佐鳥は頷き、

「過去、いろいろあったにせよ、もういつまでもこだわっている時代じゃない。状況は常に変化している」

と、鮫島を見つめた。

「君につらくあたった時期があることは認めざるをえないが、それが私利私欲や私怨《しえん》によるものではないことは理解してくれていると思う」

鮫島は微笑んだ。

「もちろんです」

一時、鮫島を亡き者にする計画があるという噂が公安内部で流れたことがあった。その主謀者といわれたのが、この佐鳥だった。

池羽が口を開いた。

「佐鳥さんは、今度、内閣調査室にいかれることが決まった」

「室長ですね。おめでとうございます」

佐鳥は頷いた。

「しばらく本庁を離れることになるし、次は警察庁だろう。去るにあたって、どうしても気になることがあって、池羽課長に相談した。君の身の上だ」

鮫島は無言だった。

池羽がいった。

「佐鳥さんは、君を本庁に戻したいといわれる。今さら公安でもないだろうから、新宿署での経験をいかして、生活安全部か薬物対策課はどうだろうというんだ」

「もちろん、そちらは私じゃなくて藤丸《ふじまる》さんの縄張りだ。勝手なことはできない。だから先日、藤丸さんにおうかがいをたてた」

鮫島は静かに息を吸いこんだ。藤丸は刑事部長だ。佐鳥と同格の警視監で、かつて鮫島が罠にかけられ、故買屋殺しの容疑で警察官の職務を逐《お》われそうになったとき、救ってくれた人物だった。

「『いいんじゃないか』、それが藤丸さんの返事だった」

鮫島は佐鳥を凝視した。

「藤丸部長がいわれたのは、それだけだったのでしょうか」

「いや」

佐鳥は満足そうな表情でつづけた。

「戻すからには、今の階級ではまずいだろうということだった」

つまり警視にする、といっているのだ。だが鮫島は食い下がった。

「それだけでしょうか」

佐鳥の笑みが消えた。

「それだけ、とは?」

池羽が佐鳥を見やり、いった。

「本人が望むなら、と藤丸さんはつけ加えられた」

鮫島はそっと息を吐いた。いつのまにか握りしめていた両手から力が抜けるのを感じた。

「たいへんありがたいお話です。現在、捜査中の件に目途《めど》がつきしだい、お受けしたいと思います」

一気にいった。佐鳥が眉をひそめた。

「現在、捜査中の件？　署長からは聞いていないが」

「神奈川県警の依頼をうけて、請け負い殺人と思われる事案の裏付捜査をおこなっております」

「神奈川……」

佐鳥は顔をしかめた。

「刑事課に任せればいいだろう」

「それが、被疑者は私が逮捕したので、外れるわけにはいかないのです」

佐鳥の表情が硬くなった。当人が逮捕した被疑者の裏付捜査の過程で、その担当刑事を外せば、検察官の不興を買う。場合によっては立件不可能だとつき返される可能性もある。そうなったら、神奈川県警が警視庁に対して怒鳴りこんでくる。

「なんで君が逮捕した被疑者の取調べを神奈川がやっているんだ」

「私が逮捕したのは、銃刀法違反と私に対する殺人未遂の現行犯です。神奈川は殺人なので、まずそちらにひき渡しました」

佐鳥は口をすぼめ、横を向いた。池羽があきれたようにいった。

「君は警視庁警察官だろう」

鮫島は池羽に目を移した。

「縄張りではなく、重要なのは、被疑者の検挙と起訴である、と私は考えております」

「変わっとらんな、お前！」

佐鳥が吐きだした。一瞬、怒りに我を忘れた口調だった。

「本庁に戻すといっとるんだろうが。つべこべいわないで戻ったらいいじゃないか」

鮫島は無言だった。池羽が咳こんだ。何かを喉に詰まらせたような咳だった。

「たいへん光栄です。ですが現在の私の上司である刑事部長のお言葉を私は尊重したいと考えております」

「とにかく、考えて決めたまえ」

ようやく咳の止んだ池羽がいった。鮫島は頷くと、一礼した。

「失礼します」

鮫島が署長室をでるとき、佐鳥が聞こえよがしに舌打ちをした。


生活安全課に戻った鮫島は、課長席の桃井を見やった。桃井は机上に広げた書類に目を落としたまま静かな声でいった。

「いい話だったようだな」

「私が前岡を忘れれば」

鮫島は答えた。本庁に警視として戻らないかという申し出をされたのは、新宿署へ流されて以来、初めてだった。

心が動かない筈はなかった。

桃井が顔をあげた。

「そう、いったのか。お偉いさんは」

「いえ」

鮫島は首をふった。佐島にはともかく、池羽に対しては、自分には含むところがない。佐島が内閣調査室に去れば、本庁に戻っても自分はそれほどつらい立場におかれないですむかもしれない。

桃井は老眼鏡を外し、机においてあった煙草の袋をひきよせた。

「少し、意地になっていないか」

煙草の煙とともにその言葉を吐きだした。

鮫島は苦笑した。

「藪にも同じことをいわれました」

桃井は頷き、言葉を捜すように煙草の火口を見つめていた。

「この街では、事件は毎日起きている。人が殺されるのも珍しくはない。それがやくざだろうが、売春婦だろうが、中国人だろうが、命は命だ。君がブライドの一件で闘志を燃やすのはわかるが、ブライドもまた、失われた命のひとつに過ぎない、というい方もできる。現実問題として、捜査権は外事一課が握っていて、あちらからの情報は一切流れてこない。私がいいたいのは、敗北主義的なことではない。刑事は君ひとりではないんだ。皆、がんばっている。

そんな中で、君にいい話がきた。君としては、それが取引をもちかけられたように聞こえるかもしれないが、見方をかえればどうだろう。君のような人が本庁に戻り、我々前線基地をバックアップする参謀本部にでも詰めてくれたら、有形無形のさまざまな助力を、前線の刑事たちに与えられるようになるだろう。ひとりの殺人犯を捕えることよりも、あるいはその方がはるかに、警察全体にとっては有意義なのかもしれない。私ごときが警察全体などという言葉を口にするのもおこがましいが、君の実力を知る者ならば誰でもそう思うと、思う」

鮫島は無言だった。あるいはそうかもしれない。自分に実力があるなどとは思わないが、少なくとも新宿にきてから、自分は最前線で全力を尽してきた。その経験を、本庁刑事部にもち帰れば、きっと現場の役に立てられるような気がする。

「『新宿鮫』が新宿を去っても、君の教訓は新宿を含めたすべての警視庁管轄で生きることになる」

激しい迷いが生じていた。佐鳥と角をつきあわせていくことに対しては、何のためらいもない。将来において佐鳥が警視総監になる可能性は決して低くはない。そうなったとき、たぶん自分は警視のままで、冷遇される立場に追いやられるだろう。だが、そんなことも恐れてはいない。それまでの何年間かで、現場がより仕事をやりやすくなるようなアイデアやシステムを作ってしまえばよいのだ。

――上がこうだったらな、ああしてくれれば、もっと楽なのに――

軍隊にも通じる縦割り構造の警察組織にあって、最前線の兵士が感じる、機構や制度、あるいは習慣に対する矛盾は、決して上部組織には伝わらない。ため息とともに、「しかたがない、皆、同じことをしてきたのだから」というあきらめの言葉が吐かれるのを、何度鮫島は耳にしたことだろう。

それらの矛盾をひとつでもなくせるチャンスに、自分は手をかけているのだ。それを離し、背を向けて意地を張ることは、個人としては満足かもしれない。だが、桃井のいうように、多くの警察官のことを思ったとき、自己満足にのみ走ってよいものなのだろうか。

もちろん本庁に戻ったとしても、手枷足枷《てかせあしかせ》をはめられる可能性はある。結局は、新宿署以上の巨大組織の中に埋没し、したいことを何ひとつできずに終わってしまうかもしれない。

だが自分は少なくとも全力で闘うだろう。新宿署へ追いやられ、刑事捜査の現場を、ほとんど何ひとつ知らない状態から、歯をくいしばりときには命を張って、今のこの居場所を作りあげてきた。本庁でも同じことをすればいいのだ。

もし事件の問題を別として、新宿を去ることに抵抗を感じるとすれば、それは桃井や藪という、信頼のおける〝仲間〟を失う不安からくるものかもしれない。

だとすれば、それはめめしい。闘いをつづける限り、〝仲間〟はどこにあっても、得られると信ずるべきだ。

鮫島は息を吐き、顔をあげた。笑みを含んだ顔で桃井が見つめていた。

「『新宿鮫』でも、迷うか」

「からかわないで下さい」

鮫島はつぶやいた。桃井は首をふった。

「いや。君が迷うような人であるからこそ、我々は君に望みを託せるのだ」

鮫島の机上の電話が鳴った。鮫島は桃井に向けた言葉を呑みこみ、受話器をとった。

「はい、生活安全課です」

「鮫島警部をお願いします」

もう一度会って話したいことがある」

香田だった。

「私です」

「携帯にずっとかけていたが、つながらないのでそちらにかけた。もう一度会って話したいことがある」

「いつだ」

「早ければ早い方がいい。この前のカラオケボックスで、六時にどうだ」

香田の口調は真剣だったが、鮫島は思わず微笑んだ。

「いいだろう。遅れるかもしれないが、そのときは歌っていてくれ」

「馬鹿いうな」

電話を切った鮫島は立ちあがった。

「神奈川にいってきます」

奥山を落とすには、増添にもっと喋らせなければならない。任意出頭で取調べをおこなっている奥山とちがい、増添は勾留《こうりゅう》された状態がつづいている。とりあえずの突破口は増添に求める他なかった。

神奈川県警捜査一課で、増添の取調べを担当しているのは、諸橋《もろはし》という警部補と、原田香恵《はらだかえ》という一課には珍しい女性刑事だった。

増添は鮫島に対する発砲は認めていたが、それは自分を狙った暴力団の鉄砲玉だと思ったからだといいはっていた。この点については鮫島も、当初警察官と名乗らなかった以上、実質的には殺人未遂を立件するのは難しいだろうと感じていた。

だが諸橋と原田は粘り強い取調べで、成果をあげていた。増添はいったん外濠が埋まると、あっけなく陥落した。死刑になるのを極端に恐れたようだ。他人の身体を傷つけることに無自覚で、命を奪うことすら平然とやってのけたであろう男が、自らの死に怯えるのは、滑稽で醜くすらあった。

増添の自供によると、嶋瑛作に対する殺人計画は、奥山が立案し、実行に増添も加わった。

奥山はこれを平出組の前岡からの依頼であると、はっきり口にしたという。

諸橋はこれをもとに奥山に対する逮捕状の請求をするつもりだった。奥山から同様の自供がとれれば、前岡を逮捕する。

だが前岡がすでに行方をくらましていると鮫島が告げると、諸橋は暗い表情になった。

「前岡をパクらない限り、受託殺人は立証できませんね。動機もわからない」

「前岡の所属する平出組と嶋瑛作のあいだに接点はありません。つまり、前岡もまた、誰かからの依頼をうけて、奥山と増添を動かした可能性が高いんです」

「そうなるとややこしいな。暴力団を仲介にして殺し屋を雇ったというわけか」

「でも、いくら金がもらえるからといって、暴力団がまったく無関係な人間の殺人依頼を仲介するでしょうか」

原田がいった。

「それはないだろうな。何らかの関係がなければ。鮫島さんは、我々より前から、この事件に着目されているわけでしょう。そのあたりの情報はありませんか」

諸橋は鮫島を見た。いかにも叩きあげといった、陽に焼けてがっしりとした体格をしている。

「ひとり、心あたりのある人物がいます。しかしその人間の名を、こちらから増添や奥山にぶつけるのは危険だと思います」

「なぜです？」

「元警視庁警察官なのです」

諸橋と原田の表情がかわった。原田がいった。冷ややかな口調だった。

「鮫島さんは、事件に、元警視庁の人間が関係しているので、神奈川県警に被疑者を押しつけたのですか」

「それは……」

鮫島はいい淀み、頭を下げた。

「認めます。申しわけありませんでした。というのも、その元警察官は、公安の非常に複雑なセクションにいたために、OBとなった今も、保護と監視をうけているのです」

諸橋は苦い顔になった。

「警視庁に身柄をもっていけば、うやむやにされてしまうかもしれない。だから神奈川に預けたと――？」

「その通りです。うやむやにされたくはなかった」

諸橋は天を仰いだ。

「こりゃ、地検と相談しないと厄介だな」

「でも、前岡は必ず落ちます。前岡さえ落とせば、その元警官を必ずひっぱりだすことができる」

鮫島はいった。

「その元警官の階級は?」

原田が訊ねた。贅肉《ぜいにく》が少なく、きびきびとした婦人警官だった。

「警部です、最終的には公安部参事官付で、六年前の五十二歳のときに依願退職しています」

諸橋は息を吐いた。

「お偉いさんの懐ろ刀か」

「鮫島さん」

原田がいった。銀縁の眼鏡をかけているが、そのレンズの奥で大きく目をみひらいている。

「元警部の向こうに、さらに別の大物が隠れているという可能性はないでしょうね」

警視庁と神奈川県警は、自治体警察としてまったく別組織だとはいっても、その上には監督官庁として警察庁がある。そして、県警本部長や警務部長などのポストは、警視庁の公安部長や刑事部長のポストと同じく、キャリア警察官が、警察庁を出入りしながら歴任していく。つまり、別の自治体警察でも、トップクラスは、同じキャリアどうしということになる。

鮫島は目を閉じた。

「それはまだわかりません。ですが、可能性はないとはいえないと思います」

「えらい爆弾を押しつけてくれたというわけだ……」

諸橋は皮肉めいた口調でつぶやいた。

「でも、少なくとも東京よりは、ぎりぎりまでいけるわ」

原田は目に強い光をためて、いった。諸橋は鮫島をにらんだ。

「爆発するときに、逃げないで下さいよ」

「逃げませんよ」

鮫島は、その目を見返し、いった。

32

神奈川県警本部から新宿に戻った鮫島が、香田と待ちあわせたカラオケボックスに到着したのは、午後六時を十五分ほど回った時刻だった。

二人用の小部屋の前に立つと、ガラス扉の向こうから、低い演歌の歌声が流れてくるのが聞こえた。

香田が歌っているのだ。案内のボーイが扉を開けると、香田はあせった表情でふりむき、マイクをおろした。

「つづけて歌えよ。カラオケボックスにきて一曲も歌わない方が変に思われる」

鮫島は、冷やかすような口調ではなく、いった。

「うるさい。もういい」

香田はぶっきら棒にいって、ボーイにアイスコーヒーのお代わりを頼んだ。

ボーイがでていくと、鮫島は香田が広げていた曲名の並んだ本を見おろした。

「意外だったな。あんたは英語の歌を選ぶと思った」

だが香田はそれには答えず、

「なんでこんなに遅れたんだ」

と怒ったように訊ねた。

「神奈川にいっていた。平出組に雇われたチンピラの取調べ状況を確かめに」

「何の話だ」

鮫島は香田を見つめた。

「それを話す前に、あんたが佐鳥さんのロボットじゃないことを確かめたい」

もし香田から諸橋や原田の情報が佐鳥に流れれば、二人は知らぬ間に経歴に傷を負うことになる。

「俺は外事一課の課長補佐だ。佐鳥部長の下にいる。だからといって、佐鳥さんのスパイじゃない」

香田は憤然とした口調でいった。

「今日、佐鳥部長と池羽人事一課長が新宿署にきた。俺を本庁に戻してやる、といわれた。刑事部で。藤丸部長とも話がついているそうだ」

香田の目が広がった。

「お前、受けたのか、それを!?」

「まだ決めちゃいない。だが心配するな。たとえそうなっても、あんたを佐鳥部長には売らない」

香田はほっと息を吐いた。安心した表情を隠せずにいる。

香田は無言で考えていたが、やがていった。

「立花が接触してきた」

今度は鮫島が驚く番だった。

「どこで」

「帰りの地下鉄の中だ。俺が指定した喫茶店で立花と話した。奴は、お前に前岡を渡すなといった」

「理由は」

香田は無言で鮫島をにらんでいた。香田の中に葛藤《かっとう》があることに鮫島は気づいた。情報は生命だ。その生命を誰と共有するかで、香田の命運は決まる。

香田は息を吸いこんだ。

「お前が本庁に戻らんと約束するなら話す」

本庁に戻れば、香田と生命線を共有する人間が、いつでもその力を発揮できることになる。たとえこの事件がうやむやのうちに処理されても、鮫島が本庁の〝誰か〟に、香田と生命線を共有していたことを告げれば、香田のキャリアは頓挫《とんざ》するか、大きく遠回りするだろう。

「そんなに俺が恐いのか」

鮫島は香田を見返した。

「お前が恐いのじゃない！　組織が恐いんだ。お前らとちがって、浪花節《なにわぶし》じゃすまない世界にこっちはいるんだ！」

「俺が嘘をついたらどうする。戻らないといっておいて、あんたを裏切ったら」

香田はぐっと喉の奥をふくらませた。

「――お前は、そういう嘘はつかない。俺はお前を大嫌いだし、馬鹿野郎だと思っているが、そういう嘘だけは絶対につかない」

くいしばった歯のあいだから言葉を押しだした。

鮫島は無言だった。煙草をくわえ、火をつけた。香田もそれ以上は何もいわず待っていた。

鮫島はいった。

「本庁には戻らない」

香田が太い息を鼻から吐いた。

「――京山さんだ」

鮫島は目を閉じた。驚きはさほどなかった。やはりそうか、と思っただけだ。歴代の公安部長の中でも最も切れる人材のひとりといわれ、警視総監どころか、警察庁長官もまちがいないといわれていながら、警察庁警備局長のポストから政界入りした人物。

「京山さんがどうかかわっているんだ」

「これはあくまでも立花の話だ。七〇年代の半ばに、ブライドがコントロールしていたアメリカ側の人間がいた。日本人で、たぶん過激派か労働組合の幹部だったのだろう、と俺は考えている。その存在を、当時の公安も、ブライドの紹介で知り、情報提供をうけていた。ところがその人間が事故で死んだ。その人間には子供がいて、最近になって死の責任がブライドにあると考え、脅迫をしていたというんだ」

鮫島は考えていた。ＣＩＡが、過激派ないしは労働組合にスパイをもぐりこませていたというのは、充分に考えられる話だった。だが、そういう貴重な情報提供者の存在を簡単に警視庁に教えるというのは奇妙だ。もし警視庁側が別個にスパイを同じその組織に送りこもうとしたら、CIAのスパイを告発することで警視庁のスパイをより深くに浸透させる手段すらとりかねない。

たとえ国家権力側に属していようと、スパイどうしの生存のかかった戦いにルールはない。CIAが、それほど単純に警視庁を信用する筈はなかった。

「俺は今頃になって脅迫してくるのは妙じゃないかといった。二十年以上も昔の話だからだ。立花によれば古い話だからこそ、誰かが口をすべらせたかどうかして、めぐりめぐって、そのスパイの子供の耳に入ったのじゃないかという」

「裏付ける資料はあるのか」

鮫島は香田に訊ねた。

「ない。資料は、当時の公安総務課長の判断ですべて残していないというんだ。それが京山さんだ」

「信じられない話だ」

鮫島はつぶやいた。

「だが京山さんがかかわっているとすれば、佐鳥さんや半澤さんがこれほど素早く対応した理由にはなる」

「あんたは実際に資料をあたってみたか」

「もちろんだ」

むっとしたように香田はいった。

「だがそこまでの情報となると、記録的にもカク秘か極秘扱いだ。いくら俺でも部長レベルの了解がなければアクセスできん」

「今の話は、大筋としては真実に近いかもしれないとは思う。あまり突飛な作り話をあんたに押しつければ、佐鳥さんや半澤さんあたりから矛盾する話がでてきて、かえって逆効果になりかねないからだ」

鮫島がいうと香田は頷いた。

「俺も同じ意見だ。だが奴は当然、意図的に重要な情報をいくつか落としている筈だ。それが結局、話が奇妙に聞こえる理由なんだ」

傲慢ではあるかもしれないが決して愚かではない香田はつづけた。

「第一番には時期の問題だ。二十年以上も前ということであれば、たとえ立花のいう事故が殺人であったとしても時効が成立するほど昔の話だ。その昔の話で、なぜブライドが脅迫され、あまつさえ殺されなければならないか。立花は、逆恨みによる復讐だといったが――」

「その前に問題がある。あんたは今、外事の現場にいるからわかる筈だ。CIAと公安は、そんなに仲がいいのか」

鮫島は訊ねた。

「ホットラインがあることは認める。大使館の担当官とは定期的に会合をもっている。だが、自分たちが飼っているエスについては、よほどの事態にならない限り、喋らない」

〝飼っているエス〟という言葉に不快感を感じたがそれをこらえ、鮫島はいった。

「よほどの事態とは、たとえばどのような場合だ」

「潜入している対象に正体がばれて、肉体や生命に危険が生じ、それを救うためには相手の協力が不可欠と判断されたときだ」

「この場合でもそれがあったと思うか」

香田は考えこんだ。

「CIAのエスの正体がばれ、命が危くなった。そこでCIAが日本の警察に保護を頼んだということか」

「わかりやすいケースにたとえれば、そうだ。だが結局、そのスパイは殺されてしまった。だからスパイの子供はCIAを恨んでいる」

「となれば、日本の警察に責任はない。CIAの協力依頼を受けていたら、スパイを見殺しにはしなかったろうし、スパイが殺されたとすれば、それはCIAの対応が悪かったからだ」

「だったら京山さんが傷つくのを心配する必要はないのじゃないか」

「立花は、こういう時期だから、少しでも京山さんのイメージが悪くなるような情報がマスコミに洩れるのを防ぎたいようだった」

「CIAに責任があることで、そこまで怯える必要はないだろう」

「スパイ工作にかかわっていたということになれば、政治家としてはイメージダウンだろう。まして京山さんは新党を結成しようとしている。その新党が選挙で勝てば、首相の指名をうける可能性だってある。マスコミにそうした話が洩れれば、対立政党が突いてくるのは目に見えている」

鮫島は煙草に火をつけた。

「平出組の前岡は、奥山と増添というチンピラを使って、今年の八月、逗子で人を殺させている。俺は今日、その増添の取調べ状況を見にいってきたんだ。奥山と増添が殺したのは、六十二歳になる葉山のホテルオーナーだった。このホテルオーナーと平出組には接点がまったくない。前岡がなぜ殺させたのかが、まるでわからない。あるいは前岡自身も、誰かに依頼をうけて、殺しを請け負ったのかもしれない」

香田の顔が緊張した。

「そのチンピラの話がわかったのはいつだ」

「訊きこみででたのはだいぶ前だが、嚙んだのは、それぞれ四日前と五日前だ」

「立花が接触してきたのは、四日前だ」

「つまり、このままでは前岡が危いと判断して、あんたに泡を食って接触してきたと、そういうわけか」

香田は不愉快そうに吐きだした。

「立花は、俺とお前が同期だと知っていた。つきあいがあれば、というういい方をしたが、俺がお前を嫌っていることも知っていたのだと思う。だから俺に接触して、お前から前岡をとりあげるように説得したんだ。エスを抱きこむような手を使いやがって。頭にくる奴だ」

香田にとっては、自分がコントロール可能な人間に思われたことが腹立たしいようだった。

鮫島はいった。

「もし葉山のホテルオーナー殺しが、立花が前岡にやらせたものだったら、当然、今回の件にもかかわってくる――」

口にした瞬間、ぞくりと悪寒《おかん》が背中を走るのを感じた。杉田江見里も関係しているのではないかという疑問が芽生えたからだった。

「どうした」

口をつぐんだ鮫島に香田はいった。

「何でもない」

答えながら急速に疑問が不安を伴ってふくらむのを感じた。ブライドが殺された現場となった西新宿のホテルのボーイは、外国人女性を目撃している。江見里の顔立ちならば、化粧を濃くし、カツラをかぶれば、とうてい日本人には見えない。

膝が崩れ、しゃがみこんでしまいたくなるような絶望感が不安にとってかわった。

香田が喋っていた。

「立花が、その件で殺しを前岡に依託したとすれば、京山さんのかかわり方は、立花の話したていどのものじゃない筈だ。人を殺してまでも、京山さんのかかわりを秘密にしたかったのだろうからな。とんでもないことになった……。もしそれが真実で、公けになったら、大スキャンダルだ」

鮫島は香田を見た。香田の顔は青ざめていた。たぶん自分の顔も青ざめている、と鮫島は思った。

理由はまるでちがうが。

「──どうすりゃいいんだ」

香田は呻くようにいった。鮫島は深々と息を吸いこんだ。考えがまとまらなかった。

「犯人が、その二十数年前のスパイ工作に関係した人間を恨んで、プライドを殺したとするなら、次に狙われるのは、立花か京山さんだ」

ようやく鮫島はいった。

「その葉山のホテルオーナーは、いったい何者だ」

「嶋瑛作といって、一九七〇年から『葉山軒』というホテルを一色海岸の近くで経営していた」

「六十二歳だといったな。年齢的には、事件と関係があってもおかしくない。政治的背景はどうなんだ」

「学生時代、政治運動にかかわっていたことがあった、という話だ。そのときの仲間で政治家になった人物もいたらしい。もう死んだそうだが……」

「そのあたりが関係していそうだな。嶋瑛作か。俺がアクセスできる記録にデータがないか検索してみよう」

香田は手帳をとりだして、メモをした。鮫島は息を吸いこんだ。

「もうひとり、調べてほしい人名がある」

「誰だ」

「杉田苑子という人物だ。故人だが、嶋瑛作と親しかった」

「杉田苑子だな」

疑うようすもなく、香田はくり返した。

「だがそれで何かがわかったとして、俺はどうすればいい」

鮫島を見た。暗い目になっていた。

「立花は俺に前岡をパクれといった。だが前岡は爆弾だ。奴が事件の背景について何かを知っていて、それを俺に喋れば、俺も爆弾になってしまうんだぞ」

「それが立花の狙いだったかもしれん。俺とちがって、あんたにはなくすものがある。加えていえば、俺は一昨日、誰かに狙撃された。前岡だったと思う」

香田は目をみひらいた。

「何だと!?」

「携帯電話がつながらなかったのはそのせいだ。犯人の撃った弾丸が、俺の携帯電話を吹き飛ばしたんだ」

香田は強く下唇を嚙んだ。鮫島はつづけた。

「前岡は追いつめられて暴走を始めている。それで自滅をすれば、立花も京山さんも安泰だろう。だが自滅せず、あんたのところへ転げこんできたら……そのときは腹をくくるんだな」

「――俺は未来を捨てるのか」

虚ろな声で香田はいった。

「お前と同じような、未来のない人生を送るのか……」

「考え方ひとつだ。それを切り札にすれば、あんたは歴代の公安幹部の弱みを握ったことになる。京山さんから警察庁《サッチョウ》の警備局長、公安部長、公安総務へと至る――。その方が出世できるかもしれん」

香田の目の奥に暗い炎が点るのを、鮫島は見たような気がした。

権力者の弱みを握れば、潰されるか、その権力者の序列に加わるか、ふたつにひとつしか選択はない。潰されることに対しあくまでも抵抗すれば、それは今の自分の姿だ。

終わりもなく、勝利もない。

香田は無言だった。

33

歌舞伎町のカラオケボックスを香田と別々にでた鮫島は、野方のアパートに向かった。前岡は、いつまで潜伏をつづけ、自分の命を狙ってくるのだろうか。事態が進展すれば、鮫島ひとりの命を奪ったところで、何の意味もなくなる。ただしそれは、香田が京山らの側にとりこまれなかった場合だ。

香田が京山の側につけば、邪魔者は、確かに鮫島ひとりだ。あとひとり、ブライドを殺した犯人を除けば。

アパートの周辺に近づくにつれ、鮫島の歩みは慎重になった。いつも使う裏道は通らず、人通りの多い道を選ぶ。

あれ以来、拳銃を携帯するようにしていた。だが前岡が鮫島の前に現われ、自衛のためにでも射殺してしまったら、立花の関与を証言する人物はいなくなる。

神経を張りつめ、自宅アパートへの道をたどりながらも、鮫島は、立花との対決を想定していた。

対決は前岡抜きでは成立しない。もし、前岡がいなければ、ブライド殺しの犯人をおさえなくてはならない。

心が重くなり、注意が散漫になるのを感じる。杉田江見里がブライド殺しの犯人である可能性は高い。

そして自分への接近。捜査情報を江見里は手に入れたかったのだ。

孤独でまっすぐな、一本の線――その言葉に鮫島は心をつかまれた。同じ〝種族〟だという言葉に震えた。

あれはすべて演技だったのか。マホというもうひとつの姿を使った、鮫島をとりこむための芝居だったのか。

そうだったとしても、自分は見抜けなかった。見抜けなかったどころか、今でも心をとらわれている。

杉田江見里との別れより、再会の方を鮫島は恐れた。再会は、彼女が殺人犯であることを証明するかもしれない。

アパートの前まできたとき、緊張が心を現実にひき戻した。部屋の明りが点っていた。

誰かが鮫島の部屋にいるのだった。

鮫島の住むアパートは三階建てで、ワンフロアにふたつの部屋がある。その二階の、向かって右側の窓が明るいのだった。

そこは居間として鮫島が使っている部屋だった。テレビやステレオがおいてあり、中央に食卓を兼ねたテーブルと椅子がある。窓にはカーテンがかかっているがそれが三十センチほど開いていて、すきまから光が洩れているのだった。

鮫島は立ち止まり、体を電柱の陰に隠した。心臓の鼓動が早くなっていた。カーテンから見えるすきまに目をこらした。動くものの姿はない。

もし鮫島の部屋で待ちうけるのが襲撃者であるなら、明りをつけておくという愚をおかす筈はないと思った。が一方で、追いつめられている前岡なら、拳銃を手にそのていどのことはやりかねない。

応援を要請する考えが一瞬、鮫島の頭をよぎった。しかし待ちうけているのが前岡なら捕えた時点で身柄は本庁にひきあげられてしまうだろう。そうなったら最後、神奈川県警があきらめるまで、警視庁内から前岡は姿を現わさない。

鮫島は決断した。とにかく自分も丸腰ではないのだ。たとえ部屋にあがりこんでいるのが前岡であっても、一方的に撃たれることにはならないだろう。

アパートの玄関をくぐった鮫島は靴を脱いだ。コンクリートの冷んやりとした感触が靴下を通して足裏に伝わってくる。靴を集合郵便受の上におき、ニューナンブを右手に握った。階段音をたてないように階段を登った。部屋の扉は木製ではなくスティールでできている。階段の幅は狭く、人ひとり通るのがやっとだ。その二点は、部屋を選んだ理由でもあった。

二階の踊り場に達した。二枚のスティールドアが並んでいる。右側が鮫島の部屋で、左側は、今は美大に通う学生が住んでいる。夜のアルバイトを始めたらしく、最近は真夜中前はめったに部屋にはいない。

音楽が聞こえた。鮫島の部屋で鳴っている。クリームの「ホワイトルーム」だった。復刻した古いロックのCD盤をかけているのだ。

鮫島は拳銃をおろした。だがまだしまうことはせずに、ドアノブを左手でつかんだ。鍵はかかっておらず、ノブを回して押すと扉は内側に開いた。

ロックの音量が一気に上がった。爆発的なヴォリュームではなかったが、かなりの大きさだった。

晶がテーブルのかたわらのソファにかけ、驚いたようすもなく鮫島を見た。テーブルの灰皿で煙草がいぶっていた。

鮫島は無言で拳銃をしまった。晶はステレオのリモートコントローラーに手をのばし、音量を下げた。

「それ、流行《はや》りかよ」

「何がだ」

晶に合鍵を渡したのは二年前だった。だが晶が鮫島にあらかじめ何もいわず使ったのは、これが初めてだ。

「裸足でチャカ」

「まあな。靴をとってくる」

鮫島はいって、踵《きびす》を返した。晶は無言だった。

喜びよりも当惑の方が強かった。晶は平然とした表情を浮かべていたが、たまたま時間が空いたから鮫島の部屋を訪れたのではないことは、明らかだった。それに加え、勘のいい晶が、鮫島のとった態度から、今の鮫島の立場に気づかぬ筈はなかった。

靴をはき、ため息がでた。自らがすべて招きよせた事態だった。晶は話し合いを要求するだろう。鮫島と自分のあいだに何か、わだかまりがあるか確かめようとする。その結果がどうなるかは予測がつかない。

階段をあがっていくと、煙草を手にした晶が開いた扉によりかかっていた。

「ごめん。勝手にあがって」

「いや」

鮫島は短くいった。晶が珍しくスカートをはいていることに気づいた。皮でできたミニだった。

「珍しいな」

晶は無言で肩をすくめた。

鮫島は扉を閉め、鍵をかけた。

「狙われてんのか」

晶の目は厳しかった。

「ちょっとな」

怒りの言葉を予期しながら鮫島は答えた。

「だったらなおさらごめん。余分な神経つかわせちまった」

だがあっさりと晶はあやまった。

「いいんだ。ずっと連絡がつかなかったろう」

気まずいものを感じながらいった。

「ああ、呼びだしてるんだけどさ、でない。さっきわかったよ」

晶の目がテーブルに移った。銃撃で壊された携帯がおいてある。

鮫島は無言でソファに腰をおろした。自然に息がでた。

「どうしたんだ。そのスカートを俺に見せたかったのか」

扉の前で立ちつくしている晶にいった。灰皿にたまった晶の吸い殻は十本近かった。かなりの時間、この部屋にいたと知れた。

「今日は早く終わったんだ。晩飯、今日こそ食わしてもらおうと思って――」

抑揚のない口調で晶はいった。

「じゃあ食いにいこう。俺も腹ぺこだ」

「――やめとく。表をうろうろできないだろ」

「それじゃ敵の思うツボだ。ハジかれなくたって、飢え死にする」

かすかな笑みが晶の口もとに浮かんだ。だが何もいわなかった。

「何だ？」

鮫島は訊ねた。晶は無言で首をふった。

「話ならするぞ。訊かれたことには答える」

「やけに聞きわけがいいじゃないかよ」

「お前らしくないんだ。何かあると思うだろう」

晶は大きく息を吸いこんだ。目が鮫島をそれた。

「ずっと考えていた」

「何を」

「あんたは、あたしがどんな重荷になっても決して自分からは放りださないだろうって。いいかえりゃ、あたしとあんたは、あたしがやめるっていうまでつづいていく」

「たわ言だな」

鮫島はいった。

「俺はお前が要らなくなりゃ、はっきりそういう」

晶は強く首をふった。

「あたしは勘ちがいしてた。自分や『フーズ・ハニイ』がどうなっても、あんたとあたしの二人だけの関係はかわらないって。でもそうじゃなかった。しかもあたしはつらくなると、それを全部あんたに吐きだしていた」

「それでいいじゃないか」

「ちがう！」

鮫島は息を吸いこんだ。不安と混乱が心をしめつけていた。

「あたしはあんたに耳を傾けなかった。いつもあたしばかりのスケジュールを優先して、あたしの愚痴を聞かせて」

「お前と俺の仕事はちがう。俺はずっと同じところにいて、お前は――」

「そうだよ。だから問題なのじゃないか。あんたはずっと新宿だ。でもあたしは新宿から遠くなった。あんたはあいかわらず、バカコップで、殴られたりどうかされてるのに、あたしは偉そげにテレビにでてちやほやされて、そのくせ何か気に入らないとあんたに当たってる」

「おい！」

晶の目に涙が浮かんでいた。

「あんたと新宿はひとつなんだ。あんたは決して新宿から離れない。だから、あたしも新宿から離れちゃいけないんだ」

「何をいってる」

「その通りじゃないか。あたしにとってあんたは必要だけど、今のあたしはあんたに必要ない。つまんねえヤキモチとか焼きたくねえんだよ。だけど、だけど、おっかねえんだよ！」

何が、とは鮫島は訊ねなかった。そして不安が薄らぐのを感じた。同時に、激しいうしろめたさが湧きあがってくる。晶はその鋭い勘で、鮫島が心惹かれる女性の出現を、察知したのだ。どうすればよいのか。何を話せばよいのだろう。素直にそれを認めて、しかしその女性が殺人犯であるかもしれないなどとは、とうてい告げられない。

晶を責める権利など自分にある筈がなかった。しかしそれを口にすれば、晶の勘、晶の不安を裏付けるだけだ。といって、すべてを否定するのは、鮫島にはできない。

鮫島は目を閉じた。

「俺にも罪はある」

その内容を話すのは恐しかった。理解されるとも思えなかった。

目を開いた。晶は扉にもたれたまま、じっと足もとを見つめていた。

「それは罪じゃないよ」

力のない声だった。鮫島は深く息を吸った。

「お前の勘は半分当たっていて、半分外れている」

「そんな話はしなくていい。それより、誰があんたを狙ってるんだ」

「いつも通りだ。俺に追っかけられている男だ」

「チャカをもつってことは、そいつももってるんだね」

鮫島は無言で壊された携帯電話を見た。晶が固唾《かたず》を呑む音が聞こえた。

「ややこしくなってる。元警官が関係しているのさ」

晶は弱々しい笑みを浮かべた。

「あんたがややこしくない事件だったことがあるのかよ」

「頼みがある」

鮫島はいった。晶は鮫島の目を見つめた。

「何だよ」

「ものすごくわがままな頼みだ」

「今のこの事件に結果がでるまで、俺から離れないでいてくれ」

晶は下唇をきつくかんだ。

「――どうして」

「どうしてでもいい。だからわがままなんだ。そのかわり結果がでれば、話す。お前の知りたいと思うことは何でも」

「で？」

「で、とは？」

「あたしたちに決着をつける？」

「――それが必要なら」

晶は頷いた。

「わかった」

鮫島はほっとため息をついた。

「ありがとう」

「逆だよ」

晶はつぶやいた。

「何が逆なんだ?」

「あたしはあんたに何ひとつしてやしない。なのにあんたに礼をいわれるのは逆だってこと」

鮫島は首をふった。

「帰る」

晶はいった。

「飯、食わないのか」

「やめとく」

ドアノブをひいた。

「連絡くれよ、結果がでたら」

「わかった」

背中で頷き返した晶は、去りぎわにいった。涙声になっていた。

「殺されるなよ。頼むから」

階段をゆっくりと足音が遠ざかり、扉が閉まると同時に聞こえなくなった。

鮫島は深呼吸をした。喉が震えた。

初めから手に入る筈もなく、そして今となっては手に入ったとしても手に入れてはいけない宝物と、長く手もとにあって見失いかけていた宝物を交換することになった。

何もかもが失われたとしても、後悔も怒りも、感じることは許されない。すべては自分が選んだ道、自分に用意された道だった。

新宿が鮫島に与え、新宿が奪っていくかもしれないもの。

テーブルに目がいき、晶のおいていった合鍵がそこにあることに気づいた。鮫島はじっと動かずに、その合鍵を見つめていた。

34

電話が鳴ったとき、鮫島は長椅子に体をのばし天井を見上げていた。頭の中は晶のことでいっぱいだった。事件のことを考えようとするのだが、どうしても晶と別れるかもしれないという不安が他の考えを退けてしまう。

くわえていた煙草を灰皿に押しつけ、時計を見た。午後十一時を二十分ほど過ぎている。晶が帰ってから四時間近くが経《た》っていた。

鮫島は着替えもせず、帰ってきたときのままの服装だった。

コードレスの受話器をとった。

「はい――」

「鮫島さんか」

「そうですが、あなたは？」

「この番号は牧村から聞いた」

鮫島は起きあがった。

「今どこにいる」

それには答えず、前岡はいった。

「俺は保険をかけることにした。あんたと立花と……。このままじゃ、いいように使い捨てられるような気がしてきたぜ」

「その通りだ。今のお前は——」

いいかけた鮫島の言葉をさえぎり、前岡はいった。

「いっとくが、俺は奥山たちとは何の関係もない。余分なものを背負わされるのはごめんだぜ」

「お前がそのつもりでいても、立花は信じるかな。お前が立花と奥山たちとの接点なんだ。お前が消えれば立花やその向こうにいる大物は安泰だ」

「だから電話してんだよ。立花にとっちゃ、秤《はかり》のどっちが重いか歴然だからよ」

「葉山で俺を撃ったのはお前だな」

「知らないね」

鮫島は息を吸いこんだ。

「おい、ムシがよすぎると思わないか。助かりたい気持はわかるがな、何も背負わないですむと思ったら大まちがいだぞ。こうしてる間にも、立花は昔の仲間をつかってお前を捜させているだろう。ただし今度は桜田門がかくまってくれるなんていう甘い考えは捨てることだ」

「警察が人殺しをするってのか」

「立花はもう警官じゃない。その立花がお前に何をやらせた」

「じゃあ、あんただって信用できない」

「俺は公安じゃない。俺が追っかけてるのは、神奈川で起きた受託殺人の容疑者だ」

前岡は黙った。

「いいか、今のままじゃどのみちお前が主謀者だ。ツナギだったということを証明したいのなら、でてくる他ないんだ」

「奥山はゲロったのか」

「増添がうたいまくってる。ババ抜きといっしょなんだ。奥山ひとりが黙してりゃ、奥山ひとりがかぶる羽目になる。奴がそんなタマだと思うか」

前岡は荒々しい息を吐いた。

「立花は何といってる」

鮫島はいった。

「あんたが消えりゃ丸くおさまる」

鮫島は腹の底に冷たい怒りが湧きあがるのを感じた。元警官が警官を殺すように指示しているのだ。だがそれを押さえこみ、いった。

「お前はどう思う？　俺の口を塞いだら八方丸くおさまると思うか。刑事が殺されたらどんな騒ぎになるか、素人でもないお前が知らんわけはないだろう」

「じゃあ俺はどうなる。パクられたって命が危ねえってことだろうが。桜田門でぶっ殺されるかもしれねえ」

「いくら何でもそこまではいかない。弁護士といっしょに出頭しろ。立花はもう現役じゃないんだ」

「そんなの信用できるか」

前岡にしてみれば当然の話だった。

「ひとつ手がある」

鮫島はいった。

「何だ」

「神奈川県警だ。増添は今、神奈川県警の一課で取調べを受けている。お前がそっちへ出頭すれば、桜田門も簡単には手をだせない」

前岡は考えているようだった。

「このまま消えるのが一番だと考えているなら、それは大きなまちがいだぞ。立花が公安を動かせば、日本中どこにも逃げ場はない。知らないうちに消されて埋められることになる」

前岡は大きく息を吐いた。

「立花はどこにいる？」

鮫島は訊ねた。

「それを知ってどうするんだ」

前岡の声に警戒心が加わった。

「立花の弱みを握っているのはお前、そして今は俺だ。お前がでてこなければ俺は立花のところへいく。奴に揺さぶりをかけたいのなら、俺といっしょにいくのも方法だ」

「今度はあんたと組めってのか」

「俺は立花とはちがう。組のシノギを紹介したりはしない」

前岡は否定しなかった。ブライドと平出組をつないだのは立花だと鮫島は確信した。

「だがいいか、ヤジロベエのように俺と立花のあいだをふらふらするような真似をしていると、本当に消されるぞ」

「そんなことはわかってる。だが簡単に消される気はないね」

前岡はいった。

「考えさせてもらうよ。また連絡する」

「時間はもうあまりないぞ――」

鮫島がいいかけたとき、電話は切れた。

35

机の上には、届けられたファックス用紙がいくえにも重なって積みあげられていた。「立花調査情報社」あてに、業務提携した調査会社から届いた報告書だ。

それによると杉田江見里は二日前に成田空港からニューヨーク行の便に乗りこんでいた。空港に向かう杉田江見里の車を、調査員は途中まで尾行している。

飛んだのか。

杉田江見里が十九から二十九までの十年間をアメリカで過したことはわかっている。その十年間のうち、最も長い時間いたのが、ニューヨークだった。かくまってくれる友人もいるだろうし、偽名で暮らしていくのも難しくない街だ。

だがブライドひとりを殺して、杉田江見里は満足したのか。

女の腕で人殺しをする、それもたったひとりでやってのけるには、かなりの覚悟と度胸がいった筈だ。ブライドを殺したことで、それを思い知り、復讐を断念したのか。

そうは思えなかった。

立花は、杉田江見里とたった一度だけ、接触したことがある。

あれは多分、七年前だ。森口という名で定期的な監視のために「葉山軒」を訪れていた三月、杉田江見里もまた「葉山軒」に〝里帰り〟をしていたのだ。

ロビーで見かけたとき、そうだと直感した。美貌は人を目立たせる。そのときの杉田江見里は化粧もしておらず、質素な身なりだったが、それでもそこにいる人々の目を惹きつけずにはおかなかった。

目もとがはっきりと母親に似ていた。その母親を、立花は死体でしか見たことがなかったが、はっきりと似通っていると認識できた。冷たくはないが、どこか超然とした印象だった。同じ匂いを、娘も漂わせていた。

ファックスの調査レポートとは別に、盗み撮りされた写真も郵送されて届いていた。杉田江見里に対する調査を開始していたことを、立花は部長には告げなかった。部長はおそらく気づいているだろう。

調査をおこなっているのは、いずれも自分と同じ「桜井商事」のOBだ。「桜井商事」にはあるいは、自分の依頼のことが伝わっているかもしれないが、問題ではない。現役の「桜井商事」の社員には、杉田江見里を知る者はいない。コンピュータで検索しても、何のデータもでない筈だ。

インターホンが鳴った。立花は顔をあげた。杉田江見里の行動は不可解だった。急な渡米の理由は、調査でも判明していない。

唯一、それに関係すると思われるのは、成田空港へと向かう直前に、杉田江見里とともに江見里の自宅から現われた男の写真だった。長身で髪の長い、険しい顔つきの男だ。

この男が何者であるか不明だった。ただ成田空港へ向から数時間前、杉田江見里は、この男を自宅近くに駐車されたＢＭＷに乗せて運んでいる。そのときの男のようすは、酔っているようだったという。

立花は机上の電話をとりあげ、一階ロビーのインターホンにつないだ。

「私です」

「待ってろ」

立花はいって、ロビーの監視カメラの映像を見た。前岡はひとりだった。オートロックを解いたロビーのガラス扉をくぐるのが前岡ひとりかどうかも、立花は見つめていた。

前岡が単独であることを確認すると、立花は机に戻り、一番下のひきだしを引き抜いた。奥に手を入れ、紙袋をとりだす。中身は、ブライドが生きていた頃入手した、小型のオートマチックだった。ワルサーＰＰの、フランス製コピーだ。三十二口径弾が七発装塡《そうてん》されている。スライドをひき、初弾を薬室に送りこんで安全装置をかけた。

玄関のドアホンが鳴った。返事をして、カーディガンの下のベルトにはさむ。この部屋で使う愚はおかしたくないが、前岡が精神的にひどく追いつめられている点を考えれば用心に越したことはない。

ドアを開いた。前岡はスーツを着け、ネクタイを締めていたが、いつもの育ちのよさのようなものはかけらもなかった。目もとに隈ができ、髪もわずかだが乱れている。

「疲れてるようだな」

「めいっぱいね」

前岡は吐きだした。

「すわれ。コーヒーか、それとも酒か」

「コーヒーをもらいましょう。酒は飲む気分じゃない」

立花は頷いて、キッチンのコーヒーメーカーに向かった。ダイニングの椅子に腰をおろした前岡は上衣の前をはだけ、あたりを見回した。

「殺風景な部屋ですね、いつきても。いつでもおんでる用意ができてるって感じだ」

「寝るだけだからな。ミルクと砂糖は？」

「いりません」

いって、前岡は両手で顔をこすった。

「鮫島を消すのに失敗しちまいました」

立花は無言でコーヒーカップを前岡の前においた。

「お前がやったのか」

前岡は頷いた。

「もう誰にも頼めやしません。現職の刑事《デカ》ですからね。野郎、ごていねいに、俺がやりそこなったあと、組の事務所から舎弟を呼びだしやがった――」

「手配されているのか」

ベルトにある拳銃の重みをにわかに感じながら、立花は訊ねた。

「いや。今んとこ、まだのようです。家《やさ》の近くだと騒ぎになるんで、夜中にでかけた奴のあとを尾けていったんです。葉山くんだりまでいきやがって。罠かと思いましたよ」

「葉山だと」

「ええ。何か待ちあわせしてたみたいでね。横横で、トンネルくぐったところで、俺の車見に、自分の車を降りてきやがった。何発か食らわしたらひっくりかえったんで、やったかと思ったのですがね……」

「その銃はどうした」

「とっくに処分しましたよ。あたり前じゃないですか」

立花は息を吐いた。

「鮫島はお前だと気づいているのだろう」

「おそらくは」

「だったら猶予はならないな」

「そう自分ばっかり楽すんじゃねえよ！」

いきなり前岡は怒鳴った。

「あんたぜんぜん自分の手をよごさねえじゃないか。何でもかんでも俺に押しつけてよ。あんたが誰のために動いているか、俺にはわかってんだよ。ええ？　未来の総理大臣さまだろうが。都合のいいようにばかり、俺らを使い捨てようたって、そうはいかねえんだ！」

「誰がそんなことをいった？」

「俺だよ。弁護士も用意した。いざとなったら、おそれながらとでていったっていいんだ」

「それでお前はどうなる？　一生終わりだ」

「消されるよりマシさ」

「誰に？」

「あんただよ」

前岡は立花を見すえていった。

「いいか。よく考えて気づいたんだ。これはババ抜きだった。今、ババをつかまされてるのは奥山だ。次は俺のところにくる。だが俺はつかんだままじゃ終わらない。必ずあんたや、あんたの大事な先生のところへも回してやるぜ。俺を消したらな、弁護士がマスコミに訴えるぜ」

「馬鹿なことを。俺がお前を助けようとしているのがわからないのか」

前岡はうんざりしたようにいった。

「何を寝言ほざいてんだ。あんたが俺を助ける？　誰からだよ」

「お前は警察の恐しさを知らん。お前らがふだんつきあってる、所轄のマル暴や本庁の四課など、ただの兵隊だ。体が頑丈で命令に逆らわなけりゃ、誰でもやれる仕事なんだ。

だがな、お前がかかわってるのは、そんな連中じゃない。お前もわかるだろう。鮫島が最初にお前のところにきたとき、手際よくお前をさらっていった連中だ。ごく一部を除けば、上のいうことも関係ない。どこでどんな仕事をしてるのか、机が隣でも何も知らせない。マスコミなんかには絶対でてこない、そういう刑事が実在することすら公式には認められない連中が動いているんだ。しかもだ、お前が愚かにも威そうとしているのは、そういう刑事たちをこの世に生みだした人間なんだ。警視総監も頭が上がらない人間なんだ。馬鹿な考えはもつな。日本にいる限り、お前は逆らうことはできないんだ」

「じゃあ何をおっかながってるんだ。鮫島なんてケチな刑事一匹、どうにでもできるだろうが」

　立花は覚悟を決めた。前岡はまったく信頼ができない。

「わかった。お前のことは京山先生も気にしていた。これから先生のところへ向かおう」

　前岡は目をみひらいた。

「マジでいってるのか、あんた」

　立花は頷いた。

「我々は一蓮托生《いちれんたくしょう》だと、先生もいっておられる。善後策をこれから協議する。先生の仕事場が、このすぐ近くにある」

　前岡は肩で息をしながら考えていた。

「いいのか――」

「かまわない。今までの流れはすべて耳に入れてある。上衣をとってくるから、待っていてくれ」

　立花はいって、ダイニングをでた。カーディガンを脱ぎ、シャツにネクタイを締めて背広を着る。この部屋で発砲するのだけは避けたかった。

　ふだんは乗らない車が、一階の駐車場においてある。それに前岡を乗せていこう。

　電話が鳴った。立花は机上の電話をとった。

「はい、立花です」

　無言で電話が切れた。受話器を戻した立花は思いつき、杉田江見里と正体不明の男がうつった写真を手にとった。

ダイニングに戻ると、写真を前岡に見せた。前岡は立ちあがって、待っていた。

「この男を知ってるか」

受けとった前岡の表情が変わった。

「こいつがそうです」

「そう、とは？」

「鮫島です」

驚きに立花の体はこわばった。なぜ杉田江見里と鮫島が接触しているのか。鮫島はブライドを殺した被疑者として江見里に目星をつけているのだろうか。そんな筈はない。もしそうならば、二十三年前のあの事件も含め、鮫島はすべてを知っていることになる。そんな筈はない、絶対に。

「女は誰です」

前岡が訊ねた。

「女房ですか。奴は独り者だと聞いてるんですが――」

「女は関係ない」

いって、立花は写真をとりあげた。

「ここまでどうやってきた？」

「タクシーです。自分の車を乗り回すほど馬鹿じゃありません」

「じゃあ私の車でいこう」

立花は車のキィをとりあげた。前岡は頷いた。

部屋をでて、エレベータに乗りこんだ。

「いきなりいって、大丈夫なんですか」

前岡が訊ねた。部長に会わせるといったとたんに言葉づかいが戻っている。

「大丈夫だ。この時間はたいていひとりでいる。私が会いにいくのも、いつもこのくらいだ」

「夜は忙しいと思いましたよ、もっと。料亭やら何やらで」

「そういう下らない政治屋といっしょにするな」

エレベータが一階に到着した。駐車場はいったんロビーをでて、左手にいったところにある。半地下になっていて、二十台近い車がおかれている。マンションの周辺は、夜間はほとんど人通りがない。

オートロックのガラス扉が開いた。金髪の白人女性がちょうどインターホンを押していたところだった。土地柄か、外国人の居住者も多い。

扉が開いたので、驚いたようにその白人女性がふり返った。その顔を見た瞬間、立花は前岡をつきとばした。杉田江見里だった。

「何だよ!?」

驚いたように前岡が叫んだ。

「前岡、逃げろ！」

杉田江見里の目が一瞬、立花から前岡に移った。

「ブライドを殺した女だ！」

「何だって！」

杉田江見里の右手がショルダーバッグからベレッタの軍用オートマチックをつかみだすのを見た立花は腰に手をやった。

「野郎！」

前岡が杉田江見里につかみかかった。あと一歩というところで江見里が撃った。前岡の体がくの字に折れ曲がった。立花はくるりと踵を返した。

銃声は最初に一発、それからたてつづけに二発が轟いた。

前岡が杉田江見里の足もとに倒れこんだ。銃口が立花を狙った。立花は首をすくめ、身を投げた。オートロックのガラス扉が閉まり始める。江見里が発砲し、銃声とともにガラス扉が砕け散った。

立花は床に横たわったまま、拳銃の引き金をひいた。銃声がロビーに響き渡り、ガラス扉がさらに砕けた。

江見里の目が大きくみひらかれ、くるりと背を向けた。外に向け走りでていく。

立花はアスファルトを叩く硬い足音が遠ざかるのを、じっと動かずに聞いていた。

やがて立ちあがり、自分の拳銃から排出された薬莢を捜した。見つけるとポケットにしまった。

まだ人はこない。前岡は即死状態だった。あの距離で三発の九ミリ弾をくらって生き残れる人間はいない。

エレベータには乗らず、非常階段を使って部屋に戻った。江見里に関するすべての調査報告書をシュレッダーにかけ処分した。

パトカーのサイレンが聞こえ、ほどなくしてマンションの下で止まった。

窓から見おろすと、通報を受けたと覚しい所轄署のパトカーだった。屋根に「麹町」という文字とナンバーが入っている。

立花は電話に手をのばした。「桜井商事」に連絡をとるためだった。

36

鮫島は切れ切れの睡眠で朝を迎えた。午前七時に起き、トレーニングウエアを着こんでアパートの外にでた。ぶあつい雲が空にはかかっている。昼まで天気はもたないだろう、と思った。自分の心の底に澱《おり》が淀んでいる。杉田江見里。晶。今どれだけ考えたとしても決着のつく問題ではない。ならば汗とともにそれを絞りだしてしまいたい。

わざと自分を虐《しいた》げるように走った。肺に送る酸素を減らし、苦しみを倍加させる。やがて汗が噴きだし、自然に口が開く。ある限界まで達すると、肺の痛みや息苦しさは消え、ただ左右の足を交互に動かすことだけに気持が集中する。

汗の流れる体が自分のものではないようで心地よい。だがどれほど汗を流したところで、立ち止まればそこには現実生活が待ちかまえている。何時間走ろうと、問題からは一歩も遠ざかることはない。

それをわかって走っている。汗を流し体を痛めつければ悩みなど消えてなくなるというのは世迷言《よまいごと》だ。せいぜいが、体の苦しみが強まれば心の苦しみをもてあそぶ余裕がなくなるに過ぎない。

一時間ほど走り、アパートに戻った。流れでる汗をふくこともせず、バスルームにとびこんでぬるいシャワーを浴びた。

留守番電話が点滅していた。晶からか。期待めいたものを感じる自分に怒りすら覚えながら、再生ボタンを押した。

「寝ているのか。もうでかけたのか。署に電話してみる」

それだけしか入っていなかった。名乗ってもいない。だが香田だとわかった。

鮫島は香田の携帯電話に連絡をとった。まだ八時過ぎだ。登庁の途中かもしれない。

「——はい」

香田の声がでると名乗った。

「今どこにいる」

「まだ自宅だ。さっきはちょっと外出していた」

「わかった。こちらからかけ直す」

そっけなくいって、香田は電話を切った。

鮫島は朝食の仕度をした。さして食欲はない。喉ばかりが渇いている。マヨネーズとマスタードであえたスクランブルエッグをトーストにはさみ、コーヒーで流しこんだ。

電話が鳴った。香田だった。

「昨夜遅く、麴町で殺しがあった。マル害は平出組の前岡だ」

「何だと。何時ごろだ」

驚きに鮫島の声はこわばった。

「午前一時過ぎだ。目はいない。麹町のマンションの一階ロビーで射殺されているのが発見された」

「使用された銃は」

「まだわからん。公安総務が現場を封鎖した。俺は蚊帳《かや》の外だ」

香田の声に不安がこもっていた。情報の持ち数がすなわち権力なのだ。与えられる情報量が減れば減るほど、権力の中枢からは遠ざかる。

「だったら探りだせ」

「何をいってるんだ、お前――」

香田はあっけにとられたようにいった。

「前岡は殺される一時間ちょっと前、ここに電話をしてきた。奴はびびっていた。立花に使い捨てにされるかもしれない、と」

「本当か」

「ああ。俺は弁護士を立てて出頭しろ、といったが、駄目だった。奴は立花と奥山をつなぐパイプだったんだ。奴が死んだら、立花は何も恐くない。ただ――」

鮫島はいい淀んだ。

「ただ、何だ」

「前岡を殺したのが、ブライドと同じほしなら別だ。ほしは次に立花を狙うかもしれん」

「何のために!?」

「わからない。麹町の情報を集めるんだ。俺も動く」

「わかった。きのう頼まれた調査は、今日やってみる」

嶋瑛作と杉田苑子に関する調査だ。

「頼む。きのうと同じ時間に同じ場所で会おう」

「同じ場所はまずい。別のところにしろ」

「区役所通りに『ママフォース』という酒場がある。そこに六時でどうだ」

「酒場か――」

「その時間なら開店前だ。俺と待ち合わせたといえば入れてくれる」

「しかたない」

香田は息を吐いた。


新宿署に出署した鮫島は藪を訪ねた。藪は二日前に歌舞伎町で起こった中国人グループどうしの乱闘で発射された拳銃弾の検査をおこなっている最中だった。

「おもしろいものがある」

藪は鮫島の用件にはかまわずいった。

「こいつはきのうの晩、俺が歌舞伎町一丁目のホストクラブの看板から穿《ほじく》りだした弾丸だ。これを発射したのが、そのトカレフだ」

検査台におかれているビニール袋に入った銃を示した。

「お馴染だろう」

鮫島がいうと、藪はにやっと笑った。

「それがちがう。俺たちが通常トカレフと呼んでいるのは、中国が旧ソ連から輸入した五十一式、あるいは国産化した五十四式拳銃だ。元となったモデルが『ピストレート・トカレバ』、トカレフM一九三三だから、トカレフと呼んでいるに過ぎない。だから正確にはトカレフじゃなくて五十四式と呼ぶべきなんだ。ところがこいつはトカレフなのさ、本物の」

藪はいってビニール袋をとりあげた。

「よく見てみな。拳銃のグリップ中央に入った星のマークを示す。当然だ。CCCPはUSSRと同じだからな。この星の周りにCCCPと入っているだろう。五十四式にはこの刻印はない。また五十四式なら、遊底の上部、排莢口の下に『五四式』という刻印が入っているが、それもない。さらに――」

藪は別の小さなビニール袋をとりあげた。現場で採取されたと覚しい空薬莢が入っている。

「このカートリッジの底を見てもらいたい。数字と文字が入っているだろう。これはヘッドスタンプと呼ばれていて、弾丸の製造工場や製造年度を示したものだ」

鮫島は受けとった。空薬莢の底は真円形で、中央部に雷管の小さな同心円が入っており、十二時の位置に三桁の数字、三時九時の位置に星型のマーク、六時にスラブ文字と覚しい字が刻印されていた。

「見ての通り、七・六二ミリ弾の薬莢にもスラブ文字が入っている。つまり、この拳銃も弾丸も、セットで旧ソビエト製ということなんだ。そいつを中国人がもっていた。すごくおかしくないか」

藪はにやにや笑いながらいった。

「つまりそれは、中国人に旧ソ連製の拳銃がいき渡っているということか」

「その通り。お前さんにとってはあまり嬉しくないだろうが、こういう話がある。旧ソ連では、兵器工場はあちこちに造られていたが、拳銃などの小火器工場は、特に極東部に集中していたらしい。そこで作られただぶついた製品がサハリンやウラジオストックから、もう日本に流れこんできている、という可能性がある。モデルガンを改造してしこしこ拳銃を作っていた時代は、今や昔話だ」

藪は手を広げた。

「俺にとっちゃつまらん。大量生産のハジキなんかより、ワンエンドオンリーの、特別製の方がおもしろいね。あたり前の話、カローラやサニーとフェラーリを比べられるかってところだな」

鮫島は息を吐いた。ようやく藪は気づいたようにいった。

「で、何の用だ」

「きのう、麹町署管内で拳銃殺人があった。使われた銃を知りたい。本庁公安が抑えにかかっていて情報がとれないんだ」

「何だ、そんなことか。大塚に知りあいがいる。訊いてやるよ」

といって、藪は電話機に手をのばした。

東京では、医師の死亡診断書のない死者がでた場合、たとえそれが家庭内における病死であったとしても、「変死」の判断を警察は下し、所轄署で遺体を管理する。警視庁の嘱託医や専任の監察医がこれを検死し、「自然死」との判断がおりるまで、葬儀はもちろん遺体に触れることも許されない。

そして明らかに犯罪による死亡という判断が下されると、遺体は大塚《おおつか》にある監察医務院に運ばれ、解剖をうける。解剖には全身をおこなう行政解剖と、死因となったと覚しい傷を中心におこなう司法解剖がある。このふたつの解剖は、病理解剖とちがい、遺族の許可を必要としない。

藪の知りあいは、専任の監察医のようだった。電話で話していたが、受話器をおろしていった。

「今、都内所轄を回っている最中らしいが、問いあわせてくれるそうだ」

事故や病気などで「変死」した遺体を、管理する所轄署で検死するための巡回の最中だというのだ。

やがて電話が鳴った。藪は話し、礼をいって切った。

「本庁公安が何と五人も詰めかけているそうだ。解剖はまだ始まっていないが、現場で九ミリの薬莢が四つ採取され、ホトケの銃創も三カ所ある点から、たぶん九ミリだろうということだ」

鮫島は深く息を吸いこんだ。

「ホテルのアメリカ人殺しか。九ミリというと――」

藪がいった。鮫島は頷いた。

「ホトケから弾頭がでれば、科捜研に回るだろう。ライフルマークが同じだったらこっそり知らせてくれるよう頼んでみるか」

「頼む」

いってから鮫島はふと思いついた。

「大塚の知りあいは、過去のデータにもアクセスできるのか」

「過去ってのはいつ頃だ」

「二十三年前」

「資料が残っていれば大丈夫なのじゃないか」

杉田江見里の母親苑子の死因が、もし警視庁管内での「変死」であったなら監察医務院に資料が残っている可能性はある。

ブライドと前岡を殺した犯人が杉田江見里であるなら、いったいその動機は何なのか。

鮫島は手に入る材料ならば、どんなささいなものでもほしかった。

杉田苑子の名をメモした藪はいった。

「時間と金がかかるかもしれん。俺の知りあいは大酒呑みだ」

「なるべく急いで頼む」

「やってみる」


鮫島は新宿署をでて、渋谷に向かった。平出組の事務所周辺には、公安関係と覚しい刑事たちが張りついている。鮫島は事務所には近づかず、牧村の携帯電話を呼びだした。

牧村は事務所ではなく、自宅にいた。かけてきたのが鮫島だと知ると、切迫した口調でいった。

「おい！　いったいどうなってるんだよ？　組長《おやじ》から当分事務所にでてくるなと俺はいわれた

んだ！　警察は俺を追っかけてんのか!?」

「そうじゃない。前岡といつ話した？」

鮫島は訊ねた。

「前岡さんからは、きのうの昼間電話があった。あんたの伝言をつたえたら、名刺の電話番号を教えろといわれて……」

「それで？」

「それきりだよ。組うちでも何が起こってんだかわからなくて、皆、ぴりぴりしてる。兄弟の話じゃ、組の周りは刑事だらけだっていうじゃねえか」

「ああ、その通りだ。公安の人間が囲いこんでいて、俺も近づけない」

「いったい何なんだよ。あんたがいってた、立花って奴が何か関係しているのか」

「組長からは何も聞いてないのか」

「冗談じゃねえ。こっちからそんなこと訊けるか」

口調では、平出組はまだ前岡が殺されたことを知らされてないようだ。あるいは組長には伝わっているかもしれないが、厳重に口止めをされている可能性がある。

「前岡の自宅は麹町だったか」

「麹町、何いってんだ？　恵比寿だよ——」

さらにいいかける牧村の言葉をさえぎって鮫島は電話を切った。早く壊れた携帯電話をNTTにもっていき、買いかえなければ不便でしかたがない。

鮫島は香田の携帯電話にかけた。香田はすでに本庁外事一課におかれたブライド殺しの捜査本部にいた。

「何かわかったか」

「待て」

いって、香田はあたりに人のいない場所に移動するまで鮫島を待たせた。

「麴町の住所がわかった。麴町二―二十一、麴町ダイヤモンドマンションだ」

それでも周囲を気にしているのか、香田は小声でいった。無理もない。香田にしてみれば、敵地に潜入したスパイが情報を送っているような気分だろう。

「麴町ダイヤモンドマンションだな。こちらが手に入れた情報では、前岡は九ミリを三発食らっていたらしい」

鮫島がいうと香田はあっけにとられたような声をだした。

「なんでそんなことがわかったんだ。課長級の会議だって、まだ開かれてないんだぞ」

「たまたま、だ。そっちには詳しい情報は何も入らないのか」

「佐鳥さんと半澤さんがまったく姿を見せない。朝から半澤さんは佐鳥さんの部屋に入ったきりでてこないらしい」

半澤は現在の公安総務課長だ。

「会議はいつ開かれる」

「三時からだ」

そこで公安総務から外事一課に何か新たな情報が伝わる可能性はあるだろうか、鮫島は考えた。

半々だった。公安総務が何か情報をだすなら、それはこれ以上事件に対する注目を大きくしないのが目的だろう。たとえばブライド殺しが前岡による犯行だと示唆するような。だが科捜研の検査で、二件の殺人に使われた銃が同一だという結果がでればそれは難しくなる。

事件の全体像を公安総務が把握しているかどうかで、その動きは決まる。

立花がすべての鍵だ。立花と公安総務の関係しだいだった。

「あんた、立花と会ったとき名刺をもらったか」

鮫島はいった。

「貰った」

「つとめ先の住所は」

「平河町だ」

「今わかるか」

「待て」

手帳をくる気配がして、香田はいった。

「平河町一丁目。平河会館ビル三〇五」

「よし。あとで会おう」

いって、鮫島は電話を切った。

持ち歩いている東京都の地図を広げた。麹町二丁目と平河町一丁目は、新宿通りをはさんで向かいあわせだ。そのあたりから一番町、二番町といった周辺は、政党や政治家の本部、事務所が集中している一角だった。

本庁公安総務から公安部参事官付を経て退職した元刑事がそんな場所に事務所をかまえるとしたら、仕事の内容は政治にかなり近いものだとしか考えられない。

立花と京山の関係が、鮫島には見えたような気がした。

生え抜きの公安警察官僚出身の京山は、政治家として再出発してから短期間で政界の権力中枢に達しようとしている。分裂と再編をくりかえす迷路のような政党地図を、常に最短距離で移動してきた。それは、政治家特有の駆け引きというより、確実な情報をもとにした判断が成せる業だったのだろう。

京山のバックボーンは、警察機構のトップ時代に貯《たくわ》えられた情報にあると、誰もが認めていることだ。しかし京山は、過去の蓄積のみに頼ることなく、常に新たな情報を収集してきたのだ。それには現職警察官僚との太いパイプも役立ったろうが、実際に目や耳となるアンテナの存在も不可欠だった筈だ。そのアンテナの役割を果たしていたのが、立花道夫元警部だったのではないか。

もしそうなら、立花は京山の私設秘書というより、懐ろ刀と呼ぶのにふさわしい存在だ。京山に関するさまざまな秘密を握り、しかも黙々とかつての上司のために働きつづけている男。

京山が上からの巨大な圧力しか、現警察に及ぼせないのに比べ、立花は「桜井商事」を通した細かな情報操作を、一部とはいえ警察内部に対しおこなうことができる。本来なら退職した人間の一方的な監視活動でしかない「桜井商事」の業務を逆手にとり、外部からの干渉を可能にしているのだ。

立花が優秀な公安警察官であったことは想像に難くない。それを惜しんだ京山が政界進出にあたって、警視庁からひき抜いたのか。あるいは、公安総務「桜井商事」を創設した、京山の頭脳手腕に惚《ほ》れぬいて立花自ら運命を共にしたのか。

今は、ブライド殺しから始まった本庁公安部のあわただしい動きの原因が、京山にあることは明らかだった。

しかし京山がブライドのコカイン密売に関係していたとは考えられない。現職国会議員が麻薬の取引にかかわっていたとなれば大スキャンダルだが、京山ほど優秀な元警察官僚がそのような愚をおかすとは思えなかった。

むしろ京山、立花が恐れているのは、ブライドの死によって明らかにされかねない何かなのだ。

立花はその秘密を守るために、平出組前岡を通し、奥山、増添を使って、嶋瑛作を殺した。

鮫島は目をみひらいた。立花と嶋とのあいだには必ず接点があった筈だ。鮫島はいまだに、立花が嶋を殺害させた理由にたどりつけずにいる。それは即ち、かなり深いレベルでの嶋の情報を得ていなければ、立花にも殺害の判断が下せなかったということだ。立花と嶋のあいだの関係が表層的なものなら、これまでの捜査で当然、発覚している筈だ。

鮫島は麹町に向かった。麹町ダイヤモンドマンションは、麹町小学校に近い、奥まった区画にあった。四階建てのこぢんまりとした建物だが、頑丈そうな造りをしている。

細い道に面した玄関前には二名の制服警官が立っていた。現場検証はすでに終了している。

少し離れた位置に、本庁公安部と覚しい覆面パトカーが止まっていた。中には四名の刑事が乗りこんでいる。

鮫島は麴町ダイヤモンドマンションの前で立ち止まった。玄関は二重のガラス扉になっているが、内側のオートロックと連動するガラス扉が一枚砕けていた。銃撃によるものと知れた。

立ち止まって見つめている鮫島に制服警官が歩みよった。

「失礼ですが――」

鮫島は手帳を見せた。所轄署の巡査だった。敬礼して退った。

覆面パトカーのドアが開いた。それを見て、鮫島はマンションの自動ドアをくぐった。

二枚のガラス扉のあいだには約四メートル四方の空間があった。入って右手に集合郵便受がある。左手の床には、まだ一部血痕《けっこん》が残っていた。

鮫島は郵便受に歩みよった。そのとき背後の自動ドアが開いた。

「ご苦労さまです――」

ふり返ると、「公安」の腕章をスーツの袖に巻いた男たちが立っていた。鮫島に敬礼し、先頭の男が訊ねた。

「本庁公安部の者ですが、どちらからおいでですか」

「新宿署、生活安全課です」

「新宿署？　どういう関係でしょうか」

所轄署の刑事と知って、明らかに怪訝そうな表情を浮かべた。

「昨夜ここで死んだマル害が、コカインの取引に関係していたという情報があり内偵中でした」

「待って下さい。ここのマル害の姓名はどこから？」

公安の腕章をつけた刑事は、狼狽した表情を浮かべた。

「マル害が所属する組の人間からです」

「おかしいな。そんな話は伝わってない筈だ」

刑事の表情が険しくなった。別の刑事がいった。

「たいへん失礼ですが、身分証を拝見できますか」

鮫島は警察手帳をとりだした。

「ここにマル害は知人を訪ねてきていた。ちがいますか」

手帳を受けとった刑事は首をふった。

「申しわけないのですが、統制がかかってまして、お答えできないんです――」

手帳の身分証ページを開き、顔がこわばった。同僚に見せると、その刑事も険しい表情にかわった。

「鮫島警部、ですね。本件に関しては、公安部長による特別指示がでております。申しわけありませんがおひきとり下さい」

鮫島は刑事の顔を見つめた。一瞬見つめ返したものの、刑事は視線を外した。鮫島に注意するように、という指示が下されているのだ。

「コカインに関しても重要な役割をマル害は果たしていました。ここにきた目的がそのためであったかどうかだけでも知りたいのです」

「申しわけありませんが、我々も命令ですので――、警部」

「おたくの所属は？　公安部公安機捜？」

鮫島は厳しい口調でいった。

「いえ。ちがいます」

「どこですか？」

「公安総務です」

「公安総務が、なぜ殺しの現場にいるんですか」

「お答えできません」

かたい声音で刑事はいった。鮫島は息を吸いこんだ。

「ひとつだけ教えてくれ。マル害は、ここにいったい誰を訪ねてきたんだ？」

「お答えできません」

刑事はくり返した。鮫島は言葉を放った。

「君らの先輩か」

相手は無言だった。鮫島は踵を返した。

香田から教えられた立花のつとめ先のビルにも、公安の覆面パトカーが張りこんでいた。鮫島はビル玄関の案内板で、三〇五号室が「立花調査情報社」という名のオフィスであることを確認するにとどめた。

三階にあがっても、そこに立花がいるとは思えない。かりにいるとしても、鮫島はまだ立花の口を開かせるのに必要なカードをすべて手にしているとはいえなかった。

鮫島は新宿署に戻った。香田との待ちあわせにはまだ時間がある。桃井を誘って、署外の喫茶店に足を運んだ。

37

「前岡が殺されました」

桃井はわずかに驚いたような表情を浮かべた。

「消されたのか」

「そうではないと思います。現場は千代田《ちよだ》区麴町のマンション玄関で、凶器は口径九ミリの拳銃です」

「九ミリ？　西新宿のホテルと同じか」

「ライフルマークの検査結果は聞いていませんが」

桃井はつかのま考え、いった。

「麴町というのは？　前岡の自宅か」

「いえ。立花元警部の自宅ではないかと思います。殺される少し前、前岡は私の部屋に電話をしてきました。怯えていました。当然です。警察が自分をはめようとしていると考えていたのですから」

「――あながち外れではないな。これでブライド殺しを前岡にかぶせることも可能だ」

桃井は鮫島が当初考えたのと同じことをいった。

「二人を殺したのが立花なら、それもありえます。しかし立花だとは思えない。わざわざ自宅の前で射殺する馬鹿はいません」

「前岡が逆上していたとしたらどうだ？　藪さんから聞いたが、前岡は君を狙撃したそうじゃないか。前岡に銃を向けられ、あべこべに射殺したのだとしたら？」

「もしそうならば、立花は逃亡しないでしょう。公安総務が、立花の自宅と会社の双方に張りこんでいます」

「立花が追われていると？」

「あるいは立花を警護しているか」

「誰からだ。君か？」

「ブライドと前岡を殺った人間です」

「誰だ？　何のために二人を殺す」

「それがわからないのです。立花の写真が手に入りませんか」

桃井は唸った。

「本庁からとりよせるのは難しいだろうな」

「古くなるかもしれませんが渋谷署時代では？」

「やってみよう」

桃井はいった。

「しかし公安総務はなぜそこまで立花元警部をかばう？」

「立花ではなく、立花の向こう側にいる人物をかばっているのだと思います」

桃井は目をあげた。

「誰だ」

「京山文栄です」

桃井はほっと息を吐いた。

「大きな名前だな」

「ええ。佐鳥さんと池羽さんが動いたのは、そのためだと思います」

「君は京山さんまでいくつもりか」

「わかりません。ただ京山氏がコカインに関係していたとは思えない」

「ありえないだろう、そんな馬鹿なことは」

鮫島は頷いた。

「とすると、立花が動き回っている理由は何なのでしょう」

「ブライドが殺された時点では、確かにコカインの件を気にしていたのだと思った。しかし君が葉山のホテルオーナー殺しを突《つ》つきだしてからは、むしろ別のことを警戒したのだと思える」

「そうです。その別なことが京山氏に関係していると思うのです。あるいは二件の殺しのほしも」

桃井は深々と息を吸いこんだ。

「たどりつくのはたいへんだぞ」

「鍵は立花です」

鮫島はいった。

六時少し前に、鮫島は「ママフォース」に向かった。鍵のかかった扉をノックすると、エプロンをしめたママが顔をのぞかせた。扉のすきまから煮物の匂いがこぼれでた。

「何よ。ずいぶん早いわね。まだ仕込みの最中よ」

「ちょっとわけありのデートなんだ。店を使わせてくれ」

「晶ちゃん？」

一瞬、苦いものが胸の奥に広がった。

「いや。男だ」

「うちでドンパチやんないでよ」

いってママは扉を開けた。「ママフォース」が入った雑居ビルの店は、大半が夜九時近くならなければ開かない。「ママフォース」が七時からで、最も店開きが早い。

鮫島はカウンターの端にすわり、ママがサラダや煮物などのお通しを仕込むようすを観察していた。小さな流し場と携帯コンロだけで実に要領よく料理を作っていく。

「そんなにじろじろ見ないでよ。亭主みたいじゃない」

ママは鮫島をにらんだ。

「家庭をもったこと、あるのかい」

「女と？　男と？」

「どちらでも」

「女とは……昔、ちょっとだけ。男とは何度もあるわ」

「男どうしの方が気楽かもしれないな。考えていることが互いにわかるから」

「そのかわり喧嘩になったら最悪よ。お互い、いちばん頭にくることをいいあうからね」

「なるほどな」

ママは手を休め、煙草に火をつけた。

「いちばん楽なのはね、恋愛なんてしないで片想いだけしていることよ」

「それも手だな」

ドアが開いた。香田だった。香田は無言でママを見つめ、それから鮫島にいった。

「遅くなった」

六時四十分になっていた。

「会議が長びいたようだな」

香田はそっけなく頷いた。ママがエプロンを外した。

「あたしちょっと買物にいってくる。煮物の火、見てて」

気をきかしたのだった。鮫島は頷き、

「すまない」

といった。

「いいのよ。彼、あんたのタイプには見えないわ」

香田がぎょっとしたように鮫島を見た。

ママがでていくと香田は鮫島の隣にすわった。

「お前、あのロック歌手と別れたのか」

「いや」

鮫島は短く答え、いった。

「会議で何かでたか」

「ライフルマークが一致した。ブライドと前岡を殺したのは同じ銃だ」

「じゃあ帳場は拡大だな」

帳場とは捜査本部のことだ。だが香田は首をふった。苦々しげにいった。

「いや。逆だ。公安総務にすべてを任せろということになった」

「何だと？」

「前岡の案件に関しては、公安総務が前々から内偵中だった。したがって二件の殺人の捜査は今後公安総務が中心となって担当する。何の案件かなんて、俺に訊くな。俺だって知らないいんだ。佐鳥さんの判断だ」

　鮫島は息を吐いた。

「完全にフタを閉めにかかったな」

「藤丸さんが不快感を示してるって噂だ」

　藤丸は刑事部長であり、本来殺人事件を捜査する捜査一課の上に立っている。

「だろうな。だが佐鳥さんはじきに内調に出向だ」

「らしいな。結局、藤丸さんは競争に負けたのさ」

「出世で全部を判断するな」

　鮫島はいった。香田は肩をそびやかせた。

「別に。俺はそこまで考えちゃいない」

　鮫島は香田を見つめた。

「出世の目を断たれるのが恐けりゃ、いつでも佐鳥さんのところにいっていいぞ。俺と抱きあって心中じゃ、お前も浮かばれまい」

「馬鹿にするな」

　香田は吐きだした。

「じゃあ本題だ。前岡は立花の自宅を訪ねていって殺された。だが殺ったのは立花じゃないと俺は思う」

　鮫島はいった。

「当然だ。あの抜け目なさそうな男が、自分の家の前で殺しをする筈がない」

「立花の印象を話してくれ」

鮫島は香田に向き直った。

「どうということはない目立たない男だ。元刑事という感じもしない。身長は一六八センチくらい。中肉で、髪は薄い。ありふれたサラリーマンにしか見えんだろうな」

「傷跡とかないのか」

「ない。まったく。すれちがった瞬間に忘れちまうような顔だ」

「立花はもちろん前岡が殺られたことを知っている。姿をくらませているだろうが、自分が容疑者にはされないよう、公安総務と連絡はとっている筈だ」

「『桜井商事』だな」

鮫島は頷いた。

「ほしはいったい何者なんだ」

鮫島は無言だった。

「ブライドと前岡じゃ、コカインの線としか思えん。といって京山さんがそれにつながっていた筈はない」

香田は唇を強くかんだ。

「どのみち、俺はもう用済みだ」

「頼んでいた調査はどうなった」

「ああ——」

いって、香田はメモ帳をとりだした。

「嶋瑛作については殺しの被害者としてデータがあった。杉田苑子は何もない。該当するデータはなしとコンピュータにでた」

「やはりそうか」

鮫島は息を吐いた。もし杉田苑子が、江見里のいうような自殺であれば、データが残っていなければならない。それがないというのは、自殺や殺人などの被害者ではないということだ。

鮫島の中で、わずかではあるが、不安が和《やわら》いだ。杉田江見里に対する自分の疑いはまったくの見当外れかもしれない。杉田江見里が、プライドや前岡をつけ狙う理由はまったくないのだ。

「立花がでてこなけりゃ、お前の考えている請け負い殺人の線は立証不可能だ。前岡が死んでしまった以上」

香田はいった。

「残るは、立花がお前に話した二十数年前のスパイ工作の件だけだ」

「あれだって本当かどうかわからん。立花は俺たちを攪乱《かくらん》する目的で偽の情報を流したのかもしれない」

香田の言葉に鮫島は首をふった。

「いや。あの時点で、お前は、俺よりもはるかに佐鳥さんに近い立場にいた。おかしな話をお前に吹きこんでそれが佐鳥さんにいけば、かえってお前の顔を潰すし、お前を敵に回しかねない。立花の話はかなり真実に近いと思う」

香田の顔は暗くなった。

「なのに俺は逆側についた。コンピュータは立花道夫については通りいっぺんの記録しか残しちゃいない」

「今、写真を手に入れられないか頼んでいる」

「それでどうするんだ。重参の公開手配でもするつもりか」

香田は馬鹿にしたように吐きだした。

「いや。『葉山軒』にもっていきたいんだ。立花と嶋瑛作をつなぐものが何かある筈だ」

「かりにそういうものがあったとして、京山さんとはまるで無関係だったらどうする。立花は前岡やブライドと組んで、コカインの売で稼いでいた。嶋瑛作が何かでそれを嗅ぎつけ、脅迫してあべこべに消されたのかもしれん」

香田はいった。

「もしそうだったら、公安部長や公安総務がこれほど目の色をかえて、事件を隠そうとするか」

「元警察官の犯罪に、マスコミの風当たりは強い」

「それこそ逆効果だ。元警官と知って、その犯罪を公けにしないように警視庁幹部が工作したことがばれたら大ごとになる。そんな愚はおかさない」

香田は冷ややかな目になった。

「お前、どうしても京山さんにつなぎたいのじゃないのか」

「捜査の主導権をお前たち外事一課から公安総務へと佐鳥さんが移した理由は何だと思う」

鮫島は訊ね返した。

「その方が情報のコントロールが容易だからじゃないのか」

「それだけか」

「どういう意味だ！」

香田の顔がこわばった。怒りがその目に浮かんだ。

「馬鹿にしたいのか、俺を」

鮫島は首をふった。

「公安総務は、少なくとも公安総務のトップは事件の概要を把握しているんだ」

「どうしてそんなことがわかる」

「立花だ。これは俺の勘だが、立花は前岡が殺されたとき、現場にいあわせたか、少なくとも逃げていく犯人を見たのではないか。それによってほしとその動機を知った。だがそのことを公安部長は、捜査員に公開できないと考えた」

「なぜだ」

「立花がお前に話していたスパイ工作だ」

「何をいってる。たとえ立花の話がすべて真実だとしても、もう二十年以上も前の話だぞ。そんな昔話が明らかになって、誰が打撃を受けるというんだ。京山さんか？　人を殺していたって時効が成立するほど古いのだぞ」

鮫島は考えていた。

「何かがあるんだ」

「――佐鳥さんは知っているのか」

「ああ。たぶん。半澤さんもだろう」

「くそ」

いまいましげに香田は吐きだした。

「俺は正直いって、頭にきた。西新宿の元ＣＩＡ殺しを俺に担当させたのは佐鳥さんだ。なのに今度は一方的にそれを俺からとりあげて、公安総務に押しつける。俺の立場なんてまるで考えてないとしか思えん」

「お前のキャリアに傷をつけたくなかったのかもしれん」

鮫島はいった。

「なぜだ」

「この事件は、もし俺が考えているような性格なら、今後よほどのことがない限り、蓋をして空気を抜き、燃えカスにしちまうだろう。つまり捜査責任者にとっては、後年汚点となるわけだ。キャリアのお前にそんな泥はかぶせられない。そこで公安総務がひきついだ」

「半澤さんはどうなんだ」

「いい方は悪いが、事情をすべて知る人間ならあとで埋め合わせがきく。そう考えたのかもしれん」

香田は深いため息をついた。

「――お前と話していると、お前がキャリアだってことを忘れちまいそうだ」

「俺にとってはもうその言葉に意味はない」

鮫島は静かにいった。香田はあきれたように見つめた。

「お前、それでいいのか、本当に。本庁トップは、宮本の件に関係した人間が全部退官するまで、お前を新宿に島流しにするつもりだぞ。皆が忘れるか、あの話が化石になるほど古くなっちまうまでな」

鮫島は答えなかった。

「お前、そんなつもりで上級試験受けたわけじゃないだろう。今みたいな仕事がしたいのなら、あんな苦労して勉強する必要なんか何もなかったじゃないか」

「自分が過去したことを証明するために今があるわけじゃない」

鮫島は短くいった。

「じゃ何のためにある。あれだけの競争と試練をかいくぐって、今のお前に何があるんだ⁉ シンナーやしゃぶにまみれた連中と顔をつきあわせ、そいつらの腐った匂いを嗅いで、安アパートで侘《わび》しく暮らしていくのか。あのロック歌手だって、今じゃけっこう売れてるそうじゃないか。いつまでもそんなお前のそばにいてくれると思うか」

鮫島は香田の顔を見た。

「何がいいたい」

香田は顔をそむけた。

「いいたいことなんか別にない。俺は昔からお前が気にいらなかった。虫が好かないって奴だ。だがお前が俺と同じくらいの努力をしていたのだろうとは思ってる。そいつをもったいないと感じているだけだ」

「俺は――」

いって、鮫島は煙草に火をつけた。いいたいことは山のようにあった。しかしそれをすべて話したとして、香田にどれほど伝わるだろう。スタート地点は同じであったとしても、香田と自分では、通ってきた道も今いる場所もちがいすぎた。今では同じものを見ても、感じることがまるでちがう。

だからといってもちろん、鮫島は何もかもをあきらめているわけではなかった。いつか本庁への復帰を願っている、というのともちがう。

佐鳥と池羽との会見のあと、桃井にいわれた言葉は鮫島の胸に堪《こた》えていた。確かにあれは取引の申し出だった。が、その取引を受け入れれば、多くの現場警察官にこれまでにはなかった形の支援を送る可能性を手に入れられたのではないか。

自分は小さな自尊心のためにその可能性を捨てた。

「お前は——何だっていうんだ」

香田が問いかけた。

そのとき、「ママフォース」の扉が開き、ビニールの買物袋をさげたママが帰ってきた。香田は気勢をそがれたように目をそらした。鮫島はいった。

「俺は、刑事だ」

38

立花が公安総務と連絡をとりながら潜伏をつづけていることは明らかだった。立花が現われないのは、マスコミを恐れているからではない、と鮫島は思った。

実際、マスコミは西新宿のホテルで起こった殺人と、麹町の殺人をまるでつなげてはいない。ふたつの殺人で使われた銃が同一であるという検査の結果は、秘匿されつづけていた。捜査会議上では公開されたその情報が、新聞や週刊誌、テレビなどで報道されないのには理由があった。

警視庁には記者クラブがあり、主だったマスコミ、新聞やテレビ局、通信社などが記者を常駐させている。結果、それらの記者たちと警察官のあいだには友情めいた関係ができあがる。互いに人間である以上、日ごろから顔をつきあわせ、お茶をいっしょに飲んだり食事をするということがあれば当然の結果だ。それは、互いの信頼を深めるという点では意義あることだが、一方では望まれない報道を強行しにくくなるという側面も築く。いわば記者クラブは、制度としては諸刃の剣なのである。

したがって勘のいい記者が、二件の殺人に同一の拳銃が使用されたことをつきとめ、またそ

の捜査をめぐる警視庁公安部の動きに不審を抱いたとしても、それに気づいた警視庁幹部などから、

「今は待ってくれ」

といわれれば、記事にせず止めおくことは充分にある。そうした貸しを作っておけば、別の機会に、他社より一歩先んじてニュースを送るスクープのチャンスで返してもらえる可能性もあるからだ。

立花道夫の自宅マンション、及び平河町の事務所は、公安総務による監視がつづけられていた。

鮫島は「立花調査情報社」に幾度か電話をかけてみたが、女性の声の留守番電話が応答をくり返すだけだった。

立花がマスコミを恐れていないのだとしたら、いったい何を恐れているのか。

もちろん警察ではない。公安総務の監視が立花を捕えるためのものであったら、あれほど公然とおこなう筈はない。公安総務は最初から立花を被疑者として捉えてはいないのだ。鮫島は、少なくとも公安総務課長の半澤は、立花の居どころをつかんでいる、と考えていた。警視庁公安部は、情報協力者のための安全な隠れ家、「セーフハウス」を、都内や近郊にいくつももっている。その存在は、同じ警視庁警察官であってもほとんど知らされない。

立花が、そうした「セーフハウス」の一軒に身を潜めている可能性すらあった。

鮫島が「ママフォース」で香田と会った二日後、藪が食堂に鮫島を呼びだした。

「お前さんが聞いたら喜ぶ話を、科捜研から仕入れてきた」

藪の昼食はラーメンとチャーハンの大盛りという大量なものだった。

「何だ」

「麹町の続報だ」

「続報？」

「マル害に入っていたのは、九ミリのパラベラム弾。ライフルマークも、西新宿と一致したのが四発あったんだが、鑑識は、現場の壁から、もう一発別の弾丸を採取している」

鮫島は驚いて顔をあげた。

「別の弾だと？」

「そうだ。口径七・六五ミリ。アメリカ式でいうと三十二口径だ。リヴォルバーにはあまり多くない拳銃弾さ」

「どこで見つかったんだ」

「現場マンションの玄関の内壁だ。実は俺に射出位置を割りだしてくれと協力要請がきた」

といって藪はよごれてよれよれの白衣からメモ帳とサインペンをとりだした。あたりを見回して、絵を描いた。

「この二枚のガラスドアの中間で、マル害は発見された。手前のドアが、外に面した自動ドア。内側がオートロックのドアで、ガラスが砕けている。九ミリ弾は、四発すべてがマル害のすぐ近くで発射され、マル害に当たらなかった一発がガラス扉を砕いたと当初考えられていた。その一発はここ、オートロックのガラス扉を貫通し、エレベータホールに近い壁で見つかっている。ところが、鑑識が見つけた七・六五ミリは、マル害が立っていたと覚しい場所に近い壁の、天井近くの高い位置にめりこんでいた。つまり下方から上方に向けて撃ちだされたということだ。しかもその弾丸が射出された位置は、砕けたガラス扉の内側。マル害とほしの他に、七・六五ミリ口径の拳銃をもった第三者がそこにいて、ほしの撃った弾丸をさけるように低い位置から発砲した、というのが俺の判断だ」

　藪は二枚のドアの中間にふたつの人型を描き、被害者、犯人、と書き入れ、さらにもうひとつの人型を二枚のドアの内側に書きこんだ。

「ほしはマル害を撃ち、さらにこの第三者にも一発、発砲した。ところが第三者も拳銃をもっていて、床に伏せた状態から撃ち返した。まさか撃ち返されるとは思っていなかったので、ほしは逃走した。俺はそう考えている」

　藪はチャーハンの米粒を口の端からこぼしながらいった。

「マル害の銃創は、ごく至近距離、一メートル以内から発砲されてできたと大塚はいっている。すると、四発目がエレベータホールに近い壁に入っていたのは、マル害を狙ったものではない公算が高い。方角からして、ほしが立っていた位置からマル害を狙ったものとはいいにくいからな」

　立花だ。立花はやはりその場にいたのだ。しかも拳銃をもって。

　立花は犯人の顔を見ている。鮫島は動悸《どうき》が激しくなるのを感じた。

　だがそれを押し殺し、いった。

「で、大塚からその後何か情報は？」

「それについちゃ、今日の夜、入ることになっている。どうせこの弾道検査の報告書を打つんで徹夜だからな」

「わかった。あとで連絡する」

ああ、という返事を藪はゲップといっしょに吐きだした。鮫島が立ちあがると訊ねた。

「煙草、あるか」


鮫島が生活安全課の部屋に戻ると、桃井が封筒をさしだした。

「例の、渋谷に頼んでいた写真だが、今朝届いた。だが使えないかもしれん。警備課に移ってからはほとんど写真を撮らせていないんだ。まあ、所轄でも公安所属となれば当然だろうが」

鮫島は封筒を開け、失望した。でてきたのは、制服勤務時代の集合写真を拡大したものだった。

焦点がぼやけ、しかも制帽をかぶっているので顔の輪郭すらつかめない。この写真を見せて心当たりがないかと訊ねられても、かなり親しい人間でも迷うだろう。

そのとき鮫島の机上の電話が鳴った。外線からだった。

「はい」

「俺だ。今、写真をもって近くにいる。でてこい」

香田だった。鮫島は待ち合わせの場所を決め、すぐいくといって電話を切った。

香田は立花道夫の写真を手に入れていた。

「依願退職直前のものだ。人事一課にあった。ちょうど大学の後輩が今配属になっていてな。何とか池羽さんに内緒でもちださせた」

鮫島は写真を受けとった。モノクロで、地味なスーツを着けた男がうつっていた。額の中央がはげかけていて、小さな目に強い光が宿っている。確かにごくありふれた中年の男といった印象だ。

「助かる」

鮫島はいった。

「俺はもうこれ以上のことはできんし、する気もない。俺にとってはもうこの事件は終わったと思っている」

香田は表情を崩すことなくいった。

「それもしかたがないな」

鮫島は答えた。香田は鮫島に横顔を向けていたが、ふと吐きだした。

「もしかしたらお前の仮説を裏付けているかもしれんと思った情報がひとつある」

鮫島は顔をあげた。

「何だ」

「警備部で動きがあった。腕のいいSPが四名、急遽配備された。配備先は、京山文栄氏の私邸だ」

「よくそれをつきとめたな」

鮫島がいうと、香田は鮫島を見返した。

「馬鹿じゃないんだ、俺も。二件のほしがいきつくところまでいくとしたらと、警備部警護課の人間に動きがあったら知らせるよう頼んでおいたんだ」

「動かしたのは佐鳥さんだな」

香田は頷いた。

「ほしは最後は京山さんを狙うと、公安部長は考えてるってことだ……」

「ブライド、前岡、立花、そして京山さんだ。麹町の現場から、別の弾丸が見つかったことは知っているか」

鮫島はいった。香田は怪訝そうな表情を浮かべた。

「別の弾丸?」

「現場で採取された銃弾は全部で五発あった。うち四発が九ミリで、一発が七・六五ミリだ。つまり拳銃は二挺あった。いいかえれば、拳銃をもった人間はふたりいたんだ」

「聞いてない」

香田は無表情に答えた。

「殺される直前、前岡が俺に電話をしてきたことは話したな。奴はびびっていた。立花を訪ねて麹町の立花のマンションにいき、そこでほしと鉢合わせをした」

「じゃ、七・六五ミリは前岡のもっていた銃か」

鮫島は首をふった。

「弾道検査によれば、その弾丸は前岡の死体があった位置とは離れた場所から発射されている。それに前岡は三十八口径の拳銃を使っていた」

「三十八? 何だ、それは」

「奴が一度俺を狙ったときの銃だ」

「――お前、それを……」

鮫島は再び首をふった。

「届けてはいない。服務規定違反だということくらいわかっている。だがどのみち被疑者死亡だ」

香田は首をふり、言葉を吐きだした。

「なんて奴だ。自分を的にして証拠を集める気か」

「そんなことより、七・六五ミリの拳銃を誰がもっていたかだ」

「立花だな」

鮫島は頷いた。

「ほしの狙いは立花だった。だがそこに前岡もいたので、ほしはまず前岡を撃った。次に立花を狙って一発を発射したところで、立花が撃ち返し、ほしは逃走した」

香田は唇をかみ、考えていた。

「公安総務が立花をかくまっているとお前は考えているのか」

「その可能性はある。公安には『セーフハウス』があるからな」

「だがいったいいつまでかくまうんだ」

「わからない。何かの理由と時期がある筈だ。だがそれを知っているのは、ごくわずかな人間だけだ」

「佐鳥さんはどうなんだ」

「ほしが京山さんを狙う理由が過去のスパイ工作にあるとすれば、その資料が今も残されているかどうかだ」

香田は息を吐いた。

「立花はほしを知っている。公安総務だけがそれを聞いて、ほしを追っているってことか」

「あるいは居どころを知れば、それでよしとしているのかもしれん」

「居どころを知れば――」

いいかけ、香田は鮫島の言葉の意味に気づいた。

「お前、公安総務が殺しの片棒を担ぐというのか」

「立花サイドの狙いは一貫して、事実の隠蔽《いんぺい》だ。前岡が殺され、今では過去について知っているのは、京山さんと立花、そしてほしの三人だけだ。ほしが死ねば、すべては闇の中だ」

「馬鹿なことをいうな、かりにも警察官だぞ！」

香田の声が高くなった。二人がいるのは、新宿駅西口のデパートにある喫茶室だった。

「声が大きいぜ。手を下すのが、現役の公安総務だとは、俺はひと言もいっちゃいない」

「――立花に殺らせるということか」

「それをためらうほど、公安のトップはおぼこだと思うか」

香田は鼻息を荒く吐きながら考えていた。

陽のあたる道をいくキャリアもいれば、あたらない場所で、薄よごれ決して人目にはさらせない仕事を積み重ねていくキャリアもいる。警察官僚の人事において、突然の抜擢《ばってき》や栄転、あるいは左遷には必ず公けにはできないそうした仕事の結果が反映されている。香田もそれを知らない筈はない。

香田の目の中で何かが点った。不意に鮫島を見つめ、いった。

「俺はそういう警察は許さん。確かに宮本の件では、俺はお前に敵対した。だがそれは、お前の馬鹿げた理想主義が組織にとってマイナスになると判断したからだ。出世のためじゃない」

「そうか」

鮫島は冷ややかにいった。

「ああ、そうだ。警察はもっと国民に信頼され、犯罪や犯罪者に対し、強い抑止力をもつ組織になるべきなんだ。まるでＣＩＡのような、殺しのお先棒を担いででも政治家の秘密を守るなんてことはすべきじゃない」

「理想主義者はむしろお前だ。現場にいてみろ。どれほどの矛盾や妥協をこの組織が抱えこんでいるか、嫌というほどわかる」

香田はぐっと歯をくいしばった。

「お前は、俺を世間知らずの甘ちゃんだといいたいのか」

鮫島は香田に顔をよせた。

「お前はそういう役廻りを背負わされたんだ。お前の責任じゃない。だがキャリアがすべてそういう人間だとは思うな」

怒りのこもった目で香田が見つめ返した。鮫島は立ちあがった。

「写真については礼をいう。ここから先は、流れ弾のあたらない場所にいることだ」

香田は無言だった。鮫島がコーヒー代の伝票をつかんだとき、ようやくひと言だけを吐きだした。

「覚えてろよ」

鮫島は無言で香田をそこに残し、レジに歩みよっていった。

39

鮫島は一度自宅に戻ってBMWに乗りこみ、「葉山軒」に向かった。「葉山軒」の帰りに杉田江見里の自宅を回るつもりだったからだ。

立花が目撃したほしが杉田江見里なら、その自宅には必ず、公安総務の張りこみがある筈だ。それを確認するのは恐しい作業だった。まっすぐに江見里の自宅へと向かいたい気持をおさえ、鮫島は「葉山軒」に車を走らせた。

平日の夕方とあって、「葉山軒」のロビーに人影はまばらだった。フロントに立っていた若い女性に、支配人の池田に会いたい旨を申しでた。

ほどなくして池田は現われた。鮫島に気づくと、わずかに驚いたように目をみひらいた。

「――確か鮫島さま、でいらっしゃいましたね」

「お手間をかけて申しわけありません。今日は写真を一枚、ご覧になっていただければよいのです」

「こちらへ」

池田はひっそりとしたロビーのカフェテラスへ鮫島を案内した。

鮫島は立花の写真を手渡した。

受けとった池田の表情はかわらなかった。

「この人物です」

「この方が何か」

「嶋さんとのおつきあいのあった人ではないかと」

池田は頷き、鮫島に写真を返した。

「もう何年も、当ホテルのお客さまでいらっしゃいます。森口さまとおっしゃられて、いつもひとりでいらしては、釣りにおでかけになっています」

やはりきていたのだ。興奮をおさえ、鮫島は訊ねた。

「最後にみえたのはいつですか」

「つい先月です。社長が亡くなられたのをどこかで聞かれて、ここを閉めてしまうのではないかとご心配下さって……」

「その前はいつですか」

「今年の七月の終わり頃です。その前が去年でそれが六年か七年ぶりで、社長はたいへん喜んでおりました。一時期、それこそ三月に一度くらいの割合でおいでになっていたんです。いつ初めていらしたかは、私もよく覚えていないのですが」

「先月の前が七月で、その前の去年が六年か七年ぶり。それ以前は三カ月に一度くらいの割合できていたということですね」

「はい」

「社長の嶋さんとは仲がよかった？」

「はい。お年も近かったですし、おひとりでおいでになるご常連のお客さまは、そうはいらっしゃらないので。海が時化《しけ》て、森口さまが釣りにでられないときは、よくふたりでここでお酒を召しあがっていました。嶋は飲みませんでしたが」

「この森口さんの職業について何か、お聞きでした」

「個人タクシーをやってらっしゃるとうかがっておりました。でもおいでになるときはいつも電車でした。お仕事の休みのときはハンドルを握りたくないから、と」

警視庁を退職するまで立花はここを定期的に監視していたのだ。そして去年、監視を復活した。

何があったのだ。

「あの……森口さまが何か？」

池田が訊ねた。

「まだ詳しいことはお話しできないのですが、この方についてもう少しお聞かせ願えませんか」

「はい」

「昨年、六年か七年ぶりにみえたということですが、何か特別なことがその頃、こちらのホテルや嶋さんの身辺でありましたか」

「こちらで、でしょうか」

「ええ」

池田は首を傾けた。

「森口さんが何年かぶりにみえたのは、去年のいつ頃でしょうか」

「暮れだったと思います。腰を痛めてしまわれたとかで、ずっとここで社長と話しこんでおいででした」

「では去年の暮れから今年にかけてで、何か変わったことはありませんでしたか。嶋さん個人に関してでも」

池田は考えこみ、

「少しお待ち下さい」

といって席を外した。鮫島は運ばれてきたコーヒーに手をつけ、煙草をだした。

このホテル、あるいは嶋瑛作を三カ月に一度も監視しなければならない理由とは何だったのか。嶋が、公安部による監視対象者なら、当然その経歴は警視庁のコンピュータに残っていなければならない。

かりに作為的に除去されていたのだとしても、六十歳を既に超えて、ホテルのオーナーであるような人物が、過激な思想に基く活動家だったとは考えにくい。

しかし何かがあったのだ。嶋を危険と判断したからこそ立花は何年も監視しつづけ、最終的には殺害した。それが何であったかがわかれば、ブライド、立花、京山を結ぶ糸がまっすぐにほどける。

池田が戻ってきた。茶色い皮表紙のシステム手帳と大判のノートを手にしていた。

「昨年の日誌があったので、もって参りました」

いって、手帳をめくった。

「森口さまが何年かぶりでおいでになったのは、十二月二十日ですね。ご予約があっていらしてます」

「その次が今年の七月ですか」

池田は大判のノートを開いた。宿泊カードの写しをとじたものだった。

「七月の二十七日です」

嶋が殺害されたのは八月二十五日だった。

「亡くなるほぼひと月前ですね。ではその暮れから七月にかけて、何か心あたりのあることはありませんか」

「心あたり、でしょうか」

池田はノートから顔をあげ、首を傾けた。

「何でもいいんです。ふだんとはちがう何かがありませんでしたか」

池田は再びシステム手帳を手にとった。

「六月の十八日に、嶋はある方のお葬式に出席しています。通夜と本葬の両方にかけてずっと」

「どなたのお葬式ですか」

「貝口とし子《こ》さまとおっしゃって、嶋の古い友人の奥さまでらした方です」

「貝口……」

珍しい名であると同時に、聞き覚えのある名だった。

「もしかすると——」

「はい。政治家の貝口新也《しんや》さんのお母さまです。お父さんの貝口新太郎《しんたろう》さんと嶋が大学の同級生だったそうです」

鮫島は息を吸いこんだ。

「貝口新太郎氏は、もう亡くなられていますよね」

「ええ、もう十年以上も前に亡くなられました。確か、自殺……されたとか」

十二年前だ。鮫島は思いだした。鮫島がある県警の公安三課に配属された年だ。その年の選挙で保守党が記録的な大敗を喫し、昭和二十三年の片山《かたやま》内閣以来の、保革連立内閣が成立するかといわれ、その野党第一党の実力者だったのが貝口新太郎だった。委員長選挙では本命視され、出馬、当選を果たせば、保革連立内閣における総理大臣の可能性すらあった。ところが、委員長選挙の立候補受付日に行方がわからなくなり、地元三浦の漁港の漁具小屋で首を吊って死んでいるのが見つかった。

そのときは謀殺説がとびかい、警視庁公安部は神奈川県警と合同で大規模な捜査網をしいたのだった。だが心労が重なってふさぎこんでいたという家族の証言と、後日同じ党の役員あてに届いた遺書によって自殺であることが明らかになった。法医学的に見ても、自殺説をくつがえす証拠は発見されなかった。

「貝口さんのご家族と嶋さんはその後もおつきあいをされていたのでしょうか」

「さあ——」

いって池田は首をひねった。

「たぶんそれほどのおつきあいはなかったと思います。新也さんが初めて当選されたときは、テレビで見ていて、何か感慨深げにしていたのを覚えておりますが——。その新也さんや奥さまがここにおみえになるようなこともありませんでしたし」

「にもかかわらず、奥さんが亡くなられたときには、通夜、告別式の両方にでられていたということですね」

「はい」

答え、池田はつかのま考えていた。

「私がこちらに勤めだしてわりあいすぐの頃に、貝口新太郎さんが亡くなられて、そのとき嶋は、ひどく動転していたような記憶があります。『一番の親友だったんだよ』と、私にいったのを覚えています。『なぜ自殺などされたのですか』と訊きましたら、難しい顔で、『それがわからないんだ』と答えていました」

公開された遺書では、党内の右派左派の対立をとりまとめることに疲れたのだというのが、自殺の主たる理由として述べられていた。貝口新太郎自身は、左派の立場に身をおいていた。

保守党との連立には反対の立場をとっていたが、所属する党のほとんどの幹部は初めて得た政権政党の立場に興奮し、勝利に酔っていた。たとえ連立とはいえ、まさか「大臣」の座に自分がつくとは夢にも思っていなかった議員ばかりだったのだ。

貝口の死後、連立内閣が成立し、総理大臣には貝口の同僚議員であった右派のリーダーが就任した。だが初めての政権政党となったことはかえって、貝口の死を潔しとしない左派議員と右派議員との対立を深め、党全体の崩壊を招く結果になった。

国民は、かつての野党第一党の議員たちの実務能力に失望し、一方では政権政党の座をすべり落ちた保守党内部でも、敗戦の責任を問う若手議員らが長老議員に反旗をひるがえした。

この動きが、保守・革新の二大政党の分裂を促し、他の政党も巻きこんで、政界の混乱をひき起こしていく。たび重なる離党や新党結成がくり返され、さらに分裂や消滅をする政党も生じた。

そして現在、近づきつつある衆議院選挙を前に、最も注目を集めているのが、父親の地盤を継いで政界にデビューした貝口新也と、保守党からの離党を表明した最後の大物といわれている京山文栄とが結成するであろう〝新党〟だった。

鮫島は一瞬言葉を失っていた。おぼろげではあるが、事件の背景にあるものの影を見た、と感じた。

貝口新太郎の自殺の原因に京山文栄が何らかの形で関わっていたとしたら。そのことを貝口新也は知らない。だが明らかになれば当然「政界の策士と清新な騎士とがスクラムを組む」といわれる〝新党〟構想は崩壊する。

鮫島は新聞で見た風刺マンガを覚えていた。それは二人の関係を、ロールプレイングゲームの登場人物になぞらえ、貝口新也が甲冑《かっちゅう》に身を包んだ剣士、京山文栄を黒装束の魔術師としたものだった。そのゆくてには「政界再編」と背中に書かれたドラゴンが炎を吐いて待ちうけているという図だ。

だが――。

十二年前といえば、京山文栄はすでに警察官僚を退職し、政界に身をおいていた筈だ。いくら警察組織との太いパイプがあったにせよ、自殺に関与しているとは思えなかった。

「どうなさいました」

黙りこみ、考えを巡らせていた鮫島に池田が訊ねた。

「いえ。それでその葬儀にいかれた以外では、何か変わったことは？」

「別に……。これといったことは。ふだん通りの生活だったように思います。あまり自分のことを話したり、興奮したりするような人ではありませんでしたから」

池田が嶋のことを語る口調には、肉親への誇りにも似た尊敬の念がこもっていた。

「最後の前、七月に森口さんがいらしたときのことを話して下さい」

池田は深々と息を吸いこんだ。考えていたが、言葉をゆっくり口にした。

「そうでした。あの日は、嶋と森口さまはずいぶん夜遅くまで話しこんでいました。森口さまがおいでになったのは夕方に近かったように覚えていますが、話し始めてから確かロビーを消灯する午後十一時近くまで話しこんでいました」

「そのときの嶋さんのようすは？」

池田は瞬きし、いった。

「少し、深刻そうに見えました」

その話の内容が、立花に嶋殺害を決意させたのか。

「内容については？」

「いえ」

即座に池田は首をふった。

「近づきませんでした。失礼にあたりますので……」

「そうですか。そうでしょうね。で、森口さんは翌日帰られたわけですね」

「ええ。釣りをされるとおっしゃって、朝早くチェックアウトなさいました」

「嶋さんに変わったようすは？」

「覚えておりませんので、たぶんなかったと思います」

鮫島は話をかえた。

「ところでオーナーの杉田さんは、その後こちらにはみえましたか」

「いえ。いつも弁護士さんを通してのご連絡だけですので。ここしばらくは、弁護士さんからも、何もうかがっておりません」

念のために弁護士の名を鮫島は池田に訊ねた。若い支配人は鮫島の質問に不審を感じ始めているようだった。わずかだが不快の念を示しながら、池田は弁護士の名と電話番号を教えた。

池田をそういう気持にさせたことを、鮫島は残念に思った。好意を感じていたからだ。だが今自分の胸にある疑念をすべて池田に話せば、不快を通りこし、怒りを抱かれるにちがいない。

「長時間ありがとうございました」

鮫島は立ちあがり、頭を下げた。

「いえ。事件の犯人が早く捕まるといい、と思っています」

固い表情で池田は答えた。鮫島はわずかに迷い、告げた。

「実はもう、実行犯は逮捕されています」

「えっ」

池田は目をみひらいた。

「犯人は二人で、暴力団と関係があった人物でした。二人は暴力団から金をもらって、嶋さんを殺害したのです」

「暴力団から……」

信じられないように池田はつぶやいた。鮫島は頷いた。

「ええ。そして暴力団にそれを依頼した人間がまた別にいます」

「なぜ!?」

低い叫び声を池田はあげた。

「それを調べているのです」

いって鮫島は名刺をとりだした。

「もし、今までの話にあった、森口という人がここにくることがあれば早めにご連絡をいただけますか」

「はい」

池田は驚きを残した表情のまま名刺を受けとった。

「──でも、森口さまが何か……」

「事件に関する重要な情報を知っているのです」

鮫島はいった、池田は手の中の名刺に目を落とし、無言になった。

「失礼します」

鮫島はいってもう一度頭を下げ、ロビーをよこぎると、表に止めていたＢＭＷに乗りこんだ。

車をターンさせたとき、カフェテラスの窓ごしに、まだ立ちつくしている池田の姿が見えた。

車を走らせながら、鮫島は前回「葉山軒」を訪ねたときに池田と交した会話を思いだした。嶋は学生時代、政治運動に関わったことがある。そのときの同志で政治家になった人間がいた――池田はそう話していた。それが貝口新太郎だったにちがいない。

死んだと聞き、現在の政治情勢につないで考えなかった自分の不明を悔やんだ。あの場でその政治家の名を訊ねていれば、事件の背景を解く鍵はもっと早くに、手に入っていたろう。

貝口新太郎の自殺と、その息子である新也と京山文栄の新党結成。

この新党構想が壊れれば、京山の政界工作は大きな挫折《ざせつ》に見舞われることになる。ならば、嶋殺害の動機はそこにあったのだろうか。

だが元警察官僚ともあろう人間が、かつての部下を用いて殺人を企図したとは、鮫島でも考えたくはなかった。

貝口新太郎の親友であった嶋が、その親友が死んでから十二年を経た今年になって、その死因に関する情報をどのようにして知ったのか。

考えられるとすれば、それは未亡人貝口とし子の死去に伴うものでしかない。貝口とし子が存命中はずっと秘められていた事実が、何らかの形で嶋の耳に及ぶことになった。

立花はそれを恐れ、嶋の定期監視をおこなっていたのではないか。監視の開始は、おそらく十二年前。貝口新太郎が自殺した直後から始まった。

何が起こったのか。

貝口新太郎の死が謀殺であれば、もちろんそれは大事件である。しかし現職の国会議員でしかも総理大臣候補であった人物を密かに殺害するのは容易ではない。当然SPも身辺警護にあたっていた筈で、その目を逃れて誘拐し殺害するとなれば、何らかの形で本人が犯人に協力をさせられたと考えるべきだ。

十二年前、京山文栄が保守党においてどのような立場にあったか、鮫島は知らなかった。が、国会議員であったのは確かだし、保革連立構想が打ちだされていた以上、貝口新太郎とは当然面識があったろう。

だが問題は、貝口新太郎の死が謀殺であるなら、いったいそれは何のためにおこなわれたか、という点だ。

大敗した保守党が、危機感から勝った野党の党首候補を殺害するというのでは、まったく意味がない。よほどカリスマ性の高い人物でない限り、党首ひとりを殺したところで政治の世界では、大きな変化は生まれない。現実には、貝口の死後、保革連立内閣は組織され、その結果貝口の所属党も崩壊したが、保守党も同じ憂き目にあっている。殺害が保守党、あるいは京山本人にとり何らかの利益をもたらしたとは考えにくい。

あのとき確かに、党内左派のリーダーであった貝口は保守党との連立内閣に抵抗を表明していた。が、それを排除するためだけに殺害したというのでは発想が単純すぎる。

鮫島はうろ覚えの知識をけんめいに辿りながら、十二年前の自殺事件と政界の動きを関連づけようとした。当時公安三課に配属されていた鮫島は、離れた中央政界の事件とはいえ興味をもって新聞や週刊誌の記事に目を通したものだった。

ちがう。

鮫島は不意に思った。事件の背景は決して貝口新太郎の自殺だけにあるのではない。

もし十二年前のその事件にのみとどまるのであれば、ブライドの殺害や、立花が香田に告げた「二十年以上前」のアメリカ側協力者の子供による復讐という話とはまったくつながってこない。

貝口新太郎に子供は、新也ひとりしかいないことになっている。「清貧の政治家」と呼ばれた貝口新太郎は、女性スキャンダルなどとも無縁だった。

もし、もし杉田江見里が二件の殺人の犯人であるなら、いったい貝口新太郎のどこに関係してくるのか。

貝口新太郎が自殺して十二年もたった今、なぜブライド、立花、京山の生命を狙う理由があるのか。

杉田江見里が犯人でないことを、心の底から鮫島は願っていた。今の時点で、彼女が犯人であると示唆する材料はまったく薄弱ではあった。

アリバイを確かめたわけではない。はっきりとした動機が見えたのでもない。唯一、動機があるとすればそれは、前岡に対して、そして立花に対してだ。養父を殺害させた、というものだ。

そのことに関連して、江見里は、ブライドと京山をも標的にした、あるいはしようとしているのだろうか。

しかしブライドが殺害された時点で、鮫島ですら嶋瑛作殺しの背景に立花が存在していることとを知らなかった。

江見里が知っていたとすれば、事件の全容を知っていたことになる。そんなことはありえない。知っていれば、まず、実行犯の奥山と増添を狙った筈だ。

そうした条件を客観的に考えれば、杉田江見里が、ブライド、前岡射殺犯の容疑者であるとは、とうてい断ずることはできない。

しかし、鮫島の直感はまるで反対の結論に達している。

「長いあいだ、まっ暗な、誰もいない場所を歩いてきた、孤独でまっすぐな一本の線」

自分をそう例えた江見里の言葉は、鮫島の胸を抉《えぐ》った。

そこにこめられた意味を、それを鮫島に告げたときの江見里の覚悟を、鮫島は今、はっきりと感じていた。

杉田江見里が犯人なのだ。その犯人に自分は情報を与えていた。

鮫島は、なぜ杉田江見里が犯人なのかをつきとめなければならなかった。その動機に隠された、かつての公安警察上層部の謎を、何としても探りださなければならないのだった。

鮫島の車は「葉山軒」をでて十五分足らずで、杉田江見里の自宅に近い、葉山町の長柄に入った。「葉山軒」の建つ一色海岸と長柄は、距離にすればわずか数キロしかない。

答はじきにでる。

夜明け近く、長柄の交差点まで運転したときの記憶を辿りながら、鮫島は車を走らせた。公安総務による監視がおこなわれていれば、鮫島の直感は正しかったことになる。

鮫島は自分の勘があやまっていたと、そこで証明してもらいたかった。公安総務が、真犯人の名を立花から得ている限り、その自宅には必ず張りこみがついている筈だからだ。

杉田江見里の自宅は、三浦半島のつけ根に近い急峻《きゅうしゅん》な丘陵地にあった。車一台が通るのがやっとの険しい坂を登っていくと、傾斜地に生えた緑に包まれるようにして、特徴のある建物の姿が見えてくる。隣家とは、かなりの隔たりがある。監視をおこなうなら、その道路事情、立地条件を考え、慎重な態勢をとらざるをえない。

かつて画家のアトリエ兼別荘だったという、その建物の周囲はひっそりとしていた。砂利をしいた前庭と木造のポーチを備えた玄関には、まったく人影がない。そこには主の赤いアウディもなく、それを知った鮫島は、安堵の息を吐いた。

アウディは今、成田空港近くの長期駐車場に止められている筈だった。主は、アメリカのどこか、おそらくはニューヨークに滞在している。

鮫島はBMWを前庭に止めた。夕暮れが近づいていた。ドアを開け降りたったとき、家を包む林から虫の音が聞こえてきた。

鮫島は、もう一度息を吐いた。この家とこの家の周辺には誰もいない。自分の勘はまちがっていた。

無意味と知りつつ、鮫島は玄関の扉に向けて一歩を踏みだした。ポーチの三角屋根はオレンジ色、扉は白に塗られている。

さらにもう一歩を近づいたとき、背後に車のエンジン音を聞いた。ふり返るとクリーム色に塗られた軽自動車のワゴンが坂道を登ってくるところだった。

坂道はこの家でいき止まりなのではなかった。隣家へと道がつづき、その先ではさらに上へと登る勾配につながっている。

ワゴンが前庭の先をよこぎって走り過ぎた。横腹に書かれたクリーニング店の名が見えた。乗っているのは、二人の男だった。スポーツシャツのラフな服装だ。助手席にすわる男が気のないそぶりで鮫島の方を見やった。ワゴンはすぐに見えなくなった。エンジン音が遠ざかり、再び鮫島は虫の音の中に立ちつくしていた。

鮫島はゆっくり踵を返し、ＢＭＷの屋根によりかかった。全身が萎《な》えてしまうような絶望感が足もとから這いあがってくる。

煙草をとりだしくわえると、火をつけぬまま、あたりをゆっくりと見渡した。

斜め右に、十メートル近い標高差で、別の家が一軒建っているのが見えた。その家の背景は紫色をした雲だった。こちらを見おろす位置の窓が細めに開いている。部屋の明りはついておらず、窓の向こうはまっ暗だった。

煙草に火をつけ、待った。吸い終えて、吸い殻を車の灰皿に押しつけた。

再びエンジン音が聞こえた。ワゴンが坂を下ってきたのだ。ワゴンが訪ねた先は、おそらくは上方に建つ家だ。

ワゴンはスピードを落とすことなく、鮫島の見ている前を走り抜けた。今度は車内の男はちらりとも鮫島に目を向けなかった。

鮫島はＢＭＷに乗りこみ、エンジンをかけた。車を降りていたわずかの間に、ヘッドライトが必要な夕闇が訪れていた。バックで坂にでてターンをすると、ふもとへと下った。

ふもとの道路との合流地点の路肩にワゴンが止まっていた。清涼飲料水の自動販売機があって、乗っていた男がひとり、その前に立っている。

鮫島はワゴンの先にでると、ウインカーをださずいきなり路肩にＢＭＷを止めた。すばやく車を降りた。

ワゴンの助手席に残っていた男が膝の上に何かを隠すのが見えた。鮫島はまっすぐにワゴンに歩みよった。

自動販売機の前にいた男が驚いたように鮫島をふり返った。あわてて足を踏みだす。だが鮫島はそのときにはワゴンの助手席のドアの横にまで達していた。

すわっている男が隠したのは、高性能のレンズをつけたカメラだった。やり場のない怒りがこみあげ、鮫島は助手席のドアを乱暴につかんだ。

「ちょっと、何すんだ、あんた!?」

外にいた男が声をかけた。警戒した表情を浮かべ、にじり寄ってくる。助手席の男はあ然とした顔で鮫島を見上げていった。

「何人、本庁公安総務からきているんだ」

鮫島は吐きだした。男の顔がこわばった。無表情になる。

「五人か。十人か？　あんたらは県警の応援なのか」

にじり寄ってきた男をふり返った。男は立ち止まり、呆然《ぼうぜん》と鮫島を見つめていた。

「誰だ、あんた……」

男はようやくいった。目だけを激しく動かし、車内の同僚と見合っている。

「そっちの所属を先にいえ。神奈川か、本庁か――」

「本庁だ、そっちは」

言葉を断ち切るように男はいった。

「命令の内容は？　マル被が現われたら逮捕しろ、か？　それともまず連絡して指示を待てといわれたか」

「誰なんだ、あんた!?」

男は怒鳴った。

「聞いているだろう、俺のことは。警告を受けてなかったのか」

男は息を呑んだ。まじまじと鮫島を見つめた。

鮫島は不意に躍りかかった。男の胸元をつかみ、つきとばすようにうしろへと押した。

「新宿の――」

「おい、何すんだっ」

助手席の男が降りて叫んだがかまわなかった。鮫島に押された男は背中を自動販売機にぶつけ、唸り声をたてた。

「逮捕状《ふだ》はもってんのか」

鮫島は訊ねた。男は無言で鮫島をにらみつけた。

「もってんのかっ」

鮫島は怒鳴りつけた。男は鮫島を押しのけようと腕をあげた。鮫島はそれをふり払い、さらに強く男の背を自動販売機に押しつけた。

「答えろ！　もってんのか!?」

「やめろっ。公務執行妨害だぞ！」

車から降りた男が背後から叫んだ。鮫島は目の前の男を離し、くるりと向き直った。

「何だと。どんな公務だ!?」

男は緊張した表情で鮫島を見つめていた。

「いってみろ！　どんな公務なんだ」

「我々は課長の指示通り動いているだけだ」

男は喘《あえ》ぐようにいった。鮫島の気配に押されていた。

「それで!?　どんな指示だ」

「いう必要はない！」

鮫島が押さえていた男がいった。

「関係ないんだ、お前なんか」

鮫島は男をふり返った。

「貴様らの方こそ関係ない。貴様らは、マル被が現われたら尾行し、その地点を報告するように指示されているだけだろう。逮捕も身柄の確保も命じられてない！　それで貴様らが何をすることになるのかわかっているのか」

「何だってんだよ」

男の顔に怒りが浮かんだ。

「殺しだ。殺人の幇助《ほうじょ》をするんだよ」

「馬鹿なことというなっ」

「馬鹿なことかどうか、上司に訊いてみろ」

鮫島は男の目をにらみつけた。男は鮫島をにらみ返した。

「立花はお前らといっしょなのか」

「誰だ、それは」

「立花道夫だ。お前たちの先輩だ」

「お前の先輩でもあるだろうが」

「その先輩は、俺を殺させようとしたんだよ、やくざに。ついこの先で、俺はハジかれたんだ」

男の目に動揺が浮かんだ。

「何、わけのわかんないことといってやがる――」

いいかけるのを無視して、鮫島はいった。

「立花、どこだ」

「お前の知ったことか」

「奴は殺人教唆をしたんだ」

「証拠があんのか！　証拠が！」

男は怒鳴り返した。

「平出組の前岡」

鮫島は告げた。男の顔にあっという表情がよぎった。

「そうだよ。お前らが渋谷の事務所から保護し、麴町で殺された前岡だ」

男は口をつぐんだ。

「自分らが何をやってるのかわかってんのか」

「そういうお前こそどうなんだ。でかいツラして人の縄張り荒しやがって」

男は低い声でいった。

「立花はどこだ」

「知らんよ！　勝手に捜しゃいいだろう」

鮫島は男の目からゆっくりと視線を外した。

「何さまのつもりでいきがってやがる」

男が吐きだした。鮫島は次の瞬間、男の顔面に頭突きを叩きこんだ。男の後頭部が自動販売機のガラスにあたり、ひびが走った。

「おいっ」

もうひとりの男が叫んだ。頭突きをくらった男は鼻を押さえ、へたりこんだ。鮫島は男を離れ、ＢＭＷに歩みよった。

「待て――」

男が呼びかけたが無視して乗りこんだ。同僚に走りよるその姿をミラーで見ながら、ＢＭＷを発進させた。

40

立花は「部屋」にいた。そこは警視庁公安部が用意した「セーフハウス」ではなかった。麹町のマンションをでたあと青山《あおやま》一丁目の喫茶店で合流した「桜井商事」の人間は、立花にこれからどこにいくつもりかと訊ねた。必要なら安全に寝泊まりできる場所が提供できますが、と。

そんなことはわかっている、と立花は答えた。だが「桜井商事」の世話になるつもりはなかった。立花が「桜井商事」の世話になれば、部長が公安部に借りを作ることになる。

現在の警視庁公安部に対し、立花は何の義理も恩義も感じてはいなかった。前岡を公安総務が保護したことについても、当然すべき処置をしたまでだと思っている。

自分には安全な「部屋」があって、そこにいる限り、誰にもいどころを知られる気遣いはない、と立花は告げた。

ではそちらまでお送りします、と「桜井商事」の人間はいった。会ってから一度も名乗らず、名刺もださない。

その男が乗ってきた車が国道二四六号に止まっていた。白ナンバーのグレイのクラウンで、運転席には別のスーツ姿の男がすわっている。

喫茶店で立花を待っていたのが西脇、運転手が沖田だろうと立花は推測した。確かめることはしなかった。したところで何の意味もない。

車内に乗りこんでから、立花は起こったことを二人に告げた。テープレコーダーがどこかで回っているにちがいない。自分が拳銃をもち、一発発射したことはいわなかった。

立花がすべてを話し終えるまで、クラウンは神宮外苑《じんぐうがいえん》の中を走り回っていた。

前岡が死に、自分に対する刑事訴追の線が断たれたことはわかっていた。もはや危険なのは、杉田江見里ひとりだった。

京山部長に対する警護の人間を増やした方がよい、と立花はいった。杉田江見里は必ず、京山部長を狙ってくる。

なぜか、と訊かれることはなかった。事情は知らされていないだろうし、知ることも許されてはいない。

知っているのはたぶん、公安部長と公安総務課長。京山部長が話してさえいれば。

「これで以上だ」

立花が話を終えると、車内は沈黙が支配した。

やがて西脇が咳ばらいをし、訊ねた。

「で、どちらへ向かえばよろしいのですか」

「杉並にいってくれ。高円寺《こうえんじ》の駅でおろしてくれればいい」

「電車はもう走っていません」

「そこからタクシーに乗る」

「お送りしますよ」

なるほど。公安総務課長は、自分だけのカードも欲しいのだ。あるいは公安部長も。

「麻布《あざぶ》だ」

西脇は瞬きした。

「麻布、ですか」

「そうだ。飯倉《いいくら》の交差点の近く」

「そちらに『部屋』が？」

「ある」

クラウンは二四六をよこぎり、青山墓地の方角へと向かった。六本木《ろっぽんぎ》トンネルを抜けて麻布《あざぶ》十番《じゅうばん》へと入り、さらに直進して赤羽橋《あかばねばし》の交差点を左折する。深夜は渋滞する六本木を迂回《うかい》したのだ。

桜田通りに入って数本目の道を左折するように立花はいった。

「アメリカンクラブのそばですな」

無言だった西脇がいった。

「ロシア大使館も近い」

ロシア——旧ソビエト大使館とアメリカンクラブがすぐ近く、ほんの背中合わせのように存在しているのは偶然でも何でもない。

「アメリカンクラブにはよくいった」

立花はいった。

ブライドやその同僚と会った。酒を飲み、世間話をする。交流が目的であって、任務ではなかった。ときおり、簡単な情報交換もした。二人はあくまでも〝民間〟のビジネスマンを装っていた。大使館関係者や外務省の人間がいる席には、決して近づかなかった。

西脇はちらりと立花を見やり、低い声でいった。

「私も以前には」

「その角を右だ。ここでいい」

坂の中腹に建ったマンションの前で車を止めさせた。

「こちらですか」

「そうだ」

立花はいって、ドアノブに手をかけた。西脇が声をかけた。

「――立花さん」

立花はゆっくりとふり返った。西脇はわずかにためらい、いった。

「本庁内ではいろいろと面倒なことになっています。たぶん事件については我々が専任で受けもつことになるでしょうが――」

「当然だろうな」

表情も変えず、立花はいった。

「ブライドさんの殺害と今夜の事件が同一犯であるという情報は抑えざるをえないと思います。刑事部が関心をもつでしょうから」

「これは公安の事件だ」

「我々は立花さんの自宅、事務所、それから杉田江見里の自宅に監視をつけます。もし杉田江見里を発見した場合——」

「逮捕はまずい」

淡々と立花はいった。一拍おき、西脇は訊ねた。

「なぜですか」

立花は西脇の顔を見返した。

「なぜでもだ。課長があんたに理由を話せば話してもいい」

西脇の顔は変わらなかった。

「訊ねてみます。しかし、杉田江見里は二名を殺害し、さらにあなたと京山さんの生命を狙っている。野放しにはできません」

「それだけをわかっていればいい」

西脇は険しい表情になった。だが無言で足もとに手をのばし、紙袋をとりあげた。

「これをあなたにお渡しするようにいわれています」

拳銃だとすれば何と手回しのいいことだろう。だがそうではなかった。携帯電話と予備の電池だ。

「いつでも我々から連絡をとれるようにしておいていただきたいのです」

「いいだろう」

立花は受けとった。

「私の方からも連絡をいれる」

西脇は頷いた。

「以上か？」

「以上です」

立花はドアを開いた。西脇はついていきたいのを我慢しているような表情で見送った。どのみちエレベータが何階で止まったかをチェックするだろうし、集合郵便受も調べるにちがいない。このマンションは、オートロック機構ではないのだ。

車中の二人を残し、立花はマンションのロビーに入った。管理人は夜間はいない。エレベータで三階にあがり、つきあたりの三〇五号室のドアに鍵をさしこんだ。

八畳ほどのリビングは空気が淀んでいた。家賃は払いつづけているが、訪れたのは六カ月ぶりだった。

下の道路に面した窓に歩みより、カーテンを開いた。クラウンがまだそこに止まっているのが見えた。立花が別の場所に移動するのを恐れているのだ。

立花は反対側の六畳間にいき、窓を開けた。坂の反対側、車は通れない細い路地がすぐ窓の下にあった。そちら側からは一、二階は地下になる。

路地は私道で、この付近に住んでいる人間でなければ存在を知らない。途中階段になっている私道を登っていけば、外苑西《がいえんにし》通りにぶつかる。

まっ暗な、人けのない私道を立花は見おろした。

杉田江見里が、立花の自宅や事務所に二度と近づくとは思えなかった。葉山の自分の家にもだ。

公安総務には告げていない、杉田江見里が現われるであろう場所が、その私道を少しいった先にあった。だからこそ長い時間を待って、空いたこの部屋を借りたのだ。

立花はそこで杉田江見里を待ちうけるのだ。手は打った。江見里を迎えるのはそこしかない。

立花は腕時計を見た。午前三時を回っていた。部長は眠っているだろうか。

起きているだろう。睡眠を妨げないために遅れる報告、というものを、部長は最も嫌った。少なくとも今の公安部長は、それを叩きこまれている筈だ。

だが今夜はいい。自分の部長への連絡は明日おこなう。起きたことを知れば、部長は自分のとった処置を知る。

窓を閉めレースのカーテンを引いて、立花は窓辺においた椅子に腰をおろした。今はつかのまの休息をとるべきときだ。部屋にはこの椅子以外、すわる家具も横たわる家具も、何もおいてはいなかった。

41

鮫島が新宿署に戻ったのは、午後十時を回った時刻だった。桃井は帰宅していた。鮫島は藪の部屋を訪ねた。藪は机上におかれたパーソナルコンピュータに向かっていた。

「コーヒーは？」

鮫島に気づくと訊ねた。

「もらう」

いって、鮫島はコーヒーメーカーに歩みより、勝手にカップに注いだ。

「七・六五のライフルマークな、科捜研から公安総務がひっぱがしていったそうだ」

コンピュータの画面に向かったまま、藪はいった。鮫島は壁によりかかって目を閉じた。公安総務は、杉田江見里を射殺する犯人の証拠を抑えにかかったのだ。

ひどく疲れた気分だった。立花にも、もう手が届かない。まして公安は底なし沼のように、一度つかんだ情報を決して外へは洩らさない。ましてつかんでいるのが、ごくごく一部のトップとあれば、なおさらだ。

「そういや、検案書の写し、届いてるぞ」

鮫島はよりかかっていた壁から身を起こした。

「検案書？」

「だからお前が頼ませた奴だ。杉田苑子の死体検案書だよ」

鮫島は目をみひらいた。

死体検案書とは、「変死」が生じた場合、通常の医師が発行する死亡診断書にかわって、監察医が発行する書類だ。事故や自殺、他殺、あるいは病死であっても、そこに医師の立ち合いがなければ死亡診断書は発行されない。しかし死亡診断書がなければ、火葬や埋葬、戸籍の抹消、保険金の支払いなどはおこなえない。そこで死体検案書を使用する。

「どこにある!?」

「ほら」

藪はファックス用紙をさしだした。受けとった鮫島はそれを見つめた。

杉田苑子の死亡は、二十三年前の十二月、大塚監察医務院において、担当の監察医が確認していた。死因は、頸部《けいぶ》圧搾による呼吸停止。縊死《いし》だ。司法解剖がおこなわれ、現場で発見された梱包《こんぽう》用のビニール紐《ひも》と頸部索溝が一致したことが記されている。

現場は、千代田区一番町、一番町グリーンパレス二〇一、貝口新太郎事務所。死亡者の年齢、三十二歳、職業「議員秘書」。

鮫島は息を吐いた。司法解剖には警察官が立ち合い、その氏名も記されていた。

担当警察官、警視庁公安部公安総務課、立花道夫。

なぜ立花がそこにいたのか。本来なら、司法解剖の立ち合いは、所轄署刑事課か刑事部捜査一課の人間の仕事だ。明らかな公安犯罪との関連がない限り、公安警察官が立ち合うことは考えられない。

鮫島は担当医の欄を見た。医師名は、大久保君雄《おおくぼきみお》とある。

「この大久保先生ってのは、まだ大塚にいるのか」

「え？　誰だって？」

「大久保先生だ」

「聞いたことないな。ちょっと待ってろ」

いって、藪は机上の電話をとった。時計を見る。携帯電話と覚しい十桁の番号を押した。

「——あ、藪だけど。どうも。大久保先生って今もいる？」

いきなり相手に訊ねた。

「大久保君雄」

鮫島はいった。同じ言葉を藪はくり返した。

「うん。あ、そう。まだ生きてんの？　そうなんだ。どこで？」

話している藪を鮫島は真剣な表情で見つめた。杉田苑子の死因は病死ではない。縊死である以上、自殺でも他殺でも、警視庁のコンピュータファイルにはその氏名が留められていて当然だ。それがなかったということは、故意に削除されたにちがいなかった。

「——わかった。どうも。飲みすぎんなよ」

いって、藪は電話を切った。

「引退して、医大で法医学の講師をやってるそうだ。川崎《かわさき》にいるらしい」

聞いた瞬間、鮫島は電話の受話器をとりあげていた。ＮＴＴの番号案内サービスで、大久保君雄の電話番号を問いあわせる。

川崎市高津《たかつ》区に、同姓同名の人物が在住していた。鮫島はその番号を押した。

しばらく呼びだし音が鳴ったあと、年配の女性の声が応えた。

「はい。大久保でございます」

「私、新宿警察署に勤務する鮫島と申します。夜分遅くにたいへん申しわけございません。ご主人さまは以前、大塚監察医務院におられた大久保先生でしょうか」

「はい、そうでございます」

女性は答えた。上品で落ちついた口調だった。

「突然で申しわけありません。ちょっとお話をさせていただけませんか」

「お待ち下さいませ」

受話器がおかれる、コトリという音がして足音が遠ざかった。やがて、初老の男性の声が受話器を伝わった。

「もしもし、大久保です」

鮫島は改めて深夜の電話の非礼を詫び、自分の官名を告げた。そして二十三年前の日時を告げ、その件で記憶はあるかと訊ねた。

「ああ、ありますよ」

こともなげに大久保が答えたので鮫島は驚いた。

「何か、特別のことがあったのでしょうか」

「そうですね……まあ、あったといえばあったかな」

「お会いして、お話をうかがわせていただけますか。明日でも。実は、急いでいるのです」

「まあ、刑事さんというのはいつも忙しいものだが……。忙しいのは、あまりいいことではいえんか。医者と刑事は暇な方が、世の中のためだ」

といって、大久保は乾いた声で笑った。そして、

「そんなに急いでおるなら、今からきてはどうかね。私は明日一限目の授業があるので、早く家をでてしまう。我が家は夫婦そろって宵っぱりでね。いつも三時近くまでは起きています」

といった。

「ではこれからうかがいます。住所をお教え願えますか」

鮫島はメモをとりだした。住所を書きとめ、道順を教わる。東名高速を川崎インターチェンジで降りて、十五分くらいだ、と大久保はいった。

首都《しゅと》高速、東名高速を乗り継ぎ、三十分足らずで鮫島は川崎インターチェンジに到着した。そこからは教えられた道順に従い、住宅街にある一戸建てを見つけだすのには、さほど苦労しなかった。

大久保は、六十代初めの温和な印象を与える人物だった。パジャマ姿で鮫島を迎えたが、気にすることはない、家にいる時間の大半をこの姿で過しているのだ、といった。

鮫島は小さな庭に面した居間に通された。ピアノがおかれ、バラの花壇と犬小屋が窓からは見える。

小柄でにこやかな夫人がアイスコーヒーを運んできて、その場に加わった。

「いいかね？　家内を同席させても。何しろ二人だけでね。刺激に飢えておるのだ」

「私はかまいませんが、先生はよろしいですか」

「監察医の女房をしておったのだから、血なまぐさい話には慣れておる」

「そうですか。では早速、本題に入らせていただきます。杉田苑子の死因は縊死とありましたが、自殺ですか」

「いきなりきたな」

薄くなった頭に手をやり、大久保はいった。ゴルフをするのか、陽焼けしているが左手の甲だけが白い。

「解剖、所見、いずれにしても自殺と判断される状況ではあったな」

「それはまちがいなく、自殺という意味で？」

「遺書は、あった」

いって、大久保は黙りこんだ。難しい表情になっていた。鮫島は言葉を待った。

「短い遺書のようだった。担当の警察官がもっておった。仕事に疲れたとか、そういう内容だったようだ」

「担当というのは、公安の立花刑事ですね」

「うん……。立花といったかな。あとにも先にも、あの人に会ったのは一度きりだ」

「立花刑事は、初めから担当だったのですか」

「いや、所轄からひき継いだ、というようなことをいっておったな。要領を得んかったし、なぜひき継いだかもいわなかった。ただ——」

「ただ？」

大久保は鮫島の目を見た。

「自殺にしたがっておったな」

鮫島は大久保を見返した。

「それはつまり——」

大久保は深々と息を吐いた。

「何度もいうようだが、状況から判断する限り、あれは自殺だった。そして担当した警察官も自殺だと考えた。たとえばだ——」

大久保は立ちあがった。

「自殺に見せかけた縊死というのは、通常、素手や別の紐などで首を絞め、被害者が死亡したあと、どこかにぶら下げる。これはすぐにわかる。被害者の首に残っておる索溝と死体を吊るすのに使った道具とが一致せんからだ。人が死ぬほど首を絞めれば、当然深く跡が残るし、苦しまぎれにその人物は凶器とその周辺をひっかく。自殺であってももちろん苦しまぎれにひっかくことはあるが、その位置が偽装したロープなどとずれていれば、それで違いを判別できる。しかも偽装の索溝には生活反応がない」

鮫島は大久保の妻が心配になり、目をやった。だが平然と温和な表情を崩すことなく、両手を膝の上にのせて聞いている。

「ところがこの件の死亡者、杉田さんだったか？　は、吊るすのに使ったビニール紐と索溝のあいだにずれが見つからなかった。生活反応もあった首にもほとんどひっかいた跡はない。さらに血液を調べても、睡眠薬やアルコールの類は検出されなかった。だがそうだからといって同じ状況を作りだせないかといえば、そうではない。特にこの死亡者のような女性であれば、あらかじめ用意しておいた凶器の輪の中に、大の男が何人かがかりで押さえつけた上にかかえあげ、吊るして両手を押さえておれば同じ状況を作りだすことはできる。ただそこまでせねばならない理由や人間が果たしているかどうか、だ」

「この被害者の職業を知っていましたか」

大久保は頷いた。

「別の秘書が、大塚にはきた。当の貝口は現われなかった。それと――」

「それと?」

「アメリカ人もおった。どういう関係かは知らんが、この立花とかいった刑事ときていた」

「名前を覚えていますか」

「いや名乗らなかった。たぶん似たような職業の人間だろうとは思ったが」

「大柄の白人ではありませんでしたか。金髪か銀髪の――」

「大柄な白人だったのは確かだ。毛深そうだな、と思ったのを覚えている」

大久保は頷いた。ハーラン・ブライドだ。

「近親者には会われましたか、被害者の――」

「いや。独身だと聞いたような気がする」

杉田苑子は、アメリカ留学中に江見里の父親と知りあい結婚したが、その人物に死なれて帰国した——そう聞いている。

CIAは、大学在学中に優秀な学生をリクルートするといわれている。杉田苑子がもし留学中にリクルートされていたら。留学経験があって、語学が堪能ということであれば、国会議員の秘書にはうってつけだ。野党第一党の議員で左派のリーダーとなる人物の身辺にスパイを送りこむ。

CIAが日本の野党国会議員を監視するのは、当時はソビエト連邦との関係を見こしていたからに他ならない。事実、貝口新太郎はクレムリンとパイプをもっていた筈だ。だからこそ、その十一年後自殺したときに、謀殺説が乱れ飛んだ。ソビエト連邦は、まだ崩壊していない。

「彼女はCIAに関連のあった人物だったのかもしれません」

鮫島はいった。大久保は驚くようすもなく頷いた。

「私がいった偽装殺人も、そういう連中が使う手だ」

だが日本の警察は、少なくとも担当刑事は、その可能性を除外した。

「ありがとうございました」

鮫島はいって、立ちあがった。大久保は首をふった。

「たとえあの件が殺人であったとしても、時効は成立している。もちろん犯人が、海外に逃亡しておれば別だろうが——。だがいずれにしても、今はもう……難しいだろうな」

そして鮫島を見た。

「あんたは優秀な刑事さんのようだ。とにかくがんばっておやんなさい」

夫人がにこにこと頷き、あいづちを打った。鮫島は微笑み、答えた。

「できる限り、がんばります」

たぶん勘のようなものなのだろう。状況は自殺を示しているのに、大久保は他殺の疑いを捨てきれず、それがために二十三年たって監察医を退官した今も覚えていたのだ。

検死とは科学的な作業だ。勘がいかにそれを他殺と告げようと、科学的な証拠が逆の結論を示していれば、くつがえすのは難しい。かりに刑事がそれを信じて捜査をおこない、犯人と覚しい人物を逮捕し自供を得たとしても、起訴は容易ではない。自供によって知った殺害の方法が検死結果と一致しなければ、公判の維持は不可能だからだ。

大久保の長年の勘が、杉田苑子の死体とそれをとり巻く状況から不審なものを感じとったとしても、あの時点ではどうすることもできなかったのだ。担当警察官が自殺を主張し、状況証拠もそれを裏付けていれば、なすすべはない。

杉田苑子がCIAのスパイであったというのは、香田が立花から聞かされた話とも一致する。ではなぜ、杉田苑子が殺されなければならなかったのか。

杉田苑子を殺害したのが、CIAではなかったという可能性もある。たとえばCIAと対立する組織、KGBだ。KGBが杉田苑子を殺したのだとすれば、それは貝口新太郎の秘書であることによって杉田苑子が得た何か重大な情報をCIA側に渡したくはなかったからだ。

しかしこの場合、CIA、公安警察サイドが、杉田苑子の死を自殺として処理したことが不可解になる。たとえばCIA側はすでにその重大な情報を入手していて、入手したという事実をKGB側に知らせないために、彼女の死に、目をつぶった——KGB側に情報の流れをストップさせたと安心させる、そんな作戦ならありうる。

だがそれはかなり高レベルでの情報操作だ。ＫＧＢが殺害した可能性があれば、公安警察はかなりしつこく調べあげるだろう。場合によっては、貝口新太郎本人にも殺人の容疑をかける可能性がある。それによって貝口とＫＧＢとの関係を示唆できれば、逮捕にもちこめなくとも、駐日ＫＧＢに対して大きな圧力をかけられるからだ。

だが公安は一切、そうした動きをとらなかった。また、そういう可能性のある事件なら、動くのは公安総務ではなく、外事一課の管轄だ。

杉田苑子を殺したのがＣＩＡだとすれば、その理由は何か。

裏切りだ。杉田苑子がＣＩＡから寝返って、情報の提供を拒み、さらにはＣＩＡが貝口新太郎の側近にスパイを送りこんでいたと暴露しようとしていたら――ＣＩＡは彼女を除去する他ない。

ただし、状況がそこまでに至っていたにもかかわらず、貝口新太郎が沈黙したことが、この場合は謎だった。スパイの存在とその死を知れば、国会議員としてはかなり大きなカードを握ることになる。党や自分に対する、公安警察や駐日ＣＩＡの干渉をかなり後退させうる材料になるからだ。

二十三年前。当時の公安総務を率いていたのは、「桜井商事」を作りだした京山文栄だ。当然、杉田苑子の死を知っている。

杉田苑子の死を自殺として処理させたのは、京山文栄の意志を立花が反映したからだともいえる。

京山文栄は、それによって何を得たのか。

ＣＩＡへの貸し。ただそれだけとは思えない。

京山に会わなければならない。鮫島は思った。二十三年前のできごとを知る、わずかな当事者のひとり。

しかしそこにいきつくのには、大きな障害が待ちうけている。

42

翌朝、鮫島は自宅から、京山文栄の公開されている事務所に電話を入れた。秘書と覚しい人物に、自分の官名を告げ、面会の約束をとりつけたい、と申し入れた。

秘書は用件の内容を訊ねた。鮫島は、現在自分がかかわっている事件の捜査のためだ、と述べた。

事件とは何か。

立花道夫元警部による殺人教唆の件だと答えた。

当人に訊ね、おり返し電話する、と秘書はいった。

十分後、電話があった。

「当人に訊ねましたところ、立花道夫なる人物には心当たりがない、と申しております。元警察官としては、鮫島さんの捜査に協力をしたいのはやまやまだが、なにぶん多忙である上に、当該の人物を知らないのでは、お互いの時間を無駄にするだけであるので、面会はご容赦いただきたい、と申しております」

鮫島は、

「わかりました」

と告げた。予期していた答だった。

「では、もう少しご理解いただけるような内容の文面を京山先生あてにお送りしたいと思います。そちらの事務所のファックス番号を教えていただけますか」

「承知いたしました」

淀みなく相手はいい、番号を告げた。

一度の連絡で、京山文栄に会えるとは、鮫島も考えてはいなかった。多忙であるのも事実だろうし、これまでの状況を佐鳥から聞いていない筈はない。鮫島に会うのは、京山にとって何の利益もなく、危険なだけだ。

しかし今、鮫島は、京山が公表を恐れる事実の一端を握っている。貝口新太郎の自殺と、それをさかのぼる十一年前の貝口新太郎の秘書の死に、警察庁公安総務課長であった京山が何らかの形で関与していたかもしれないという可能性だ。

貝口新也のもとに亡父とその秘書についての訊きこみをおこなうと、京山に告げるのは、恫《どう》喝《かつ》に等しい圧力を与えられる筈だ。

きれいな手段ではない。しかし、きれいな手段をとっている限り、決して京山本人と会うことはできない。それどころか、鮫島自身が警視庁から排除されるだろう。

猶予はならなかった。鮫島が京山に接触を試みたことは、すぐに公安部に伝わる。すでに杉田江見里の自宅を鮫島が訪ねたという情報は公安部にいき渡っている筈だ。

鮫島は、これまでに自分が知り得た情報に推測をまじえることなく、手紙を書いた。文面の主たる体裁は、ブライドと前岡を射殺した犯人と覚しい人物を捕えるための情報提供を依頼する形にした。

立花が、かつての京山の部下であったこと、その立花が定期的な監視を「葉山軒」の嶋瑛作におこない、嶋が貝口新太郎の旧友で、二十三年前に死亡した貝口の秘書の遺児の育ての親であったことも明記した。立花はその秘書が死んだ際、司法解剖に担当官として立ち合っている。大久保医師の名は記さなかった。万一、公安部が総力をあげて事件を潰しにかかったとき、あの初老の医師に迷惑が及ぶのを避けたかった。それに勘だけでは、何の証拠にもならない。ただし、司法解剖の場に、ハーラン・ブライドと覚しき人物もいたことは書いた。

書きあげた手紙を鮫島は京山の事務所あてにファックスした。そして元の手紙は封筒に入れ、切手を貼った。宛名は、ある人物の住所だった。自殺したかつての同僚、宮本の遺書もその人物のもとに保管されている。

鮫島が封筒の宛名を書き終えないうちに、電話が鳴りだした。鮫島は受話器をとらず、留守番電話が作動するに任せた。京山あての手紙には、再度こちらから連絡をさせていただく、と付記しておいたのだ。

応答メッセージが流れた。

「はい、鮫島です。ただ今、外出しております――」

信号が鳴った。

「緊急に会いたい用件があるので、連絡をいただきたい。こちらは本庁公安部、公安参事官、竹内進《たけうちすすむ》と申します。新宿署にも連絡を入れてみますが、早急にご連絡を願います」

京山は、蓋をする判断を、すばやく下したようだ。

鮫島は車のキィと壊れた携帯電話をもち、アパートをでた。拳銃はずっと持ち歩いている。BMWに乗りこむと、銀行にまず向かった。キャッシュカードで、すぐにおろせる現金をすべて引きだした。事件が何らかの結果を見いだすまでは、アパートには帰れない。

新宿まで車を走らせた。新宿署ではなく、有料の駐車場に車を入れ、NTTのショップを訪ねた。壊れた携帯電話にかわる新品の電話を買った。番号は生きているので、すぐに使えるようになる、と係員は告げた。

封筒をポストに投函《とうかん》した。

今回だけは、桃井にも事情を話すことはできなかった。桃井が知って鮫島をかばえば、職を失う可能性がある。

買ったばかりの携帯電話が鳴った。圧力をかけたがる人間は、この電話の番号を知らない。

「はい」

鮫島は新宿の路上に立ち止まり、電話に応えた。

「皆がいっせいに君を捜し始めた」

桃井だった。

「そうでしょうね」

「署にくるつもりかね、今日は」

桃井は落ちついた口調で訊ねた。

「わかりません」

「いいだろう。一日、出張ということにしておく。行先はどこにする？」

「神奈川にしておいて下さい」

桃井がわずかに笑う気配があった。

「そういえば神奈川の一課も君を捜していたようだ。前岡が殺されたのが伝わったらしい」

鮫島は唇をかんだ。

「自分としては、前岡の裏にいた人間をひっぱるつもりです」

「そう伝えておこう」

「奥山を神奈川にもっていけますかね」

思いつき、鮫島はいった。前岡が死んだ今、奥山をかばう必要を、立花は認めない筈だ。

「奥山と増添をぶつければ、何とかなると思います。前岡が死んだとわかれば、奥山も焦るでしょう」

「それも手だな。神奈川から要請するように、知恵を授けるか」

「はい。急いだ方が」

「やっておく。――気をつけろ」

「ありがとうございます」

電話を切り、鮫島は歌舞伎町に向かって歩き始めた。

公安総務が、あるいは鮫島を押さえようと動きだすときがあるかもしれない。この街にいる限り、その裏をかくことができる。

鮫島は暴力団関係者が客に多いので有名な喫茶店に入った。一年三百六十五日、この店で暴力団関係の客を見ないことはない。この店にたむろするやくざの気配で、街が今、緊張状態にあるかどうかを察知できる。

鮫島の姿を見た瞬間に、立ちあがりレジに向かう客もいる。

鮫島は奥の目立たない席にすわり、コーヒーとサンドイッチを注文した。

ファックスを送ってから一時間が経過していた。携帯電話は使わず、店の公衆電話から、京山の事務所に連絡を入れた。

鮫島が名を告げると、応答した人間は、

「お待ち下さい」

といって、電話を切りかえた。

「お待たせいたしました」

落ちついた男の声がいった。

「京山先生ですか」

「いえ。私、第一秘書をしております、田中《たなか》と申します。京山より、鮫島さまの真意をうかがうように申しつかっております」

淡々とした口調だった。

「私の真意は、容疑者の一日も早い逮捕です」

「その件では、ご協力できそうもない、と京山は申しておりましたが……」

「そうでしょうか。知っておられる筈の立花氏についても、ご存じないとうかがったのですが」

「先ほど確認いたしたところ、以前の部下でそういう人間がいたかもしれない、とは申しておりました」

鮫島は苦笑した。

「そうですか。あるいは貝口先生の方が、何らかのご記憶がおありかもしれませんね」

「貝口先生も、うちの京山と同じく多忙を極めておられると思いますが……」

「それは重々、承知です。短時間ですむことですので」

田中はため息を吐いた。

「申しわけありませんが、十分後にもう一度ご連絡させていただきます」

「現在、職務中にありますので、こちらからご連絡いたします。十分後でよろしいですね」

「あ、それでは十五分後ということで……」

鮫島は受話器をおろした。席に戻り、パサついたサンドイッチをコーヒーで流しこんだ。十五分がたち、再び電話をかけた。

田中がでた。

「ご理解がいただけないようなので、一度お会いする他ないか、と申しております」

「ありがとうございます」

「今、どちらですか」

「神奈川におりますが、すぐに動けます」

「午後一時では難しいでしょうか」

「可能です」

田中は港区にある一流ホテルの名を口にした。

「そこの七〇一に、おいで下さい」

「七〇一号室ですね。うかがいます」

43

部長に連絡を入れた立花は、驚きを味わった。あれ以来、食事をとる他は、一歩も「部屋」をでていなかった。

鮫島がまだ動いている。

部長に動揺はなかった。鮫島に関しては、どのようにもまだ手が打てるからだろう。いざとなれば、どこか遠くの部署に飛ばせばすむことだ。

ただ、立花は、杉田江見里を処分する際に、鮫島の存在にも留意しなければならなくなった。

鮫島がここと、杉田江見里の行先を嗅ぎつける可能性は皆無だ。江見里は完全に姿をくらませている。

写真を撮られた日、江見里は車で成田空港に向かい、ニューヨーク行きの便に乗りこんだ。

公安総務は、出入国管理局の名簿から、杉田江見里が確かに出国した事実を確かめたようだ。

江見里はたぶん、ニューヨークに着くと、別人のパスポートで東京へとトンボ返りしたのだ。

そして都内にある隠れ家にひそみ、立花を殺すチャンスをうかがっていたのだろう。

江見里が舞台をやっていることを、立花は知っていた。芝居はお手のものだ。しかも英語は完璧だから、アメリカ人になりすますのに、何の問題もない。

驚くべきは、その行動力だ。

今では、自分が引き金になったことを立花は自覚していた。嶋瑛作を殺させたのがそれだ。

嶋は、貝口新太郎と同じ手を使ったのだ。

最後に会った夜、嶋は十二年ぶりに旧友から届いた手紙に動揺していた。動揺した嶋が、自分に話を打ち明けるよう、立花は誘導した。

貝口になりかわって、立花は十二年ぶんの友情を嶋に注いできたのだ。具体的な人名は何ひとつださなかったが、嶋は立花に、起こったできごとを告げた。

貝口は嶋あてに、すべてを記した遺書をのこしていた。ただしそれが、妻の存命中には決して届かないように手配していたのだ。

貝口らしい配慮だ、と嶋はいった。妻を苦しめたくなかったのだ。たとえ死後とはいえ、愛人関係にあった女性の話が伝わるのを恐れたのだ。

しかも、ただの愛人ではない。貝口の身辺に送りこむために、慎重に選ばれ教育されたエージェントだったのだから。

ＣＩＡが貝口の秘書にエスをおいていたことを、立花は二十三年前のあの日に知った。

あれは偶然と幸運の産物だった。杉田苑子の死体を自宅で発見した貝口は、一一〇番通報をした。駆けつけた所轄署刑事課員は、公安捜査の講習をうけたばかりで、死者が野党国会議員の秘書で、しかも議員の動揺ぶりから愛人関係にあったと即座に推測し、本庁公安部に連絡をしてきたのだった。

連絡を得た公安部がどこを動かすかを検討する間もなく、部長が動いた。相手は国会議員である。その秘書の死に、公安一課や二課が動けば、マスコミの注目を集める可能性があるし、議員の反発を買うかもしれない。隠密活動が得意で、蓋をしやすい、公安総務に任せてほしいと手をあげたのだ。

当時すでに、部長は公安内部で大きな力を得ていた。桜井商事の情報収集力は、他の部署の追随を許さず、公安部長といえども、公安総務課長には一目おかざるをえなかった。

密命をうけ、立花はすぐに動いた。貝口には所轄署員を装い（こういう仕事を最も得意としていたのが桜井商事だ）、確かに愛人関係にあったことを確認した。だが貝口の動揺がそれだけにあるのではないらしい、と立花は感じとった。

それを証明したのが、ブライドからの接触だった。ブライドは、杉田苑子がＣＩＡ側の人間であったことを立花に告げた。自殺は貝口と愛人関係になった杉田苑子が、任務と愛情の板ばさみになり、苦悩したあげくだった、というのだ。

しかしそれが欺瞞であることを部長は見抜いた。杉田苑子の苦悩は、結論を迎えていた。そしてその結論を阻止するために、ＣＩＡは、杉田苑子を処分した。貝口の自宅で殺したのは、スキャンダルに仕立て、貝口の話をマスコミに信じられにくくするためだった。

貝口は、打ち明けられていたのだ。

部長はそれを逆手にとった。同盟国の情報機関が断わりもなく、人の庭先にスパイを送りこんでいたことを責めもしなかった。

スキャンダルを徹底的に抑えるように——それが立花らに下された部長の指令だった。新聞を抑え、週刊誌の記者を恫喝し、フリーのトップ屋は、やくざを使って排除した。それができたのは、「桜井商事」だからこそだろう。

スキャンダルが一切起こらないと知ったとき、貝口は転んだ。もともと、スパイを愛人にしてしまっていた事実に、党に対する強い自責の念を抱いていたのだ。

部長はそこにうまくつけこんだ。しかも何の見返りも、そのときは要求しなかった。政治家としての貝口新太郎を惜しんだのだ、とすら、いった。

それはみごとだった。ＣＩＡを抑えこみ、あくまで〝自殺〟にする貸しを作った上で、貝口新太郎も手中におさめた。

部長が、貝口新太郎というカードを使ったのは、ただの一度きりだ。十二年前、保守党のあの記録的な大敗のとき、保革連立内閣に反対をする貝口新太郎を説得する材料に使った。

貝口は説得に応じる代わりに死を選んだ。もし拒めば、その十一年前のスキャンダルがリークされ、十一年間実際には何もなかったとはいえ、公安部のコントロールをうけていたのではないかという疑いを党内に招くことを恐れたのだ。そんな事態になれば、党は崩壊する。秘書自殺のスキャンダルに襲われずにすんだ貝口は、党の最大実力者にまで達していた。

貝口の死は、だが部長の望んだ通りの結果をもたらした。保革連立内閣の成立だ。立花の知る以外にも、部長の他のカードが働いていたかもしれない。

今となっては、保守党の分裂も、部長は見こしていたのかもしれないとすら思う。そうでなければ、議員職に何十年もいすわりつづける長老連中が、部長のいく手を阻んだにちがいないからだ。

皮肉な巡りあわせだった。もちろんすべてをひき起こしたのが、部長だとは思わない。有権者という、目に見えない大衆の選択、あるいは気まぐれが、二つの大政党を壊してしまったのだ。部長がしたのは、その崩れいく先を、必要、不必要に応じて誘導したくらいのことだろう。必要の第一番が、貝口新也だった。貝口新也は、もちろん何も知らない。父親は、すべてを記した手紙を嶋にだけ送り、その処遇を任せたのだ。

——眠らせておくのが一番です

立花は、嶋にそう告げた。

——今となっては、傷つく人しかいない

嶋も、その気になっていた。十二年間の監視は、監視以上の効を奏した、とそのとき立花は思った。

だが「京山文栄、貝口新也、新党構想」が一部の新聞にすっぱぬかれ、嶋は立場を変えた。「父親を死に追いやった人物と息子を組ませるわけにはいかない」

嶋は電話で告げた。そして立花がいざというときには紹介するといっていた「個人タクシーの客」の、新聞社政治部長に会わせてもらいたい、と依頼してきた。

立花は快諾し、前岡に連絡をとったのだった。

「政治部長」との待ちあわせに向かう嶋は、旧友からの手紙をもっていた。前岡が使った二人は、その手紙を奪い、嶋を処分した。

手紙はとうに立花のもとに届いている。

しかし嶋が、貝口と同じ手を使うとは、立花も予期しなかった。杉田江見里のもとに、同じ手紙が渡ってしまった。嶋は自分の死とひきかえに、杉田苑子の娘に、すべてを打ち明けた。

そして、復讐が始まったのだ。

44

歌舞伎町の喫茶店をでた鮫島は、まっすぐ指定されたホテルに向かった。車は新宿の駐車場においたままにしてタクシーを使った。ホテルにつくとフロントへいき、偽名で部屋をとった。七階より上の部屋にしてもらいたい、と指定する。

フロント係は十一階の部屋をご用意できます、と答えた。

十一階の部屋にチェックインしたのは、約束の一時より一時間も早い、正午だった。部屋の窓からは、ホテルの正面玄関が見おろせない。エレベータホールの窓からは可能だった。

鮫島は十一階のエレベータホールの前に陣どった。

十二時二十分。四台の覆面パトカーが、ホテルの正面玄関にすべりこんだ。アンテナの立つ位置などで、上からはすぐにそれとわかる。公安部のものにちがいなかった。京山の連絡を受け、ロビーや七階周辺に張りこむつもりなのだ。

公安部は、どんな理由で自分を拘束するつもりなのだろう、鮫島は思った。服務規定違反。それでは軽すぎる。たぶん一時的な精神錯乱をひきおこし、京山に対する危害を企てた、とでもするのが手っとり早い。

覆面パトカーを見届けた鮫島は部屋に戻った。クローゼットの奥に設けられた金庫に、拳銃と特殊警棒を含むもちものすべてをしまった。自分の拘束を考える連中に口実を与えてやる必要はない。

十二時五十五分になると、鮫島は携帯電話からホテルのフロントにかけた。七〇一号室を呼びだす。

「はい」

受話器から流れでたのは、田中の声だった。

「鮫島です」

「今、どちらですか」

田中の声は落ちついていた。

「そちらへ向かう車の中です。京山先生はもうお着きですか」

「いえ……。会議が長びいておりまして、少し遅れそうなのです。できれば、おこしいただいてお待ち願った方が――」

「承知いたしました。いずれにせよ、再度お電話させていただきます」

京山は現われないつもりだろうか。電話を切った鮫島は思った。だが公安部が鮫島の身柄の拘束に失敗すれば、次に鮫島が向かうのは貝口新也のところだ。直接会わなくとも、京山のもとへ送ったファックスと同じ手紙が届くだけで、京山にはダメージになる。それを考えれば、罠は罠として、京山は姿を現わさないわけにはいかないだろう。

一時八分。再度、鮫島は七〇一号室に電話を入れた。館内電話を使わないのは、雑音の状態から同じホテル内にいると見破られないためだ。

「京山先生はおみえですか」

「今、こちらへ向かっているそうです」

田中はいった。

「あと何分くらいで到着されそうですか？」

「十、いや、十五分くらいかな……」

田中は口ごもった。

「お会いいただけなくなる、ということはないのでしょうな」

「それは大丈夫です」

田中はきっぱりいった。

「うちのオヤジは、お会いするといえば、たとえどんな短時間でも必ず」

「承知しました。もう少し、ホテルの外でお待ちしてから、七階に上がります」

「あの――」

鮫島は電話を切った。

たとえ京山がホテルに入っても、ここから七〇一号室にまですんなりいけるとは鮫島は思っていない。だが京山さえ現われれば、鮫島にチャンスはある。

立花はどうするだろう、と鮫島は考えた。かつての京山の部下、決して表舞台には立たず、巧妙に元上司の政界工作を助けてきた男。きたない仕事はすべてかぶるのが、立花の使命だったのだろう。

立花は、京山のそうした命令に諾々と従ったのか。

鮫島は、立花に会いたい、と思った。優秀な公安警察官が、その優秀さゆえに政治と権力の暗部で黒子の役目を果たす運命を担った。人を威し、暴力団と手を結び、そして最後には人を殺す。

立花はそれを望んでいたのか。逡巡《しゅんじゅん》や後悔はなかったのか。

立花に訊いてみたい、と思った。お前はそこに至るために、警察官という職業を選んだのか、と。

一時三十分、鮫島は三度目の電話を入れた。いらだったような田中の声が答えた。

「参りました。ここにおります」

「今からうかがいます」

鮫島はいって、電話を切った。

エレベータホールは無人だった。ボタンを押し、やってきた箱に乗りこんだ鮫島は七階の表示に触れた。

エレベータが下降し、ドアが開いた。目の前に四人の刑事がいた。エレベータを降りた鮫島を無言でとり囲む。

「何の用ですか」

鮫島は訊ねた。ひとりが携帯電話をとりだした。どこかに連絡をとり始める。

「用がなければ通していただきたい。私には約束がある」

鮫島は足を踏みだした。四人は顔を見合わせ、道を開いた。

七〇一号室は廊下のつきあたりに位置するスイートルームだった。四人は鮫島を包むようにして無言で移動した。

七〇一号室の前まできたとき、扉が開いた。中から現われたのは、公安総務課長の半澤と、鮫島も顔を知らない二人の男だった。

半澤は険しい表情で鮫島を見やった。

「身体検査はしたのか!?」

「いえ、まだですが……」

四人のうちのひとりがいった。

「なぜ、せん！　しろ！」

鮫島は半澤を見た。半澤は目を合わそうとはしなかった。

「申しわけありませんが、壁に両手をついて下さい」

鮫島は言葉にしたがった。複数の手が鮫島の体を探った。

「何もありません」

「何も、とはどういうことだ」

答えた刑事は当惑した口調だった。

「ですから、何も……」

「もう、よろしいですか」

鮫島は半澤に訊ねた。半澤は五十歳になったばかりの精力的な風貌の男だ。

半澤は鮫島をようやく見た。低い声でいった。

「お前、何を企んでいる。お前のやっていることは明らかに職権を逸脱しとるぞ」

「現在の公安総務課がおこなっていることは、逸脱ではないのですか」

「うちが何をやったというんだ。殺人犯の検挙に全力をあげているだけだ」

鮫島は微笑んだ。

「では私も協力します」

「上司として、お前をここに通すわけにはいかん」

「それは公式の命令ですか」

「何だと――」

「公安部長、ならびに刑事部長も了承されている、ということですね」

半澤は瞬きした。

「それが何なんだ」

「私の立場について、半澤課長はご存知の筈です」

その言葉の意味を理解したとき、半澤の顔は蒼白になった。

「お前、脅迫するのか――」

「まさか」

鮫島は首をふった。

「私はここにお会いする約束の方がいて、そのために訪れただけです。課長に同席していただいてもかまいません。それが職務規定の違反になるとは思いませんが」

「お前、自分が何でもできると思っているのか」

「とんでもありません。私はいまだかつて、自分の立場を、自分の目的のために有利な形で使ったことは一度もありません。ご存知の筈です。公安総務課長なら」

半澤はぐっと鮫島をにらみつけた。唇が白い一本の線と化した。

「――もういい」

半澤が背にした七〇一号室の扉のすきまから声が流れでた。

「入ってもらえ」

初めて鮫島が耳にする声だった。半澤は怒りに頬を紅潮させながら、鮫島に道を譲った。

扉が開かれ、応接セットを配された部屋の正面、窓を背にした位置に、その室内でただひとり腰をかけている男の姿が見えた。小柄で白くなった頭髪を短く刈り、尖った鼻と鋭い目つきのせいで猛禽類《もうきんるい》を思わせる顔立ちをしている。京山文栄だった。

京山のかたわらにSPとわかる二人の男と、初老の男が立っていた。鮫島は軽く一礼した。

「お忙しいところを恐れいります」

鷹《たか》の目が鮫島を見た。

「君が鮫島警部か」

「はい。新宿署生活安全課に勤務しております」

京山はしげしげと鮫島を見た。そして不意に目をそらし、

「扉を閉めんか」

といった。扉を手で押さえたまま、鮫島をにらんでいた半澤があわてて中に入った。

「君らは隣にいていい」

京山はわずかに顎を動かしていった。決して尊大な口調ではなかった。命令するというよりは、許可を与えている印象だ。

初老の男を除くすべてが、応接間とつながった別室に移動した。初老の男は離れた位置にあるライティングデスクの椅子に腰をおろした。鮫島はその場に立っていた。

「ファックスを読ませてもらった」

京山はいった。

「恐縮です」

「あそこには君が到達した事実だけが書いてあった。ひとりで捜査に携わったのだとすれば、たいへん優秀な仕事だな」

鮫島は無言で頭を下げた。

「君はそれをもとにした推測を私に聞かせたい。そのためにここにきたのではないかね」

「それもありますが、さらに事実を知りたかったのです」

「事実、とは？」

京山は鮫島を見すえた。

「二十三年前と十二年前に起こったことです。それぞれ、杉田苑子と貝口新太郎の自殺の背景を」

「話すわけにはいかない」

簡潔に京山はいった。

「君も警察官ならわかる筈だ。職務で知りえた情報は、みだりには明かせない。特にこの場合、私は死ぬまで明かすつもりはない」

「二件の殺人事件の動機がそこにあります」

京山はわずかに頭をふった。

「しかたがないな」

鮫島は息を吐いた、京山はいった。

「私が話さなければ、君は同様の質問を貝口新也くんにぶつけるというかもしれない。たとえそうであっても、私は話すわけにはいかん」

「では、立花道夫元警部についてはいかがです？」

「彼の何を知りたい」

京山は鮫島から目をそらさず訊ねた。

「立花元警部がしてきたことはご存知ですか」

「彼との交友を否定するつもりはないが、彼に何らかの指示を――彼が警察官を退職後も――与えてきたのかというなら、それはちがう」

「では立花元警部が、平出組を通して殺人教唆をおこなったことも関知されていない、と」

「あたり前だ」

京山は淡々といった。そして煙草をとりだすと、火をつけた。

「私が君の納得するような事実をここで認めると思うかね。私には義務がある。かつては警察官として、現在は政治家としての義務だ。私を選んだ有権者と、何よりこの国家に対して、私は義務を果たさなければならない。それは何にも、優先される。人命は尊いが、私の義務は私にとって、さらに尊い」

鮫島は息を吸いこんだ。煙を吐き、京山は目を細めた。笑ったのだった。決して不快な笑みではなかった。

「君に、私の支持者になってもらうつもりはない。君がこの私の考え方に賛同できないというならば、好きな行動をとるがいい。私は邪魔をする気はない」

「先生がそのおつもりでも、先生の気持を汲んで行動する人間はたくさんいます」

鮫島は隣接する部屋を目で示した。京山は煙草を灰皿に押しつけた。

「それが日本の社会だ。今さらいうまでもないことだが」

「それも支持者だ、とおっしゃるのですか」

「君がそう呼びたいのであれば」

「では立花元警部はどちらです。支持者なのか、部下なのか」

京山は無言だった。鮫島は京山を見つめた。やがて京山はいった。

「どちらでもない。彼は、彼のしたいことをおこなっているだけだ」

「その彼を止められるのは、京山先生だけです」

「彼が何をしようとしていると思うのだ？」

「杉田江見里の殺害です」

京山は無表情だった。鮫島は早口になった。

「その行為は、もはや無意味です。なぜなら私がいるからです。事実をあるていど把握した第三の人物として」

京山は無言だった。

「立花元警部は、杉田江見里さえ殺害すれば、事態がすべて収拾すると考えているかもしれません。しかしそれはちがう」

京山は目を上げ、鮫島を見た。

「君が妨げる、と？」

鮫島は頷いた。

「私がつかんでいるのは不完全な事実です。杉田江見里が死ねば、永久に完全な事実を知る機会は失われるかもしれません。しかし私は努力をつづけます。知るための努力を」

黙っていた男が咳ばらいをした。

「――そろそろ時間が……」

京山は軽く手をあげた。

「ひとつ訊きたい。なぜ、君はこの件に、杉田江見里なる女性にそこまでこだわる？」

「警察官として失態をおかしたからです」

鮫島は答えた。

「失態？」

「私は別の件の捜査で彼女を知りました。まったくの偶然でしたが、興味をもち、好意を抱きました。そして捜査中の、嶋瑛作氏殺害犯に関する情報を、彼女に与えてしまったのです」

京山はわずかに目をみひらき、鮫島を見ていた。

「彼女は、自分が、決して誰とも触れあうことのない暗闇をいく一本の線だといいました。その暗闇には出口もなく、氷のように冷たい、と。私はその暗闇に光をさしたい、と思った……」

「それはできたのかね」

鮫島は首をふった。

「一瞬の光だ、と彼女はいいました。しかし暖めることはできないだろう、と」

「君は何を感じたんだ、彼女に」

京山は訊ねた。興味を惹かれていた。

「愛情か、それとも同情かね」

「両方です。しかし最も大きかったのは、私たちは同種の人間だ、という驚きです」

京山はゆっくりと頭をそらせた。初めて鮫島から目をそらし、何ごとかを考えていた。そのまま訊ねた。

「杉田江見里を逮捕したいのか」

「死んでほしくはありません」

「たとえ逮捕してもか」

京山は鮫島に目を戻した。

「はい」

鮫島は低い声でいった。京山は厳しい表情になった。

「君の気持はわかった」

「立花元警部がどこにいるか、ご存知ですか」

「知らない」

いって京山は立ちあがった。そして初老の男を促した。

「これで君と会うのは、最後だ。君は君の義務を遂行するがいい。私は私の義務を遂行する」

鮫島の方を見ずにいった。

「そのお言葉を、隣の部屋にいる人たちにも伝えてよろしいですか」

扉に向けて一歩を踏みだし、京山は足を止めた。鮫島を見た。

「聞いた話では、君は警視庁上層部に関する重大な情報をもっているそうだな」

「重大かどうかは、受けとめる人と発表される時期による、と思います」

「それを今回、使う気だったのか」

「私は――」

いって鮫島は息をついだ。

「私は一度たりとも、それを自分を有利にするためのカードとして使おうと考えたことはありません」

「ただし、死ねば、別か？」

「それは、ある人間の判断に委ねられると思います」

京山は顔をひきしめた。

「一度も判断をあやまらない人間など、いない。私はそこまで一個人を信じることはできんな」

「私と先生とのちがいです」

京山はわずかに頷いた。

「失礼する」

いって、扉に向かった。京山がでていくと、隣室にいたSPたちがあわててあとを追った。

鮫島はその場にとどまっていた。京山を追ってエレベータホールまでいった半澤がやがて戻ってきた。立っている鮫島に気づくと、わずかに息を呑んだ。

「鮫島警部、君の職務権限を停止させてもらう」

「それは、京山先生の指示ですか」

「馬鹿なことをいうな。あの人は今、警視庁とは無関係だ」

そのとき部屋の電話が鳴った。半澤とともに戻ってきた男が受話器をとった。

「はい――」

耳を傾けていたが、

「はい、いらっしゃいます」

といって、受話器を半澤に向けさしだした。

「課長」

半澤はようやくにらみつけていた鮫島から目をそらせた。

「誰だ？」

男が半澤に耳打ちした。半澤の表情がかわった。受話器を受けとった。

「はい、半澤です」

口調で、それが半澤より階級が上に位置する人間からだとわかった。

「はい……おります。しかし――」

半澤の言葉がさえぎられた。半澤の顔が無表情になった。

「わかりました。その件については、早急に報告を――。はい。失礼します」

半澤は受話器を戻した。鮫島を見た。

「刑事部長からだ。お前からは何の報告もうけていない。処分は自分の権限だ、といわれた」

吐きだすような口調だった。

「なぜ、ここがわかったのだろうな。刑事部長に」

皮肉のこもった口調だった。

「お前でも泣きつくことがあるとはな」

鮫島は無言だった。警視庁刑事部内にここを知る人間はひとりもいない。桃井にすら教えていない。

半澤は鮫島の無言を肯定とうけとったようだ。

「もっと骨のある奴だと思ったよ」

そう吐きだし、踵を返した。部下を促し、部屋をでていった。

今度こそ、鮫島はひとりになった。鮫島は不意に激しい疲労感に襲われた。京山がすわっていたソファに腰をおろした。

刑事部長が決して鮫島を助けたわけではない、とわかっていた。ただ公安部、特に公安総務課の独走を不快に思い、その意志を具体的に表明しただけにすぎない。

それにしても、事実を刑事部長に告げた人物がいる。

鮫島はのろのろと立ちあがった。今しばらくの自由を自分は得た。それを何に使うべきか、頭が回らない。

七〇一号室をでて、エレベータに乗り十一階まで戻った。部屋に入り、金庫から持物をすべてだして身につけた。

ぼんやりとベッドに腰かけていると、携帯電話が鳴った。

「はい」

「お前とは考え方も主義もちがう。お前を助けるつもりはない」

不意に声がいった。香田だった。

「俺は、俺が信じる警視庁のために行動をとった」

歯をくいしばって、喋っていた。

「何のことだ」

鮫島は問い返した。香田は一気にいった。

「港区東麻布《ひがしあざぶ》に、貝口新也の自宅がある。地図上の距離でそこから三十メートルの位置にあるマンションを、公安総務が監視している。公安総務が他に監視しているのは、立花のオフィス、自宅、それに杉田江見里の自宅と京山文栄の周辺だ。東麻布のマンションだけが、監視の理由は不明だ」

鮫島は目をみひらいた。立花だ。立花がそこにいるのだ。

「香田」

「何だ」

「一連の動きを刑事部長に知らせたのはお前か」

「俺は知らん。だがこれだけはいっておく。俺は決して腰抜けの出世亡者じゃない。お前だけが、お前の信じる警察官だけが、この警視庁に必要な警察官じゃない。わかったか」

鮫島は息を吸い、目を閉じた。

「わかったか!?」

再度、香田は訊ねた。

「わかったよ」

鮫島は低い声でいった。電話が切れた。

45

「部屋」には電話がある。その番号を知る者は、立花の他にはひとりしかいない。だからその電話が鳴ったとき、立花は少なからず驚いた。そして不吉な思いも味わった。

「――はい」

受話器をとりあげた立花の耳に部長の声が流れこんだ。

「しばらく日本を離れていることだ」

その言葉の意味を立花は即座には理解できなかった。

「私が、ですか……」

「そうだ。ご苦労さん。君はよくやった。今はのんびりとできる場所をどこか捜してはどうだ？」

部長が立花の労をねぎらうのも初めてだった。立花はねぎらいの言葉など期待したことなど、一度もない。

「今……今すぐ、という意味でおっしゃっておられるのでしょうか」

「そうだ」

答えて、部長は一瞬、沈黙した。立花はこのまま電話が切られるのではないかと思った。

「――鮫島と会った。あの男はかなりの部分を調べあげている。君の仕事についても、おおよそのところまで辿りついているようだ」

驚きが立花の体を走った。部長が鮫島に会う。信じられなかった。どうしてそんなことを許したのか。部長も、警視庁の現役も。

「なぜ、お会いになったのです」

だがそれには答えず、部長はいった。

「不思議な男だ。あのような警察官がいるとはな。青くさい理想主義者のようで、強《したた》かな面ももっている。鮫島は、決してあきらめんと私にいった」

「そんな。どのようにでもなる筈です」

「あの男は、今の上の連中の何かをつかんでいる。圧力をかけるのは、結局、私の古巣にとっても得策ではない、と判断した」

最も適切な判断。

「しかしそれでは部長――」

「私は私の手を打つつもりだ。場合によってはこれまで考えてきたものを、すべてご破算にするかもしれん。それでも第三者によって、そこへもっていかれるよりは、はるかにましだ」

「杉田と鮫島の両方が処分されてでも、でしょうか」

きわどいと思いながらも、立花はその質問を口にせずにはいられなかった。部長は沈黙した。

「この二名が排除されれば、当面の危険は失われると思いますが……」

「杉田に関しては、君と同意見ではあった。殺人者であるし、な。しかし鮫島はちがう。警察官だ。半澤くんは職務権限を停止するといっていたが、それもうまくはいかなかった。藤丸くんから横槍が入ったらしい。鮫島をかばったわけではないだろうが、ツキが味方した、というところか」

立花ははっとした。自分のせいで部長は具体的な言葉を口にしすぎている。

「部長、この電話は――」

「大丈夫だ。今、君のいる場所の監視は、すべて外させた。今回の懸案をめぐる捜査活動は、通常のもののみで続行するようにと、さっき佐鳥くんと半澤くんに伝えたばかりだ」

立花は息を吐いた。それでは事実上の負けだ。鮫島が、部長に勝ったというのか。

「いっておくが、私はまだ何も失ったわけではない。議席も、何もだ。ただ判断として、この件には今以上、私も君も関わるべきではない、と思ったのだ」

立花は目を閉じた。攻めから守りに転じるべきとき――部長はそう判断したのだ。貝口新也との新党構想を白紙に戻すとしても、唐突にそれをするわけにはいかない。部長に傷がつかず、マスコミや政界関係者にも納得がいく理由を用意しなければならない。その準備の方で、これからは忙しくなる、というわけだ。

「部長――」

「何もいうな。君にはまたいずれ働いてもらう。今は、離脱すべきときだ」

納得がいかない。部長の判断に納得がいかない。どんな形での脅迫をうけて、部長は退く気になったのか。鮫島という一警部がもつカードが、一体どれほど、部長が築きあげてきた世界に対し有効だというのだ。

「杉田は……杉田もほっておくのですか」

鮫島はあとから関わり、調べ始めた人間だ。何を騒ぎたてても、否定の材料はいくらでも作りだすことができる。しかし杉田江見里は問題だった。当事者なのだ。

「鮫島は、杉田を逮捕するつもりでいる。二人には交友があったようだ」

「それでは最悪です！」

思わず立花は声をあげた。杉田江見里が逮捕されれば、裁判の過程ですべてが公開されることになる。自分の身を心配しているのではなかった。

「大丈夫だ。そうなったら一時的に騒ぐ者もいるだろうが、違法性を問われる事実は何もない」

その通りだ。立花は気づいた。部長と公安総務課がおこなった工作に、違法行為はなかった。部長はあくまでも、貝口新太郎を救ったのだ。

「場合によっては私は、貝口くんに会うつもりだ。先に事実を知らせた方がよいだろうからな」

「承知しました。現場を離脱します」

立花は息を吐いた。さすが、部長だ。先手を常に打つ。

立花はいった。やはり部長の判断は常に正しい。

「重ねていう。ご苦労だった。もし何か必要なものがあれば、うちの田中という人間に頼むといい」

「大丈夫です。充分なものを用意しております」

失礼します、といって立花は受話器をおいた。

さすがだ、と思った。貝口新太郎に対して有効だったカードは今、貝口新也にも力を発揮する。政界の若いリーダーとして属目《しょくもく》されている貝口新也にとり、父親の汚名はマイナス材料にしかならない。鮫島や杉田江見里の先手を打ち、部長が貝口新也に接触すれば、カードは部長のものだ。新党構想を白紙化する問題においても、結局は、部長は事態を自分に有利な形に誘導するだろう。

ただし、杉田江見里の存在に関しては、部長の判断に疑問があった。杉田江見里の美貌とその犯罪は、マスコミにとっては格好のネタになる。しかも杉田江見里には、舞台活動をおこなっていたという経歴がある。「マホ」という名で公演したそのパフォーマンスを、立花は一度ならず見ていた。

多くはないが、熱狂的なファンがいることも知っている。それらの事実にまで、逮捕後マスコミが辿りつけば、裁判に対する注目は否が応にも増すだろう。

立花はただ一度だけ、部長の命に反する覚悟を決めた。いや、これは反するのではない。報告を怠るだけだ。立花は自分にいい聞かせた。

杉田江見里は、やはり生きているべきではない。それは部長のためというより、もはやこの国のため、というべきだった。

立花はリビングをでて、裏道に面した六畳間に戻った。レースのカーテンごしに再び、そこから見える住宅街に目を向けた。貝口新也の家は、その玄関から小さな庭にいたるまで、はっきりと見渡せた。今朝、七時二十分に貝口新也が迎えの車に乗り、そこをでていくのも立花は見ていた。立花を見失い、部長の暗殺も不可能と知った杉田江見里は、きっとあの家を訪れるにちがいなかった。自殺した母の愛人であった男の息子。あるいは一度くらいは面識があったかもしれない。父親のあとを継ぎ、政治家となったその男に、最後の最後は、すべてを打ち明けにやってくる筈だ。

貝口新也の家と立花がいるマンションは、階段状の私道でつながっていた。私道は通用口に面している。

立花は不意に身を固くした。貝口の家の通用口のすぐ近く、私道の石段の中腹に、いつのまにか男がひとり立っていた。肩をそびやかせ、じっと立花のいる窓の方角を見つめている。長身で、髪を長くのばしうしろになでつけていた。

男はレースのカーテンごしの立花の気配に気づいているかのように、じっと目を注いでいた。両手をスラックスのポケットにさしいれ、微動だにせず見つめている。

立花は息を止め、男を見返した。外はまだ明るく、暗い室内のこのカーテンごしに自分の顔まではわかる筈がない。なのに、はっきりと男は立花を認めているように感じられた。

立花は椅子の背にかけていた上衣に手をのばした。内ポケットに入れたワルサーでずっしりと重い。肌寒さを覚え、上衣に袖を通した。その間も男を見つめたままだった。

なぜここがわかったのだ。立花の頭の中に男に対する問いが渦巻いていた。答は聞かなくともわかっている。公安部の中に裏切り者がいたのだ。驚くほどのことでもない。公安とはそういう組織だ。ときに応じ、状況に即して、情報の流れは向きをかえる。

なのに苛立ちと怒りを立花は感じずにはいられなかった。

お前に何がわかる。お前が何を知っているというのだ。お前を動かしている、安っぽい功名心や小さな正義感とは、まったく無縁の世界なのだ、ここは。なのになぜ土足で踏みこみ、長年の慎重な作業の積み重ねを、いとも簡単につき崩そうなどとする。

立花は男を見つめ、荒々しく息を吐いた。

男はみじんも動くようすを見せない。自分が今、何かをしかければ負ける、ということはわかっていた。しかしその衝動を抑えこむのに、立花は苦労した。

そこにずっといるというのか。杉田江見里が現われる、その瞬間まで。

立花はゆっくりと椅子に腰をおろし、レースのカーテンごしに男を凝視した。お前などより、自分の方がはるかに待つことに長けている。お前がまだ学生で、世の中の何たるかをまるで知らなかった時代、自分は変装し、リンチの危険をかえりみず、バリケードの中に入りこんでいた。お前が制服を着け、母親に手をひかれる幼な子のように初めての巡回へと街にでたとき、自分はもう真実と虚偽が交錯する情報の世界で、きたるべき未来を予知していたのだ。

お前には負けない。決してお前のような若造に、自分が負ける筈はない。経験も、腕も、仕えてきた上司も、すべてにおいて、お前を上回っているのだ。

お前がそこにいる限り、杉田江見里は現われない。お前には決して杉田江見里を捕えることはできない。お前があきらめるまで、自分はいくらでも待つことができる。ここで、この場で排泄物《はいせつぶつ》をたれ流し、渇き、飢えようとも、自分は待ってみせる。

　日が落ち、街灯のない私道は闇に沈んだ。それでも立花は、そこにいる男の気配を感じとっていた。あの男を見た以上、離脱は問題外だった。あの男に背を見せ、杉田江見里をあきらめることなど、自分にはできない。

　夜が深くなる。窓から見える各家やマンションの明りがひとつずつ減っていく。貝口家の明りも、今は門灯と一階の窓ひとつになっている。

　貝口新也は今年三十七歳。あの小さな家には、妻と小学二年生の息子が待っている。部長の新党が結成されれば、あの家にもＳＰがつき、訪れる者の数も倍加しただろう。だが今は静かだ。かつての父親の支持者から借りうけている小さな家。父親は、さしたる財産を息子に遺さなかった。息子が受け継いだのは、政治家としての地盤だけだ。地元の三浦には、母親がひとりで住んでいたが死後は親戚《しんせき》が管理する家が残った。

　立花はふと、目をこらした。あの男の気配が消えていた。暗闇の隅々にまで目を向けたが、その姿はない。いつのまにかいなくなっていた。うとうととしてしまったようだ。

　あきらめたのか。それにしては早すぎる。貝口新也はまだ帰宅すらしていない。

　それとも――立花の呼吸は早くなった。杉田江見里が現われたのか。それに気づいて、江見里に向かったというのか。

　待った。

　男の姿は現われなかった。しかし貝口家にも変化はない。そして、そのとき気づいた。

立花はゆっくりと立ちあがった。膝が、背中が、こわばっていた。お前には渡さない。杉田江見里は、決して渡さない。

46

その姿が暗闇に浮かぶのを、鮫島は魅せられたように見つめていた。短く切った髪はぴったりとなでつけられ、黒で統一された装いは、初めて舞台でその声を聞いたときを思い起こさせた。

デジャ・ヴュのようだ、と鮫島は思った。外苑西通りから下っている細い道の石段を、しなやかなその姿が近づいてくる。胸が詰まり、言葉にならない思いがつきあげるのを感じた。できるなら目の前の階段を駆け登り、その体を抱えて、どことも知られず、誰もいきつけない世界へと走り去りたかった。

だが、そうしなかった。暗闇の、さらに奥へと鮫島は身を隠した。

江見里の動きは優美だった。石段は舞台そのものだった。ときおり道にさしこむ家々の明りや庭園灯が、完璧に美しいその身体を一瞬だけ、浮かびあがらせる。

怯えも緊張も感じられなかった。淡々と、家路を辿るように、杉田江見里は石段を下ってきた。

彼女との距離が、ほんの十段、五、六メートル足らずになったとき、鮫島は姿を現わした。

杉田江見里が立ち止まった。じっと鮫島を見おろした。言葉は浮かばなかった。

杉田江見里と鮫島は見つめあった。かすかにその胸が上下していることに鮫島は気づいた。

沈黙がつづき、

「――交差したわね」

江見里がいった。鮫島は無言だった。

「直線どうし、一度交われば、二度と交わらない筈だったのに」

超然とした、それでいて悲しみを感じさせる口調だった。ルージュのひかれた唇がうっすらと微笑みを浮かべた。

「君を逮捕する」

鮫島はいった。それ以外の言葉は、今、何を口にしても無意味だった。

杉田江見里は小さく、こっくりと頷いた。

「ブライドも、前岡も、君だな」

「はい」

杉田江見里は、凛とした声で答えた。

「嶋パパから手紙を受けとったわ。貝口さんの手紙もいっしょに入っていた。母はブライドに殺された。貝口さんは利用され、結局、自殺した……。嶋パパが殺されて、わたしはわかった。何も終わっていない。すべてはまだ、つづいている、と」

鮫島は目を閉じた。まちがっているという非難の言葉は口にできなかった。ブライドの死がなければ、嶋の死がなければ、事実は永遠に闇の中だった。

かわりに目を開き、いった。

「もう、終わりにしよう。君を逮捕する」

杉田江見里は頷いた。

「あなたなら……かまわない。ここに拳銃もあります」

鮫島は頷いた。幸福感が不意に広がった。逮捕することで、されることで、今、二人の思いが一致する。

銃声が轟いた。

杉田江見里が、はっと息を呑んだ。銃声は、江見里の背後から聞こえた。鮫島は体を固くした。

「大丈夫？」

江見里が低い声で問いかけた。

「大丈夫だ」

鮫島はいい、石段を登った。江見里の背後を見た。男がひとり、足をひきずりながら、石段をけんめいに駆け下っていた。そのうしろに追いすがる男たちの集団があった。

男は息を切らし、腕をふって、階段を降りてくる。右手に拳銃を握りしめていた。

「どけ！　そこを！」

叫び、拳銃の狙いを鮫島に向けた。鮫島は江見里をうしろに押しやった。

「どかないかっ」

鮫島は銃口を見上げた。

「立花元警部。あんたも終わりだ」

「馬鹿をいうな。その女が死ねば、すべてはお前の推測だけだ」

立花は苦しげに言葉を吐きだした。鮫島はゆっくりと首をふった。

「じゃあ彼らは何だ」

石段の上方で一団となって見おろしている男たちを示した。

「『桜井商事』は、俺には手をだせない。たとえお前とその女をここで処分しても、だ」

「彼らは警視庁公安総務課じゃない。神奈川県警捜査一課だ。奥山と増添がうたったんだ」

「それがどうした。前岡がいなければ、何も関連づけることはできん」

勝ち誇ったように立花はいった。明るいところで見れば、目立たない初老の男だろう、と鮫島は思った。中間管理職のまま停年を迎えるような、そんなタイプの男。

「手紙が残っていた」

「何だと？」

鮫島は息を吸い、いった。

「前岡に命じ、嶋瑛作からとりあげるようあんたが指示を下していた手紙だ。奥山は金になると考え、コピーをとっていた」

立花の目がみひらかれた。

「貝口新太郎氏の遺書だ。そこには、あんたと京山文栄氏の名も書かれている。前岡が死に、奥山も観念した。請け負い殺人だったことを認めた。神奈川県警の情報までは伝わっていなかったんだな」

立花はくるりと頭上の一団をふりかえった。そしてまた鮫島を見た。

「馬鹿な……」

つぶやいた。唇がふるえ、顔面が蒼白になっていた。

そのとき江見里が動いた。不意に鮫島を押しのけ、石段を駆け登った。

たてつづけにくぐもった銃声が響いた。

「いけない！」

鮫島は叫んだ。江見里と立花の体がひとつになって崩れ、転げた。鮫島は転げ落ちてくる二人を止めようと、体を低くして受けとめた。血の匂いが鼻にさしこんだ。何が起こったのかはわからなかった。受けとめるのに失敗し、体重を支えきれず、もつれあい、いっしょになって石段を転がり落ちた。

背中を打ち、腰が痺《しび》れ、息が詰まった。三人の体がようやく止まったのは、貝口新也の家の通用口の前だった。

叫び声と足音が降ってくる。鮫島は呻きながら体を起こした。立花の顔が太股の上にあった。目をみひらき、驚愕の表情が凍りついている。

「立花！」

鮫島はその肩をつかんだ。掌が濡れた。体をひき起こすと、白いワイシャツが赤く色をかえていることに気づいた。黒ずんだ射入孔がいくつも開いている。

江見里が声をたてた。鮫島は、自分と立花の死体の下敷きになっていた江見里の体を抱き起こした。黒いドレスが土埃《つちぼこり》で白くよごれている。

「大丈夫か」

江見里は微笑んだまま頷いた。右腕が奇妙な角度にねじれ、その手からベレッタの軍用拳銃が落ちた。骨折している。

江見里の左腕が鮫島の首にかかった。ひきよせられるままに、鮫島は江見里の目をのぞきこんだ。涙がいっぱいにたまっていた。

「ごめんなさい」

江見里が囁いた。瞬きをすると、目尻《めじり》から、すっと涙がこぼれ落ちた。そしてけんめいにもう一度、笑みを浮かべた。

「逮捕して。あなたが……」

47

杉田江見里の怪我は骨折と打撲のみだった。立花道夫は即死していた。鮫島が野方のアパートに帰りついたのは、翌日の午後二時だった。江見里とともに病院に向かい、現場検証に立ちあった。

鮫島は、杉田江見里を殺人の現行犯で逮捕したのだった。

シャワーも浴びず、泥のように眠った。短く、濃く、そして苦しい眠りから目覚めると、外はもう暗くなっていた。杉田江見里の取調べは、明日の午後から病院で始まる。

顔を洗い、コーヒーを飲んで、鮫島はぼんやりと時間を過した。たてつづけに煙草を吸った。

鮫島は晶に電話をかけた。晶は自宅にいた。鮫島が終わった、と告げると、すぐにいく、と答えた。

晶が鮫島のアパートに着いたのは、午前零時近くだった。鮫島はすべてを話した。話し終えたとき、午前三時を回っていた。

晶はしばらく無言だった。

「──俺は彼女を逮捕した。それを彼女が望み、俺も望んでいた。逮捕は俺たちにとって──」

鮫島がいいかけると、

「わかったよ」

とさえぎった。澄んだ目で鮫島を見た。

「あんたはあたしの知らないあいだに恋をして、そしてその恋はきのう、終わった」

「ああ」

鮫島は頷いた。杉田江見里は三人を殺害している。いかなる情状酌量があろうと、長期刑は免れない。死刑にだけは、ならないように鮫島は願っていた。杉田江見里は裁判を待ち望んでいる。その結果には興味がない。

「俺はお前の気持を裏切った」

晶は顔をそらした。鮫島の目を見ないようにしていた。

「もう……駄目かな……」

涙声になっていった。

「俺にはわからない。決める権利もない」

「じゃあ、あたしに全部、押しつけるのかよ。きたなくねえか、それ。あんたの気持はどうなんだよ？」

鮫島は息を吸いこんだ。

「お前がいなくなったら俺は──」

いいかけ、言葉を止めた。卑怯《ひきよう》だった。何もなくなっちまう、というのは卑怯だった。自分がすべて作りだしたのだ。

「何だよ」

鮫島は無言で首をふった。

「何でいわないんだよ」

「卑怯だと思うからだ」

「今さらカッコつけんなよ。あたしはあんたが何いったって平気だ」

晶はごくり、と喉を鳴らした。

「自分がどうなっていくか、わからない。特に今度のことではそう思った。今までだってそうだった。ただ今までは、俺には、お前がいた。これからもしお前がいなくなったら、俺は、わからない。どうなっていくか。ただ……それだけだ」

「あたしに惚れてんのか、まだ」

晶が乾いた声でいった。鮫島は答えなかった。

「答えろよ！」

「ああ。惚れてる」

真実だった。だからといって、何にもなりはしない、と思っていた。

晶が不意にいった。

「喉かわいた」

鮫島はキッチンに立ち、コーヒーを作った。晶はコーヒーを飲んだ。鮫島は煙草を吸った。

やがて晶がいった。

「あんたとあたしがつきあった時間は、あんただけのものでもなけりゃ、あたしだけのものでもない。あんたの恋は恋で、終わっちまったものを、あたしは今さらとやかくいえない。残ってんのは、あんたの心の問題だ」

そして立ち上がった。

「あたしも考える。あんたも考えな」

鮫島は晶を見やり、頷いた。

「わかった」

「あたしの気持は、あたしが一番よく知ってる」

晶はそういい、でていった。鮫島はしばらく動かずに、煙草を吸いつづけた。晶が許すのなら、戻りたかった。しかしそれを口にすることすら、卑怯に思えてならなかった。

晶は許さないだろう。鮫島の裏切りは、遊びではなかった。命のかかったものだった。たとえ肉体関係を伴わぬものであっても、いや伴わぬものであったからこそ、許せない。

鮫島の目はぼんやりとアパートの中を見渡した。晶を失うことが決定的になった今、ここに住みつづけるのにも痛みを感じた。

テーブルに目がいった。そこにあるべきものがなくなっていることに、鮫島はしばらくたって気づいた。

鮫島がコーヒーを淹れているあいだに、晶がもっていったのだ。それがわかったとき、鮫島の心は震えた。

晶がもっていったのは、鮫島のアパートの合鍵だった。

鮫島は電話に手をのばした。たとえ卑怯でも何でもよかった。結果がどうあろうとかまわない。気持を告げなければならなかった。

後記

「小説宝石」連載中は田中省吾氏、また本にまとめるにあたってはいつも通り、渡辺克郎氏にたいへんお世話になった。記してお礼を申し上げる。
ありがとうございました。

大沢在昌

一九九七年　カッパ・ノベルス（光文社）刊

この作品はフィクションであり、特定の個人、団体等とはいっさい関係がありません。

著者

解説

西上《にしがみ》心太《しんた》
（文芸評論家）

新宿鮫シリーズ第六弾『氷舞　新宿鮫Ⅵ』である。

『新宿鮫』が世に出て以来十数年、このシリーズが国内ミステリー界において、屈指の地位を占めていることに異論のある者はいないだろう。評論家の関口苑生《せきぐちえんせい》氏はカッパ・ノベルス版『新宿鮫』の解説で、「本書は、彼の生涯の代表作のひとつとなる。それほどの傑作である」と書いている。しかし『毒猿　新宿鮫Ⅱ』『屍蘭　新宿鮫Ⅲ』『無間人形　新宿鮫Ⅳ』『炎蛹　新宿鮫Ⅴ』、そして本書以降『灰夜　新宿鮫Ⅶ』『風化水脈　新宿鮫Ⅷ』と続く作品群は、第一作以上の高いレベルを保っており、三千メートル超級の高峰が連なる一大山脈にたとえたくなるような気高ささえ備えている。さすがにこれほどのシリーズに成長を遂げようとは、関口氏をはじめとする具眼《ぐがん》の士たちも予測し難かったのではなかろうか。

だがしかし、『新宿鮫』は単なる傑作ではなかった。大沢在昌の作家としての立場を大いに変貌させる一作でもあったのだ。

七〇年代末から八〇年代にかけて、冒険小説とハードボイルド小説のブームが澎湃《ほうはい》として起った。このジャンルの優秀な書き手が大挙登場したのである。いわゆるジャンル小説は読者から育ったファンライターが多い。五〇年代末から六〇年代にかけては、アリステア・マクリーン、ディック・フランシス、ギャビン・ライアル、デズモンド・バグリイらが、七〇年代にはクレイグ・トーマスやジャック・ヒギンズらがわが国に紹介された。これら海外の作家たちの優れた作品を読んで強い影響を受けた者たち――大藪春彦《おおやぶはるひこ》、結城昌治《ゆうきしょうじ》、生島治郎《いくしまじろう》ら、国内の先駆者たちの影響もあることはもちろんだが――が実作者となって現われたのだ。

　大沢在昌もその一人であり、しかもほとんど同時期に登場した作家たち――船戸与一《ふなどよいち》、北方《きたかた》謙三《けんぞう》、志水辰夫《しみずたつお》、逢坂剛《おうさかごう》、佐々木譲《ささきじょう》ら――に比べ、きわだった若さを有していたのである。

　大沢在昌のデビューは、一九七九年の第一回小説推理新人賞を、短編「感傷の街角」で受賞したことがきっかけであった。弱冠二十三歳の時であった。現在ならこの若さだけでも強力なセールスポイントになりそうなものであるが……。

　この時代にデビューした作家たちは、さまざまな文学賞を次々と受賞し、コアなファン以外の読者にも受け入れられていった。

　たとえば北方謙三は古くから純文学を書き続けていたとはいえ、北方名義でエンターテインメントに転向してわずか二年、八二年発表の『眠りなき夜』で第四回吉川英治文学新人賞、八四年発表の『渇きの街』で第三十八回日本推理作家協会賞などを受賞しているし、志水辰夫もデビューから四年、八五年発表の『背いて故郷』で第三十九回日本推理作家協会賞と第四回冒険小説協会大賞をダブル受賞している。また大沢在昌同様、小説雑誌の短編新人賞（オール讀物推理小説新人賞）出身の逢坂剛にいたっては、デビューから六年、八六年発表の『カディスの赤い星』で第九十六回直木賞、第四十回日本推理作家協会賞、第五回冒険小説協会大賞を受賞という華々しさである。

だが大沢在昌は一人、苦闘の二十歳代を過ごすことになる。このことは大沢在昌自身のみならず、多くの評論家が述べていることなので多言は費やさない。しかしデビュー以来、大沢在昌が作品を書くにあたって実行した方法論だけは述べておきたい。

ハードボイルドや冒険小説は、作者がある程度の年齢を重ね、人間経験を積まないと良い味が出た作品を書くことが難しい、とはよくいわれることである。しかし大沢在昌は自身の若さを前面に押し出して、佐久間公という自分の分身のような等身大のヒーローを創造した。そうして発表されたのが初の著作となった『標的走路』であり、受賞作を含む作品集『感傷の街角』と『漂泊の街角』であった。佐久間は若者の心情を理解できる調査員として登場し、失踪した若者たちの行方を追っていった。そしてその捜索の過程で浮かび上がる、社会制度の矛盾や家庭の歪みによって惹起《じゃっき》された犯罪と向い合い、〈探偵〉という生き方にこだわりながら闘い続けたのである。

大沢在昌が、チャンドラーを始めとするアメリカのハードボイルド小説に強い影響を受けながらも、〈若さ〉という特権を持ったキャラクターを独創したことの素晴らしさは、強調してもしすぎることはないだろう。

しかしセールス的にはふるわなかった。前記の作家たちと比べ遜色《そんしょく》ない作品を書いていながらである。自分が描くハードボイルド小説の方法論の正しさを再確認しながらも、悩み抜いた時期だったのではないだろうか。現に作者の分身ともいえる佐久間公シリーズも、作者の二十歳代の終わり——もはや若者ではないという意識が働いたのか——とともに『追跡者の血統』でひとまず幕を降ろすことになった。

その大沢在昌が飛躍するきっかけとなった作品が、八九年発表の『氷の森』であることは、衆目の一致するところであろう。この作品は、一匹狼の私立探偵を主人公に据え、表向きは正常だが一切罪の意識を感じずに、恐怖を以《も》って他人を支配する〈冷血〉な人間と対峙する物語だった。

この犯人像は大沢在昌が四十歳代を目前にして復活させた新・佐久間公シリーズの二作目『心では重すぎる』にも姿形を変えて登場する。またこれまでの常識では考えられないような心が壊れている人物が登場する作品は、たとえば馳星周《はせせいしゅう》『虚の王』や永瀬隼介《ながせしゅんすけ》『サイレント・ボーダー』など、近年とみに目立つようになってきた。大沢在昌の先見性がうかがえるではないか。

『氷の森』の文庫版解説で関口苑生氏は、物語の核となる葛藤《かっとう》と相克《そうこく》が存在し得ない現代の社会を舞台に、社会悪を積極的に暴《あば》く、本来のハードボイルドの手法を用いて物語を書くことの矛盾を、大沢在昌が早くから理解していたことを指摘している。そのため大沢在昌が本格的なハードボイルド小説を志向しながらも、ユーモアものや、謀略小説、活劇小説に創作の力を傾けざるを得なかったのではないかと述べた後で、「時代と自らの、両者における閉塞状況を打ち破ったのが『新宿鮫』であった」と喝破している。続けて「今日では世界の矛盾は都会と辺境に集約されるといわれるが、その都会の中の辺境地帯を描くことで、大沢在昌は再び物語構造としての葛藤を手に入れ、しかも現代の暗部を見事に直撃してみせた」のであり、「そうした兆しは（中略）『暗黒旅人』と『氷の森』においてすでに見え始めていた」と結んでいる。

そうして『新宿鮫』が生まれた。

このシリーズが好評をもって迎えられた理由は、「刑法と暴力」によって支配された〈新宿〉という街を舞台にしたことはもちろんだが、主人公の鮫島警部の造型に依って立つところもまた大きい。鮫島は約二十二万人といわれる全警察官中、たった〇・二パーセントしかいない国家公務員I種試験合格者――いわゆる〈キャリア〉なのである。ところが初めて赴任した地方署の公安課で、先輩刑事の不法行為を暴き、さらに上層部の権力争いに巻き込まれて命を断った同期の男から秘密書類を預かってしまう。その時から鮫島は公安上層部にとって歩く爆弾になってしまった。そのため上層部は、鮫島を生かさず殺さず出世させず、所轄署で飼い殺しにすることに決定したのである。そうして鮫島の送られた先が新宿署防犯課（現在は生活安全課と改称）だったのである。本来〈仲間〉であるキャリア組からは睨まれ、所轄署員はじめ警察官の大多数を占めるノンキャリアたちからは敬遠される存在なのだ。しかし鮫島は飼い殺しの状態に甘んずることはなく、捜査の基本を習得し、犯罪者から〈鮫〉とまで恐れられる刑事になったのだ。

警察という権力集団の人間、しかもその組織の頭脳たるべきキャリア組でありながら、はじき出されたキャラクター。二重三重に屈折した状況に鮫島を位置づけたところに、大沢在昌の巧みな計算を窺うことができる。しかも直接の上司の桃井と鑑識課の藪などごく少数の理解者以外から疎外される立場であるため、本来ありえない単独行動を鮫島に自由に取らせることも可能になった。フィクション内の〈現実〉として、これ以上の設定はないだろう。

またこれまでの警察小説で多かった刑事課ではなく、防犯課の刑事にした点も上手《うま》いところだ。殺人など犯罪が現実に引き起こされてから動き出すのが刑事課の強行犯係である。しかし生活安全課には、犯罪を未然に防ぐ役割も負わされている。しかも銃器や麻薬取引など組織が介在することの多い犯罪を担当するので、組織犯罪の尻尾をつかむための張り込みなど、鮫島の単独捜査をより生かしやすいという利点も生じたのである。

さて本書では鮫島の公私における二つの事件が中心でストーリーが進んでいく。

新宿のホテルで外国人の射殺事件が起き、被害者の部屋からは麻薬が発見される。鮫島が追っていたクレジットカード偽造組織の一員とこの外国人が、麻薬を介して繋がりがあることがわかるのだが、なぜかこの事件に公安が乗り出し、警視庁捜査一課をはじめ鮫島たち所轄署は捜査から外されてしまう。どうやら外国人はアメリカの元エージェントだったらしいのだ。

一方、鮫島の恋人の晶が所属するロックバンド、フーズ・ハニイは、プロデビューを果たし、メジャーへの階段を駆け上がっていく。二人は以前のように頻繁に会うことができなくなり、鮫島は自分の存在が晶にとって邪魔になるのではないかと悩み出す。晶もまた敏感に鮫島の思いを察知して、二人の関係に軋《きし》みが生じ始める。そんなおり、鮫島が捜査の過程で知り合ったのが、ひとり芝居を行なうパフォーマー杉田江見里だった。鮫島は江見里に自分と同じ〈匂い〉を感じ取り、彼女に惹かれていく自分に気づくのだった。

やがて鮫島は公安が奪い取った事件に搦手《からめて》から迫り、公安が封印した過去の秘密を抉《えぐ》り出す。しかしそれが江見里の秘められた運命と交錯することとは知る由《よし》もなかった……。

「直線は寂しい。もし他の線と交わらなければ、ひとりぼっちだわ」「わたしもまっすぐな線なの。長いあいだ、まっ暗な、誰もいない場所を歩いてきた、孤独でまっすぐな一本の線なのよ」と語る杉田江見里。江見里も鮫島の中に自分と同じ生き方を貫く人間の姿を見ていたのである。まさにファム・ファタール、運命の女の登場である。この女性が鮫島が暴いた事件にどのように関っていくのか、そして鮫島と晶との関係は……。本書最大の読みどころだろう。

その他本書においては、脇役までしっかり描かれているのも見逃せない点だ。たとえば、公安総務というベールに隠された部署を退職した後もなお当時の上司に忠誠を誓う立花と、元上司で現在は国会議員の京山の造型だ。彼らの過去の行動や隠蔽工作は、私利私欲でも組織防衛のためだけでもなく、鮫島とは別の規範に依るものである、ということまできっちりと押さえられている。単純な悪役でよしとしていないのである。

このことを端的に象徴する人物が、鮫島と同期のキャリアで公安部に所属する香田であろう。

彼は第一作の『新宿鮫』にも登場した。しかしこの時は鮫島と対比されるような形で、いわゆるキャリアの欠点や嫌なところを凝縮した、いささか戯画化された人物でしかなかった。だが今回は、公安組織間の軋轢《あつれき》に悩みながら、鮫島に向い自分が抱く理想を語るなど、初登場の時と比べより深く彫琢《ちょうたく》された人間として描かれているのだ。

脇役や悪役も血の通った人間として描かれているため、読者はヒーローの絶対的な観念に縛られ続けることもなく、ヒーローと対立する者たちの行動原理にも納得できる余地が残されているのだ。

組織によって隠蔽された過去が白日《はくじつ》の下《もと》に晒《さら》されるまでの複雑なメインプロットと、鮫島自身の問題を描いたサブプロットが絡み合い最後に融合する構成。厚みのあるキャラクターたちがぶつかり合う人間ドラマ。硬質な物語の中に溶け込んだ、鮫島と晶の関係に象徴される良質のセンチメンタリズム。本書はこれらの要素が交じり合い美しく昇華した、シリーズ中一、二を争う傑作なのである。

空を飛ぶ最大の鳥、アルバトロス。

和名がアホウドリというのがどうにも具合が悪い（笑）のだが、この鳥はひとたび飛び上がれば他を寄せつけない飛翔能力を持つという。大沢在昌も助走期間が長かったが、今はこのアルバトロスのように大空を舞っている。それは〈鮫〉以降の十年間の活躍を見れば明らかであろう。そしてその飛翔の原動力となったのが、この新宿鮫シリーズである。

読み逃す手はないぞ。

光文社文庫

長編刑事小説
氷《こおり》舞《まい》 新宿鮫《しんじゅくざめ》Ⅵ
著 者 大《おお》沢《さわ》在《あり》昌《まさ》

2002年6月20日 初版1刷発行
2004年10月5日 3刷発行

発行者 篠原睦子
印 刷 大日本印刷
製 本 大日本製本

発行所 株式会社 光文社
〒112-8011 東京都文京区音羽1-16-6
電話 (03)5395-8149 編集部
8114 販売部
8125 業務部
振替 00160-3-115347

ISBN4-334-73325-5 Printed in Japan

お願い　光文社文庫をお読みになって、いかがでございましたか。「読後の感想」を編集部あてに、ぜひお送りください。

このほか光文社文庫では、どんな本をお読みになりましたか。これから、どういう本をご希望ですか。どの本も、誤植がないようつとめていますが、もしお気づきの点がございましたら、お教えください。ご職業、ご年齢などもお書きそえいただければ幸いです。

光文社文庫編集部

光文社文庫　好評既刊

野獣は甦える　大藪春彦
野獣は、死なず　大藪春彦
絶望の挑戦者　大藪春彦
血まみれの野獣　大藪春彦
雇われ探偵　大藪春彦
人狩り　大藪春彦
孤高の狙撃手　大藪春彦
天敵　小川竜生
不祥事　小川竜生
誘惑　小川竜生
死闘　小川竜生
沸点　小川竜生
極道ソクラテス　小川竜生
アメリカ村の黄昏　小川竜生
決裂　小川竜生
追憶　小川竜生
鬼面村の殺人　折原一

猿島館の殺人　折原一
蜃気楼の殺人　折原一
望湖荘の殺人　折原一
黄色館の秘密　折原一
丹波家の殺人　折原一
蜜の眠り　恩田陸ほか
哲学者の密室(上・下)　笠井潔
霧の殺意　勝目梓
覗くなかれ　勝目梓
闇路　勝目梓
私設断頭台　勝目梓
柩の十字架　勝目梓
蜜の陥穽　勝目梓
汚名　勝目梓
牙の街　勝目梓
報復のバラード　勝目梓
妖精狩り　勝目梓